K. HANKE / C. KRÖGER

Heidezorn

K. HANKE / C. KRÖGER

Heidezorn

KRIMINALROMAN

GMEINER

Personen und Handlung sind frei erfunden.
Ähnlichkeiten mit lebenden oder toten Personen
sind rein zufällig und nicht beabsichtigt.

Die automatisierte Analyse des Werkes, um daraus Informationen
insbesondere über Muster, Trends und Korrelationen gemäß § 44b UrhG
(»Text und Data Mining«) zu gewinnen, ist untersagt.

Bei Fragen zur Produktsicherheit gemäß der Verordnung über die allge-
meine Produktsicherheit (GPSR) wenden Sie sich bitte an den Verlag.

Immer informiert

Spannung pur – mit unserem Newsletter informieren wir Sie
regelmäßig über Wissenswertes aus unserer Bücherwelt.

Gefällt mir!

Facebook: @Gmeiner.Verlag
Instagram: @gmeinerverlag

Besuchen Sie uns im Internet:
www.gmeiner-verlag.de

© 2017 – Gmeiner-Verlag GmbH
Im Ehnried 5, 88605 Meßkirch
Telefon 0 75 75 / 20 95 - 0
info@gmeiner-verlag.de
Alle Rechte vorbehalten
6. Auflage 2025

Lektorat: Claudia Senghaas, Kirchardt
Herstellung: Julia Franze
Umschlaggestaltung: U.O.R.G. Lutz Eberle, Stuttgart
unter Verwendung eines Fotos von: © kmit / fotolia.com
und © Olha Rohulya / fotolia.com
Druck: Custom Printing Warschau
Printed in Poland
ISBN 978-3-8392-2029-0

Für Katharina
Kathrin Hanke

Für Renate
Claudia Kröger

Eyn Richter sey der armen Schutz,
Schaff Gleich undt Recht, nicht egen nutz,
Die warheidt auch erforsch mit Fleis
So wird ehr haben Rhum und preis!

(Inschrift am Lüneburger Rathaus,
Am Markt, Niedergericht a. d. 1567)

PROLOG:

16.02 Uhr

Während sie Waggon für Waggon ablief, wanderten ihre Augen oben über die Sitzreservierungsleiste, um zu sehen, wo noch ein freier Platz für sie war. Dabei fühlte sie sich wie eine Gehetzte. Immer wieder verkantete sich ihr kleiner Rollkoffer, sodass sie ihn schließlich hochnahm und als sperrigen Brustpanzer vor sich hertrug. Schwer war er nicht, nur unhandlich. Es war nicht viel darin, und dennoch hatte sie für zwei Tage mehr als letztlich notwendig gepackt. Ursprünglich hatte sie vorgehabt, sich morgen einen Erholungstag zu gönnen und in den Englischen Garten zu gehen, um dort einen ausgiebigen Winterspaziergang zu machen und ein wenig die Seele baumeln zu lassen. Nachdem sie vorhin das Gericht verlassen hatte, wollte sie das nicht mehr. Da wollte sie nur noch weg. Weg aus der Stadt, die vor Jahren einmal ihre Wahlheimat gewesen war und die ihr erst alles gegeben und dann alles genommen hatte – ihr Vertrauen in die Menschen und damit in sich selbst, aber vor allem ihre beste Freundin. Deswegen hatte sie vorhin überstürzt ihre Sachen aus dem kleinen Design-Hotel in der Nähe des Marienplatzes geholt, hatte ausgecheckt und war dort in die U-Bahn eingestiegen, die sie in wenigen Minuten an den Münchner Hauptbahnhof brachte. Sie hatte Glück gehabt und musste nur eine Dreiviertelstunde auf den Zug warten, der sie nach Hause bringen sollte.

Vor einem geschlossenen Abteil blieb sie abrupt stehen, sodass die Frau, die sich hinter ihr durch den Waggon schob, in sie hineinlief. Eine kurze Entschuldigung murmelnd zog sie die Tür auf, verstaute ihren kleinen Koffer und ließ sich mit einem Seufzer auf dem Fensterplatz nieder – die digitale Anzeige hatte ihr gesagt, dass dieser Platz erst ab Fulda reserviert war, was bedeutete, dass sie gut dreieinhalb Stunden hier sitzen konnte. Von dort waren es nur noch etwa eineinhalb Stunden bis Hannover, wo sie sowieso in den Metronom in Richtung Lüneburg umsteigen musste.

Noch war Katharina von Hagemann allein in ihrem Abteil. Dankbar für die vermutlich nicht lang anhaltende Ruhe lehnte sie ihren Kopf gegen die Nackenstütze und schloss die Augen. Sie war erschöpft. Natürlich hatte sie erwartet, dass der Münchner Termin nicht einfach für sie werden würde, doch mit dieser körperlichen Entkräftung hatte sie nicht gerechnet. Sie fühlte sich fast wie nach dem Marathonlauf, an dem sie einmal zu Studienzeiten in Hamburg teilgenommen hatte. Als die Vorladung aus München vor einigen Wochen bei ihr angekommen war, hatte sie zunächst recht ruhig darauf reagiert. Sie sollte dort nochmals als Zeugin gegen Maximilian Furtner aussagen, ihren ehemaligen Lebensgefährten und zugleich mehrfachen Frauenmörder, den die Presse »Munich Jack« getauft hatte und der es geschafft hatte, seinen Prozess noch einmal aufzurollen. Sie selbst hatte ihn damals nicht nur entlarvt, sondern auch in ihrer gemeinsamen Wohnung überwältigen können, um ihn festzunehmen. Noch vor ein paar Tagen hatte sie sich gewundert, wie cool sie mit der bevorstehenden Reise nach

München umging. Bene hatte angeboten, sie zu begleiten, doch sie hatte abgelehnt und gleichzeitig beschlossen, einen Tag als Urlaub dranzuhängen – ihrer Meinung nach lud die Stadt geradezu dazu ein. Auch als sie in der bayerischen Hauptstadt angekommen war, die sie seit den Geschehnissen und ihrem Umzug nach Lüneburg nicht mehr besucht hatte, war sie lediglich etwas fahrig gewesen, hatte dabei allerdings gleichzeitig ein angenehmes Gefühl der Vertrautheit verspürt. Erst als sie vorhin im Gericht aufgerufen worden war und keine zwei Minuten später Maximilian gegenübergestanden hatte, war die Erinnerung, die sie vorher so gut verdrängt hatte, über sie hereingebrochen.

Wie er sie angeschaut hatte. Verletzt, enttäuscht, wütend, aber auch hämisch. Er sah so aus, wie sie ihn in Erinnerung hatte, nur etwas älter. Der Gefängnisaufenthalt hatte ihm anscheinend nichts anhaben können. Maximilians Gesichtszüge waren nach wie vor fein, sein dunkelblondes, an den Schläfen inzwischen leicht ergrautes, aber noch immer volles Haar war korrekt geschnitten, und lediglich der elegante Maßanzug zeugte aufgrund seines nicht mehr ganz modernen Schnittes davon, dass er bereits einige Jahre alt war.

Als er ihr zugelächelt hatte, hatte sie die Augen senken müssen. Sie wusste, dass es kein freundliches oder gar reumütiges Lächeln gewesen war, sondern ein rachsüchtiges. Schon vor rund fünf Jahren, als sie in dieser Konstellation zum ersten Mal im Gericht gesessen hatten, hatte er ihr Rache geschworen, und selbst aus der Haft heraus hatte sie sich durch Briefe von ihm bedroht gefühlt. Andererseits hatte ihr Verstand ihr immer wieder klargemacht, dass er ihr nichts anhaben konnte – schließlich saß er lebenslänglich, und trotz des neu aufgenommenen Prozesses würde sich daran nichts ändern. Da war Katharina sich sicher, denn der eine Formfehler, der seinerzeit bei der Ermittlungsarbeit gemacht worden war und den Maximilian jetzt nutzte, war in ihren Augen – und immerhin hatte sie auch ein paar Semester Jura studiert, bevor sie sich für eine Polizeilaufbahn entschieden hatte – nichts gegen die vielen erdrückenden Beweise gegen ihn. Das würde das Gericht ebenso sehen. Maximilian wusste das garantiert auch, schließlich war er selbst Jurist. Aber wie sie ihn kannte, hatte er seinen Spaß daran, das Gericht zu beschäftigen. Über den Beruf hatten sie sich gleich zu Beginn ihrer Laufbahn in München kennengelernt. Maximilian war der für ihre Behörde zuständige Staatsanwalt gewesen. Schon allein deshalb hatten sie relativ oft zusammengearbeitet, und Katharina hatte sich des Öfteren davon überzeugen können, wie brillant er in seinem Fach war. Als sie jetzt im Zug darüber nachdachte, keimte ein plötzlicher Gedanke in ihr, der schnell Gestalt annahm: Er hat es nur meinetwegen gemacht! Er wollte mich sehen, und ich sollte ihn sehen!

Do wat Du wullt,
de Lüd snackt doch!

(Hausinschrift, Kunkelberg 31, Lüneburg)

1. KAPITEL:

22.10 Uhr

Bene klappte den Kragen seiner dicken Jacke hoch und trat von einem Fuß auf den anderen. Er stand erst seit wenigen Minuten auf dem zugigen Bahnsteig, doch der eisige Wind war gnadenlos. Beschweren wollte er sich dennoch nicht. Den ganzen Dezember über hatten alle gejammert, dass es für die Jahreszeit viel zu warm war und deshalb keine Weihnachtsgefühle aufkamen. Zu Recht – wer wollte an Heiligabend schon bei rund 15 Grad den Glühwein genießen. Nun war kurz nach Neujahr doch noch der Winter über Deutschland hereingebrochen, und es schneite seit ein paar Tagen. Bene überlegte, ob er zurück in die kleine Halle des Lüneburger Bahnhofs gehen sollte, entschied sich jedoch dagegen. Da sich fast alle Wartenden dort aufhielten, war es unangenehm voll, und er mochte ein solches Gedränge nicht. Außerdem würde Katharinas Zug ohnehin gleich eintreffen. Bisher zumindest war auf der großen Anzeigetafel keine Verspätung angekündigt.

Er zog sein Handy aus der Jackentasche, um nachzusehen, ob Katharina ihm eine Nachricht geschickt hatte, doch der Bildschirm war leer. Er hatte sich gefreut, als seine Freundin ihm vorhin geschrieben hatte, dass sie doch schon heute zurückkommen würde, anstatt wie geplant die Nacht und einen weiteren Tag in München zu verbringen. Den Grund dafür hatte sie nicht geschrieben, aber dafür gefragt, ob er sie vom Bahnhof abholen würde. Er hatte sofort zugesagt. Zu dieser Jahreszeit war in der Hotelbar im Heideglanz, die er als Barchef leitete, nicht allzu viel los, und er konnte seine Kollegin für die letzten ein oder zwei Stunden allein den Dienst verrichten lassen. Er würde stattdessen Katharina in die Arme schließen, sie mit zu sich in die Wohnung nehmen und mit ihr den gemeinsamen Abend genießen. Bevor er zum Bahnhof gefahren war, hatte er sogar ein paar Leckereien fürs morgige Frühstück besorgt und schnell in seine Wohnung gebracht. Er würde sie richtig verwöhnen, denn er nahm an, dass der Termin in München nicht ganz spurlos an ihr vorübergegangen war, auch wenn sie bis zu ihrer Abreise erstaunlich locker damit umgegangen war. Bene kannte die Geschichte von Maximilian in groben Zügen. Schon vor einiger Zeit hatte Katharina ihm alles geschildert, danach hatten sie, wie ihm nun auffiel, nie wieder davon gesprochen. Auch jetzt nicht, als die Vorladung in Katharinas Briefkasten gelandet war. Er hatte angeboten, sie zu begleiten, doch das hatte sie sofort abgelehnt. Von Anfang an hatte sie ihr Leben in Lüneburg und die Vergangenheit in München strikt voneinander getrennt, und es war typisch für Katharinas geradlinige Art, dass sie dabei blieb. Genau diese Geradlinigkeit war eine der Eigenschaften, die Bene an ihr liebte. Er musste über sich selbst schmunzeln, als er jetzt daran dachte. Ja, er liebte diese Frau, inzwischen war er sich absolut sicher. Anfangs, als die Beziehung zwischen ihnen von einer unverbindlichen sexuellen Verbindung in eine sehr viel engere und offizielle übergegangen war, hatte er oft gezweifelt, ob er das wirklich wollte, doch diese Zweifel hatte er längst hinter sich gelassen. Ganz im Gegenteil, er wollte mehr. Das hatte Bene sich für das neue Jahr fest vorgenommen. Angesprochen hatte er es noch nicht, dafür hatte ihm bisher die passende Gelegenheit gefehlt. Und es als »guten Vorsatz« beim Anstoßen an Silvester zu verkünden, wäre ihm zu spießig gewesen. Katharina vermutlich noch viel mehr. Sie hatten ganz entspannt mit ein paar Freunden zusammen in seiner Wohnung gefeiert und eine Menge ungetrübten, zwanglosen Spaß gehabt. Die Tatsache, dass Katharina keinen Dienst gehabt hatte – also auch nicht in Bereitschaft gewesen war, hatte zu dieser Entspanntheit sicher beigetragen. Zum ersten Mal hatten sie pünktlich zur Jahreswende ihre Gläser gehoben und sich mit einem leidenschaftlichen Kuss ins neue Jahr begeben. Bene erinnerte sich gern an diesen Moment. Möglicherweise ergab sich ja in den nächsten Tagen die passende Gelegenheit, Katharina zu sagen, was er sich von der Zukunft erhoffte. Da sie eigentlich in München hatte bleiben wollen, hatte sie morgen ebenfalls dienstfrei, und sie könnten den ganzen Tag gemeinsam verbringen. Sein eigener Dienst begann erst am Abend. Bei dem Gedanken, dass sie bei diesem ungemütlichen Wetter nicht einmal einen Grund haben würden, das Bett zu verlassen, wurde Bene prompt wärmer. Mit einem Lächeln im Gesicht sah er dem Metronom entgegen, der in diesem Augenblick in den Bahnhof einfuhr. Wenige Sekunden später sah er Katharina aussteigen und ging ihr entgegen. Als er sie in den Arm nahm, spürte er, wie sie sich versteifte. Auch der Kuss fiel kühl und oberflächlich aus und passte so gar nicht zu den Gedanken, die ihm gerade durch den Kopf gegangen waren. Während sie dann zu seinem Wagen gingen, liefen sie fast wie zwei Fremde nebeneinander her.

Joy verließ ihren Fensterplatz und zog einen Sweater und eine Jogginghose über ihr violettes Negligé, unter dem sie einen dazu passenden Spitzenstring und -BH trug – Strümpfe und Turnschuhe folgten. Sie griff nach ihrer warmen Daunenjacke, stieg in ihre Ugg-Boots und verließ das kleine Häuschen mit den steilen Treppen und den winzigen Zimmern, in denen sie und ihre Kolleginnen ihre Dienste an den Mann brachten. Manchmal auch an die Frau oder beides gleichzeitig.

Heute war hier, Hinter der Sülzmauer, nicht viel los gewesen, was sicherlich an der plötzlich über Lüneburg hereingebrochenen Kälte, aber auch am Januar an sich lag. Im Januar schauten die Menschen bewusster auf ihr Geld, weil sie in den Monaten zuvor und besonders in der Vorweihnachtszeit meist zu viel ausgegeben hatten. So erklärte sich Joy den in der Regel nicht lukrativen ersten Monat im Jahr. Sie war schon länger im Geschäft und mit ihren 37 Jahren nicht mehr die Jüngste. Allerdings sah man ihr das Alter nicht an, wie ihr vor allem ihre Stammkunden bestätigten. Gut, Joy tat inzwischen auch einiges dafür, um in Form zu bleiben. Sie rauchte nicht mehr oder nur noch ganz wenig, sie achtete auf eine halbwegs gesunde Ernährung und trieb Sport.

Normalerweise hielt sie es auch an solch mauen Tagen wie diesen länger hinter ihrem Fenster aus – schließlich konnte immer ein Freier vorbeikommen, gerade in den späten Abendstunden. Jetzt hatte sie jedoch einen Grund zu gehen. Vor gut einer Stunde war sie auf ihrem Handy angerufen worden und in ein Apartmenthotel bestellt worden. Der Anrufer hatte gesagt, er habe ihre Nummer von einem ihrer Stammkunden, und da er auch den Namen genannt hatte, zweifelte Joy nicht an der Richtigkeit der Worte. Darüber hinaus barg ihr Beruf immer ein gewisses Risiko. Ein Grund, weshalb sie Pfefferspray in ihrer Handtasche bei sich trug. Bisher war es noch nicht häufig zum Einsatz gekommen, wofür Joy dankbar war und was vielleicht am überschaubaren Lüneburger Milieu lag. Sie lebte und arbeitete jetzt seit zehn Jahren hier und hatte erst zwei unangenehme Vorfälle erlebt, aus denen sie glimpflich davongekommen war. In Hamburg, wo sie mit knapp 17 Jahren mit dem Gewerbe begonnen hatte, hatte das schon anders ausgesehen. Ja, Joy arbeitete und lebte gern in dem beschaulichen Lüneburg mit seinen rund 77.000 Einwohnern, zumal die Preise für die Dienste, die sie anbot, fast auf Hamburger Niveau lagen.

Joy besaß kein Auto. Sie hätte auch ein Taxi nehmen können, doch das Geld wollte sie sich sparen. Der Anrufer hatte zwar gesagt, er würde es ihr bezahlen, doch sie konnte genauso gut auch mit dem Bus zum Hotel fahren. Sie war schon ein paarmal dort gewesen und kannte die Verbindung. Das Taxi-Geld wollte sie trotzdem nachher von dem Freier kassieren. Für diesen Zweck hatte sie ein paar abgestempelte Quittungen in ihrer Handtasche – einer ihrer Stammkunden war Taxifahrer. Wenn sie erst im Bus saß, würde sie die leeren Felder ausfüllen und mit einer realistischen Summe versehen.

Trotz Sweatshirt, Jogginghose, Daunenjacke und Fellstiefeln fror Joy auf dem kurzen, nur etwa 200 Meter langen Weg von ihrem Arbeitsplatz bis zur Bushaltestelle Lambertiplatz, was an dem kalten, feuchten Wind lag, der ihr direkt ins Gesicht blies. Glücklicherweise kam der Bus fast zeitgleich mit ihr an der Haltestelle an, und sie konnte schnell hineinspringen. Joy war froh, bereits diesen Bus erwischt zu haben, denn sie wollte vor der verabredeten Zeit beim Hotel sein, damit ihr Kunde nicht sah, dass sie kein Taxi genommen hatte. An ihrer Zielhaltestelle stieg sie als Einzige der wenigen Fahrgäste aus und ging zügig die wenigen Schritte zum Hotel. Die Rezeption war um diese späte Uhrzeit nicht mehr besetzt, und Hotelgäste benötigten einen Schlüssel, um hineinzugelangen. Darum hatte der Anrufer sich mit Joy vor dem Hotel verabredet, in das er, wie er ihr sagte, bereits eingecheckt haben würde.

Als Joy vor dem Hotel ankam, stand zu ihrer Erleichterung wie von ihr geplant noch niemand davor. Sie schaute auf die Uhr. Sie war erst in zehn Minuten verabredet. Zehn Minuten, die sie nun in der Kälte verbringen musste, aber die sich finanziell lohnen würden.

Sic itur ad astra

(Hausinschrift, Stresemannstraße 6, Lüneburg,
Übersetzung: *Also gehen wir zu den Sternen*)

2. KAPITEL:

FREITAG, 08.01.2016

09.13 Uhr

»Oh Mann«, stöhnte Kommissar Tobias Schneider. »Die hatte sich das neue Jahr bestimmt auch anders vorgestellt.« Er blickte von der Frauenleiche auf und wandte sich an seinen Chef, Kriminalhauptkommissar Benjamin Rehder. »Ehrlich gesagt hätte ich auch nichts dagegen, wenn wir wenigstens den Januar mal ohne Leiche erlebt hätten.«

»Allerdings«, stimmte Rehder zu. »An so einen Anblick werde ich mich wohl nie gewöhnen.«

Die Frau lag auf dem ungemachten Bett der kleinen Wohnung im Lüneburger Stadtteil Schützenplatz. Um ihren Hals war ein buntes Tuch geschlungen, es war offensichtlich, dass sie erdrosselt worden war. Viel auffälliger war jedoch eine klaffende Wunde im Gesicht der Toten. Ein tiefer Schnitt verlief von der Schläfe bis zum Mundwinkel und entstellte die zuvor sicher nicht unattraktive Frau. Über die Leiche gebeugt stand die Gerichtsmedizinerin Dr. Frauke Bostel.

»Kannst du uns schon was zur Tatzeit sagen, Frauke?«, fragte Benjamin Rehder.

»Ich würde sagen, vergangene Nacht zwischen 23 und ein Uhr«, antwortete die Medizinerin, während sie sich gerade aufrichtete. »Wie ihr schon vermutet habt, ist sie erdrosselt worden. Die Wunde dürfte ihr erst nach dem Tod zugefügt worden sein, sonst müsste es stärker geblutet haben, aber das bekommt ihr detailliert in meinem Bericht.«

»Ist sie vergewaltigt worden?«, wollte Tobias wissen.

»Kann ich nicht endgültig sagen, aber die Vermutung liegt nahe«, erklärte Frauke Bostel. Kopfschüttelnd betrachtete sie den Körper der Frau. Die Jogginghose war bis zu den Knöcheln heruntergezogen, der Slip zerrissen. Unter dem Sweatshirt, das sie trug, lugte die spitzenbesäumte Kante eines Negligés hervor.

»Merkwürdige Kombination«, sagte sie. »Wisst ihr was über sie?«

»Nicht wirklich«, erklärte Benjamin Rehder. »Der Aussage der Nachbarin nach, die sie heute früh gefunden hat, heißt sie Tanja Groß und lebt allein in dieser Wohnung. Wir warten, bis die Spusi durch ist, dann sehen wir uns genauer um.«

»Okay, dann lasse ich die Leiche abholen und in die Gerichtsmedizin bringen. Alles Weitere …«

»… später in deinem Bericht«, unterbrach Tobias sie grinsend.

»Exakt, Kollege«, lächelte Frauke zurück. »Spätestens morgen früh wissen wir mehr«, fügte sie hinzu und drehte sich Richtung Tür, um die Wohnung zu verlassen. Während sie ihr Handy aus der Tasche zog, sah sie sich um. »Wo ist eigentlich Katharina?«

»Die hat heute frei«, sagte Ben und verzog das Gesicht zu einem humorlosen Lächeln. »Es sei ihr gegönnt, dass ihr dieser Anblick erspart geblieben ist.«

Er winkte Frauke Bostel kurz zum Abschied und wandte sich Tobias zu, als einer der Kollegen von der Spurensicherung an ihn herantrat.

»Wir sind so weit fertig. Wenn ihr wollt, habt ihr jetzt freie Bahn.«

»Danke«, erwiderte Ben und sagte dann zu Tobi: »Ich würde vorschlagen, du …« Das Klingeln seines Handys unterbrach ihn. Auf dem Display sah er Katharinas Namen. Verwundert nahm er den Anruf an.

»Hi, Katharina, was gibt es? Alles so weit in Ordnung bei dir in München?« Er zuckte mit den Schultern, als Tobias ihn fragend ansah.

»Du bist was? Okay … Ja, Schützenplatz, richtig, eine Frauenleiche … Nein, das ist nicht … Katharina …« Der Hauptkommissar schüttelte den Kopf, konnte ein leichtes Schmunzeln jedoch nicht unterdrücken. »Ja, ich schicke dir gleich die genaue Adresse. Bis dann.«

»Was ist los?«, wollte Tobias wissen.

»Nichts, was wir von der Kollegin nicht gewohnt sind. Sie ist schon wieder in Lüneburg und der Meinung, sie müsse unbedingt herkommen und uns unterstützen, anstatt sich den geplanten freien Tag zu gönnen.«

09.21 Uhr

Katharina fühlte sich schäbig, als sie die Haustür ihres Wohnhauses in der Münzstraße aufschloss. Bene hatte sich so viel Mühe für sie gegeben, doch sie hatte nichts Besseres zu tun, als seine Einladung zum Frühstück auszuschlagen und ihm zu sagen, dass sie lieber arbeiten gehen wollte.

»Aber du hast noch einen Tag Urlaub, und ich muss erst heute Abend hinter die Bar, lass uns doch die Zeit bis dahin gemeinsam genießen«, hatte Bene ihr verständnislos entgegnet und eine auffordernde Geste mit der Hand gemacht, sich an den Frühstückstisch zu setzen. Er hatte ihn gedeckt, während sie unter der Dusche stand, und noch bevor er seinen Satz beendet hatte, hatte sie gewusst, dass sie ihn enttäuschen würde.

Bereits gestern Abend wäre sie am liebsten allein gewesen, doch ihre eigene Wohnung war besetzt, wie sie es ironisch bezeichnete, und sich am eigenen Wohnort ein Hotelzimmer zu nehmen, hätte sie für mehr als überspannt gehalten. Darüber hinaus war Bene ihr Freund, und inzwischen war seine Wohnung ein bisschen zu ihrem zweiten Zuhause geworden. Das waren ihre Gedanken gewesen, als sie die Nachricht an ihn geschrieben hatte. Spätestens jedoch, als sie zwischen Hannover und Lüneburg im Metronom gesessen hatte, hatte sie es bereut, Bene gebeten zu haben, sie vom Bahnhof abzuholen. Aber da konnte sie es nicht mehr rückgängig machen. Dabei hätte sie einfach in den sauren Apfel beißen und in ihre eigene Wohnung gehen können. Ob besetzt oder nicht. Sie hätte einfach in ihr Schlafzimmer gehen, die Tür hinter sich schließen und den Kopf unter dem Kissen vergraben können. Sie wusste, warum sie diese Option nicht gewählt hatte, und schalt sich innerlich für ihr albernes Verhalten, aber nun war das Kind eh in den Brunnen gefallen. Als sie Bene am Bahnsteig hatte stehen sehen, hatte sie sich natürlich gefreut, wie immer, was jedoch an der Tatsache nichts änderte, dass sie lieber mit sich allein gewesen wäre. Ihr war es immer schon schwergefallen, sich zu verstellen, aber nachdem ihr bewusst geworden war, wie kühl ihre Begrüßung am Bahnhof ausgefallen war, hatte sie sich zusammengerissen und es sich eine Weile mit Bene auf dem Sofa gemütlich gemacht, das Gespräch allerdings so geschickt gelenkt, dass er von seinen Erlebnissen in den letzten beiden Tagen erzählt hatte. Als er sie schließlich nach ihrem Termin in München gefragt hatte, hatte sie Müdigkeit vorgetäuscht, und sie waren ins Bett gegangen. Heute Morgen unter der Dusche hatte sie ganz spontan entschieden, zur Arbeit zu gehen. Das würde sie am besten von den Gedanken an München und Maximilian ablenken. Zumindest hatte sie das zu diesem Zeitpunkt gedacht. So war sie nach dem Duschen zu Bene in die Küche gegangen und hatte ihm möglichst fröhlich verkündet, dass sie »einfach mal« im Kommissariat vorbeischauen wolle. Sein Blick hatte Bände gesprochen. Der Abschied an Benes Wohnungstür war entsprechend kühl ausgefallen, so wie die Begrüßung am Vorabend, nur diesmal war nicht sie es gewesen, die sich distanziert gegeben hatte.

Nun stand sie im Treppenhaus, das zu ihrer Wohnung führte, und war unschlüssig. Sollte sie wirklich nach oben gehen, wo ihr eine Begegnung mit ihrer Mutter bevorstehen würde? Und das nur, um ihren Koffer loszuwerden? Katharina schüttelte gedanklich den Kopf, machte auf dem Absatz kehrt und stand Sekunden später mitsamt ihrem Reisekoffer auf der Münzstraße, die in die inzwischen einigermaßen belebte Große Bäckerstraße führte, Lüneburgs Hauptader der Fußgängerzone. Schon eben, auf dem Weg von Bene zu ihrer Wohnung, hatte Katharina aus einer Laune heraus im Kommissariat angerufen, um sich anzukündigen, dort jedoch von der Zentrale erfahren, dass Tobi und Ben sich an einem Tatort befanden. Als sie das Wort »Tatort« gehört hatte, hatte ihr Herz angefangen zu klopfen, und es war ihr sofort besser gegangen. Ein Tatort verhieß Arbeit, und Arbeit bedeutete Ablenkung! Kurzerhand hatte sie Ben angerufen und ihn um den genauen Standort gebeten. Als ihr Handy jetzt den Ton für eine eingehende Nachricht von sich gab, hatte Katharina sich gerade eine Zigarette angesteckt und war langsam in Richtung Kommissariat gegangen. Dort wollte sie sich einen Dienstwagen organisieren, um in den Lüneburger Stadtteil Schützenplatz zu kommen. Katharina blieb kurz stehen und öffnete die Nachricht. Wie erwartet war sie von Ben, der ihr die genaue Tatortadresse gesandt hatte. Katharina stapfte weiter durch die Brühe unter ihren Füßen. Sie war froh, ausnahmsweise keine Turnschuhe, sondern wasserabweisende Chelsea-Boots zu tragen. Gestern Nacht hatte es geschneit, doch jetzt begann alles wegzutauen. Zu allem Übel setzte nun auch noch Regen ein. Na toll. Das passte ja bestens zu ihrer Stimmung! Noch war sie nah genug an ihrer Wohnung. Sie könnte ihren eigenen Wagen nehmen, dafür musste sie nur den Autoschlüssel aus ihrer Wohnung holen. So schnell, wie er gekommen war, so schnell verwarf Katharina diesen Gedanken. Sie hatte partout keine Lust auf eine Begegnung mit ihrer Mutter, die sicher nicht hinnehmen würde, dass sie nur den Schlüssel holte und direkt wieder zur Arbeit verschwand. Stattdessen würde sie sie mit Fragen löchern, und danach stand Katharina momentan gar nicht der Sinn. Seit rund neun Monaten wohnte Anne von Hagemann bei ihr. So lange war es tatsächlich inzwischen her, dass ihre Mutter sich von ihrem Vater getrennt hatte – wie die Zeit verflog! Ursprünglich als vorübergehende Lösung gedacht, fand Katharinas Mutter die Mutter-Tochter-Wohngemeinschaft allem Anschein nach recht angenehm – ganz im Gegensatz zu Katharina. Zwar hatte Anne von Hagemann immer mal verkündet, sich eine eigene Wohnung zu suchen, doch Katharina schien es, als hätte ihre Mutter es damit nicht gerade eilig. Eher im Gegenteil. Die Kommissarin hatte den Eindruck, dass ihre Mutter sich inzwischen nicht nur in der Rolle einer alleinstehenden Frau gefiel, sondern auch in der der Mutter, die mit ihrer erwachsenen Tochter zusammenlebte, auch wenn sie auf dem Sofa im Wohnzimmer schlief. Als wollte Anne von Hagemann ihre Versäumnisse in Katharinas Kindheit wiedergutmachen, bot sie sich ihrer Tochter öfter als mütterliche Freundin an. Wenn Katharina allerdings eines nicht brauchte, dann war es das. Auch aus diesem Grund war sie mittlerweile so oft es ging bei Bene und hatte seit Kurzem einen Teil ihrer Kleidung in seiner Wohnung. Aber so schön das war – sie hatte nur sehr selten die Gelegenheit, mal ganz für sich zu sein. Nachdem sie seit ihrem Weggang aus München die ganze Zeit allein gelebt hatte, vermisste sie diesen Zustand stärker, als sie gedacht hätte.

Beim Kommissariat angekommen, holte sie sich einen Dienstwagen und fuhr Richtung Dahlenburger Landstraße.

Hinter dem Steuer kehrten Katharinas Gedanken zu ihrer Mutter zurück. Auch sie glaubte inzwischen nicht mehr daran, dass ihre Eltern noch einmal zusammenfinden würden. Umso wichtiger war es, ein klärendes Gespräch mit ihrer Mutter zu führen. Sie musste ihr eben nicht mehr nur durch die Blume, sondern ganz direkt sagen, dass es so nicht weitergehen konnte und diese Mutter-Tochter-WG keine Dauerlösung war. Und da sie selbst keine Veranlassung sah, ihre gemütliche kleine Wohnung in der Münzstraße und außerdem die Nachbarschaft zu ihrer inzwischen besten Freundin Julie aufzugeben, würde ihre Mutter sich nach einer Alternative umsehen müssen. Katharina graute es vor dem Gespräch, doch sie nahm sich fest vor, es nicht länger hinauszuschieben. Bei nächster Gelegenheit würde sie mit ihrer Mutter sprechen – vielleicht sogar mit ein paar Wohnungsangeboten unter dem Arm. Katharina hoffte, ihre Mutter würde das richtig verstehen und sich nicht von ihr verraten fühlen, denn die Wunde, die Katharinas Vater hinterlassen hatte, würde sicher nie ganz verheilen: Anne von

Hagemann war tief verletzt, seit sie erfahren hatte, dass ihr Mann Henning ihr mehr als 20 Jahre lang einen unehelichen Sohn verheimlicht hatte, der aus einer Affäre mit seiner damaligen Sekretärin hervorgegangen war. Darüber hinaus war Katharinas Vater zu keinem Gespräch oder Entgegenkommen bereit. Er fühlte sich – warum auch immer – im Recht und hatte bisher seiner Frau gegenüber nicht einmal eine anständige Entschuldigung über die Lippen gebracht. Sie solle sich nicht so anstellen, so etwas könne in jeder guten Familie mal vorkommen, hatte er als Begründung genannt, warum sie zu ihm zurückkommen sollte. Mehr nicht. Katharina konnte gut verstehen, dass ihre Mutter nicht wieder in die Hamburger Villa zog, und zollte ihr insgeheim sogar Respekt dafür. Schließlich kannte sie ihre Mutter sonst nur als unselbstständigen Schatten ihres Vaters, aber nicht als eigenständige Persönlichkeit. Gegenüber Katharina hatte er sich nicht einmal zu dieser ganzen, durchaus etwas prekären Situation geäußert, obwohl sie ihn mehrfach darum gebeten hatte. Schließlich war auch sie davon betroffen – sie hatte plötzlich und völlig unerwartet einen erwachsenen Halbbruder, von dem sie bisher nicht mehr als den Vornamen wusste. Im Prinzip interessierte er sie auch nicht sonderlich, doch es blieb ein merkwürdiges Gefühl.

Als die Kommissarin registrierte, dass sie bereits im Ortsteil Schützenplatz angekommen war, wischte sie die Gedanken an ihre Eltern aus dem Kopf und konzentrierte sich darauf, die richtige Adresse zu finden. Sie parkte den Wagen, stieg aus, atmete tief durch und war sicher, die richtige Entscheidung getroffen zu haben – Arbeit war das Einzige, das sie sinnvoll ablenken würde.

»Moin, Kollegin«, begrüßte Tobi Katharina freudestrahlend, während Ben sie mit forschendem Blick musterte. Er fragte sich mit einer unguten Ahnung, warum Katharina nach dem Gerichtstermin direkt nach Lüneburg zurückgekommen war, wollte sie hier und jetzt aber nicht darauf ansprechen.

»Hallo, zusammen«, sagte Katharina sachlich, »und, was habt ihr bis jetzt?«

»Noch nicht viel«, antwortete Tobi. »Nachdem wir wussten, dass du uns das nicht allein zutraust, haben wir auf dich gewartet.« Er grinste, und Katharina verdrehte gespielt die Augen.

»Natürlich weiß ich, dass ihr das ohne mich hinbekommt«, erwiderte sie. »Aber ich muss mir ja schließlich ohnehin ein Bild machen, und so braucht ihr mir später nicht alles zu erzählen. Ich wollte es nur für alle einfacher machen.«

»Schon gut«, sagte Tobi. »Wenigstens hast du das Glück, dass die Leiche schon abgeholt wurde, wir konnten dir also zumindest den Anblick am frühen Morgen ersparen. Also: Die Frau heißt Tanja Groß und ist Mieterin dieser Wohnung. Die Nachbarin, eine gewisse Irmgard Gruber, hat heute Morgen bemerkt, dass die Wohnungstür nur angelehnt war. Das kam ihr komisch vor. Daraufhin hat sie nachgesehen und die Leiche auf dem Bett im Schlafzimmer entdeckt.«

»Habt ihr von ihr mehr erfahren können?«, wollte Katharina wissen.

»Nein, bis jetzt nicht«, ergriff Ben das Wort. »Es ist eine ältere Dame, und sie steht ziemlich unter Schock.«

»Unsere Tote ist erdrosselt worden«, erklärte Tobi weiter. »Außerdem wurde sie mit einem Messer im Gesicht verletzt. Laut Fraukes erstem Eindruck allerdings erst, nachdem sie bereits tot war.«

Ben bemerkte, dass Katharina bei diesen Worten fast unmerklich zusammenzuckte, konnte diese Reaktion aber nicht einordnen. Vielleicht hatte er sich auch getäuscht und sie fröstelte nur. In der Wohnung hatten er und Tobi eben die Fenster gekippt, um Frischluft hineinzulassen.

»Ist denn die Wohnung beziehungsweise das Bett der Tatort?«, wollte Katharina wissen.

»So wie es aussieht ja, aber auch hier müssen wir die Ergebnisse der Gerichtsmedizin und die von der Spusi abwarten«, antwortete Tobi.

»Okay. Und wisst ihr, was sie beruflich gemacht hat?«, erkundigte Katharina sich.

»Nachdem, was wir hier in der Wohnung auf den ersten Blick gesehen haben, dürfte sie im Rotlichtmilieu gearbeitet haben. Das passt auch zu einer Andeutung der Nachbarin, aber wie gesagt, viel war aus der nicht rauszuholen.«

»Eine Prostituierte?«, fragte Katharina an Ben gewandt, doch es klang eher wie eine Feststellung. Erneut registrierte er an seiner Mitarbeiterin einen irgendwie besorgten Blick.

»Ja, zumindest weisen diverse Klamotten und … sagen wir mal Spielzeuge in ihrem Schlafzimmer darauf hin«, erläuterte er, während er Katharina nicht aus den Augen ließ. »Es sieht allerdings nicht so aus, als ob sie ihre Freier hier empfangen hat, dazu ist die Wohnung zu persönlich gehalten. Es kann also ebenso sein, dass sie das ganze Zeug hier hat, weil sie darauf steht. Wer weiß das heutzutage schon.«

»Sonst noch was, was ich wissen sollte?«

»In ihrer Handtasche haben wir eine Taxiquittung von gestern Abend gefunden«, übernahm Tobi wieder das Gespräch. »Demnach ist sie von Hinter der Sülzmauer zu einem kleinen Apartmenthotel in Goseburg gefahren. Auch das passt zu unserer Vermutung, dass sie eine Nu… Prostituierte war.«

Katharina nickte und begann, sich in der Wohnung umzusehen. Ben beobachtete sie und registrierte verwundert, dass sie sich im Schlafzimmer bückte und dem Flokati, der vor dem Bett ausgebreitet war, besondere Aufmerksamkeit schenkte.

»Nach Blut musst du da nicht suchen, das war nur auf dem Bett und auch nicht viel, weil sie schon tot war, als der Schnitt gemacht wurde«, erklärte er.

»Das ist es auch nicht«, antwortete sie. »Aber hier sind Abdrücke im Teppich ... Sind euch die nicht aufgefallen?«

Interessiert traten beide Kollegen zu ihr, bemüht, den Teppich trotz der Plastiküberzieher an ihren Schuhen so wenig wie möglich zu betreten.

»Was für Abdrücke?«, fragte Tobi.

»Ich würde sagen, es sieht aus, als hätte hier ein Stativ gestanden«, vermutete Katharina und zeigte auf drei rundliche Abdrücke, die nur schwach erkennbar waren.

»Möglicherweise hat die Spusi das aufgenommen, die sind gerade erst raus. Vorsichtshalber sollten wir aber ein Foto davon machen«, erwiderte Ben und zog sein Handy hervor. Er bückte sich, zoomte die Abdrücke so dicht wie möglich heran und machte einige Fotos.

»Du meinst, sie hat sich mit ihren Freiern im Bett gefilmt?«, fragte Ben.

»Könnte sein, allerdings meint ihr ja, dass sie hier nicht gearbeitet hat.«

Tobi kam eine Idee. »Vielleicht hat sie als Cam-Girl ihr Geld verdient.«

»Möglich«, lobte Ben.

»Habt ihr denn in der Wohnung ein Stativ und eine Kamera gefunden? Oder einen Computer? Ich sehe hier keinen«, stellte Katharina fest.

»Ja, einen Laptop, den hat die Spusi mit in die KTU genommen. Genauso wie das Handy. Beides war mit einem Sperr-code versehen. Allerdings wird sie sich mit ihrem Handy wohl kaum für solche Zwecke gefilmt haben. Obwohl, wer weiß«, sagte Tobi und begann, alle Schränke und Schubla-den ein weiteres Mal durchzusehen – zunächst die im Schlaf-zimmer und dann in den anderen Räumen.

»Nichts«, erklärte er, als er nach wenigen Minuten aus dem Nebenraum ins Schlafzimmer trat. »Keine Kamera, kein Stativ, keine Bänder. Dann bin ich mal gespannt, ob auf dem Laptop oder Handy was drauf ist.«

»Okay, fürs Erste kommen wir nicht weiter«, stellte Ben daraufhin fest und fuhr fort: »Wenn du nun schon mal da bist, Katharina, können wir uns umso besser aufteilen: Du versuchst bitte herauszufinden, ob du Tanja Groß im Netz findest, und fragst beim Taxiunternehmen nach der Fahrt von gestern Abend.« Er reichte ihr die Quittung, die sie zuvor der Handtasche von Tanja Groß entnommen hat-ten, sowie eine Fotografie, die die Tote zu Lebzeiten zeigte. »Tobi, du klapperst bitte die Nachbarschaft ab und fragst, ob jemand etwas mitbekommen hat. Frag auch nach, ob hier regelmäßig Männer ein und aus gegangen sind. Nur weil wir finden, dass die Wohnung sehr privat aussieht, muss das nichts heißen. Und dann recherchierst du bitte im Milieu. Am besten startest du bei den Damen in der Bordellgasse. Nimm ein Foto mit, an der Pinnwand draußen im Flur habe ich noch eins mit ihr gesehen. Vielleicht erkennt eine der Frauen sie und kann uns sagen, wo sie gearbeitet hat.«

»Mit dem größten Vergnügen«, stimmte Tobi grinsend zu, bevor Ben sagte: »Ich fahre zu dem Hotel und erkun-dige mich dort. Danach sehen wir uns alle auf dem Kom-missariat.«

»Wer zuerst?«, fragte Ben in die kleine Runde hinein. Der Hauptkommissar und seine beiden Mitarbeiter hatten sich wie verabredet im Kommissariat getroffen und am Besprechungstisch Platz genommen.

»Dann fang ich an, ich hab sowieso nicht viel zu berichten«, meinte Katharina und stellte ihren Kaffee, von dem sie gerade probiert hatte, der ihr aber noch zu heiß war, wieder vor sich auf den Tisch.

»Also, vom Tatort aus bin ich zum Taxiunternehmen gefahren – es lag fast auf dem Weg. Ein Anruf von Tanja Groß ist dort nicht eingegangen, um ein Taxi zu bestellen, und auch der Fahrer, den wir anhand der Nummer auf der Quittung identifizieren konnten, hat der Zentrale keine Fahrt von Hinter der Sülzmauer nach Goseburg zum Hotel gemeldet.«

»Wie geht das denn?«, fragte Tobi. »Ich dachte, die Fahrer müssen das tun, auch wenn sie einen Fahrgast von der Straße aufgabeln? Na ja, außer, sie kassieren den Fahrpreis als Schwarzgeld vorbei an ihrem Unternehmen. Aber warum hatte die Tote dann eine sauber ausgefüllte Quittung?«

»Genau das habe ich mich auch gefragt«, stimmte Katharina ihrem Kollegen zu. »Die Zentrale hat mir den Kontakt zu dem besagten Taxifahrer, einem gewissen Ralf Döhler, hergestellt. Er hatte gerade keine Fahrt und stand mit seinem Wagen Am Stint. Ich bin direkt hin und hab ihn befragt. Zuerst wollte er nichts sagen und hat sich dumm gestellt. Erst als ich ihm das Foto von Tanja Groß gezeigt und ihm erklärt habe, dass sie tot ist und er sich mit seinem Verhalten verdächtig macht, ist er eingeknickt. Ralf Döhler ist ein Stammfreier von Tanja Groß, die er, wie er sagt, nur als Joy kennt. Sie ist tatsächlich eine Prostituierte, aber das wirst zumindest du schon wissen«, sie nickte in Tobis Richtung, dann fuhr sie fort: »Der Döhler geht wohl schon seit etlichen Jahren zu Tanja Groß, aber nicht in ihre Privatwohnung, sondern in ein Haus Hinter der Sülzmauer. Da hat sie sich für ihr Gewerbe eingemietet. Meist geht er montags am Nachmittag, weil da sowohl in der Bordellgasse als auch bei Taxifahrern wenig los ist. Das hat er wenigstens gesagt. Vergangenen Montag war er auch bei ihr. Er ist 53 Jahre alt, alleinstehend und wohnt in Adendorf. Als er es realisiert hatte, war er mächtig geschockt, dass er sich eine neue Dame für seine wöchentliche Bettstunde suchen muss. Zumindest hat es den Anschein gemacht, und ich glaube nicht, dass es gespielt war.«

»Was genau hat ihn geschockt?«, fragte Tobi. »Dass er sich eine Neue suchen muss oder dass Joy, also Tanja Groß, tot ist?«

»Dass sie tot ist«, antwortete Katharina und fuhr fort: »Also auf jeden Fall hat er ihr seit Jahren immer mal wieder eine Blanko-Quittung zugesteckt. Warum sie die haben wollte, wusste er nicht, aber ich nehme an, dass Tanja Groß diese getürkten Taxifahrten wohl kaum von der Steuer abgesetzt, sondern eher Freiern vorgelegt hat, die sie irgendwo hinbestellt und ihr dafür die Taxifahrt bezahlt haben. Ich könnte mir vorstellen, sie hat das zusätzliche Geld eingesackt und für ihre Fahrten öffentliche Verkehrsmittel genutzt, wenn es sich angeboten hat. Einen Führerschein hat sie nämlich nicht gehabt, das habe ich überprüft. Wir sollten auf jeden Fall einen Handschriftenvergleich durchführen, ob das auf der Quittung die Handschrift von Tanja Groß ist. Und eventuell sollten wir die Buslinie überprüfen, die sie von Hinter der Sülzmauer genommen haben könnte, um zum Hotel zu kommen, ebenso wie die Linie, die sie zu ihrer Wohnung gebracht haben könnte. Tja, mehr habe ich nicht. Ralf Döhler kommt morgen früh vorbei und gibt seine Aussage zu Protokoll.«

Katharina atmete einmal tief durch und nahm ihren inzwischen abgekühlten Kaffee in die Hand. Bevor sie einen Schluck trank, hielt sie inne und setzte hinzu: »Oh, eins habe ich vergessen. Ralf Döhler hat ein Alibi für die Tatzeitspanne – er hatte eine längere Fahrt nach Geesthacht, und danach war nicht mehr viel los. Er ist als Leerfahrt zurück nach Lüneburg und hat mit einigen Kollegen zusammen am Taxistand Am Sande auf Fahrgäste gewartet. Als keiner mehr kam, hat er um 1.30 Uhr Schluss gemacht und ist nach Hause. Er hat mir eine Liste der Kollegen gegeben, die seine Aussage bestätigen können.«

»Na, das ist doch schon mal was«, kommentierte Hauptkommissar Benjamin Rehder Katharinas Bericht. »Wir haben dann jetzt schon mal die Bestätigung, dass das Opfer tatsächlich eine Prostituierte war, und können außerdem davon ausgehen, dass Tanja Groß nicht mit dem Taxi zum Hotel gefahren ist«, fasste er zusammen. »Lasst uns die Handschriftenprobe abwarten, bevor wir die Busfahrer der infrage kommenden Linien befragen. Vielleicht saß sogar ihr Mörder mit im Bus. Hast du Tanja Groß oder, ähm, wie nannte sie sich im Milieu?«

»Joy«, half Katharina aus.

»Richtig, Joy. Hast du sie im Netz gefunden?«

»Nein, habe ich nicht. Nicht unter Tanja und auch nicht unter Joy, zumindest nicht so, wie wir meinen.«

»Wie jetzt?«, fragte Ben und beugte sich gespannt vor. »Hatte die Dame noch ein Geheimnis?«

»Nein, entschuldige, so habe ich das nicht gemeint. Bei

meinen Recherchen bin ich nur auf ein paar Seiten gestoßen, auf denen über Joy gesprochen wurde.«

»Gesprochen?« In Bens Ton lag Verwunderung.

»Ja, oder geschrieben. Das ist wohl richtiger. Was ich
meine sind Foren, in denen sich die Mitglieder damit
beschäftigen, Prostituierte zu bewerten, sich diese gegen-
seitig zu empfehlen und so weiter. Und eine Joy, die Hinter der Sülzmauer arbeitet, wurde auch ein paarmal genannt.
Mit Beschreibung, wie sie aussieht, wo man sie genau findet,
wie viel Geld sie nimmt und was sie so macht, also anbietet«,
erklärte Katharina. »Anhand dieser Infos bin ich mir sicher,
dass es sich dabei um unsere Joy handelt.«

»Echt, so etwas gibt es?«, rutschte es Tobi ungläubig heraus.

»Ja, Herr Kommissar, allem Anschein nach gibt es so
etwas«, bejahte Katharina grinsend.

»Also, ich kenne die Hausnummer des Hauses, in dem
unsere Joy hinter dem Fenster saß. Wenn die mit der Adresse
in diesen Foren übereinstimmt, dann ist sie ein und dieselbe.
Warte«, sagte Tobi, holte sein Smartphone heraus, in das er
seit Neuestem alle seine Notizen eingab, tippte ein wenig
darauf herum und hielt es Katharina hin.

»Jepp, ist dieselbe«, bestätigte Katharina nach einem kurzen Blick auf das Handy.

»Hm. Ich überlege gerade, ob wir die Kollegen vom
Dezernat für Sexualdelikte hinzuziehen sollten. Die kennen sich im Milieu besser aus als wir, schließlich gehört Pros-
titution in ihren Bereich«, dachte Hauptkommissar Rehder laut nach.

»Warum nicht, schaden kann es auf keinen Fall«, bestätigte Katharina, und Tobi fügte hinzu: »Finde ich auch,
zumal ich in der Bordellgasse nicht viel über Tanja Groß

herausgefunden habe. Ich hab zwar mit den Mädels dort sehr nett geplaudert …«

»Das kann ich mir denken«, murmelte Katharina und grinste in sich hinein, wovon ihr Kollege sich jedoch kaum beirren ließ und einfach fortfuhr: »… aber ich habe nicht wirklich etwas über Joy, also Tanja Groß – Mann, wie sollen wir sie denn jetzt nennen? Ich bleibe bei Joy, okay? Also, bei der Befragung der Nachbarn von ihrer Privatwohnung habe ich sie natürlich Tanja Groß genannt. Da hat übrigens niemand etwas davon mitbekommen, wie sie ihr Geld verdiente. Die haben keinen großartigen Kontakt zu ihr gehabt. Der ein oder andere hatte so seinen Verdacht, weil sie in der Regel abends zur Arbeit gegangen ist, aber gewusst hat niemand etwas. Und Kundschaft scheint sie zu Hause wirklich nicht empfangen zu haben. Es hieß sogar recht einhellig, dass sie kaum Besuch gehabt hat. Ach ja, ich konnte doch noch die Nachbarin Frau Gruber, die die Leiche gefunden hat, befragen, aber da ist auch nichts Neues bei rumgekommen. Na, und dann bin ich direkt zur Bordellgasse, da hab ich nur von Joy gesprochen, aber ergiebig war das ebenfalls nicht. Das meiste von dem wenigen hat mir ihre Kollegin Xenia gesteckt. Ein süßes Ding. Höchstens 22. Total klug und hübsch. Die passt da so gar nicht rein.«

»Aber du willst hoffentlich keinen auf Richard Gere machen. Denk dran, solche Zeiten sind vorbei, du hast jetzt Kind und Kegel«, unkte Katharina.

»Ha, ha«, sagte Tobi und setzte hinzu: »Ich habe meine beiden Pretty Women zu Hause. Und eins kann ich euch sagen: Meine süße kleine Prinzessin wird mal mindestens so hübsch wie Julia Roberts. Die langen Beine hat sie jetzt schon.«

»Ähm, wie alt ist deine Tochter noch? Sechs Monate?

Und da kann man das schon sehen?«, zog Katharina Tobi weiter auf, der das jedoch nicht merkte, sondern im Brustton der Überzeugung von sich gab: »Natürlich!«

»Okay«, mischte der Hauptkommissar sich in das Geplänkel seines Teams ein, »was hat dir diese Xenia erzählt?«

»Wie gesagt, nicht viel. Xenia arbeitet im selben Haus wie Joy. Sie hat da ein Zimmer, wo sie … ähm …«

»Ja, ja, wir wissen es«, wurde Ben langsam ungeduldig.

»Die beiden kannten sich, wie Kolleginnen sich eben kennen, wobei Joy um einiges älter war und entsprechend länger im Gewerbe. Xenia hat von ihr ab und zu Tipps bekommen, und manchmal sind sie privat etwas trinken gegangen. Ansonsten hat Joy sehr zurückgezogen gelebt. Xenia war nie bei ihr zu Hause. Joy muss Privat- und Berufsleben strikt voneinander getrennt haben. Angeeckt ist sie bei ihren Kolleginnen nur selten. Sie hat laut Xenia immer gesagt, dass es genug Freier auf der Welt gäbe und in Lüneburg sowieso, und es sich deswegen nicht lohnen würde, sich um einen zu streiten.«

»Aha«, kommentierte Ben das Gehörte, während Katharina eine Augenbraue hochzog.

»Auch mit den Freiern gab es laut Xenia nie Streit. Sie scheint sehr umgänglich gewesen zu sein. Joy hatte, wie die meisten ihrer Kolleginnen, einige Stammfreier. Von dem Taxifahrer wissen wir das bereits, aber ansonsten … Vielleicht finden wir was bei ihr zu Hause oder eine Liste in ihrem Handy. Xenia meinte, sie würde Joys Stammfreier bestimmt wiedererkennen, aber die Namen wüsste sie nicht. Da war Joy sehr diskret. Das war es. Mehr hab ich momentan nicht«, schloss Tobias.

»Hm, das bringt uns nicht wirklich weiter. Wir können dieser Xenia kaum Fotos vorlegen, wer weiß schon, welche

Lüneburger alles die Bordellgasse aufsuchen, wir müssen also diese Kundenliste suchen, wenn sie denn existiert, oder so etwas wie ein Adressbuch«, kommentierte Ben Tobias' Bericht, und sowohl Tobias als auch Katharina nickten dazu.

Ben hob entschuldigend die Schultern: »Ich habe auch nichts, was uns voranbringt. Im Hotel selbst ist Tanja, ich meine Joy, scheinbar nicht gewesen. Die Rezeption ist dort ab 22 Uhr nicht mehr besetzt, allerdings wird die kleine Lobby, durch die jeder noch so späte Gast gehen muss, um zu den Zimmern zu gelangen, videoüberwacht. Ich habe mir vor Ort die Bänder zeigen lassen, und zwischen 22 und ein Uhr morgens ist niemand in das Hotel hinein- oder hinausgegangen.«

»Niemand?«, wiederholte Tobi.

»Niemand«, bestätigte Ben.

»Hm, dann war Joy also gar nicht da oder ist nie dort angekommen«, überlegte Katharina laut.

»Doch, sie war da«, widersprach ihr der Hauptkommissar und erklärte: »Von draußen wird das Apartmenthotel ebenfalls videoüberwacht. Die Kamera ist so eingestellt, dass der gesamte Eingangsbereich und ein Stück der Straße aufgenommen werden. Joy hat von 22.50 Uhr bis 23.30 Uhr vor dem Hotel gestanden. Es sieht auf den Bändern so aus, als habe sie auf jemanden gewartet. Sie ist auf und ab gegangen und hat immer wieder auf die Uhr geguckt. Es ist aber keiner gekommen. Um 23.30 Uhr ist sie nach links aus dem Bild gegangen. Ich hab das gecheckt: Linker Hand ist etwa 500 Meter weiter eine Bushaltestelle.«

»Das würde für meine Theorie sprechen, dass Joy den Bus genommen und die Quittung selbst ausgefüllt hat«, sagte Katharina.

»Jepp«, bestätigte Ben und setzte hinzu: »Mach aber trotzdem einen Handschriftenvergleich. Ich hab die Bänder vom

Hotel etwa eine halbe Stunde weitergeguckt. Auch in der Zeit ist niemand hinausgegangen oder vorbeigekommen, der dem Opfer von dort aus gefolgt sein könnte. Ansonsten können wir gerade nicht viel ausrichten und müssen erst einmal auf Frauke und die KTU warten. Ich werde gleich Malte anrufen, ob sein Dezernat uns mit Informationen unterstützen kann, und du, Tobi, ruf doch mal in der Gerichtsmedizin an, ob Frauke schon was für uns hat. Sie ist ja immer sehr schnell.«

»Und ich?«, fragte Katharina.

»Du kannst dir das Franzbrötchen vom Teller schnappen und es dir damit gemütlich machen, während Tobi und ich die Kollegen anrufen. Schließlich hast du eigentlich Urlaub«, erwiderte Ben und ging an seinen Schreibtisch, um zu telefonieren.

17.37 Uhr

»Hey, Frauke«, begrüßte Katharina die Gerichtsmedizinerin fröhlich, als sie deren Räumlichkeiten betrat.

»Hallo, Katharina«, erwiderte Frauke Bostel und sah von den Papieren hoch, die sie auf einem Klemmbrett in der Hand hielt. »Schön, dich zu sehen! Ich dachte, du hättest heute frei.«

»Hatte ich eigentlich auch, aber …« Katharina brach die Erklärung ab. Sie mochte Frauke Bostel sehr gern und sah in ihr inzwischen mehr als nur eine sehr patente und loyale Kollegin, doch zu privat wollte sie nicht werden. Zumindest nicht mit dem Thema, das sie veranlasst hatte, ihren Urlaubstag in den Wind zu schießen, denn – davon ging die Kommissarin jedenfalls aus – die Gerichtsmedizinerin wusste nichts über Katharinas früheres Leben in München und über Maximilian, und das sollte auch so bleiben. »Egal«, ergänzte sie. »Ich bin halt hier.«

Frauke grinste sie an. »Schon klar, du bist ja mit deiner Arbeitswut schlimmer als ich. Wollen wir gleich anfangen? Allerdings habe ich noch nicht viel, das habe ich Tobi schon am Telefon gesagt.«

»Ja, das hat er weitergegeben. Lass uns trotzdem warten. Ben und Tobi wollten auch kommen. Sie mussten kurz zu Mausner, und da bin ich vorgegangen.«

»Das ehrt mich, dass du meine Gesellschaft der unseres hochverehrten Kriminalrats vorziehst«, witzelte Frauke Bostel.

»Davon kannst du ausgehen«, sagte Katharina lachend.

»Apropos Gesellschaft leisten, wann kommst du denn mal wieder mit ins Fitnessstudio?«

Die Gerichtsmedizinerin war an Katharinas Seite getreten und sah sie auffordernd an. Vor einem knappen Jahr hatten die beiden Frauen sich gemeinsam entschlossen, mehr Sport zu machen. Der Entschluss war bei Katharina mehr aus einer Laune heraus entstanden, doch hatte sie schnell gemerkt, dass Frauke es durchaus ernst gemeint hatte. Wenige Tage später war die quirlige Medizinerin mit dem Flyer eines Lüneburger Fitnessstudios und obendrein mit einem bereits vereinbarten Termin für ein Probetraining in Katharinas Büro aufgetaucht und hatte keine Ausflüchte vonseiten der Kommissarin zugelassen. So war Katharina vor allem zunächst mitgegangen, um die Kollegin nicht zu enttäuschen, hatte dann jedoch schnell gemerkt, wie gut es ihr tat, sich regelmäßig gezielt zu bewegen und Sport zu treiben. Seitdem gingen die beiden Frauen zwar nicht immer gemeinsam hin, bedingt durch die Arbeitszeiten, doch sie trafen sich häufig zufällig dort und trainierten dann gemeinsam. Katharina musste zugeben, dass es weit vor Weihnachten gewesen war, als sie das Fitnessstudio das letzte Mal von innen gesehen hatte. Dann waren die ganzen Feiertage gekommen, und jetzt hatte München angestanden. Tatsächlich verspürte sie große Lust darauf, sich mal wieder auszupowern. Von den Weihnachtspfunden auf den Hüften ganz zu schweigen. Demonstrativ fasste sie sich an den Bauch. »Du hast recht, das wäre dringend an der Zeit!«

»Dass ich nicht lache«, erwiderte Frauke Bostel und verdrehte die Augen. Die Gerichtsmedizinerin war locker zehn Zentimeter kleiner als Katharina und hatte eine deutlich kräftigere Figur, die ihr aber gut stand und zu ihrem Typ passte. »Als ob du auch nur ein Gramm zu viel auf den Rippen hättest. Aber mir fehlt deine Gesellschaft im Studio!«

Katharina lächelte. »Okay, abgemacht – morgen Vormittag?«

Frauke Bostel überlegte kurz. »Ja, das passt. Treffen wir uns um zehn am Studio?«

Katharina nickte, denn in diesem Moment betrat ihr Chef Benjamin Rehder zusammen mit Tobias die Gerichtsmedizin.

»Hallo, Frauke«, sagten beide Männer wie aus einem Mund, und die kleine Medizinerin lachte laut auf.

»Wow, Begrüßung im Chor, heute werde ich aber verwöhnt!«

»Und, was hast du für uns?«, kam Ben direkt zur Sache.

»Oh, etwas mehr als heute Morgen. Dass das Opfer erdrosselt wurde, stand ja nahezu fest. Definitiv übrigens mit dem Schal, den sie um den Hals hatte. Sie ist in dem Bett, in dem ihr sie gefunden habt, ermordet worden, denn sie wurde danach nicht mehr bewegt, wie mir ihre Leichenflecken verraten haben. Ich habe Faserspuren am Hals und unter den Fingernägeln des Opfers sichergestellt, die von dem Schal stammen, das hab ich mit der KTU gegengecheckt, die haben den Schal bei sich. Übrigens einer, den man überall in diesen Günstig-Shops oder auf Märkten bekommt – zumindest ist er, was die Materialien angeht, nicht hochwertig.« Frauke Bostel war an die Bahre herangetreten, auf der die abgedeckte Leiche von Tanja Groß lag. Nun schlug sie das Tuch nach unten um, sodass der Oberkörper des Opfers sichtbar wurde. »Die Schnittwunde im Gesicht ist ihr, wie ich schon vermutet habe, post mortem zugefügt worden. Mit was für einem Messer, kann ich aber noch nicht sagen.«

Katharina verschlug es beim Anblick der getöteten Frau auf Anhieb den Atem. Ein leichter Schwindel erfasste sie, und sie hatte das bestechende Gefühl eines Déjà-vus. Stumm lehnte sie sich an die Wand, um den nötigen Halt zu finden. Benjamin Rehder sah sie besorgt an. »Alles in Ordnung, Katharina? Du siehst doch nicht zum ersten Mal eine Leiche, und vor allem hast du schon schlimmere Fälle gehabt.«

»'Tschuldigung«, brachte Katharina hervor. Auf keinen Fall wollte sie hier und jetzt zugeben, warum der Anblick sie so mitnahm. »Wahrscheinlich hab ich zu wenig gegessen oder so.«

»Ja, ja«, foppte Tobias sie. »So ging das bei Helmchen auch los, und kurz danach war meine kleine Prinzessin auf der Welt.«

»Sehr witzig, Kollege«, erwiderte Katharina, die sich wieder halbwegs im Griff hatte. »Nur weil du gerade einen auf Happy Daddy machst, heißt das noch lange nicht, dass alle Frauen schwanger sind, wenn ihnen gerade mal nicht gut ist.« Allein die Vorstellung erschreckte Katharina, wie sie zu ihrem eigenen Erstaunen feststellte.

»Gut«, setzte nun Frauke Bostel wieder an, nachdem sie

sich mit einem Blick zu Katharina versichert hatte, dass alles okay war. »Tatzeit war gestern zwischen 23 und ein Uhr plus minus eine halbe Stunde.«

»Das passt. Um 23.30 Uhr hat sie noch gelebt, das wissen wir aufgrund der Videoüberwachung des Hotels«, sagte Ben.

»Das Opfer hatte keinen Alkohol im Blut, es gibt keinerlei Abwehrspuren oder Ähnliches«, fuhr die Gerichtsmedizinerin fort.

»Das heißt, sie hat ihren Mörder gekannt und ihm vertraut oder aber wurde total überrascht und hatte keine Zeit mehr zu reagieren«, vermutete Tobias.

»Das herauszufinden, ist glücklicherweise euer Job«, lächelte Frauke und setzte hinzu: »Ich kann euch allerdings noch verraten, dass das Opfer vor seinem Tod betäubt wurde, was die fehlenden Abwehrspuren vermutlich am ehesten erklärt.«

Die drei Kommissare verstummten nach dieser neuen Information einen Moment lang.

»Ist sie vergewaltigt worden?«, wollte Benjamin als Erster wissen.

»Damit sind wir beim Punkt«, deutete die Gerichtsmedizinerin an. »Vergewaltigt wurde sie nicht, aber missbraucht.« Sie sah in die ratlosen Gesichter der Kollegen und erklärte: »Ich bin mir sicher, dass sie nicht im klassischen Sinn vergewaltigt wurde, sondern dass ihr vaginal Gegenstände eingeführt wurden oder zumindest einer.«

1371 in St. Ursula Nacht hat der Bäcker 22 Mann erschlagen

(Hausinschrift, Große Bäckerstraße 3-2, Lüneburg)

3. KAPITEL:

09.17 Uhr

»Tschüss, Mama, ich bin jetzt weg.« Katharina hatte ihre Sporttasche geschultert und blickte ins Wohnzimmer, wo ihre Mutter mit der Tageszeitung auf dem Sofa saß und nun aufsah.

»Wann bist du wieder da?«, fragte Anne von Hagemann.

Katharina verdrehte die Augen. »Keine Ahnung. Nach dem Sport muss ich auf jeden Fall ins Kommissariat, dann wollte ich noch …«

»Schon gut, schon gut«, unterbrach ihre Mutter sie. »Ich hab verstanden. Ich wünsch dir einen schönen Samstag!«

»Ich dir auch«, erwiderte Katharina und versuchte, einen möglichst freundlichen Ton anzuschlagen. »Hast du irgendwas vor am Wochenende?«

Anne von Hagemann sah ihre Tochter lächelnd an. »Ich weiß es noch nicht genau, aber ich werde mir die Zeit schon vertreiben, keine Sorge.«

»Okay.« Katharina zögerte kurz, drehte sich dann aber um und verließ ihre Wohnung.

Im Treppenhaus traf sie auf Julie, ihre Freundin und Nachbarin, die zusammen mit ihrer Tochter Leonie die Stufen hinaufkam. Julie war darüber hinaus die Exfreundin von Bene und Leonie seine inzwischen zwölf Jahre alte Tochter, doch das tat der Freundschaft zwischen Katharina und Julie keinen Abbruch. Vor allem Julie war es, die damit sehr gut umgehen konnte, was sicher auch daran lag, dass ihre Beziehung mit Bene lange beendet gewesen war, bevor es Katharina nach Lüneburg verschlagen hatte. Und auch Leonie fand es einfach nur »krass«, dass ihr Vater mit einer echten Kommissarin befreundet war.

»Guten Morgen, ihr zwei«, begrüßte Katharina Mutter und Tochter.

»Hallo, Katharina«, freute sich Julie und zeigte auf die Sporttasche. »Geht's zum Training?«

»Ja, es wird mal wieder Zeit«, bestätigte die Kommissarin.

Während Leonie in die Wohnung huschte, sagte Julie: »Du, ich habe heute Abend sturmfreie Bude, Leonie schläft bei einer Freundin. Hast du Lust auf einen spontanen Mädelsabend?«

Katharina überlegte nicht lange. Wenn es etwas gab, das immer entspannt, fröhlich und unkompliziert war, dann die gemeinsamen Stunden mit Julie. »Total gern! Ich kann dir aber noch nicht genau sagen, wann. Ich muss nachher noch mal …«

»… ins Kommissariat, schon klar«, ergänzte Julie lachend. »Kein Problem. Ich bin spätestens ab fünf am Nachmittag da, komm einfach vorbei, wenn du so weit bist. Ich freu mich!«

Mit diesen Worten verschwand auch sie hinter ihrer Wohnungstür, und Katharina lief energiegeladen die restlichen Stufen hinunter. Der Tag begann ganz nach ihrem Geschmack. Und wenn sie ein oder zwei Stunden Sport machen würde, würde sie sich bestimmt auch gleich wohler in ihrer Haut fühlen, denn sie hatte wirklich das Gefühl, seit der Vorweihnachtszeit viel gegessen, sich aber umso weniger bewegt zu haben.

Entspannt bummelte sie durch die Fußgängerzone. Das Fitnessstudio Day Night Sports, kurz DNS genannt, lag in der Kuhstraße und war von ihrer Wohnung nur wenige Minuten zu Fuß entfernt. So hatte sie auf dem Weg dorthin noch Zeit, in das ein oder andere Schaufenster zu blicken und sich vielleicht etwas Schönes zu kaufen. Gleichzeitig wanderten ihre Gedanken zu ihrem aktuellen Fall. Das Treffen mit dem Dezernat für Sexualdelikte hatte gestern nicht mehr stattgefunden, sondern war für heute Nachmittag angesetzt. Darum hatte Ben pünktlich den Feierabend eingeläutet, da sie vorläufig keine konkrete Spur hatten, der sie nachgehen konnten. Tobi hatte sich das nicht zweimal sagen lassen und war direkt nach der Ansage aus dem Büro verschwunden. Sie selbst hatte es dagegen nicht allzu eilig gehabt, nach Hause zu kommen. Ben hatte die Gelegenheit, mit ihr allein zu sein, genutzt und sie nach der Gerichtsverhandlung gefragt und auch, warum sie nicht noch wie geplant einen Tag länger in München geblieben war. Katharina hatte gewusst, dass ihn nicht die Neugierde trieb, sondern er ehrlich interessiert war – schließlich wusste er in groben Zügen, was damals in München geschehen war und was Maximilian ihr angetan hatte –, doch ihr hatte nicht der Sinn nach reden gestanden. »Alles okay«, hatte sie nur knapp geantwortet. »Ich wollte nach meiner Aussage lieber nach Hause. Anders als erwartet, verbindet mich wohl doch nichts mehr mit München.«

Ben war klug genug gewesen, sie nicht weiter zu drängen, und dafür war sie ihm dankbar. Katharina war sich sicher, dass er ihr in der Rechtsmedizin angemerkt hatte, dass etwas nicht stimmte, sie hatte seinen Blick durchaus wahrgenommen. Wie sollte er auch verstehen, dass der Anblick der getöteten Prostituierten sie aus dem Tritt gebracht hatte, während sie mit der Leichenbeschau generell keine Probleme hatte? Woher sollte er wissen, wie Maximilian damals seine Opfer hinterlassen hatte? Aber sie, sie wusste es. Sie hatte es mit eigenen Augen gesehen: Maximilian, der »Munich Jack«, hatte wie sein Namensgeber »Jack the Ripper« Prostituierte

gewählt, um zu töten. Und Maximilian hatte seine Handschrift jedes Mal in Form einer Schnittwunde im Gesicht hinterlassen. Natürlich war es für sie selbst ein unangenehmer
Zufall, dass eine ähnlich zugerichtete Prostituierte gerade
jetzt, während sie die Erinnerungen an München durch den
neu aufgerollten Prozess einholten, auch hier in Lüneburg
auf dem Tisch der Gerichtsmedizin lag. Das hatte Katharina
schon gestern gedacht und beschlossen, sich davon nicht ein-
nehmen zu lassen. Das hieß aber auch, dass sie lieber nicht
über diese Parallele nachdenken, geschweige denn reden
würde. So hatte sie wie kurz vor ihr Tobi im Kommissariat ohne weitere Worte ihre Sachen zusammengepackt und
sich in den Feierabend verabschiedet. Ein Stück weit nagte
es inzwischen allerdings doch an ihr, dass sie mit Ben kein
offenes Gespräch geführt hatte. Er war schließlich nicht nur
ihr Chef und ein sehr guter dazu. Er war obendrein der Zwillingsbruder von Bene, was in der Konstellation nicht immer
ganz unkompliziert war, denn so trafen sie auch privat öfter
zusammen, als es normalerweise der Fall wäre. Katharina
wusste, dass sie beiden Männern unabhängig voneinander
absolut vertrauen konnte. Keiner der Brüder würde dem
anderen gegenüber etwas äußern, was sie ihm im Vertrauen
erzählte, das hatten sie in der Vergangenheit mehrfach bewiesen. Und doch gab es Situationen, in denen sie sich verschloss.
Bene, mit dem sie inzwischen keine unverbindliche Affäre
mehr führte, sondern eine feste und erstaunlich stabile Beziehung, war ihr gegenüber immer offen und ehrlich. Lediglich
über die Zeit, als er drohte, auf die schiefe Bahn zu geraten,
sprach er nie, doch das war vor ihr gewesen und lange abgeschlossen. Würde sie ihn danach fragen, wozu sie nie einen
Anlass gesehen hatte, wäre er auch da ehrlich zu ihr, da war
Katharina sicher. Zu Recht erwartete er also von ihr, ihn in

ihre privaten Gedanken einzubeziehen. Doch genau das fiel ihr oft schwer. Auch dieses Grundvertrauen zu anderen Menschen hatte Maximilian ihr genommen. Wie so vieles andere.

Zu Hause angekommen hatte sie zu ihrer Erleichterung festgestellt, dass ihre Mutter noch unterwegs war. Daraufhin hatte sie schnell einen Zettel geschrieben, auf dem stand, dass sie von ihrer Reise nach München sehr müde sei, diesen auf den Küchentisch gelegt, eine Tüte Chips und eine Flasche Bier gegriffen und sich in ihr Schlafzimmer zurückgezogen. Dort hatte sie es sich auf dem Futon gemütlich gemacht, um vor dem Fernseher zu entspannen. Nach ein paar Minuten Herumzappen war sie bei einem Science-Fiction-Film mit Justin Timberlake hängen geblieben, in dem es darum ging, dass die Währung Geld durch Lebenszeit ersetzt wird. Die Chipstüte war schnell geleert, doch sie hatte sich damit beruhigt, am nächsten Morgen zum Sport zu gehen. Nach dem Film hatte sie auf die Talkshow umgeschaltet und eine Weile zugesehen, wie Barbara Schöneberger und Hubertus Meyer-Burckhardt ihre Gäste auf unterhaltsame Weise zum Reden brachten. Irgendwann waren ihr die Augen zugefallen, und sie hatte bis zum frühen Morgen traumlos durchgeschlafen. Auch das war vermutlich ein Grund dafür, dass der heutige Tag für sie bisher so positiv gestartet war.

09.50 Uhr

Pünktlich zur verabredeten Zeit traf Katharina vor dem Fitnessstudio ein, wo Frauke Bostel sie bereits erwartete.

»Warst du heute Morgen etwa schon auf Shopping-

Tour?«, fragte die Gerichtsmedizinerin und deutete auf die Einkaufstüte in Katharinas Hand.

»Ja«, grinste Katharina. »Ich bin irgendwie zu früh los, und da hab ich mir unterwegs ein neues Sportshirt geholt – zum Glück hatten noch nicht alle Geschäfte geöffnet, sonst wäre es wohl nicht dabei geblieben.«

»Ah, verstehe, sozusagen Selbstmotivation, damit du künftig wieder regelmäßiger kommst«, lachte Frauke. »Hilft bei mir manchmal auch.«

Katharina schmunzelte über sich selbst. Sie war eigentlich nicht der Typ Frau, der sich mit neuen Klamotten beschenkte, aber heute hatte sie tatsächlich den Wunsch gehabt, sich spontan einmal etwas zu gönnen. Außerdem hatte sie in einem ihrer Lieblingsläden ein kleines Geschenk für Bene entdeckt, an dem sie nicht hatte vorbeigehen können. Sie wollte ihm eine Freude machen, nachdem sie gestern so unterkühlt gewesen war, und war schon gespannt auf sein Gesicht, wenn sie es ihm beim nächsten Treffen überreichen würde. Allerdings wusste sie nicht, wann das sein würde. Heute Abend war sie mit Julie verabredet, da verbrachte sie die Nacht nicht bei ihm. Aber sie würde ihn am Sonntag anrufen, das nahm sie sich fest vor.

Die beiden Frauen zogen sich um, gerieten dabei munter ins Quatschen und betraten wenig später den Trainingsraum. Katharina empfand ihn als angenehm leer, was sie Anfang Januar, noch dazu an einem Samstag, nicht erwartet hatte. Sie hätte darauf wetten können, dass sich zu dieser Zeit zahlreiche Neulinge im Studio tummelten, die ihre Feiertagskilos loswerden und die Fitnessvorsätze umsetzen wollten. Frauke Bostel steuerte gezielt auf einen freien Stepper zu, und Katharina entschied sich zum Warmmachen für das Laufband direkt daneben.

»Ich freu mich echt, dass du gekommen bist«, sagte Frauke fröhlich, während sie den Stepper in einem niedrigen Startmodus in Gang setzte. »Zu zweit macht es mehr Spaß. Und außerdem lässt sich der innere Schweinehund leichter überwinden. Meiner zumindest.«

Katharina lächelte. Sie war froh, dass Frauke nicht über die Leiche sprach, die auf ihrem Seziertisch lag, sondern sie private Zeit miteinander verbrachten. Sie würden früh genug wieder mit der Tatsache konfrontiert werden, dass es Menschen gab, die anderen auf grausamste Weise Leid zufügten. Und genau für diese Konfrontationen brauchte man manchmal eine kleine Pause, in der man Luft holen und sich auf sich selbst besinnen konnte.

»Ja, ich find's auch gut, dass du gefragt hast«, erwiderte Katharina. »Ich hätte sonst bestimmt noch nicht den Antrieb gefunden, wieder loszulegen. Ganz schön blöd eigentlich. Ich weiß ja genau, dass mir die Bewegung guttut und ich hinterher immer froh bin.«

»Nicht blöd, nur menschlich«, konstatierte die Gerichtsmedizinerin und schaltete ihren Stepper einen Gang höher. »Ich bin ehrlich gesagt angenehm überrascht, dass sogar du nicht ganz so diszipliniert bist, wo du doch sonst immer so straight bist.«

»Wenn du dich da mal nicht täuschst«, antwortete Katharina, behielt ihre Gedanken dazu aber für sich. Warum hielten eigentlich fast alle in ihrem Umfeld sie immer für so zielstrebig und stark, obwohl sie selbst sich so überhaupt nicht sah?

»Warst du im neuen Jahr schon häufig hier?«, fragte sie Frauke, um das Gespräch in eine andere Richtung zu lenken.

»Gezwungenermaßen«, grinste die Kollegin. »Ich bin so ein Mensch, der sich immer ungemein viele Vorsätze auf die Schultern lädt, und am Ende bin ich froh, wenn ich davon wenigstens die Hälfte umgesetzt habe. Und einer der Vorsätze für mein 2016 ist, mindestens eine Kleidergröße runterzukommen und an meiner Fitness zu arbeiten. Seit ich nicht mehr regelmäßig Handball spiele so wie früher, hab ich echt abgebaut.«

»Bist du da nicht ein bisschen sehr streng mit dir?«, widersprach Katharina. »Du bist doch total auf Zack.«

»Na ja, im Normalfall stehe oder sitze ich den ganzen Tag in der Gerichtsmedizin. Viel Bewegung habe ich da nicht gerade. Ich komme nur raus, wenn ihr mich zu einem Tatort ruft.« Sie grinste, bevor sie weitersprach. »Nein, im Ernst. Seit ich die Gerichtsmedizin leite, hängt so viel Verwaltungskram dran. Früher hat das alles Helge Conrad erledigt.«

Katharina erinnerte sich nur zu gut an den früheren Chef der Rechtsmedizin, einen komplett menschenscheuen, introvertierten Typ. Sie selbst hatte im Sommer 2013 mit ihm zu tun gehabt und dachte nur ungern daran zurück. »Wo du das gerade sagst – hast du mal was von ihm gehört?«, wollte sie von Frauke wissen.

»Nein. Tatsächlich hatte ich mal vor, ihn zu besuchen. Ich kann dir aber gar nicht genau sagen, warum. Ich glaub, es war so eine Mischung aus Pflichtgefühl, Mitleid und Unverständnis, er war ja schließlich einige Jahre lang mein Chef. Aber Conrad hat jeden Besuch abgelehnt.«

»Das passt wiederum«, überlegte Katharina. »Ein offener Mensch war er ja nie.«

»Themawechsel«, sagte Frauke bestimmt. »Ich will heute mit dir Spaß haben. Außerdem bin ich jetzt warm.« Sie schaltete den Stepper aus, stieg vom Gerät und schlang sich das Handtuch um den Hals. »Wollen wir da hinten starten?« Sie zeigte auf zwei freie Butterfly-Geräte, die auf der anderen Seite des Trainingsraums standen.

»Gern«, sagte Katharina und verließ ihr Laufband ebenfalls.

Als sie auf dem Weg zu den Geräten waren, kam ihnen eine Frau entgegen, der Frauke fröhlich zuwinkte.

»Hi, Sarah«, rief die quirlige Gerichtsmedizinerin und blieb stehen, um auf die Frau zu warten.

»Katharina, das ist Sarah – Sarah, das ist Katharina, eine Kollegin«, stellte Frauke vor, als sie auf einer Höhe waren.

»Hi, Frauke«, antwortete die andere und reichte Katharina lächelnd die Hand. »Hallo, Katharina, schön dich kennenzulernen. Frauke hat schon angekündigt, dass sie demnächst in deiner Begleitung hier aufschlägt.«

Katharina sah verwundert zu Frauke. »Na, da warst du aber sehr optimistisch, du hast mich doch gestern erst gefragt.«

Frauke Bostel lachte. »Klar, du kennst mich doch! Ich denke immer positiv.«

»Sorry, Mädels, ich muss weiter«, sagte Sarah. »Ich hab gleich einen Kurs. Vielleicht sehen wir uns später.«

Schon war die Frau im Gang zwischen den Geräten verschwunden.

»Ist sie neu?«, fragte Katharina. »Ich habe sie hier noch nie gesehen.«

»Ja, sie hat erst im Dezember angefangen. Ich hab bei ihr einen Kurs belegt – die hat echt Power, sag ich dir. Der Kurs läuft noch 'ne Weile, komm doch mal mit.«

15.05 Uhr

»Entschuldigt bitte, dass ich zu spät bin. Wir hatten bei uns eine Teambesprechung«, rief eine leicht außer Atem geratene Vivien Rimkus in das Gemeinschaftsbüro von Tobias und Katharina, die der jungen Kollegin vom Dezernat für Sexualdelikte erfreut entgegenblickten.

»Kein Problem, sind ja nur fünf Minuten, und Ben ist auch noch nicht da«, meinte Tobi großzügig, und Katharina fragte: »Kommt Malte auch?«

»Nein«, sagte Bens tiefe Stimme hinter Vivien, die gerade den Mund zu einer Antwort geöffnet hatte, ihn jedoch wieder schloss und den Türrahmen, in dem sie stand, für den Hauptkommissar freigab, indem sie in das Büro trat. Ben tat es ihr gleich und erklärte währenddessen: »Malte hat mich eben angerufen und dich angekündigt, Vivien. Er meinte, er müsste wegen der Neujahrsübergriffe am Hamburger Hauptbahnhof zu den Kollegen dort, aber du würdest uns sowieso viel besser unterstützen können, da du die Frauen aus dem Lüneburger Milieu inzwischen besser kennen würdest als irgendein anderer aus eurem Dezernat.« Er lächelte sie an. »Das finde ich übrigens ziemlich respektabel, wenn man bedenkt, dass du gerade erst ein gutes Jahr bei uns in Lüneburg bist!«

»Ja, das hat er zu mir auch gesagt«, bestätigte die junge Frau und errötete zur Überraschung aller so stark, dass es sogar unter ihrem wie üblich dick aufgetragenen Make-up sichtbar war. Voller Mitgefühl sah Katharina die junge Kollegin an. Nicht wegen des Rotwerdens, sondern aufgrund dessen, was Vivien eigentlich unter ihrer Make-up-Schicht verbarg. Katharina war die Einzige in diesem Kreis, die wusste, was es damit auf sich hatte, und sie hatte Vivien fest versprochen, dieses Wissen für sich zu behalten. Es war erst ein paar Monate her, da hatten die beiden Frauen sich zufällig abends in der Altstadt getroffen. Katharina war nach einem Besuch bei Bene auf dem Weg nach Hause gewesen und Vivien aus einer Bar gekommen. Sie war zu diesem Zeitpunkt leicht angetrunken gewesen, trotzdem hatte sie Katharina überredet, einen Absacker mit ihr trinken zu gehen. Aus dem einen Absacker waren ein paar mehr geworden, und als die beiden Frauen sich schließlich gemeinsam auf den Heimweg gemacht hatten, hatte es plötzlich angefangen, wie aus Kübeln zu regnen. Viviens Make-up war zerlaufen, und Katharina hatte vollkommen überrascht zum ersten Mal erkannt, warum die hübsche junge Frau ständig so stark und perfekt geschminkt war, obwohl es überhaupt nicht zu ihrer sonst eher burschikosen Art passte. Auch Vivien war, trotz des Alkoholeinflusses, schnell bewusst geworden, dass ihr so gut gehütetes Geheimnis in diesem Moment offengelegt war, und hatte verzweifelt gewirkt. Wohl wissend, dass ihre Mutter bereits auf dem Sofa im Wohnzimmer schlafen würde, hatte Katharina Vivien daraufhin mit in ihre Wohnung genommen. Dort hatten die beiden Frauen – bei einem starken Kaffee statt weiteren Martinis – ein langes und ernstes Gespräch in der kleinen Küche geführt, in dessen Verlauf Vivien ihre Geschichte erzählt hatte. Seitdem hatten sie nie wieder ein Wort darüber verloren. Katharina merkte selbst, dass sie mit ihren Gedanken abgeschweift war, und konzentrierte sich nun auf das Hier und Jetzt. Vivien schien sich gefangen zu haben und sagte gerade an Ben gewandt: »Es liegt wohl daran, dass ich nicht nur beruflich mit den Frauen zu tun habe. Ich engagiere mich auch in meiner Freizeit für sie – nicht alle üben ihr Gewerbe freiwillig aus.«

»Gut, dann schlage ich vor, dass wir uns an den Besprechungstisch setzen«, sagte Ben und schwenkte ein in Papier eingeschlagenes Kuchentablett vom Bäcker, »ich hab uns was Leckeres mitgebracht. Ist ja schließlich Wochenende.«

»Ben, wenn du so weitermachst und uns bei jeder Teambesprechung mit Süßem versorgst, werden wir bald alle aufgehen wie ein Hefeklops«, lachte Katharina und schaute gezielt auf Bens Körpermitte. Ben folgte ihrem Blick, tätschelte seinen Bauch und sagte: »Das Leben ist zu kurz, um immer nur Verzicht zu üben, nicht wahr, Tobi?«

»Genau, Chef«, stimmte Tobias zu, der im ganzen Kommissariat dafür bekannt war, wie gern er aß.

»Na, dann, jemand Kaffee dazu?«, fragte Katharina und stand von ihrem Schreibtischstuhl auf.

»Och, wenn du schon so fragst, gern«, antwortete Ben, und Vivien und Tobi nickten dazu.

Kurze Zeit darauf hatten sich alle bis auf Katharina an den Besprechungstisch in Bens Büro gesetzt. Katharina stand an der breiten und zugleich hohen Glasscheibe, die den Blick in das Gemeinschaftsbüro freigab, denn die Jalousien waren wie meist hochgezogen. Die Glasscheibe diente den Ermittlern vor allem dazu, fallrelevante Informationen schriftlich festzuhalten, sodass jeder im Team ständigen Zugang dazu hatte. Noch standen neben einem aufgeklebten Foto der toten Prostituierten nur ihre beiden Namen, Tanja Groß und Joy, doch während Katharina Vivien von dem Fall berichtete, fügte sie ein paar Details hinzu. Als sie mit ihrer Zusammenfassung geendet hatte, stellte Vivien nachdenklich fest: »Viel habt ihr tatsächlich nicht, und ich fürchte, ich hab auch nicht mehr beizusteuern. Wie schon gesagt, habe ich zu den meisten Frauen einen guten Draht. Besonders zu denen aus der Bordellgasse, weil die nicht häufig wechseln. Darum kannte ich Joy natürlich. Sie war eher eine stillere Natur und hat sich aus den Zickereien der anderen in der Regel rausgehalten. Sie war übrigens eine, die ihr Gewerbe freiwillig ausgeübt hat, wenn man das so sagen kann.«

»Xenia hat mir erzählt, dass Joy ausschließlich für die eigene Kasse gearbeitet hat und keinen Zuhälter hatte. Weißt du etwas darüber?«, fragte Tobias.

»Ach, das hast du gestern gar nicht erwähnt«, wunderte sich Katharina.

»Da wusste ich es auch noch nicht«, gab Tobias ihr recht. »Ich bin gestern auf dem Nachhauseweg noch einmal kurz in der Bordellgasse vorbei – ist ja auf meinem Heimweg nur ein winziger Schlenker. Ich hatte Glück, und Xenia war da, also hab ich sie direkt danach fragen können.«

»Aha«, kommentierte Katharina die Erklärung ihres Kollegen und zog eine Augenbraue hoch.

»Auf jeden Fall ist das auch mein Stand«, sagte Vivien in die eingetretene Stille. »Sie hatte wohl mal einen, der hier ein paar Mädchen hatte, aber vor allem in Hamburg. Als der vor einigen Jahren bei einer Messerstecherei umkam, hat sie es so geschickt angestellt, dass sie bei seinem Nachfolger durchs Raster gefallen ist, wohl auch mithilfe der Hausvermieter in der Bordellgasse. So zahlte sie halt etwas mehr Miete als üblich für ihre Fensterzeiten und für das Zimmer, in dem die Freier bedient werden. Und außerdem zahlte sie auch für die Wirtschafter – ihr wisst schon, die Jungs, die den Frauen alles besorgen, was sie brauchen, und zudem aufpassen, dass die Freier keinen Ärger machen. Habt ihr mit denen schon gesprochen? Soweit ich weiß, sind es in dem Haus von Joy drei Typen, die im Schichtdienst arbeiten.«

»Gut, die müssen wir auf jeden Fall auch noch befragen«, sagte Ben und nickte in Katharinas Richtung, die das auf die Glasscheibe schrieb und dann mit dem Marker auf die eben geschriebenen Worte »Cam-Girl?« tippte: »Was meinst du dazu, Vivien?«

»Also, ich weiß nicht«, erwiderte Vivien und zog ihre Stirn zweifelnd kraus. »Ich glaube nicht, dass Joy das zusätzlich gemacht hat. Denn wenn, dann hätte sie sich sicher in ihrem Zimmer im Haus Hinter der Sülzmauer gefilmt.

Außerdem hättet ihr irgendetwas im Internet über sie gefunden. Du hast doch sicher auch einen Bildabgleich gemacht, als du sie im Netz gesucht hast – oder hast du nur über den Namen gesucht?«

»Nein, ich hab auch über einen Bildabgleich gesucht. Aber vielleicht hatte sie im Netz immer eine Maske auf und sich einen weiteren anderen Namen zugelegt«, vermutete Katharina.

»Klar könntest du recht haben, aber wie gesagt, ich glaube das nicht. Warum hätte sie das tun sollen? Ihr Name Joy ist im Milieu bekannt. Sozusagen ihr Markenname. Aber wie Xenia dir auch sagte, Tobias, hatte auch ich immer den Eindruck, dass Joy Berufliches und Privates voneinander trennt, und das Internet ist ziemlich gläsern. Das wird sie schon deswegen für solche Zwecke gemieden haben. Übrigens ist der Fachbegriff für so eine Frau, wie ihr sie meint, wenn man da überhaupt von Fachbegriff sprechen kann, ›Cam-Whore‹.«

»Cam-Whore?«, echote Tobi fragend, und auch seine beiden Kollegen guckten aufmerksam in das Gesicht von Vivien.

»Ja, das heißt ›Kamerahure‹. Ein Cam-Girl kann eine Frau sein, die ihr normales Leben im Internet präsentiert. Das Gegenstück wäre dann der Cam-Boy. Bei einer Cam-Whore sprechen wir ganz klar von jemandem, der im Internet erotisches oder eben pornografisches Material von sich präsentiert. Und davon geht ihr im Fall von Joy ja wohl aus.«

»Gut, also Cam-Whore«, sagte Katharina, wischte das »Girl« auf ihrer Tafel weg, schrieb stattdessen »Whore« hin und machte hinter dem darauf folgenden Fragezeichen einen Pfeil, hinter den sie »Stativ?« schrieb. »Wieso stand dann in ihrem Schlafzimmer aller Wahrscheinlichkeit nach ein Stativ? Hat Joys Mörder es hingestellt und den Mord an ihr gefilmt?«

»Es muss ja nicht immer alles Sex oder Crime sein«, wandte Tobi ein, und Ben gab ihm recht: »Ja, Katharina, das denke ich auch. Ein Stativ kann aus anderen Gründen dort gestanden haben. Vielleicht hat Tanja Groß auf ihrem Bett Sachen fotografiert, die sie dann bei Ebay eingestellt hat oder irgendwas in der Art.«

»Und warum haben wir dann keines in ihrer Wohnung gefunden?«, fragte Katharina in die Runde. Sie wusste, dass ihre Kollegen richtigliegen könnten, wollte sich aber nicht so schnell geschlagen geben.

»Sie kann es sich ausgeliehen haben«, gab Vivien zu bedenken.

»Hmhm«, nickte Katharina, hob ihre Hände so, als würde sie sich ergeben. Dann stand sie auf, ging an Bens Schreibtisch, griff zum Telefon und wählte die interne Nummer der KTU.

»Hi, hier ist Katharina. Habt ihr Neuigkeiten für uns? Vor allem was das Handy und den Laptop angeht? Konntet ihr die Codes knacken?«, Katharina lauschte in den Hörer, während die anderen im Raum sie gespannt beobachteten.

»Gut, danke. Bis gleich«, sagte sie nach einer kleinen Weile, stellte das Telefon zurück in die Station und ging mit gezücktem Stift zur Glasscheibe zurück. Erst dann fing sie an zu reden: »Wir bekommen gleich das Handy und den Laptop von unserem Opfer. Die KTU konnte die Codes knacken und hat beides auf Bilder und Videos durchforstet, die unsere Vermutung bestätigen würden, dass Tanja Groß zusätzlich als Cam-Gi…, ähm Cam-Whore gearbeitet hat. Fehlanzeige.«

»Das heißt, diese Spur, wenn es denn eine war, können wir ad acta legen«, stellte Ben fest, und die Kommissarin nickte dazu, während sie gleichzeitig das Wort »Cam-Whore«, das auf der Scheibe stand und mit einem Fragezeichen versehen war, durchstrich. Dann fuhr sie fort: »Dafür haben die Kollegen aber eine Liste mit zwölf Männernamen gefunden und diese bereits mit den gespeicherten Telefonnummern im Handy abgeglichen. Bis auf zwei konnten sie allen Männern eine Nummer zuordnen. Ich schätze mal, dass es sich bei den Männern um die Stammfreier von Tanja Groß handelt. Der letzte Anruf bei ihr ist etwa um 22 Uhr eingegangen. Von einem nicht zurückverfolgbaren Prepaidhandy. Ich nehme an, das war der Anruf, der sie veranlasste, ins Hotel nach Goseburg aufzubrechen, aber wissen werden wir das wohl erst, wenn wir den Anrufer kennen.«

Katharina schrieb an die Scheibe: »ca. 12 Stammkunden« und »22 Uhr letzter Anruf von unbekannt. Mörder?«, dann setzte sie sich zurück zu den anderen an den Besprechungstisch.

»Na, dann wissen wir ja, wie wir unseren Samstag verbringen«, stellte Tobi frustriert fest, und Ben zuckte entschuldigend mit den Schultern: »Wir haben uns alle unseren Job ausgesucht. Aber ja, Tobi, du hast recht. Sobald wir die Liste der Männer haben, teilen wir uns auf. Jeder übernimmt vier Namen, die abgeklappert werden. Lasst uns die Daumen drücken, dass da was bei rumkommt.«

19.39 Uhr

Daniela von Bohlendieck schloss die schwere Kanzleitür hinter sich ab. Sie war erledigt. Sie hatte sich den ganzen Tag über in einen Fall eindenken und -lesen müssen, den sie von einem erkrankten Kollegen übernommen hatte. Am Montag schon würde die Gerichtsverhandlung stattfinden, in der sie den Kollegen vertreten musste. Jetzt rauchte ihr der Kopf, sie wollte nach Hause und die Füße hochlegen. Morgen würde sie herkommen und weitermachen. Wenn wenigstens nicht so ein unangenehmes Wetter herrschen würde. Diese feuchte Kälte setzte ihr schon seit Tagen zu. Und sie war erst Anfang 40. Wie es da wohl alten Menschen ging? Die hatten unter diesem Wetter sicher noch mehr zu leiden. Daniela von Bohlendieck steckte den Kanzleischlüssel in ihre Handtasche, die sie anschließend neben sich auf die Fußmatte stellte. Obwohl es hier im Hausflur recht warm war, machte sie sich daran, ihren dicken Winterparka zu schließen – das war gar nicht so einfach, da sich das aus Fell bestehende Innenfutter immer wieder im Reißverschluss verfing. Gerade, als sie es geschafft hatte und sich bereits Schweißperlen auf ihrer Stirn gebildet hatten, hörte sie Schritte. Die Schritte kamen vom zweiten Stockwerk, was die Anwältin verwunderte, denn die Räume, die dort lagen, waren zurzeit ungenutzt. Vielleicht war es der Immobilienmakler, der etwas überprüft oder einen Interessenten für die Büroräume durchgeführt hatte. Ja, so wird es sein, sagte sich die Anwältin, nahm ihre Handtasche vom Boden auf und ging auf die Treppe zu. Am Treppengeländer blieb sie stehen und schaute nach oben. Sie sah niemanden die Stufen hinunterkommen. Sie hörte auch keine Schritte mehr. Daniela von Bohlendieck atmete einmal schwer aus. Vielleicht hatte sie sich getäuscht. Ja, sie musste sich geirrt haben. Wahrscheinlich hatte sie selbst ein Geräusch verursacht, als sie den Kanzleischlüssel in ihre Handtasche hatte gleiten lassen, und ihre Müdigkeit hatte ihr dann einen Streich gespielt und etwas anderes vorgegaukelt. So wird es gewesen sein, beruhigte sich die Anwältin selbst, ohne jedoch überzeugt von ihrer eigenen Erklärung zu sein. Ein kleiner Schauer überlief ihren Nacken, und sie musste sich kurz schütteln. Offenbar wurde man im Alter nicht nur wetterfühliger, sondern auch ängstlicher, schalt sie sich selbst. Dann wandte sie sich ab und begann, langsam die Stufen nach unten zu gehen. Inzwischen war ihr in ihrem dicken, geschlossenen Parka reichlich warm geworden. Aber gleich bin ich ja draußen auf der Straße, dachte Daniela von Bohlendieck, während sie im nächsten Augenblick erneut Schritte hörte, von denen sie sich dieses Mal ganz sicher war, dass es welche waren. Jetzt kamen sie von den Treppenstufen hinter ihr. Es hörte sich an, als würde es jemand verdammt eilig haben und immer zwei Stufen auf einmal nehmen. Das mulmige Gefühl der Anwältin verstärkte sich, aber sie riss sich zusammen. Sie blieb mitten auf dem Treppenabsatz stehen, um die Person vorbeizulassen, die es da gerade so eilig zu haben schien. Gerade als sie sich dafür seitwärts drehte, um sich an das Geländer zu lehnen, spürte sie einen Schlag auf den Kopf. Der Schlag ließ Daniela von Bohlendieck einen Moment taumeln, und ihr wurde schwarz vor den Augen, doch sie ging nicht zu Boden. Sie wollte weglaufen, aber ein starkes Schwindelgefühl nahm ihr die Orientierung, und sie wusste nicht, wohin. Stattdessen klammerte sie sich mit beiden Händen an das Treppengeländer, damit sie nicht stürzte.

Ich muss hier weg!, schrie alles in ihr. Ich muss hier weg! Dann lichteten sich die Schatten über ihren Augen langsam, und sie nahm schemenhaft eine Gestalt wahr, die sich an ihrer Handtasche, die ihr bei dem Schlag aus den Händen geglitten war, zu schaffen machte. Wer war das? Noch immer halb blind fragte sie mit brüchiger Stimme: »Was wollen Sie? Geld? Nehmen Sie es! Nehmen Sie alles!«

Statt einer Antwort spürte sie, wie ihr rechter Oberarm gepackt wurde und die Gestalt sie mit sich zog. Sie sträubte sich gegen die fremde Kraft und stemmte sich instinktiv dagegen. Was hatte ihr Angreifer vor? Hatten eben noch Verwunderung und Schmerz ihren Körper erfüllt, machten sie nun nackter Angst Platz. Daniela von Bohlendieck begann zu schreien. Sie schaffte es, sich loszureißen. Noch immer konnte sie kaum etwas sehen, dennoch hastete sie die Treppe hinunter. Dabei hatte sie die Hände am Geländer, das ihr als Halt und Führlinie diente. Die Anwältin kam nicht weit. Ein weiterer Schlag – dieses Mal in den Nacken – ließ sie das Gleichgewicht verlieren und die restlichen Stufen hinunterfallen. Sie landete auf ihrem Rücken und versuchte, sich aufzurappeln, doch sämtliche Glieder versagten ihr den Dienst. Kraftlos blieb sie liegen. Dann hörte sie wieder Schritte. Schritte, die langsam die Stufen hinunterkamen. Daniela von Bohlendieck spürte, wie ihr etwas auf Mund und Nase gedrückt wurde, dann überfiel sie die Dunkelheit, und ihr Bewusstsein war ausgeknipst.

19.52 Uhr

Ben betrat die Bar des Hotels Heideglanz, in der sein Zwillingsbruder seit inzwischen fast fünf Jahren als Barchef arbeitete. Er hatte am Nachmittag mit Bene telefoniert und wusste, dass der heute Dienst hatte. Sie beide hatten sich länger nicht gesehen und nach den Befragungen der Stammkunden von Joy – tatsächlich hatte er drei von den vieren, die er auf seiner Liste hatte, ausfindig machen und sogar befragen können – verspürte er keine Lust , nach Hause zu gehen, wo sowieso niemand auf ihn wartete. Darüber hinaus hatte er eine Frage an Bene.

Es tummelten sich diverse Gäste vor dem Tresen, doch es war nicht so voll, wie Ben befürchtet hatte. Erfreut stellte er fest, dass in der Ecke des Tresens zwei Plätze frei waren, und steuerte direkt darauf zu. Er zog seine Winterjacke aus, legte sie über einen der beiden Lederhocker und setzte sich auf den anderen. Einen Moment lang beobachtete der Hauptkommissar die unterschiedlichen Menschen im Raum. Bei einer kleinen Gruppe schien es sich um eine Familie zu handeln, die etwas zu feiern hatte, denn es waren zwei kleine, auffallend hübsch gekleidete Kinder dabei, und zwei der Frauen hielten ein Geschenk und Blumen in den Händen. Sie tranken hier, wie er vermutete, nur einen Aperitif und würden in Kürze nach nebenan in das Restaurant wechseln. Auch für die Truppe junger Männer, die sich angeregt unterhielten, während sie am Tresen stehend Cocktails tranken, schien die Bar nur ein Startplatz für einen längeren Abend zu sein. So hatte er es an Freitag- oder Samstagabenden häufiger erlebt: Die Bar war ab 18 Uhr prall gefüllt, leerte sich gegen acht, und erst gegen 22 Uhr, nach einem Essen im Hotel oder anderswo in der Stadt, trudelten die Nachtschwärmer ein. Ben hatte genau darauf gehofft, denn so würde er die Gelegenheit haben, mit seinem Bruder ein paar Worte zu wechseln, ohne dass dieser permanent zwischen den Tischen und der Bar herumspringen und üppige Getränke zubereiten musste. Momentan konnte er Bene jedoch nicht entdecken, hinter dem Tresen stand lediglich eine junge Kollegin, die Gläser spülte, während sie etwas besorgt auf die vorhandenen Gäste blickte. Ben nahm an, dass es sich um eine Auszubildende handelte, die gerade erst ihre Lehrzeit in der Bar begonnen hatte. Er hatte das, seit Bene hier arbeitete, schon ein paarmal miterlebt. Die jungen Leute, die in dem großen Hotel ihre Ausbildung absolvierten, mussten einen Teil davon in der Bar ableisten, und gerade in den ersten Tagen war das für manche von ihnen eine echte Herausforderung. Bene selbst war anfänglich nicht gerade von der Aussicht begeistert gewesen, alle paar Monate eine neue Person anzulernen, hatte sich aber daran gewöhnt. Im Gegenteil, er war inzwischen sogar sehr engagiert darin, dem Nachwuchs in der kurzen Zeit möglichst viel mit auf den Weg zu geben, zumindest dann, wenn die Auszubildenden Eigeninitiative und einen gewissen Biss zeigten. Ben fragte sich gerade, wie das wohl im Fall dieses eher schüchtern und bei näherer Betrachtung sehr jung wirkenden Mädchens sein mochte, als sein Bruder plötzlich neben ihm stand und ihm auf die Schulter klopfte.

»Hallo, Bruderherz, da bist du ja«, begrüßte Bene ihn. »Sag bloß, du hast noch nichts zu trinken bekommen.« Der Blick des Barchefs wanderte zu dem Mädchen hinter dem Tresen.

»Alles in Ordnung«, wiegelte Ben ab, »ich bin gerade erst rein und habe noch gar nicht entschieden, was ich trinken möchte.«

»Dann lass dich überraschen, ich habe einen tollen neuen Roten, der wird dir garantiert gefallen!«, sagte Bene fröhlich und verschwand durch den Raum, um kurz darauf auf der anderen Tresenseite aufzutauchen. Ohne dass Ben etwas dazu sagen konnte, griff er eines der eleganten Rotweingläser, holte eine Flasche aus dem großen Weinschrank und schenkte das Glas ungefähr zu einem Drittel voll. Er ließ die tiefrote Flüssigkeit einen Moment lang geschickt im Glas kreisen und stellte es vor seinem Bruder auf die Theke.

»Bitte sehr, lass ihn dir schmecken! Möchtest du etwas essen?«

»Im Moment nicht, danke«, antwortete Ben. »Vielleicht später.«

»Okay, sag Bescheid.« Bene wandte sich dem Raum zu, um die Gäste im Blick zu behalten, als eine weibliche Stimme verlauten ließ: »Wir würden gern zahlen!«

Bene zuckte mit den Schultern und sah seinen Bruder entschuldigend an. »Und schon ruft die Pflicht. Ich denke, spätestens in einer halben Stunde ist es hier leerer.«

Er schnappte sich sein großes Kellnerportemonnaie, zog den entsprechenden Beleg aus der Registrierkasse und trat mit seinem typischen Strahlemann-Grinsen auf die elegante Dame zu, die ihn gerufen hatte. Ben musste schmunzeln. Sein Zwilling hatte hier wirklich seine Berufung gefunden. Er beherrschte seinen Job, hatte den nötigen Charme, um bei den oft gut betuchten Gästen des Hotels gut anzukommen, und obendrein hatte er sichtlichen Spaß an seiner Arbeit. Er war offensichtlich angekommen. Ben mochte diesen Begriff eigentlich nicht, doch in diesem Fall fiel ihm keine treffendere Bezeichnung ein. Auf Benes Privatleben traf es genauso zu, dachte er. Tatsächlich war zwischen seinem Bruder und Katharina eine feste Beziehung entstanden, was Ben am Anfang nicht für möglich gehalten und vor allem nicht als angenehm empfunden hatte. Zudem hatte es eine Phase gegeben, in der er selbst Gefühle für Katharina empfunden hatte, die über ein freundschaftliches oder kollegiales Verhältnis hinausgingen. Zum Glück war das nur eine sehr kurze Zeit gewesen, obendrein in einer für ihn sehr speziellen Situation, und er hatte sich diese emotionale Verirrung schnell verboten. Ganz unabhängig davon, dass sie die Freundin seines Bruders war, hatte er sich immer geschworen, niemals etwas mit einer Kollegin anzufangen, und bisher war er diesem Vorsatz immer gefolgt. Inzwischen kam Ben gut damit zurecht, dass seine beste Kommissarin mit seinem Zwilling zusammen war und sie gelegentlich privat zusammentrafen. Seine

Eltern hatten Katharina von Anfang an ins Herz geschlossen, was nicht selbstverständlich war. Ben erinnerte sich nur zu gut daran, dass sie mit seiner Exfrau Simone nie so richtig warm geworden waren. Wie seltsam sich das Leben doch manchmal entwickelte … Eigentlich war er der bodenständige der Zwillinge gewesen. Er hatte früh gewusst, dass er beruflich in die Fußstapfen des Vaters treten und zur Polizei gehen würde. Auch, dass er mehr wollte als den normalen Streifendienst, dem sein Vater mit größtem Engagement und voller Überzeugung bis zu seiner Pensionierung nachgegangen war. Und es hatte damals niemanden gewundert, dass er verhältnismäßig früh eine Ehe eingegangen war. Ben selbst war sich heute allerdings bewusst, dass es viel zu früh gewesen war. Er hatte sich nicht die Zeit gegeben, auf die richtige Frau zu warten. Simone war da gewesen, sie waren frisch verliebt und hatten eine schöne Zeit, und so hatte er es für vernünftig gehalten, die Beziehung auf eine solide Grundlage zu stellen und zu heiraten – Simone hatte nicht Nein gesagt. Dass sie beide möglicherweise dauerhaft nicht zusammenpassen würden, weil dazu doch etwas mehr gehörte, hatten sie nicht bedacht – er ebenso wenig wie Simone. Dies allerdings mit dem Unterschied, dass er sich damit begnügt hatte und davon ausging, dass in allen Ehen irgendwann der Alltag und die Routine einzogen. Simone dagegen war irgendwann ausgebrochen und hatte angefangen, ihr wirkliches Glück zu suchen. Und so wenig ihn heute mit seiner Exfrau verband, konnte er diese Entscheidung inzwischen durchaus nachvollziehen. Heute wusste auch er, dass er damals – nachdem sie ihn für einen anderen Mann verlassen hatte, mit dem sie allerdings nicht mehr als ein kurzes Abenteuer verband – nicht gelitten hatte, weil er sie so sehr geliebt, sondern weil sie ihn in seinem Stolz verletzt hatte.

»So nachdenklich heute?« Bene riss seinen Zwillingsbruder aus dessen Gedanken.

»Bitte?«, fragte der Kommissar erschrocken. Er hatte gar nicht gemerkt, wie lange er in seine eigene Gedankenwelt abgetaucht war. Verwundert sah er sich um. Außer ihm saßen nur drei weitere Gäste in der geräumigen Bar, ansonsten war es leer um ihn herum. Auch sein Weinglas war leer – nicht einmal das hatte er mitbekommen.

»Hat er geschmeckt?«, fragte Bene, als würde er die Gedanken seines Bruders ahnen.

»Ja, der ist wirklich gut«, bestätigte Ben. »Einen nehme ich gern noch. Und dazu …« Er warf einen Blick auf die Schiefertafel, die die aktuellen Tagesempfehlungen zeigte. »Dazu die Pasta mit Rinderfiletspitzen.«

»Keinen Grünkohl?«, fragte Bene grinsend.

»Wäre schade um den guten Wein«, lächelte Ben. »Hättest du mir vorhin ein Bier hingestellt, wäre das tatsächlich infrage gekommen.«

»Keine Sorge, du verpasst nichts«, sagte Bene. »Der Grünkohl ist gut, aber so lecker wie bei unserer Mutter wiederum nicht, da kommt schließlich so schnell niemand ran.«

Er nahm das leere Weinglas, stellte es auf den Tresen, schenkte ein neues Glas ein und buchte Bens Speisebestellung für die Küche. Dann wies er die Auszubildende an, die Tische abzuräumen, bevor er sich Ben zuwandte: »Das Essen wird eine Weile dauern, die Küche hat mit dem Restaurant gerade gut zu tun, die sind nebenan fast komplett belegt.«

»Kein Problem«, antwortete Ben. »Ich wollte ohnehin was mit dir besprechen. Oder vielmehr, ich wollte dich was fragen.«

Interessiert sah sein Zwilling ihn an. »Schieß los!«

Ben tat sich schwer, einen geschickten Einstieg zu finden. Also beschloss er, direkt auf den Punkt zu kommen.

»Kannst du mir sagen, warum Katharina direkt nach der Verhandlung zurück nach Lüneburg gekommen ist, obwohl sie eigentlich in München bleiben wollte?«

Ben merkte seinem Bruder sofort an, dass ein Gespräch darüber ihm nicht behagte, obwohl Bene versuchte, es mit seiner lässigen Art zu überspielen.

»Na, ist doch klar – sie wollte bei mir sein. Also, ich kann das verstehen.« Er lachte, doch das Lachen erreichte seine Augen nicht.

»Spaß beiseite, Bene«, sagte Benjamin Rehder ernst. »Ich mach mir Gedanken um Katharina. Dieses ganze München-Drama war lange kein Thema, und ich dachte eigentlich, sie hatte es einigermaßen erfolgreich verarbeitet. Aber dieser neu aufgerollte Prozess bringt zwangsläufig alles wieder hoch.« Er runzelte die Stirn. »Ich will gar keine Einzelheiten von dir wissen. Nur, ob ich mir Sorgen um meine beste Mitarbeiterin machen muss. Oder ob ich was tun kann.«

Bene machte den Rücken gerade und sah seinen Bruder ebenso ernst an. »Selbst wenn ich dir mehr dazu sagen wollte, ich könnte es nicht. Katharina hat mit mir nicht darüber gesprochen. Allerdings – irgendwie anders als sonst war sie schon.«

Das Alte bewahren mit Fleiß und Treue,
daraus gestalte kunstvoll das Neue

(Hausinschrift, Grapengießer Straße 13, Lüneburg)

4. KAPITEL:

SONNTAG, 10.01.2016

11.03 Uhr

Katharina zog die dicke Wollmütze vom Kopf und schüttelte ihre langen Locken.

»Boah, ist das kalt«, sagte sie zu Ben, der im Eingangsbereich des Krankenhauses auf sie gewartet hatte.

»Absolut, aber bei minus sechs Grad zusammen mit dieser Feuchtigkeit ist das kein Wunder«, nickte der Hauptkommissar ihr zu.

»Gefühlt sind das mindestens minus 20 Grad«, brummelte Katharina, während sie sich aus ihrem Schal wickelte und ihren Mantel aufknöpfte.

»Bist du zu Fuß gekommen?«, fragte Ben überrascht. Katharina hatte ihn vor etwa einer Stunde angerufen und sich mit ihm hier im Krankenhaus verabredet. Sie wiederum war vorher von Vivien Rimkus angerufen worden. In der Nacht war eine Patientin ins Lüneburger Krankenhaus eingeliefert worden, die allem Anschein nach überfallen und vergewaltigt worden war. Deswegen war die Kollegin vom Dezernat für Sexualstraftaten vom Krankenhaus informiert worden und nun vor Ort. Am Telefon hatte sie sich Katharina gegenüber kurz gehalten. Sie hatte gehetzt geklungen und Katharina nur mitgeteilt, dass das Opfer auf der Intensivstation lag und sie Katharina dort erwarten würde. Vivien hatte gesagt, alles Weitere würde sich dann zeigen.

»Nein, ich bin mit dem Bus gefahren«, sagte Katharina. »Das Auto wollte ich nicht bewegen, sonst wäre der Parkplatz nachher unter Garantie weg, und ich muss wieder sonstwo parken. Und mit dem Fahrrad ist mir das aktuell zu glatt. Grad gestern habe ich einen Radfahrer gesehen, der auf dem Weg ausgerutscht ist. Das muss ich nicht haben.«

»Verstehe«, sagte Ben. »Warum hast du nichts gesagt am Telefon, ich hätte dich doch abholen können?«

»Kein Problem«, kam es knapp zurück, »frische Luft tut mir ganz gut.«

Ben setzte sich in Gang und Katharina folgte ihm. »Weißt du inzwischen mehr?«, fragte sie.

»Nein, ich habe hier unten auf dich gewartet und noch gar nicht mit Vivien gesprochen.«

»Hm«, machte Katharina nachdenklich. »Ich frage mich, warum sie am Telefon so geheimnisvoll getan hat. Immerhin ist Sonntag, und ich könnte mir was Schöneres vorstellen als einen Krankenhausbesuch, zumal ich die Stammfreier von Joy, die ich übernehmen sollte, gestern alle abgeklappert habe. Oder na ja, besser gesagt die, die hier in Lüneburg wohnen. Einer davon war der Taxifahrer, den ich schon kannte. Den habe ich mir geschenkt, und ein anderer wohnt in Handorf, der hat ein Alibi. Der dritte lebt nicht mehr und der vierte sitzt in Hamburg in Santa Fu. Er büßt seit einem Monat seine Strafe ab – Tankstellenüberfall – und hat damit ein Alibi. Vielleicht hat Viviens Anruf was mit einem Freier zu tun, den sie überprüfen sollte. Übrigens tut es mir leid, dass ich dich gleich angerufen und dazugebeten habe. Das war mehr aus einem Reflex heraus, weil ich dich ja immer wenn möglich informiere. Wahrscheinlich müssen wir gar nicht zu zweit auflaufen.«

»Passt schon«, meinte Ben einsilbig und gähnte hinter vorgehaltener Hand.

»Oh, spät geworden gestern?«, fragte Katharina mit einem Anflug von schlechtem Gewissen, ihn vielleicht aus dem Bett geklingelt zu haben. Ein bisschen Neugier war allerdings auch dabei. Sie wusste, dass Ben vor einiger Zeit auf der Geburtstagsparty von Frauke Bostel eine Frau kennengelernt hatte, sie hatte nur keine Ahnung, was inzwischen daraus geworden war, weil Ben sich dahingehend komplett ausschwieg. Einmal hatte Katharina sogar die Gerichtsmedizinerin so ganz nebenbei danach gefragt, doch die hatte ihr auch keine Auskunft geben können. Natürlich ging Katharina das Privatleben ihres Chefs nichts an, und gerade sie selbst gehörte zu denen, die nicht jeden Menschen über ihren Beziehungsstatus informierten, dennoch hätte sie es gerade im Fall von Ben gern gewusst. Sie redete sich immer wieder ein, dass es daran lag, dass er der Bruder von Bene war und sie sich eben für dessen Familie interessierte, doch tief in ihrem Inneren wusste Katharina es besser: Ihre Gefühle für Benjamin Rehder waren kompliziert. Sie mochte ihn ein kleines bisschen mehr, als man seinen Chef oder den Bruder seines Freundes mögen sollte. Sie konnte nichts dagegen tun. Natürlich ließ sie diese Gefühle nie wirklich zu, dennoch ahnte sie, dass es ihr einen kleinen Stich versetzen würde, wenn Ben plötzlich mit einer Frau an seiner Seite auftauchte. Sie schämte sich für diese Gedanken – schließlich war sie mit seinem Zwillingsbruder zusammen. So redete sie sich immer wieder ein, dass die Gefühle für ihren Chef allein der extremen Ähnlichkeit der Zwillinge geschuldet waren, doch am Ende wusste sie selbst, dass sie sich damit etwas vormachte. Darum wünschte sie sich manchmal geradezu, dass Benjamin Rehder eine Frau fand, weil sie hoffte, dieses Thema dann endlich vom Tisch zu haben, selbst wenn es für den ersten Augenblick wehtun würde.

»Etwas«, antwortete Ben nur, was Katharina noch neugieriger machte. Dennoch fragte sie nicht weiter – scheinbar wollte Ben nicht mehr erzählen, und sie wollte sich nicht die Blöße geben zu bohren. Darüber hinaus waren sie gerade bei der Intensivstation angekommen. Sie mussten klingeln, damit ihnen jemand die gläserne Stationstür öffnete. Tatsächlich kam gleich eine Schwester, die sie einließ, nachdem sie sich ausgewiesen hatten. Das Erscheinen der Kommissare war ihr angekündigt worden, erklärte die Schwester, wobei sie nur von einer Person gewusst hatte. Sie führte sie zu einem Patientenzimmer und klopfte dort an. Kurz darauf öffnete sich die Tür, und Vivien Rimkus trat heraus, wobei sie die Tür sanft hinter sich zuzog. Dann erst begrüßte sie ihre Kollegen.

»Hi«, sagte sie flüsternd, als ob sie noch im Krankenzimmer stünde und niemanden stören wollte. Dann nickte sie der Krankenschwester dankend zu und sagte: »Die Patientin schläft, meine Kollegen werden sie nicht wecken, versprochen.«

»Gut«, erwiderte die Schwester, auf deren Kittel etwas oberhalb der linken Brust ein Leukoplaststreifen klebte, worauf in schwarzer Schrift »Schwester Ines« geschrieben stand.

»Wenn was ist, Sie wissen ja, wo Sie mich finden«, setzte die Schwester hinzu, wandte sich ab und ging mit quietschenden Schuhen in Richtung Schwesternzimmer.

»Jetzt erzähl uns erst einmal, wozu wir hier sind. Wenn das Opfer schläft und die Tat zudem, soweit wir wissen, in deinen Zuständigkeitsbereich fällt, warum hast du uns hergeholt?«, fragte Katharina ihre junge Kollegin. »Hat die Frau darin etwas mit unserem Fall zu tun?«

Anstelle einer Antwort drückte Vivien Rimkus die Türklinke hinunter, öffnete die Tür und machte eine Geste mit dem Arm, die Katharina und Ben bedeutete, in das Patientenzimmer hineinzugehen. Katharina ging vor, Ben folgte ihr. Vivien blieb in der geöffneten Tür stehen und beobachtete die beiden. Als Katharina am Bett ankam, schreckte sie zurück und stieß gegen Ben, der sie reflexartig an den Oberarmen packte.

»Was ist?«, fragte er besorgt und flüsterte ebenso wie zuvor Vivien.

»Sieh selbst!«, zischte Katharina ihn an, befreite sich aus seinem Griff und ging an Vivien vorbei aus dem Zimmer.

Ben trat an das Bett heran, in dem die Patientin Daniela von Bohlendieck lag – den Namen hatte Ben eben auf dem am Fußende des Bettes angebrachten Schild gelesen. Der Hauptkommissar war auf alles Mögliche gefasst, aber nicht auf das, was er sah, als er den Blick auf die Patientin richtete: Daniela von Bohlendiecks rote Locken lugten aus einer Kopfbandage hervor, und während ihre linke Gesichtshälfte unversehrt schien, prangte auf ihrer rechten ein dicker Verband, der von ihrem Mundwinkel schräg hinauf bis zur Schläfe verlief. Ben konnte sich denken, was darunter verborgen war.

11.14 Uhr

Mit der Zigarette zwischen den Lippen schnippte Katharina wiederholt an ihrem Einwegfeuerzeug, dann ließ sie es sinken. Es war leer. Am liebsten hätte sie es durch die Gegend gepfeffert, doch sie beherrschte sich und schmiss es in einen der Mülleimer, die vor dem Krankenhauseingang aufgestellt waren. Dann kramte sie in ihren Manteltaschen – irgendwo musste sie Streichhölzer haben. Als sie sie endlich gegriffen hatte, drehte sie sich zum Eingang herum, damit der leichte Wind ihr das Streichholz nicht auspustete, steckte sich die Zigarette an und nahm einen tiefen Zug. Genau in diesem Moment sah sie ihren Chef, der durch die Eingangshalle direkt auf sie zukam – nur die Scheibe trennte sie voneinander. Benjamin Rehder hatte sie auch erblickt, und sie sahen sich in die Augen. Katharina erkannte Besorgnis in seinem Blick, dann trat er zu ihr hinaus in die Kälte.

»Alles gut?«, fragte er.

Katharina schluckte, dann nickte sie: »Ja, schon okay. Entschuldige, dass ich da eben so heftig reagiert habe, aber als ich die Frau mit ihrem Gesichtsverband im Bett liegen sah, da … da musste ich an unser letztes Opfer denken. Aber vermutlich ist das nur ein blöder Zufall.«

Katharina nahm einen weiteren tiefen Zug, während Ben sie musterte und sagte: »Ich fürchte nicht. Der Frau wurde tatsächlich ein Schnitt im Gesicht zugefügt. Vivien meint, wir haben es möglicherweise mit ein und demselben Täter zu tun. Deswegen wollte sie, dass du ins Krankenhaus kommst, und hat vorher nichts gesagt. Sie wollte, dass du Frau von Bohlendieck siehst und dir dein eigenes Bild machst. Ich habe sie auch gefragt, ob sie denkt, dass diese Frau etwas mit einem der Freier von Joy zu tun haben könnte, doch dazu konnte sie noch nichts sagen. Sie will das aber überprüfen.«

»Arbeitet diese Frau … arbeitet sie auch als Prostituierte?«, fragte Katharina den Hauptkommissar.

»Nein. Ganz im Gegenteil. Vivien hat ermittelt, dass Daniela von Bohlendieck Anwältin für Familienrecht in der Kanzlei Heimling und Partner in der Schießgrabenstraße ist. Dort ist sie auch überfallen worden«, antwortete Ben.

»Hat der Täter versucht, sie zu erdrosseln?«, wollte Katharina wissen.

Ben nickte.

»Vergewaltigt?«

»Jein. Sie wurde mit Gegenständen penetriert, genauso wie Tanja Groß, also Joy, und vorher mit Chloroform ruhiggestellt«, sagte der Hauptkommissar.

»Konnte Vivien sie schon befragen? Hat die Frau den Täter erkannt?«, fragte Katharina weiter.

»Bisher nicht. Die Ärzte haben Frau von Bohlendieck ein starkes Beruhigungsmittel gegeben. Vor morgen werden wir nichts in Erfahrung bringen können«, sagte Ben und schlang seine Arme um sich. Ihm war sichtlich kalt.

»Geh doch wieder rein. Ich komm gleich«, sagte Katharina und deutete auf ihre Zigarette.

»Ja, ich habe mich definitiv zu dünn angezogen«, sagte Ben und ging hinein ins Krankenhaus. Katharina verfolgte ihn mit ihren Blicken, und als sie sah, dass er sich auf eine Besucherbank setzte und sein Handy hervorzog, wandte sie sich ab. Ihre Gedanken wanderten nach München. Wenn sie es nicht besser wüsste, könnte man meinen, Maximilian würde hier in Lüneburg sein Unwesen treiben. Die Übereinstimmung war erschreckend. Die Angriffe mit dem Schal, die Wunden im Gesicht ... Der einzige Unterschied war, dass Maximilian damals nur Prostituierte als Opfer ausgewählt hatte. Zumindest bis Katharina und ihre Partnerin Helen ihm auf die Schliche gekommen waren. Da sollten auch sie zu seinen Opfern werden, und in Helens Fall war es auch so gekommen ... Katharina schüttelte den Kopf, um das Bild zu verdrängen, das sich ihr vor Augen schob. Ob der Täter

Maximilians Fall kannte und ihn kopierte? Der Fall »Munich Jack« war damals bundesweit durch die Presse gegangen. Die Morde an sich waren schon grausam gewesen, aber dass der Täter ausgerechnet der zuständige Staatsanwalt war, hatte auch während des Prozesses für außerordentliches Medieninteresse gesorgt. Doch konnte das wirklich sein? Hatten sie es mit einem Nachahmungstäter zu tun? Obwohl sie es noch nicht überprüft und die Indizien noch nicht zusammengetragen hatten, ging Katharina davon aus, dass die Überfälle an den beiden Frauen vom gleichen Täter verübt worden waren. Das sagte ihr ihr Bauchgefühl, auch wenn sie es sich anders wünschte. Wahrscheinlich hatte Daniela von Bohlendieck nur Glück im Unglück gehabt, dass sie im Gegensatz zu Joy den Angriff überlebt hatte. Wobei die Frage offen war, ob der Täter überhaupt wusste, dass die Anwältin nicht tot war. Umso wichtiger war eine baldige Befragung der Frau. Sollte sie den Täter gesehen oder sogar erkannt haben, schwebte sie in akuter Lebensgefahr. Sie würden auf jeden Fall zu ihrem Schutz einen Polizeibeamten vor das Patientenzimmer setzen müssen, sofern Kriminalrat Mausner beziehungsweise der Staatsanwalt das genehmigten.

Katharinas Gedanken wanderten zurück zu Maximilian. Sie hatte vor wenigen Tagen gesehen, wie ihr ehemaliger Lebensgefährte in Handschellen von einem Beamten in den Gerichtssaal geführt worden war. Und sie hatte auch gesehen, wie er hinausgeführt worden war. Sie selbst hatte beide Male auf dem Flur vor dem Gerichtssaal gesessen. Beim ersten Mal hatte sie darauf gewartet, in den Zeugenstand gerufen zu werden, denn als Zeugin war sie nur für ihre eigene Aussage im Saal zugelassen. Und beim zweiten Mal hatte sie ihre Aussage bereits getätigt, musste jedoch auf das Ende der Verhandlung warten, falls das Gericht sie noch einmal benötigte und erneut in den Zeugenstand rief. Während Maximilian an ihr vorbeigeführt worden war, hatte er ihr über die Schulter einen Luftkuss zugeworfen und sie dabei mit diesem Lächeln angeschaut, das ihr früher, während ihrer Beziehung, stets einen wohligen Schauer über den Rücken hatte laufen lassen. Diesmal war es allerdings ein Schauer des Grauens gewesen. Katharina nahm den letzten Zug ihrer bereits heißgerauchten Zigarette, drückte sie aus, vergewisserte sich, dass Benjamin Rehder auf der Bank saß und in sein Handy tippte, und zündete sich eine neue an. Sie brauchte das jetzt. Der Anblick der Frau im Krankenbett hatte sie für einen Sekundenbruchteil in Panik versetzt. Katharina wusste, dass sie sich lächerlich benommen hatte, als sie regelrecht aus dem Patientenzimmer geflohen war. Aber nachdem sie die Haare der Frau gesehen hatte, die exakt so rot waren wie ihre eigenen, gepaart mit der offensichtlichen Wunde im Gesicht, hatte sie wie bereits beim Anblick von Joys Leiche sofort die Bilder der Opfer von damals vor Augen. Und Maximilians Lächeln. Er hatte ihr wiederholt Rache geschworen, und dieses Lächeln am Freitag im Münchner Gericht war seine Art, sie an seinen Schwur zu erinnern. Hatte sie bei der toten Prostituierten noch an eine zufällige Übereinstimmung mit den Wunden geglaubt, die auch Maximilian seinen Opfern zugefügt hatte, so hatte sie das eben im Krankenzimmer nicht mehr für möglich gehalten. Jetzt, hier an der frischen Luft und mit ihrer zweiten Zigarette in der Hand, hatte sie sich beruhigt. Würde einer ihrer Kollegen so reagieren, würde sie ihn für paranoid erklären. Maximilian saß in München im Gefängnis. Das war die Realität und nichts anderes. Katharina drückte ihre Zigarette aus, straffte die Schultern und ging ins Gebäude hinein, wo sie direkt auf Ben zusteuerte. Wie hieß es auf diesen Vintage-

Holztafeln und Postkarten überall? Hinfallen – Aufstehen – Krone richten – Weitergehen. Vielleicht sollte sie sich so eine Tafel demnächst zulegen.

18.27 Uhr

Es klingelte an der Tür. Bene erwartete niemanden, und er überlegte, ob er überhaupt an die Tür gehen sollte. Katharina würde es nicht sein. Sie hatte seit einer Weile einen Schlüssel zu seiner Wohnung und musste nicht klingeln. Allerdings konnte es Leonie sein. Seine Tochter beehrte ihn in letzter Zeit immer mal unerwartet, wenn sie grad in der Nähe war, und das kam seit Neuestem gar nicht mal so selten vor, da Benes Wohnung in der Grapengießerstraße, einer gern besuchten Einkaufsstraße, lag. Allerdings war heute Sonntag und die Geschäfte waren geschlossen.

Bene erhob sich von seinem Ledersofa, griff nach der Fernbedienung und schaltete den Fernseher aus – er hatte gerade die Sportschau geguckt, doch die war sowieso in ein paar Minuten vorbei. Auf dem Weg zur Haustür warf er einen Blick in den Garderobenspiegel und ging sich mit den Fingern durch die Haare. Er sah genauso aus, wie er sich fühlte: erledigt. Gestern Abend war es mit seinem Bruder länger geworden als erwartet. Ben war geblieben, bis sein Bruder die Bar geschlossen hatte, und dann waren sie aus einer Laune heraus weitergezogen. Es war schön gewesen, vor allem, weil es eine Ewigkeit her war, dass sie so etwas zuletzt gemacht hatten. Ben war später mit dem Taxi in sein Reihenhaus nach Ochtmissen gefahren. Er war nicht betrunken gewesen, hatte aber zu viel getrunken, um noch selbst fahren zu dürfen. Bene hingegen hatte nur zwei Bier getrunken und war dann auf Wasser umgeschwenkt, dennoch hatte er sich heute Morgen gefühlt, als hätte er die Nacht durchgezecht – sein Schädel brummte, und die Glieder taten ihm weh. Leider war er viel zu früh aufgewacht und hatte nicht wieder einschlafen können. Da er heute allerdings am Abend nicht arbeiten musste, hatte er sich einen Faulenzertag gegönnt, sich beim Aufstehen lediglich eine Jogginghose übergezogen und die Dusche links liegen gelassen. Manchmal musste es eben auch solche Tage geben. Gegen Mittag hatte er, auch aufgrund des kurzen Gesprächs mit seinem Zwilling über Katharinas etwas merkwürdiges Verhalten, darüber nachgedacht, seine Freundin anzurufen, hatte den Gedanken aber verworfen. Inzwischen kannte er sie gut genug, um zu wissen, dass sie es nicht ausstehen konnte, wenn man sie bedrängte. Sie würde von selbst auf ihn zukommen, wenn sie etwas bedrückte, was sie loswerden wollte. Das hoffte er zumindest – gerade auch wegen ihrer kleinen Auseinandersetzung.

Bene drückte auf den Knopf der Gegensprechanlage und fragte: »Hallo, wer ist da?«

Er bekam keine Antwort. Niemand meldete sich. Dafür hörte er das Rauschen des Windes und ein paar entfernte Straßengeräusche. Er sah durch den Spion seiner Wohnungstür und direkt in das abwartende Gesicht von Katharina. Umgehend öffnete er die Tür: »Hey, das ist ja eine Überraschung! Komm rein! Warum hast du nicht deinen Schlüssel benutzt?«

»Für unten hab ich ihn benutzt, weil es draußen echt kalt ist, aber da ich unangekündigt komme, dachte ich, es ist angebrachter, wenn ich hier oben klingle«, antwortete Katharina, und Bene erschien sie beinahe ein wenig schüchtern. Aber wenn ein Begriff so gar nicht zu seiner Freundin passte, dann war es Schüchternheit. Er musste sich getäuscht haben.

»Das ist doch Quatsch. Du kannst immer unangemeldet hereinplatzen, weil ich mich immer freue, dich bei mir zu haben«, sagte Bene aufrichtig und drückte ihr einen Begrüßungskuss auf die Lippen. Katharina reagierte darauf sofort. Sie schlang ihre Arme um seine Hüfte und schmiegte sich eng an ihn. Dabei lehnte sie ihren Kopf an seine Brust und atmete ein paarmal tief durch. Bene schloss ebenfalls die Arme um Katharina und sog den frischen Geruch ihrer Haare ein. Sie hatte wieder irgendein Fruchtshampoo benutzt. Was war es diesmal? Pfirsich? Nein, eher Maracuja, ja, Katharinas Haare dufteten ganz leicht nach Maracuja und frischer Luft. Plötzlich fiel Bene ein, dass er selbst noch nicht geduscht hatte. Behutsam befreite er sich aus Katharinas Umarmung und sagte: »Gib mir fünf Minuten, ich möchte nur eben unter die Dusche springen.«

Katharina schnupperte in die Luft, ging ihm durch die Haare und meinte schelmisch: »Stimmt, gar keine schlechte Idee.« Sie begann, ihren Mantel auszuziehen und sagte: »Hast du schon was Ordentliches gegessen? Ich habe uns ein paar Kleinigkeiten besorgt.«

Jetzt erst sah Bene den Einkaufskorb, der auf der Fußmatte vor seiner Wohnung stand. Er nahm ihn hoch und schloss die Wohnungstür. Dann brachte er den Korb in die Küche. Es geschehen noch Zeichen und Wunder, dachte er bei sich, denn normalerweise war er es, der Katharina bekochte. Sie hatte nicht sehr viel fürs Kochen übrig und berief sich in der Regel darauf, dass sie dafür andere Qualitäten hatte. Von denen war Bene mehr als überzeugt, doch umso reizvoller war es, sich heute zur Abwechslung mal in der Küche von ihr überraschen zu lassen …

So groß seine Freude über ihren spontanen Besuch auch war – unter der Dusche überlegte Bene, ob Katharinas eher ungewöhnliches Verhalten tatsächlich mit München zu tun hatte und er sich, wie sein Bruder es auch tat, Sorgen machen musste oder ob etwas anderes dahintersteckte. Vielleicht ihr kleiner Konflikt? Obwohl, nein. Sie war ja irgendwie schon am Bahnhof, als er sie abgeholt hatte, anders gewesen als sonst. Vielleicht lag es an der Wohnsituation mit ihrer Mutter, die Katharina zusetzte. Er mochte Anne von Hagemann durchaus gern, fand sie jedoch oft anstrengend, und er hätte es mit ihr vermutlich keine drei Tage am Stück ausgehalten, schon gar nicht in einer kleinen Wohnung wie der von Katharina. Darüber hinaus waren Mutter und Tochter grundverschieden. Das passte hinten und vorn nicht. Während ihre Mutter – so hatte er es Katharinas Erzählungen mehrfach entnommen – bis zur Trennung ein Leben im Schatten ihres Mannes geführt hatte, war Katharina schon fast extrem in ihrem Drang nach Eigenständigkeit und Unabhängigkeit, und das betraf nicht nur die Beziehung zu ihren Eltern. Gerade in den letzten Monaten hatte Bene nachdrücklich erlebt, wie wichtig es ihr in ihrer Partnerschaft war. Er musste schmunzeln. Erst vor ein paar Wochen war ihm ein »Weißt du schon, wann du heute Abend kommst?« herausgerutscht, als sie am frühen Morgen seine Wohnung verließ, um ins Büro zu gehen. Katharina hatte sich mit einem Funkeln in den grünen Augen, das er sehr sexy gefunden hatte, zu ihm umgedreht und ihn katzenartig angefaucht, ob er so anfangen wolle wie ihre Mutter. Er hatte lachen müssen, was die Situation für eine Zehntelsekunde fast zum Explodieren gebracht hatte, doch dann hatte Katharina nicht anders gekonnt als einzustimmen und sich ebenfalls lachend für ihre heftige Reaktion entschuldigt. Er konnte absolut nachvollziehen, dass das Zusammenleben mit ihrer Mutter sie oft nervte, und das wusste sie auch. Schließlich war er ihr in dieser Hinsicht ähnlich. Auch er hatte – zumindest früher – alles partout anders gemacht als sein Bruder oder als seine Eltern es erwartet hatten. Nicht, weil er es unbedingt so wollte, sondern aus Prinzip. Er hatte beweisen wollen, dass er niemanden brauchte, und dadurch war er fast auf die schiefe Bahn geraten. Heute war er sicher kein Meister der Anpassung, aber dennoch in vielen Dingen kompromissbereiter. Ihm redete aber auch niemand mehr rein, außer vielleicht mal seine Tochter Leonie, und von der ließ er es sich gern gefallen. Bene bemerkte, dass er bereits länger unter der Dusche stand als die fünf Minuten, um die er Katharina gebeten hatte. Eilig verließ er die Kabine, trocknete sich ab und stieg in die frischen Klamotten, die er mit ins Bad genommen hatte. Als er kurz darauf ins Wohnzimmer trat, war er tatsächlich überrascht. Auf dem kleinen Tisch stand eine appetitliche Auswahl an Antipasti. Verschiedene Oliven, gefüllte Peperoni, eine Auswahl an Schinken und Salami sowie duftendes Brot, das Katharina im Ofen erwärmt hatte. Sogar ein Schälchen mit Aioli und eines mit der extrascharfen Paprikacreme, die er so gern mochte, entdeckte er. Ob sie die tatsächlich zufällig im Kühlschrank gehabt hatte? Er vermutete fast, dass Katharina eigens für ihn alles besorgt hatte. Doch dann musste sie es bereits gestern getan haben, denn schließlich hatten die Läden heute geschlossen. Das würde bedeuten, dass sie diesen romantischen Abend für sie zwei bewusst geplant hatte. In seinem Bauch breitete sich ein warmes Gefühl aus, das nicht von den Kerzen verursacht wurde, die Katharina angezündet hatte, und auch nicht von der leisen Hintergrundmusik, einem wunderschönen Jazz-Stück von John Coltrane, das er sehr liebte. Katharina selbst war nicht im Raum, doch er hörte Geräusche aus der Küche und ging hinüber. Sie stand an der Arbeitsplatte und mühte sich ab, ein großes Stück Parmesan in ansehnliche, dünne Scheiben zu verwandeln. Bene trat von hinten auf sie zu und küsste sie zärtlich in den Nacken.

»Das sind ja ganz neue Eindrücke. Du in der Küche, noch dazu in meiner, beim Essen machen. Ich bin beeindruckt!«

Katharina drehte sich nicht zu ihm um, sondern kämpfte weiterhin mit dem Käsestück, aber er konnte sehen, dass sie lächelte, als sie sagte: »Gewöhn dich besser nicht dran. Auch du wirst aus mir kein Heimchen am Herd machen. Aber heute hatte ich Lust, dir was Gutes zu tun.«

»Gibt es dafür einen bestimmten Grund?«, fragte er, während er sich von ihr löste und sich neben ihr an den Kühlschrank lehnte.

»Ja, ich wünsche mir einen entspannten Abend mit dir.« Sie lächelte ihn an. »Und außerdem habe ich Hunger.«

Bene lachte auf. »Na, bei so viel Selbstlosigkeit schmelze ich ja förmlich dahin. Und bevor der Käse auch schmilzt, weil du ihn so traktierst, nehme ich dir die restliche Arbeit besser ab.«

Er stupste Katharina zur Seite, griff nach dem inzwischen in seiner Form gänzlich verunstalteten Parmesan und parallel mit der anderen Hand in eines der Hochregale, um eine Käsereibe hervorzuziehen. Er stellte sie auf das Brett und fabrizierte mit wenigen Handgriffen einen Berg akkurater, gleichmäßiger Scheiben, worüber Katharina das Gesicht verzog. »Na toll, so hätte ich das auch gekonnt!«

Sie grinste, gab ihm einen Kuss auf die Wange und füllte die Käsescheiben zusammen mit ein paar Blättern Basilikum, die sie aus dem Topf auf der Fensterbank gezupft hatte, in eine kleine Schale.

Eine knappe Stunde später lehnte Bene sich im Sofa zurück und legte die Hände auf seinen Bauch. »Ich glaube, ich platze«, stöhnte er übertrieben.

»Das würde dir nur recht geschehen«, erwiderte Katharina und deutete auf den Tisch. »Das sollte eigentlich für mindestens zwei Tage reichen, und jetzt ist fast alles weg!« Sie griff nach der letzten Olive in der Schale, beugte sich über den Tisch und hielt sie Bene vor die Lippen. »Hier. Die Letzte kannst du essen, auf die kommt es nun wirklich nicht mehr an.«

Mit den Lippen nahm Bene die ölige Olive entgegen, nicht ohne dabei Katharinas Finger ganz bewusst mehr zu berühren, als es nötig gewesen wäre. Er erkannte das lustvolle Blitzen in ihren Augen und freute sich auf den weiteren Verlauf des Abends, von dem er zu wissen glaubte, wie er ausgehen würde. Doch er wollte es ein bisschen hinauszögern, um den Abend in vollen Zügen zu genießen. Darum sagte er: »Die hatte ich eigentlich für dich aufgehoben. Ich hab dir vorhin zum Essen nämlich gar keinen Martini angeboten. Darf ich das nachholen? Auch ohne Olive?«

Katharina lächelte sanft. »Darfst du. Da habe ich tatsächlich richtig Appetit drauf. Und dazu hätte ich gern einen Espresso!«

Bene schüttelte den Kopf über diese Kombination. »Okay. Für die Dame einmal Aperitif und Digestif in einem«, scherzte er und erhob sich, um in die Küche zu gehen. Fast wollte er hinzusetzen »Was würde dazu nur deine Mutter sagen?«, doch er biss sich rechtzeitig auf die Zunge. Er wäre ein Idiot, diese perfekte Stimmung zwischen ihnen durch einen so dämlichen Spruch kaputtzumachen. Während er für sie beide einen Espresso aufbrühte, räumte Katharina die wenigen Überreste des Abendessens ab und verstaute sie in seinem Kühlschrank.

»Ich hab ein kleines Geschenk für dich«, sagte sie.

»Noch eine Überraschung?«, fragte er und sah ihr zu, wie sie selbst den Martini in ein passendes Glas schenkte. »Da nehme ich zur Feier des Tages glatt auch einen Martini.« Er reichte ihr ein zweites Glas zum Einschenken und nahm selbst die beiden Espressotassen in die Hand, um damit ins Wohnzimmer zu gehen. »Schön zu sehen, dass es dir offensichtlich gut geht. Dann hat Ben sich ja doch getäuscht.«

Als hätte sich blitzartig ein Schalter umgelegt, wechselte Katharinas fröhliche Miene zu einer zunächst verdutzten und dann wütenden.

»Wieso sprichst du hinter meinem Rücken mit Ben darüber, wie es mir geht? Was sprecht ihr denn sonst so über mich?«, fragte sie in einem Ton, der klarmachte, dass sie keine Antwort erwartete. Bene wusste in diesem Augenblick, dass sich seine Vorstellung vom Fortlauf des Abends soeben in Luft aufgelöst hatte.

20.25 Uhr

Er lag ausgestreckt auf dem Rücken und hatte die Augen an die weiß getünchte Decke gerichtet. Er räkelte sich genüsslich, dann ließ er seine Gedanken in die Vergangenheit wandern. Das machte er häufig. Gerade in letzter Zeit. Auf diese Weise wurde das Warten erträglicher.

Er fing jedes Mal an der gleichen Stelle an. Ganz am Anfang. So, wie man einen Film, den man schon zigmal gesehen hat, meist von Anfang an anschaut, weil es der Lieblingsfilm ist und man vom Spannungsbogen – obwohl man ihn bereits kennt – immer wieder von Neuem fasziniert ist.

Tatsächlich waren seine Taten auch von einem Film inspiriert und nicht von dem Londoner Prostituiertenmörder Jack the Ripper, wie die Presse es dargestellt hatte. Er hatte das nie richtiggestellt. Wozu auch? Was die Öffentlichkeit über ihn dachte, war ihm egal. Vielleicht würde ihm sein Wissensvorsprung irgendwann von Nutzen sein, wer wusste das schon so genau. Und selbst wenn nicht, fühlte er sich gut damit, ein Geheimnis mehr zu haben. Die Einzige, die wusste, wie sehr ihn der Film fesselte, den er fast schon mitsprechen konnte, war Katha. Seine Katha. Bei dem Gedanken an sie verzog sich sein Mund zu einem boshaften Lächeln. Immerhin hatten sie zusammengelebt, und Katha hatte sich häufig darüber amüsiert, dass seine sonntägliche Entspannung daraus bestanden hatte, »Letzte Ausfahrt Brooklyn« zu sehen. Die Geschichte um die Prostituierte Tralala genoss er jedes Mal am meisten. Das war schon so gewesen, als er den Film 1989 zum ersten Mal im Kino gesehen hatte. Er war gleich zwei Tage später wieder ins Kino gegangen, und da hatte er bemerkt, wie sehr ihn vor allem die Vergewaltigungsszene erregte. Sobald der Film zuerst auf Video und später auf DVD erschienen war, hatte er ihn sich zugelegt, um ihn immer wieder ansehen zu können.

»Wie kannst du so einen düsteren Film entspannend finden?«, hatte Katha lächelnd den Kopf geschüttelt, sich aber sogar manches Mal zu ihm aufs Sofa gesetzt und mit geschaut. Als sie es das dritte Mal getan hatte, hatte er sogar überlegt, sie zu seiner Komplizin zu machen. Schnell hatte er den Gedanken damals verworfen. Selbst wenn er noch so viel Fingerspitzengefühl bewiesen hätte, sie in seine Leidenschaften einzuweihen, hätte sie ihn nicht verstanden. Dazu war sie zu sehr Polizistin. Polizistin aus Überzeugung, die den Dingen auf den Grund gehen wollte, und dabei wie

Aschenputtel die Guten ins Töpfchen und die Schlechten ins Kröpfchen verteilte. Er musste bei dieser Redewendung beinahe lachen, denn natürlich hatte er in den letzten Jahren alle großen Fälle von ihr aufmerksam in der Presse verfolgt, sofern es ihm möglich gewesen war. Unter anderem hatte sie das Leben ihres Vorgesetzten, der entführt worden war, durch ihre Kombinationsgabe gerettet, und Märchen hatten dabei eine bedeutende Rolle gespielt. Für Katha gab es einfach keine Grauzone. Das wusste er aus den vielen gemeinsamen Fällen, die er früher als zuständiger Staatsanwalt mit ihr geführt hatte. Was sie wohl zu den aktuellen Vorkommnissen sagte? Noch einmal verzog er seinen Mund zu einem hämischen Lächeln, und dann gab er sich endgültig den Bildern seiner Erinnerungen hin, die mit seinem ersten Mord begannen.

20.38 Uhr

Katharina war sauer, und da Bene sie nur erschrocken anblickte, aber nichts weiter sagte, setzte sie nach: »Ist das dein Ernst, Bene? Du redest mit deinem Bruder, meinem Chef, über meine privaten Angelegenheiten?«

Er hob abwehrend die Hände und versuchte sich zu rechtfertigen: »Nein, Katharina, so war das nicht. Ben … also er hat sich Sorgen um dich gemacht. Darum hat er mich gefragt, ob ich was dazu sagen kann.«

Ohne eine mögliche weitere Erklärung abzuwarten, schnitt die Kommissarin ihm das Wort ab. »Schönen Dank auch. Das war es dann wohl mit dem entspannten Abend. Und ich habe wirklich gedacht, dass ich dir vertrauen kann!«

Wütend kippte sie ihren Martini in einem Zug hinunter. Sie merkte selbst, dass sie absolut übertrieben reagierte, aber sie konnte nicht anders. Sie verließ die Küche und griff sich im Flur ihre Jacke. Die Klinke der Wohnungstür schon in der Hand, fauchte sie Bene, der sprachlos in der Küchentür stand und sie ungläubig ansah, ein »ich brauch jetzt frische Luft« zu und verschwand ins Treppenhaus. Die Stufen nach unten nahm Katharina in großen Schritten, und erst als sie aus dem Haus heraus in die nächste Seitenstraße geeilt war, wurde sie langsamer. Schon oben in der Wohnung waren Tränen in ihr aufgestiegen, sowohl vor Wut als auch vor Enttäuschung. Sie hatte sie glücklicherweise unterdrücken können, denn das Letzte, was sie wollte, war es, diese Tränen zu zeigen. Sie hasste es zu weinen, aber wenn es schon so war, dann wenigstens nicht vor anderen. Im Moment kam aber auch gerade viel zusammen. Sie lehnte sich an eine Hausmauer, während ihr nun zwei, drei Tränen die Wangen herunterkullerten, kramte in der Manteltasche nach ihren Zigaretten und zündete sich eine an. Außer der Zigarettenschachtel hatten ihre Hände auch das kleine Päckchen gefühlt, in dem das Lederarmband lag, das sie Bene hatte schenken wollen. Sie holte es hervor und betrachtete es, während sie schluckte und den Drang unterdrückte, einfach loszuheulen. Wenn sie jetzt dem Tränenfluss nachgab, würde sie so schnell nicht aufhören können. Sie sog kräftig an ihrer Zigarette, und tatsächlich ließ der Druck hinter ihren Augäpfeln nach. Verärgert stellte sie allerdings fest, dass ihre Hände zitterten, was definitiv nicht an der Kälte lag. Schnell steckte sie das kleine Päckchen zurück in den Mantel und versuchte den Gedanken daran zu verdrängen. Auch die Tatsache, dass letzten Endes sie selbst und nicht Bene den schönen Abend versaut hatte, versuchte sie aus dem Kopf zu bekommen. Ziellos setzte sie sich in Bewegung, bis sie zehn Minuten später am Stint ankam und kurzerhand in eine der Kneipen ging. Dort drinnen war es ziemlich leer, und sie sah verwundert auf die Uhr. Klar, es war ja noch nicht mal neun … Sie setzte sich in eine Ecke des Tresens und bestellte sich einen Martini. Nachdem sie den bei Bene nicht hatte genießen können, würde sie das jetzt eben nachholen.

Während sie keine drei Minuten später am Glas nippte, merkte sie, dass sie nicht ruhiger wurde. Sie musste sich ablenken, an etwas anderes denken als an den dummen Streit mit Bene. So ließ sie den Nachmittag Revue passieren. Nach dem Krankenhaus war sie mit Ben und Vivien aufs Kommissariat gefahren. Dort hatten sie die Fakten in Ruhe zusammengetragen. Alle drei waren sich einig gewesen, dass es kein Zufall sein konnte, dass Daniela von Bohlendieck auf nahezu die gleiche Art misshandelt worden war wie zuvor die Prostituierte Joy. Jetzt hofften sie, dass sie die Anwältin bald befragen konnten, denn sie spekulierten darauf, dass sie ihnen konkrete Angaben zu ihrem Peiniger liefern konnte. Der behandelnde Arzt, mit dem Vivien gesprochen hatte, ging allerdings davon aus, dass seine Patientin frühestens in zwei Tagen in der Lage sein würde, eine Aussage zu machen. Bis dahin würden sie im Trüben fischen müssen, da es unabhängig von einem gleichen Tathergang keine Anhaltspunkte gab. Die Anwältin war am Sonntagmorgen von den Reinigungskräften, die regelmäßig am Wochenende das gesamte Bürogebäude reinigten, in der Kanzlei gefunden worden, in der sie arbeitete. Die Reinigungsleute, ein Ehepaar, waren bereits befragt worden, doch außer der Tatsache, dass sie die Tür der Kanzlei bei ihrem Eintreffen nur angelehnt vorgefunden hatten, war ihnen nichts aufgefallen. Das Ehepaar hatte gedacht, ein Kanzleimitarbeiter habe am Wochenende gearbeitet – das kam schließlich häufiger vor – und hätte die Tür nicht ordentlich zugesperrt. Dann hatten sie Daniela von Bohlendieck entdeckt. Sie war bewusstlos gewesen, und das Ehepaar hatte sofort die Polizei verständigt. In der Kanzlei selbst würden sie erst am Montagmorgen eine Befragung durchführen können, um in Erfahrung zu bringen, ob aus den übrigen Büros in dem rein gewerblich genutzten Haus noch jemand am Samstag dort gewesen war. Katharina bestellte einen weiteren Martini und erinnerte sich an die prüfenden Blicke, mit denen Ben sie während der kurzen Besprechung heute Vormittag bedacht hatte. Nun wusste sie, dass er zu diesem Zeitpunkt schon mit Bene über sie gesprochen hatte ... Sie war froh, beiden nichts von den Parallelen zu Maximilians Taten gesagt zu haben. Obwohl sie es im Krankenhaus, nachdem sie Daniela von Bohlendieck gesehen hatte, gegenüber Ben fast geäußert hätte, was aber daran gelegen hatte, dass ihr zu diesem Zeitpunkt der Schreck sehr in den Gliedern gesessen hatte. Das war aber bald vorbei gewesen, und schon auf dem Weg zum Kommissariat hatte sie selbst an ihrer Objektivität gezweifelt. Sie hatte sich gefragt, ob sie die Verbindung zu den Morden in München auch so klar sehen würde, wenn sie Maximilian nicht gerade erst gegenübergetreten wäre. Und solange sie darauf für sich keine Antwort hatte, wollte sie sich niemandem gegenüber dazu äußern.

Katharina ging sich durch die Haare und erschnupperte einen Hauch Maracujaduft. Wäre sie doch besser daheim geblieben. Vorhin, nach dem Kommissariat, war sie direkt nach Hause gegangen. Dort hatte sie erfreut festgestellt, dass ihre Wohnung leer war. Sie hatte sich eine lange, heiße Dusche gegönnt und beschlossen, Bene mit ihrem Besuch und einem Essen zu überraschen. Nach der Dusche hatte sie sich in aller Ruhe angezogen, sich mit ihrem Aussehen besondere Mühe gegeben und auf einen angenehmen Abend mit Bene gefreut. Die Antipasti und das Brot hatte sie für eine stolze Summe bei dem italienischen Restaurant an der Ecke gekauft, aber das war es ihr wert gewesen. Katharina verzog ironisch das Gesicht und starrte auf das leere Glas vor sich auf dem Tresen. »Noch einen Martini, bitte«, forderte sie den Kellner auf. Das mit dem entspannten Abend war gründlich danebengegangen. Wieso war sie auch bloß so heftig auf Benes Äußerung angesprungen? Wie bereits am Morgen im Krankenhaus hatte sie viel zu stark reagiert. Ihre Nerven lagen zurzeit blank – oder litt sie seit Neuestem unter hormonellen Stimmungsschwankungen? Letztlich wusste sie gar nicht, ob Bene seinem Bruder etwas gesagt hatte, die Zeit für eine Erklärung hatte sie ihm nicht gelassen. Eigentlich müsste sie also nicht auf ihn, sondern auf Ben sauer sein. Und selbst das – ihr Chef machte sich Sorgen! Andere würden sich freuen, so einen Vorgesetzten zu haben. Aber sie war nun mal nicht wie andere, jedenfalls nicht, wenn es um ihre Privatsphäre ging. Katharina nahm einen Schluck von dem neuen Martini vor ihr auf dem Tisch. Was machte sie eigentlich hier? Um sich aus lauter Frust allein in einer Bar zu betrinken, war sie nun wirklich zu alt. Und vor allem nicht der Typ dafür. »Zahlen, bitte«, erklärte sie und zog einen 20-Euro-Schein aus der Gesäßtasche ihrer Jeans. Katharina ließ den nur angenippten Martini stehen und trat hinaus auf die Straße. Dann atmete sie tief durch und fasste einen Entschluss. Sie würde nach Hause in ihre Wohnung gehen. Da würde sie sich direkt ins Bett kuscheln, und wenn sie morgen früh aufstand, würde die Welt wieder anders aussehen. Vorausgesetzt, ihre Mutter würde sie zu Hause nicht auch noch nerven, aber daran wollte sie jetzt gar nicht denken. Entschlossen setzte sie sich in Bewegung, und schon kurz darauf spürte sie, dass es ihr besser ging. Sie brauchte vermutlich einfach nur Zeit für sich allein. Plötzlich glaubte Katharina Schritte hinter sich zu hören, die in exakt ihrem Tempo gingen. Sie blieb stehen, um sich eine Zigarette anzuzünden. Nicht unbedingt, weil sie rauchen wollte, sondern um die Person an sich vorbeigehen zu lassen. Sie hatte extra eine der besonders engen Gassen gewählt, um auf dem Weg nach Hause allein zu sein, da war es eher untypisch, dass man jemanden direkt hinter sich hatte. Als sie zurückblickte, um zu sehen, wer da den gleichen Weg wie sie gewählt hatte, musste sie jedoch feststellen, dass die gesamte Gasse leer war. Hatte sie sich die Geräusche nur eingebildet? Der Ärger, der Martini, die Müdigkeit – da konnte so was schon mal passieren. Umso besser, dass sie den unseligen Abend jetzt beendete. Kopfschüttelnd über sich selbst ging sie weiter. Als sie aus der engen Straße in die Bäckerstraße abbog, hörte sie erneut den gleichen Schritt wie zuvor. Katharina wollte sich nicht noch einmal umdrehen, von hier hatte sie es nicht mehr weit, und sie sah vor sich noch ein paar Leute, die unterwegs waren. Eine gewisse Unsicherheit blieb jedoch, obwohl sie sich diese nicht wirklich erklären konnte. Sie griff in die Jackentasche, um schon den Haustürschlüssel in die Hand zu nehmen, damit sie umso schneller im Haus sein würde, sobald sie in der Münzstraße ankam. Sie war zwar Polizistin und würde sich zu wehren wissen, aber sie wollte es nicht darauf ankommen lassen. Sie zog den Schlüssel hervor und erstarrte beim Blick darauf. Das war nicht ihr Wohnungsschlüssel, sondern der von Benes Wohnung! Ihren eigenen hatte sie bei ihrem überstürzten Aufbruch bei ihm in ihrem Einkaufskorb gelassen. Das bedeutete, dass sie nicht in ihre Wohnung kam. Und da sie nicht wusste, ob ihre Mutter zu Hause war oder zumindest Julie, konnte sie sich auch darauf nicht verlassen. Außerdem war es inzwischen schon spät, und sie wollte niemanden aus dem Bett klingeln. Katharina blieb stehen und machte auf dem Absatz kehrt. In diesem Augenblick verstummten auch die Schritte irgendwo hinter ihr, was in Katharina ein beklemmendes Gefühl verursachte. Sie straffte ihre Schultern und begann in leichtem Trab zu Benes Wohnung zu eilen. Dabei redete sie sich ein, dass sie dies nur tat, weil es so kalt war …

Ein Richter soll englisch gesinnet sein,
Von menschlichen bewegung rein,
Die Sachen ehr auch hören soll,
Zwischen bös und gudt erkennen woll!

(Inschrift am Lüneburger Rathaus,
Am Markt, Niedergericht a. d. 1567)

5. KAPITEL:

MONTAG, 11.01.2016

09.02 Uhr

Vivien war seit fast einer Stunde im Kommissariat und packte nun ihre Notizen zusammen, die sie für die Teambesprechung in der Mordkommission benötigte. Sosehr sie ihren täglichen Job mochte – die Ermittlungen der Mordkommission waren für sie ein anderes Kaliber. Aus persönlichen Motiven hatte sie sich ganz bewusst damals für das Dezernat für Sexualdelikte entschieden und war sehr glücklich gewesen, in Lüneburg diese Chance zu bekommen. Doch nachdem sie die Mordkommission direkt nach ihrem Start vor rund einem Jahr zum ersten Mal hatte unterstützen dürfen, hatte dieser Bereich einen gewissen Reiz auf sie ausgeübt. Nachdem sie im letzten Jahr erneut hinzugezogen worden war, als ein Serienmörder zahlreiche Feuer legte, in denen er seine Opfer verbrannte, hatte sie endgültig – im wahrsten Sinne des Wortes – Feuer gefangen. Hinzu kam, dass sie das Team der Mordkommission mochte. Zu Katharina schaute sie auf, Tobi war extrem unkompliziert und Benjamin Rehder ein ehrlicher und fairer Chef. In ihrer eigenen Abteilung sah es menschlich nicht anders aus. Auch ihr direkter Vorgesetzter, Malte Brückner, war mehr als okay und die Kollegen alle in Ordnung, dennoch liebäugelte sie seit geraumer Zeit mit einer Versetzung. Es waren die Fälle und die abwechslungsreichere Ermittlungsarbeit, die sie daran denken ließen, dass ein Wechsel ihr nicht nur gefallen, sondern auch für ihre Karriere bei der Kripo hilfreich sein könnte, weil es ihren Erfahrungshorizont erweiterte. Daher hatte sie auch diesmal nichts dagegen gehabt, dass der erste der beiden aktuellen Mordfälle mit dem Rotlichtmilieu in Verbindung stand und sie hinzugezogen worden war. Das bedeutete für sie zwar momentan mehr Arbeit, aber dafür machte sie gern ein paar Überstunden. Je öfter sie dort einen guten Eindruck hinterließ, desto größer waren ihre Chancen, komplett reinzurutschen. Und ihr persönliches Engagement für Frauen würde darunter nicht leiden müssen.

»Malte, ich bin dann mal weg!«, rief Vivien durch den Raum und machte sich auf den Weg.

Auf dem Flur des Kommissariats begegnete sie Kriminalrat Stephan Mausner. Vivien waren direkte Begegnungen mit ihm immer unangenehm. Er war hier vor Ort ihr oberster Chef, und sie hatte bei jedem Zusammentreffen das Gefühl, dass Mausner sie argwöhnisch musterte. Sowohl Ben als auch Katharina, denen sie das vor längerer Zeit einmal bei einem privaten Treffen erzählt hatte, hatten beide abgewunken und ihre Besorgnis darauf geschoben, dass es an der etwas ungewöhnlichen Art von Stephan Mausner liege, an die sie sich gewöhnen müsse, doch bisher war das leider noch nicht eingetreten.

»Guten Morgen, Frau … ähm, Frau Rimkus«, begrüßte der Kriminalrat sie, als er auf sie zutrat. »Sie sind auf dem Weg zur Mordkommission?«

Etwas verwundert sah Vivien ihn an. »Ja, richtig, woher …« Sie kam nicht dazu, ihren Satz zu beenden.

»Tja, das ist nun mal mein Job, zu wissen, was hier vor sich geht«, fiel Mausner ihr ins Wort, schien aber selbst zu merken, dass das etwas übertrieben war. Er war in seiner Art zwar oft etwas sonderlich, aber bestimmt nicht dumm. Und so war ihm auch bewusst, dass es schon häufig genug Situationen gegeben hatte, in denen er nicht auf dem Laufenden gewesen war. Er hüstelte etwas verlegen und fuhr fort: »Nun ja, ich bin selbst auf dem Weg dorthin. Hauptkommissar Rehder hat mich informiert, dass sie heute Morgen eine Teambesprechung haben, und mich gebeten, dabei zu sein.«

Vivien beließ es dabei und war nur froh, dass der Weg bis zu Bens Büro nicht mehr allzu weit war. Die Gefahr weiteren Small Talks mit dem Kriminalrat würde sich somit in Grenzen halten.

09.10 Uhr

Es hatte ein paar Worte mehr benötigt, um Kriminalrat Mausner dazu zu bewegen, an dieser Teambesprechung teilzunehmen. Mausner hatte gemeint, Ben könne ihm doch hinterher wie üblich Bericht erstatten, doch der Hauptkommissar hatte nicht locker gelassen, denn genau dazu hatte er keine Lust. Außerdem ging er davon aus, dass er Vivien Rimkus – sollten die beiden Fälle tatsächlich zusammengehören – ein paar Tage länger als Unterstützung in seinem Team brauchen würde, und wollte von daher, dass der Kriminalrat die Notwendigkeit direkt mitbekam. Als Ben ihn jetzt mit Vivien zusammen ins Büro treten sah, war er zufrieden. Er hatte überlegt, den Staatsanwalt, Bent-Ove Friedrich, ebenfalls dazuzubitten, es dann aber gelassen. Er mochte den Mann schlicht und ergreifend nicht, und Ben wusste, dass es seinem Team nicht anders ging. Stephan Mausner war auch nicht ganz einfach, aber recht gut einzuschätzen, wenn man ihn länger kannte, und auch wenn die Kollegen sich gern über ihren Kriminalrat lustig machten, die meisten konnten ihn im Grunde ganz gut leiden. Auf den Staatsanwalt konnte jedoch jeder gut verzichten, und so wurde er nur hinzugezogen, wenn man ihn unbedingt brauchte, was – bedingt durch sein Amt – leider häufiger vorkam.

Nachdem sich alle an den Tisch gesetzt hatten, begrüßte Ben die Runde und sagte, während er zu Stephan Mausner schaute: »Schön, dass alle pünktlich da sind.«

Der Kriminalrat lächelte gütig, als hätte er seinen Leuten durch seine Anwesenheit eine besondere Ehre erwiesen, was Ben sofort ärgerte, doch er ließ sich nichts anmerken.

»Stephan, dir gegenüber habe ich es schon erwähnt«, fuhr er stattdessen fort, »aber ich denke, du weißt es noch nicht, Tobi, es sei denn, Katharina hat dich heute Morgen bereits ins Boot geholt.«

»Nein, hab ich nicht. Dazu blieb keine Zeit«, sagte Katharina mit einem Seitenblick auf Tobi, der erst kurz zuvor ins Büro gehechtet war und sich seine Brötchentüte darum mit in die Besprechung genommen hatte. Seit seine Tochter auf der Welt war, fiel das Frühstück zu Hause bei ihm manches Mal aus, weil die Kleine seinem Zeitplan einen Strich durch die Rechnung machte, und mit leerem Magen ging bei Tobi rein gar nichts. Ben störte das grundsätzlich nicht. Nachdem er sich selbst seit dem Wochenende vorgenommen hatte, vorerst morgens nur eine Schale Müsli und einen Apfel zu essen, empfand er jedoch heute den Geruch der frischen Brötchen aus Tobis Tüte als besonders verführerisch. Spontan hielt er sich den Bauch, weil er das Gefühl hatte, er würde gleich laut brummen. Dann sagte er: »Okay, also

Tobi. Wir haben ein zweites Opfer.« Ben machte eine kleine Atempause, die Tobi sofort nutzte: »Oh nee. Sag jetzt nicht, noch eine strangulierte, missbrauchte und im Gesicht entstellte, tote Prostituierte.«

»Nein, dieses Mal ist es eine strangulierte, missbrauchte und im Gesicht entstellte Anwältin«, sagte Ben leise, jedoch so, dass alle ihn verstehen konnten. Er konnte sehen, wie sich auf Tobis Gesicht Betroffenheit ausbreitete, aber auch, wie es in seinem Kopf ratterte. Dann plötzlich sagte Tobi ebenso leise: »Du hast das ›tote‹ vergessen.«

»Das ist das Gute«, mischte sich Katharina in das Gespräch. »Die Anwältin hat den Angriff überlebt und liegt in der Klinik auf der Intensivstation. Ihr Zimmer wird von einem Beamten bewacht. Oder? Das hat doch geklappt?« Katharina sah erst zu Ben und dann zu Stephan Mausner. Ben wusste, warum. Er selbst hatte Katharina und Vivien gestern, nachdem sie im Krankenhaus gewesen waren und sich anschließend kurz auf dem Kommissariat besprochen hatten, zugesagt, dass er sich um den Polizeischutz für Daniela von Bohlendieck kümmern würde, was er auch getan hatte. Gleich nachdem die beiden Frauen gegangen waren, hatte er den Kriminalrat zu Hause angerufen, um ihn von der Dringlichkeit des Schutzes zu überzeugen, und im gleichen Atemzug hatte er Mausner zu der heutigen Besprechung gebeten. Als der Kriminalrat ihm endlich nach weiteren, mühsamen Erklärungen zugestimmt hatte, hatte Benjamin den Staatsanwalt angerufen, dort jedoch ohne die Einladung für die Teamsitzung. Als der Staatsanwalt ebenfalls grünes Licht für den Polizeischutz gegeben hatte, hatte Ben diesen sofort organisiert und war anschließend nach Hause gegangen. Dort hatte er aus einer Laune heraus bei Angelika angerufen, um sich mit ihr zu treffen, doch es war lediglich ihre Mailbox angesprungen. Ben hatte Angelika Hofmann im vergangenen Jahr auf der Geburtstagsfeier von Frauke Bostel kennengelernt. Während dieses Abends hatten sie sich sehr angeregt unterhalten, und sie war ihm auf Anhieb sympathisch gewesen. So war er umso erfreuter gewesen, dass sie ihn bei der Verabschiedung nach seiner Telefonnummer gefragt hatte. Und überrascht. Für Ben war es noch immer ungewohnt, wenn eine Frau aktiv wurde, aber generell beeindruckte ihn ein solch selbstbewusstes weibliches Verhalten, und so hatte ihre Frage seinen positiven Eindruck von Angelika verstärkt. Seit der ersten Begegnung hatten sie sich inzwischen ein paarmal getroffen, waren zusammen essen und sogar zweimal ins Theater gegangen. Beim letzten Treffen in Angelikas gemütlicher Wohnung in Adendorf waren sie sich nähergekommen, und sie wären mit Sicherheit zusammen im Bett gelandet, wenn Ben nicht einen Anruf von der Zentrale erhalten hätte, der ihn zu einem Tatort gerufen hatte. Mit den Worten »Da siehst du, wie es mit einem Kommissar ist, überleg dir lieber, ob du dir das antun möchtest« hatte er sich verabschiedet und seitdem nichts mehr von ihr gehört. Es war erst ein paar Wochen her, doch Ben hatte sich prompt über seine Worte geärgert. Er mochte Angelika, und er hatte außerdem das Gefühl, endlich wieder offen für eine echte Beziehung zu sein oder es zumindest probieren zu wollen. Wenn er es sich nun durch seine unbedachte Äußerung verscherzt hatte, war er selbst schuld. Offensichtlich war er wirklich aus der Übung, was Frauen anging … Gestern hatte er nun endlich einen erneuten Anlauf nehmen wollen, bevor die Verbindung ganz einfrieren würde, und er war umso enttäuschter gewesen, nur ihre Mailbox zu erreichen. Er hatte ihr eine kurze Nachricht hinterlassen und hoffte seitdem auf eine

Rückmeldung. Nach einer Weile hatte er es gelassen, ständig auf sein Handy zu gucken, ob vielleicht doch eine Nachricht von Angelika gekommen war. So hatte er den späten Nachmittag und Abend gemütlich bei sich zu Hause verbracht. Er hatte sogar um 20.15 Uhr den Tatort geguckt, was er sonst nur sehr selten tat. Danach war er ins Bett gegangen und entsprechend ausgeschlafen aufgewacht. Katharina hingegen sah nicht so fit aus, aber das hatte er heute Morgen, als sie beide fast gleichzeitig auf der Dienststelle angekommen waren, für sich behalten. Jetzt lächelte Ben ihr zu und sagte mit einem Seitenblick auf Stephan Mausner: »Ja, sicher hat das geklappt. Schließlich können wir davon ausgehen, dass Daniela von Bohlendieck ebenso hätte tot sein sollen wie Tanja Groß und der Täter ihr noch immer nach dem Leben trachten wird, falls er irgendwie mitbekommen hat, dass sie seinen Angriff überlebt hat. Darüber hinaus könnte sie eine wichtige Zeugin sein, sollte sie den Täter erkannt haben, und das weiß der auch.«

»Gut, gut, dem Polizeischutz habe ich zugestimmt, und du hast mir deine Gründe dafür gestern explizit erläutert«, äußerte Mausner. »Dennoch frage ich mich: Was macht euch so sicher, dass die beiden Taten zusammenhängen? Und: Könnte es nicht sein, dass der Täter diese Anwältin – ich kenne übrigens den Inhaber der Kanzlei, sehr netter Mann, ist bei mir im Golfklub und schon von daher bitte ich um Diskretion bei den Ermittlungen – also, könnte es nicht sein, dass der Täter sie gar nicht töten wollte?«

Ben konnte Mausners Worte nachvollziehen, auch er hatte in diese Richtung Überlegungen angestellt. Daher sagte er: »Ja, das ist möglich, und wir werden natürlich in alle Richtungen ermitteln.« Der Hauptkommissar registrierte, wie die anderen in der Runde dazu nickten, außer

Vivien. Sie hatte ihre Stirn in Falten gelegt, was wohl ihre Zweifel ausdrücken sollte. »Vivien«, sagte Ben deshalb, »bist du anderer Meinung?«

»Na ja, also, ähm, nein, bin ich nicht, nur«, erklärte Vivien und stockte, während sie sichtlich nach den richtigen Worten suchte. Ben sah ihr an, wie nervös sie war. Ob das an Stephan Mausners Anwesenheit lag? Sonst vertrat Vivien durchaus ihre Meinung und sagte gerade heraus, was sie dachte.

»Hier wird keiner zerfleischt, wenn er einen Einwand hat«, sagte Ben aufmunternd und erntete ein erleichtertes Lächeln von der jungen Kommissarin.

»Also, na klar sollten wir in alle Richtungen ermitteln«, setzte Vivien nun deutlich selbstbewusster wieder an, »nur glaube ich tatsächlich, dass wir es mit dem gleichen Täter wie bei Joy zu tun haben. Ich habe den Schnitt in Daniela von Bohlendiecks Gesicht beim Verbandswechsel gesehen. Er verläuft sehr ähnlich wie der von Joy«, erklärte sie, stand auf und ging zur Glaswand, an der ein Foto von der toten Prostituierten hing. Mit dem Finger fuhr sie langsam den Schnitt auf dem abgelichteten Gesicht entlang, der von unterhalb des rechten Auges einen Halbkreis beschrieb und bis zur linken Kinnseite führte. »Natürlich kann das ein Zufall sein, aber daran glaube ich nicht«, ergänzte sie abschließend, bevor sie sich setzte.

Gerade als der Hauptkommissar Vivien Rimkus zustimmen wollte, sagte Katharina an die Kollegin gewandt: »Hast du den Schnitt gesehen, bevor du mich angerufen hast, damit ich ins Krankenhaus komme?« Das Wort »bevor« betonte sie dabei besonders. Ben konnte sich keinen Reim auf Katharinas Frage machen, wartete jedoch ab und grätschte nicht dazwischen. Stephan Mausner hingegen war anzusehen, dass er eben das gern getan hätte, es dann jedoch mit einem Blick auf Ben sein ließ – zumindest kam es Ben so vor. Wenn Vivien die Frage merkwürdig vorkam, so ließ sie sich nichts anmerken, und ihre Antwort kam prompt: »Danach, wieso?«

»Nur so«, sagte Katharina, doch Ben hatte seine Zweifel. Es war nicht Katharinas Art, etwas »nur so« zu fragen.

»Warum hast du mir eigentlich nicht vorher am Telefon sagen wollen, was mit Daniela von Bohlendieck passiert war und dass du vermutest, derselbe Täter wie der von Tanja Groß alias Joy wäre es gewesen?«, erkundigte sich Katharina bei Vivien, woraufhin diese auf ihrem Stuhl hin und her rutschte.

»Wird das hier ein Kreuzverhör?«, lachte sie gezwungen auf, bevor sie antwortete: »Ich hab es nicht am Telefon gesagt, weil ich wollte, dass du völlig unvoreingenommen ins Krankenhaus kommst. Ich dachte mir, wenn du beim Anblick des Opfers von selbst darauf kommst, dass es einen Zusammenhang zu der toten Prostituierten geben könnte, wären wir schon zwei und – ja, war vielleicht eine blöde Idee, tut mir leid.«

Katharina machte nur »hmhm«. Ben sah ihr an, dass es in ihrem Kopf ratterte, doch er wusste, dass es zu früh war, sie aufzufordern, das Team an ihren Gedanken teilhaben zu lassen. »Gut, dann wäre das ja geklärt«, sagte er stattdessen. »Gibt es Vorschläge, wie wir weiter vorgehen sollten?«

»Lasst uns die Schnitte vergleichen«, platzte Katharina heraus, und alle Köpfe drehten sich zu ihr.

»Wie vergleichen? Du meinst, ob sie sich wirklich ähneln? Das hat Vivien doch gesagt«, sprach Tobi die Frage aus, die allen sofort in den Kopf geschossen war.

»Das meine ich auch nicht«, erwiderte Katharina bedächtig. »Wir haben am Tatort der Prostituierten kein Messer gefunden. Wenn es tatsächlich derselbe Täter ist, hat er möglicherweise das gleiche Messer bei der Anwältin benutzt. Frauke kann das sicher abgleichen.«

»Gute Idee«, stimmte Stephan Mausner zu und kam Ben damit zuvor. »Auch Messer hinterlassen einen gewissen ›Fingerabdruck‹. Allerdings bräuchten wir für einen Vergleich die Zustimmung des Opfers, das überlebt hat, also dieser von … von …«

»Von Bohlendieck«, half Katharina dem Kriminalrat auf die Sprünge.

»Genau, von Bohlendieck«, nickte Mausner.

»Für die Zustimmung müssen wir warten, bis die Frau ansprechbar ist. Gibt es da etwas Neues?«, fragte Ben Vivien, von der er wusste, dass sie in Kontakt mit den behandelnden Ärzten stand.

»Ich habe vor unserer Besprechung mit dem Krankenhaus telefoniert. Es sieht ganz gut aus, und ich soll mich heute Mittag melden, ob wir noch heute mit Daniela von Bohlendieck sprechen können«, antwortete sie.

»Okay, dann schlage ich vor, dass du mit Katharina ins Krankenhaus gehst, sobald du von dort grünes Licht bekommst. Vielleicht könnt ihr Frauke gleich mitnehmen, denn letztlich müssen die behandelnden Ärzte ihre Zustimmung für eine Untersuchung durch Frauke geben, aber wie ich sie kenne, bekommt sie das hin.«

»Klar, machen wir. Und danach wollte ich in die Kanzlei, um mit den Leuten dort zu sprechen. Die Spusi ist doch sicher fertig, oder?«, fragte Katharina.

»Ja«, sagte Vivien, »die waren gestern schon durch. Der Chef der Kanzlei, Dr. Heimling, war kurz dort, und wir haben ihm zugesagt, dass ab heute Morgen wieder normal gearbeitet werden kann.«

»Das ist gut«, freute sich der Kriminalrat.

»Hat die Spusi irgendwas gefunden?«, wollte Katharina wissen.

»Nein, nichts. Auch nicht an dem Schal, mit dem Daniela von Bohlendieck stranguliert worden ist, das habe ich bei der KTU nachgefragt.«

»Das heißt, es war wieder ein Schal, und er wurde wieder am Tatort gelassen und nicht mitgenommen, wie die Gegenstände, die, ähm, die den Frauen eingeführt wurden?«, stellte Tobias die Frage, die Ben selbst gerade auf der Zunge gelegen hatte.

Dafür wollte der Hauptkommissar nun – noch bevor Vivien Tobis Frage beantworten konnte – weiter wissen: »Wie sieht der Schal aus? Ist es wieder so einer, den man an jeder Ecke kaufen kann?«

Vivien sah erst Tobi an, dann Ben: »Ja, auch diesmal waren keine der bewussten Gegenstände, die dem Opfer eingeführt wurden, am Tatort, dafür aber der Schal.«

»Was die Gegenstände unseres ersten Opfers angeht, wissen wir nicht, ob es nicht die aus Tanjas Schlafzimmer waren. Ich hake gleich mal nach. Die wurden ja daraufhin in der KTU untersucht. Ach ja, der Handschriftenvergleich von der Taxiquittung und einem Schriftstück von Tanja Groß ist übrigens positiv ausgefallen. Sie hat also definitiv die Quittung selbst ausgefüllt«, unterbrach Katharina Vivien, nickte ihr dann zu, dass sie fertig war, und Vivien fing noch einmal an: »Wir haben den Schal am Tatort gefunden, und es gibt ihn bei H&M, ich habe den da schon gesehen und hätte ihn mir neulich fast gekauft, aber dann …«

»Moment, und das sagst du erst jetzt?«, fuhr Katharina auf.

Was war nur mit ihr los? Warum war sie Vivien gegenüber so aggressiv? Oder bildete der Hauptkommissar sich das nur ein? War Katharina vielleicht stutenbissig? Im Grunde konnte Benjamin Rehder sich das nicht vorstellen. Sie hatte sich bisher immer gut mit Vivien verstanden.

»Ja, ich … tut mir leid, ich wusste nicht, dass es wichtig ist. Ich kenne den Schal nicht, mit dem Joy erdrosselt worden ist, aber hier habe ich ein Bild von dem, mit dem Daniela von Bohlendieck …«, Vivien unterbrach sich selbst und holte stattdessen ihr Handy hervor. Gleichzeitig schlug Katharina sich mit der flachen Hand an die Stirn und deutete dann an die Glaswand: »Entschuldige bitte, klar kannst du nicht wissen, wie der Schal, den wir bei Joy gefunden haben, aussieht. Ich habe das Foto davon noch nicht an die Wand gehängt! Ich hol das gleich nach, wenn wir fertig sind. Das Foto liegt auf meinem Schreibtisch.«

Vivien lächelte versöhnlich: »Kein Thema.« Dann legte sie ihr Handy gut sichtbar für alle mitten auf den Tisch und schaute ihre Kollegen fragend an. Sie hatte das Foto eines Schals aufgerufen. Alle schauten darauf. Ben sah sofort, dass es exakt das gleiche Modell war, mit dem die Prostituierte getötet worden war. An Katharinas und Tobis Blicken konnte er sehen, dass auch sie den Schal erkannt hatten. Für den Kriminalrat und Vivien sagte er laut: »Das ist das gleiche Modell, dass der Mörder von Tanja Groß benutzt hat.«

Es trat Stille im Raum ein. Ben ließ den Leuten, die sich am Besprechungstisch in seinem Büro versammelt hatten, diesen Moment. Auch er war von der endgültigen Erkenntnis, der sie nun wohl oder übel ins Auge blicken mussten, schockiert: Es sprach immer mehr dafür, dass sie es in beiden Fällen mit demselben Täter zu tun hatten und nicht mit einem Trittbrettfahrer, denn der Schal war in der Presse nicht abgebildet oder beschrieben worden. Jetzt konnten sie nur hoffen, dass der Täter nicht noch mehr von diesen Schals gekauft hatte …

»So«, unterbrach Kriminalrat Mausner in seiner plumpen Art das Schweigen, indem er sich erhob und dabei auffällig auf seine Armbanduhr schaute: »Ich habe einen Anschlusstermin, aber ich denke, ich bin jetzt im Bilde. Ben, du hältst mich bitte auf dem Laufenden. Seht zu, diesen … diesen Strangulierer so schnell wie möglich dingfest zu machen. Frau Rimkus, Sie unterstützen das Team bis auf Weiteres, und zwar komplett, nicht nur zwischendurch. Ich werde das mit Ihrem Vorgesetzten Brückner klären.«

Nachdem Stephan Mausner gegangen war, herrschte für einen Moment angespannte Ruhe im Raum, die dieses Mal Katharina unterbrach. Leise fragte sie: »Wurden am zweiten Tatort auch Stativabdrücke gefunden?«

10.38 Uhr

Katharina stand vor dem Kommissariat und wartete auf Tobi, der kurz zwei Telefonate führen wollte, bevor sie zusammen zur Kanzlei gehen würden, in der Daniela von Bohlendieck arbeitete. Der Kommissarin war diese kurze Unterbrechung nach der Teambesprechung ganz recht. Sie selbst hatte eben von der KTU die Information erhalten, dass das Sexspielzeug, das sie in der Wohnung von Tanja Groß gefunden hatten, bereits seit Längerem nicht benutzt worden waren. Das ließ den Schluss zu, dass die Frau damit nicht kurz vor ihrem Tod penetriert worden war, sondern mit anderen Gegenständen, die der Täter mitgebracht und wieder mitgenommen hatte. Sie steckte sich eine Zigarette an und hoffte, dass Tobi ein paar Minuten brauchen würde. Vivien war erneut in der Bordellgasse unterwegs, um die Wirtschafter dort zu befragen. Außerdem wollte sie ein weiteres Mal mit Joys Kolleginnen sprechen, denn auch, wenn es sich nun im ersten Fall augenscheinlich nicht um einen klassischen Milieumord handelte, konnten sie nicht ausschließen, dass der Täter aus diesem Umfeld stammte. Möglicherweise ließ sich eine Verbindung zwischen der Anwältin und Lüneburgs überschaubarem und aus wenigen Häusern bestehendem Rotlichtviertel finden. Was die Befragungen der Stammfreier von Joy anging, hatten alle Ermittler über das Wochenende bereits beste Arbeit geleistet. Katharina war schon am Freitag gut vorangekommen, aber auch Tobi, Vivien und Ben konnten Erfolge verzeichnen. Erfolge insofern, dass alle Freier von Joys Liste aufgesucht worden waren oder, wie im Fall des im Gefängnis sitzenden Mannes, eindeutig ausgeschlossen werden konnten. Zwei Männer waren bereits tot – der eine war vor einem halben Jahr an Leukämie verstorben, und der andere hatte sich in Hamburg vor die S-Bahn gestürzt – und konnten deshalb ebenfalls von der Liste gestrichen werden.

Ben war im Büro geblieben, da Katharina per Telefon den Busfahrer ausfindig gemacht hatte, der die Prostituierte von Hinter der Sülzmauer bis zur Haltestelle vom Apartmenthotel gebracht hatte. Ebenso den Fahrer der Linie, die Tanja Groß möglicherweise vom Apartmenthotel zu sich nach Hause gebracht hatte. Sie hatte die Männer direkt ins Kommissariat bestellt, und Ben würde sie dort befragen. Genauso wie die drei für die Ermittlung noch relevanten Stammfreier. Das waren zum einen zwei Männer, die zum Todeszeitpunkt des ersten Opfers kein Alibi hatten. Außerdem der Taxifahrer, der zwar ein Alibi hatte, aber seine Aussage über die Blanko-Quittungen noch offiziell zu Protokoll geben musste. Außerdem wollte Ben bei einer weiteren Befragung der Männer prüfen, ob diese nicht nur Joy, sondern auch Daniela von Bohlendieck kannten, aber das würde er ihnen natürlich nicht auf die Nase binden. Katharina musste an Bene denken. Nachdem sie am Vorabend eher unfreiwillig wieder vor seiner Tür gestanden hatte, war der Rest des Abends wie erwartet nicht mehr zu retten gewesen. Zwar hatte sie sich bei Bene dafür entschuldigt, dass sie so überreagiert hatte und anschließend einfach abgehauen war, und er hatte es ihr nicht allzu schwer gemacht, doch die Stimmung war unabänderlich im Eimer gewesen. Sie hatte ihm nichts davon erzählt, dass sie sich verfolgt gefühlt hatte und eigentlich nur zu ihm zurückgekommen war, weil sie den Schlüssel zu ihrer eigenen Wohnung nicht dabeigehabt hatte. Da sie sich selbst nicht sicher war, ob ihr tatsächlich jemand gefolgt war, wollte sie den Gedanken daran schnellstmöglich beiseiteschieben. Im Nachhinein war sie froh, den Streit noch am selben Abend halbwegs bereinigt zu haben, anstatt es vor sich herzuschieben. Sie musste in ihrem Privatleben unbedingt für mehr Ruhe sorgen, und ihr war klar, dass das ausschließlich in ihrer eigenen Hand lag. Bene war absolut der Letzte, dem sie momentan einen Vorwurf machen konnte, denn er gab sich alle Mühe mit ihr. Katharina straffte die Schultern. Neue Woche, neues Glück, dachte sie bei sich und nahm sich fest vor, in den nächsten Tagen mit ihrer Mutter ein ernstes Wort über die Wohnsituation zu sprechen. Schon der Vorsatz und die selbst verordnete Motivation führten dazu, dass sie sich besser fühlte, und als Tobi in diesem Augenblick vor die Tür trat, sah er eine deutlich entspanntere Kommissarin vor sich als noch wenige Minuten zuvor.

»Ich staune immer wieder, was so ein kleiner Nikotinschub bei einem Raucher bewirken kann«, sagte er grinsend, während Katharina ihre Zigarette im Aschenbecher vor dem Haus ausdrückte.

»Jedem sein Laster«, antwortete Katharina lächelnd und tätschelte Tobi den Bauch. »Nicht wahr, Kollege?«

»Touché«, erwiderte er kurz und zog den Kragen seiner Daunenweste hoch. »Brrr, ist das ein blödes Wetter. Lieber hab ich einen richtig eiskalten Winter als dieses feuchte Ekelwetter. Lass uns losgehen, umso eher sind wir wieder im Warmen.«

Sie hatten es nicht weit bis zur Kanzlei in der Schießgrabenstraße. Nachdem sie anfangs schwiegen, fragte Katharina plötzlich: »Sag mal, fandest du Viviens Erklärung dafür, warum sie mich ins Krankenhaus gerufen hat, auch komisch?«

Überrascht sah Tobi sie im Gehen an. »Nö, eigentlich nicht. Okay, sie hätte es gleich am Telefon sagen können, aber … mein Gott, sie ist ja noch nicht so lange dabei. Vermutlich ist sie ab und zu unsicher und will sich bei uns von der besten Seite zeigen. Ich habe nämlich den Eindruck, dass es ihr in der Mordkommission ganz gut gefällt.«

Katharina überlegte einen Moment. »Ja, wahrscheinlich hast du recht. Vielleicht interpretiere ich zu viel hinein.« Ohne es laut auszusprechen, führte sie den Satz für sich im Kopf weiter: Wäre ja im Moment nichts Ungewöhnliches, dass ich zu empfindlich reagiere.

Kurz darauf betraten sie die Kanzlei. Sie waren bewusst ohne Ankündigung losgegangen und wandten sich an die junge Frau, die an einem kleinen Empfangstresen saß.

»Guten Tag, mein Name ist Kommissarin von Hagemann, das ist mein Kollege Schneider. Wir kommen wegen des Überfalls auf Frau von Bohlendieck.«

»Guten Tag«, sagte die Empfangsdame und setzte ein in Katharinas Augen viel zu übertrieben betroffenes Gesicht auf. »Furchtbar, was da mit Frau von Bohlendieck passiert ist! Wir können uns das überhaupt nicht erklären. Aber heutzutage …«

»Wir würden gern mit Ihrem Chef sprechen«, unterbrach Katharina die junge Frau, bevor diese allzu sehr ins Plaudern geraten konnte.

»Das tut mir leid, Herr Dr. Heimling ist nicht im Haus, er ist heute den ganzen Tag bei Gericht. Aber ich kann gern versuchen, ob ich Herrn Dr. Brehmer erreiche. Er ist zwar nicht der Chef der Kanzlei, aber schon lange hier tätig.«

»Okay, machen Sie das, bitte«, antwortete Katharina und trat ein Stück vom Tresen zurück, um sich in der Kanzlei umzusehen, während die Angestellte telefonierte. Sie betrachtete die hohen, stuckverzierten Wände, die den langen, aber schmalen Flur säumten, von dem mehrere Zimmer abgingen. Ohne Frage hatte der sehr gepflegte Altbau einen gewissen Charme, der einer Anwaltskanzlei den passenden Rahmen gab. Katharina musste an das große Büro ihres Vaters denken. Seine Kanzlei befand sich zwar in bester Lage von Hamburg, doch die Einrichtung und der Stil hatten sehr viel Ähnlichkeit miteinander. Als Kind und Jugendliche war sie oft dort gewesen, doch inzwischen war es Jahre her, dass sie die Büroräume von Henning von Hagemann betreten hatte. Die Vorstellung, dass ihr Leben zwischen den Wänden seiner Kanzlei hätte stattfinden sollen, schreckte sie noch heute. Niemals hatte sie bereut, ihr Jurastudium abgebrochen und stattdessen zur Polizei gegangen zu sein. So schön die alten Gemäuer auch sein mochten – Katharina hätte auf Dauer darin keine Luft mehr bekommen, zumindest nicht als Juristin. Bevor sie ihren Gedanken länger nachhängen konnte, meldete sich die junge Frau vom Empfang zu Wort und gleichzeitig vibrierte Katharinas Handy in der Hosentasche. Sie zog es hervor und las die Textnachricht von Ben:

»Befragung der Busfahrer hat nichts ergeben!« Dann wandte sie sich an die Empfangsdame: »Entschuldigung, was haben Sie gerade gesagt?«

Die Frau lächelte: »Ich habe gesagt: Herr Dr. Brehmer wird gleich zu Ihnen kommen, und dass Sie bitte so lange hier vorn warten möchten. Ach, da kommt er ja schon.«

Ein Mann – Katharina schätzte ihn auf Mitte 40 – kam den Flur entlang direkt auf Tobi und sie zu und hielt ihnen beiden die ausgestreckte Hand entgegen.

»Dr. Clemens Brehmer, guten Tag.« Er reichte zuerst Katharina und dann Tobi die Hand. »Bitte, folgen Sie mir, in meinem Büro können wir ungestört reden. Möchten Sie einen Kaffee, Tee, Wasser?«

Bevor Tobias das Angebot annehmen konnte, womit Katharina fest rechnete, schüttelte sie den Kopf. »Nein, vielen Dank. Wir wollen Sie nicht lange aufhalten, wir haben nur ein paar Fragen.«

Die Kommissare folgten dem Anwalt durch eine der Türen in dem langen Flur und fanden sich in einem modernen, sehr sterilen Büro wieder. Brehmer deutete auf eine kleine Sitzgruppe. »Bitte, nehmen Sie Platz.«

Katharina beobachtete den Mann unauffällig, während dieser zu seinem Schreibtisch ging, um von dort zu telefonieren. »Frau Kuhnert, vorerst bitte keine Anrufe durchstellen. Und geben Sie mir auf jeden Fall Bescheid, wenn der Chef wiederkommt.«

Dr. Brehmer trug einen tadellosen Maßanzug, glänzend polierte Schuhe, und seine ganze Erscheinung hatte etwas unnatürlich Makelloses an sich. Seine glatte, überhöfliche Art passte absolut dazu, und Katharina fragte sich nicht zum ersten Mal, warum die meisten Anwälte Namen trugen wie Clemens, Julius, Nikolai oder Ähnliches. Dr. Brehmer setzte sich zu Tobi und ihr und sah sie erwartungsvoll an. »Was kann ich für Sie tun?«

Die Kommissare hatten zuvor beschlossen, dass Katharina die Fragen stellen würde, während Tobi beobachtete, und so ergriff sie direkt das Wort: »Wir sind hier aufgrund des Überfalls auf Ihre Kollegin Daniela von Bohlendieck.«

»Ja, sicher«, antwortete der Anwalt und lehnte sich in dem kleinen Sessel zurück. »Schrecklich, dass so etwas in unserer Kanzlei passiert ist! Ich hoffe doch, dass Sie diskret mit dem Vorfall umgehen. Nicht auszudenken, was für einen Imageschaden das für uns bedeuten könnte. Sie müssen wissen, dass Heimling und Partner etliche hochrangige Klienten vertritt, aus Politik und Wirtschaft. Auch einige Prominente natürlich. Da können wir es uns schlichtweg nicht erlauben, dass der Ruf unserer Kanzlei unter einem solchen … Dilemma leidet.« Katharina sah, wie Tobias ein Grinsen unterdrücken musste, während sie selbst sich am liebsten geschüttelt hätte. Wie konnte er das, was Daniela von Bohlendieck zugestoßen war, Dilemma nennen? Sie unterbrach seinen Redefluss.

»Herr Dr. Brehmer, grundsätzlich verstehe ich Ihre Befürchtungen die Kanzlei betreffend, aber für uns steht ganz klar das Verbrechen an Frau von Bohlendieck im Vordergrund. Selbstverständlich behandeln wir den Tatvorgang so diskret wie möglich, aber noch können wir einen Zusammenhang mit einem Ihrer Klienten oder der Kanzlei nicht ausschließen und müssen entsprechend ermitteln. Das verstehen Sie doch sicher.« Katharina nahm das kurze, von einem mürrischen Blick begleitete Nicken des Anwalts wahr und fuhr direkt fort: »Wir bräuchten eine Auflistung der aktuellen Fälle, die Frau von Bohlendieck bearbeitet. Sie selbst ist noch nicht ansprechbar, darum müssen wir Sie bitten.« Die

Kommissarin sah, dass Clemens Brehmer zu einem Einwand ansetzte, doch sie kam ihm zuvor. »Ich weiß, die Schweigepflicht. Aber Sie können sicher sein, dass wir die Informationen zu diesen Fällen absolut vertraulich behandeln. Des Weiteren wäre es sehr hilfreich, wenn Sie uns sagen könnten, ob es unter ehemaligen Klienten oder im Rahmen vergangener Rechtsfälle Personen gibt, die Frau von Bohlendieck möglicherweise gedroht haben oder Ähnliches. Fällt Ihnen dazu spontan etwas ein?«

Der Anwalt legte die Stirn in Falten und schien ernsthaft zu überlegen. »Nein, so spontan … Natürlich haben wir alle mal mit weniger angenehmen Leuten zu tun, gerade die Kollegen im Strafrecht. Frau von Bohlendieck hat aber eher unproblematische Fälle in ihrem Bereich. Sie ist ja nur im Familienrecht tätig, das ist mit Wirtschaftsrecht oder Strafrecht, wie in meinem Fall, nicht im Mindesten zu vergleichen.«

Katharina warf Tobias einen unauffälligen Blick zu und sah, dass auch er bei der letzten Bemerkung des Anwalts aufmerksam geworden war. In ihrem Eindruck bestätigt, griff sie den Faden direkt auf: »Wie gesagt, vielleicht überlegen Sie in Ruhe und lassen uns etwaige Hinweise zusammen mit der Klientenliste Ihrer Kollegin zukommen. Was mich auch interessiert: Wie ist Ihr Verhältnis zu Frau von Bohlendieck?«

Dr. Clemens Brehmer räusperte sich und rutschte scheinbar unangenehm berührt auf seinem Sessel hin und her. »Das Wort ›Verhältnis‹ trifft nicht zu. Wir sind Kollegen innerhalb derselben Kanzlei. Mehr nicht.«

»Aber Sie können uns sicher etwas zu Ihrer Kollegin erzählen. Wie ist sie so, als Kollegin, als Mensch. Gibt es in der Kanzlei jemanden, der ihr nähersteht … Sie wissen schon. Für uns ist momentan jeder Hinweis wichtig.«

»Es tut mir leid, aber ich kann Ihnen wirklich nicht weiterhelfen. Wir haben kaum Berührungspunkte. Sie ist ehrgeizig, das kann ich mit Fug und Recht behaupten. Und sie scheint zu wissen, wie sie bekommt, was sie will.«

»Wie meinen Sie das?«, hakte Katharina nach und hatte den Eindruck, dass der Anwalt seine letzte Bemerkung bereits bereute.

»Na ja, Daniela von Bohlendieck ist noch nicht lange in dieser Kanzlei, doch man munkelt, dass ihr angeboten wurde, zur Partnerin aufzusteigen. Das finde ich persönlich – nun, sagen wir mal, etwas verwunderlich. Vielleicht fragen Sie besser direkt bei Herrn Dr. Heimling nach.«

»Das werden wir sicher tun«, antwortete Katharina. »Sagen Sie, kennen Sie eine Tanja Groß?«

Dr. Brehmer schüttelte den Kopf: »Nein, wer soll das sein? Eine Klientin von Frau von Bohlendieck?«

Katharina ging nicht auf die Frage ein, stattdessen fragte sie ihrerseits: »Oder eine Joy?«

Für einen Moment trat Stille ein, dann schüttelte der Anwalt erneut seinen Kopf: »Nein, auch eine Joy kenne ich nicht. Hat die Dame auch einen Nachnamen?«

Katharina lächelte unverbindlich und sagte: »Vielen Dank. Ich denke, für den Moment haben wir keine weiteren Fragen an Sie, Herr Dr. Brehmer. Bitte vergessen Sie nicht, uns so schnell wie möglich die Liste zukommen zu lassen.« Sie zog eine Visitenkarte aus ihrer Jackentasche. »Hier finden Sie sowohl meine Telefonnummer als auch die E-Mail-Adresse. Am besten schicken Sie die Daten online, das geht am schnellsten.«

Katharina erhob sich, ebenso wie Tobi, und beide reichten dem Anwalt die Hand. »Wir melden uns bei Ihnen, falls wir weitere Fragen haben sollten. Jetzt würden wir uns gern ansehen, wo Ihre Kollegin aufgefunden worden ist.«

Dr. Brehmer nickte und begleitete die beiden Kommissare zu seiner Bürotür. »Wenden Sie sich bitte an unsere Empfangssekretärin, wenn etwas ist. Mich müssen Sie entschuldigen. Ich habe zu tun«, erklärte er knapp und zog sich in sein Büro zurück.

17.59 Uhr

»Puh, das war aber mal eine echte Abwechslung zu meinem sonstigen Joballtag«, stöhnte Frauke Bostel auf, als sie gemeinsam mit Katharina und Vivien das Krankenhaus verließ. »Ich weiß, warum ich lieber mit Toten zusammenarbeite!«

Vivien schaute die Gerichtsmedizinerin entgeistert an, worüber Katharina innerlich schmunzeln musste – sie selbst hatte sich inzwischen an den eigenwilligen Humor von Frauke gewöhnt.

»Ja, das war in der Tat nicht ganz einfach. Erst der behandelnde Arzt, der sich in seiner Ehre verletzt gefühlt hat, als du darum gebeten hast, seine Patientin untersuchen zu dürfen, und dann Daniela von Bohlendieck selbst. Ich kann verstehen, dass sie einen Schock hat nach dem, was ihr passiert ist, aber dann so dichtzumachen … Wir wollen doch nur so schnell wie möglich den Täter finden, daran muss sie doch auch interessiert sein!«, schüttelte Katharina den Kopf.

»Aber am Ende durfte ich sie doch untersuchen, und eure Fragen hat sie auch beantwortet«, meinte Frauke Bostel.

»Stimmt«, gab Katharina ihr recht.

Vivien wandte jedoch ein: »Wobei uns das bisher nicht weiterhilft. Sie hat ihren Angreifer überhaupt nicht gesehen, geschweige denn erkannt!«

»Kein Wunder, sie war ja, wie sie erklärt hat, bewusstlos, als er sie in die Kanzleiräume geschleppt hat. Zumindest kann sie sich nicht erinnern, wie sie dorthin gekommen ist. Darum gehen wir davon aus, dass er auch sie mit Chloroform betäubt hat, so wie das erste Opfer. Genau sagen können wir das allerdings nicht, da die Anwältin für einen Nachweis des Chloroforms zu spät gefunden und im Krankenhaus nicht darauf untersucht wurde. Aber nicht nur deswegen könnt ihr zu 90 Prozent davon ausgehen, dass es derselbe Täter ist wie bei der Prostituierten«, erklärte Frauke, während sie ihren Wagen mit dem Funkschlüssel entriegelte und gemeinsam mit den anderen Frauen darauf zusteuerte.

Katharina blieb bei den Worten der Gerichtsmedizinerin abrupt stehen: »Ehrlich? Und das erzählst du so ganz nebenbei? Ich dachte, du könntest es noch nicht sagen und müsstest die Abmessungen und Fotos, die du von Daniela von Bohlendieck gemacht hast, erst mit in dein Büro nehmen, um sie mit den Daten von Tanja Groß zu vergleichen.«

»Ja, ist auch so, darum habe ich ja auch zu 90 Prozent gesagt und nicht zu 100, aber auf den ersten Blick würde ich sagen, dass das Schnittmuster übereinstimmt. Der Täter hat anscheinend in beiden Fällen ein Sashimi-Messer benutzt. Darauf tippe ich zumindest. Auf jeden Fall war das Tatmesser einseitig angeschliffen und hatte eine schlanke schmale Klinge. Gut, es könnte auch ein handelsübliches Filetiermesser sein, aber auf jeden Fall ist es eines, das viele in ihrer Küchenschublade haben. Genau werde ich es erst sagen können, wenn ihr den Täter habt«, sagte Frauke im Plauderton und ging langsam weiter. Vivien folgte ihr, doch Katharina setzte sich nicht in Bewegung, was Frauke Bostel nach einem Blick zurück veranlasste zu sagen: »So, und jetzt komm. Es ist kalt, und um halb beginnt der Kurs. Ich bin froh, dass wir es überhaupt zum Sport schaffen, aber ich will trotzdem nicht abgehetzt ankommen, der Kurs ist heftig genug. Außerdem müssen wir noch einen Parkplatz finden.«

Katharina lächelte bei der Aufforderung. Sie wollte mit Frauke gemeinsam zu diesem neuen Kurs im Fitnessstudio gehen, von dem ihr die Gerichtsmedizinerin so vorgeschwärmt hatte, und auch sie kam überhaupt nicht gern zu spät, schon gar nicht beim ersten Mal. So schloss sie mit ein paar schnellen Schritten zu ihren Kolleginnen auf. Nach einigen weiteren Schritten standen sie alle drei am Wagen der Gerichtsmedizinerin, mit dem sie vorhin zusammen hergefahren waren. Während Frauke die Fahrertür öffnete und Katharina die Beifahrertür des zweitürigen knallroten Fiat 500, stand Vivien unschlüssig neben der Motorhaube. Es war ihr anzusehen, dass sie nicht wusste, ob sie einsteigen sollte oder ob sich die Wege der Frauen trennen würden. Schließlich war für alle Feierabend, und keine von ihnen wollte zurück aufs Kommissariat. Die Blicke der beiden älteren Frauen kreuzten sich, und unausgesprochen waren sie sich einig, sodass Frauke Vivien fragte: »Sag mal, Vivien, hast du jetzt was vor? Hättest du Lust, mit uns zum Sport zu kommen? Bei uns im Klub haben die einen neuen Kurs, so ein Cardio-Workout, bei dem man kickt und puncht und so, ich vergesse leider immer wieder den Namen, aber der ist echt toll. Katharina kommt heute zum ersten Mal mit in den Kurs, denn eigentlich steht sie mehr auf Geräte …«

»Wo ist denn das?«, fragte Vivien interessiert, blickte dann an sich herunter und sagte: »Ach, das geht ja sowieso nicht. Ich habe gar keine Sportklamotten dabei.«

»Wo wohnst du denn? Wenn es auf dem Weg liegt, können wir kurz bei dir vorbeifahren. Der Klub ist in der Kuhstraße«, schlug Frauke vor.

»Ah, da trainiert ihr! Ich hatte sowieso daran gedacht, mir den näher anzusehen, weil ich mehr Sport machen möchte. Und der ist so schön nah am Kommissariat. Wenn das okay ist, komme ich so mit euch mit und seh mich da mal um. Jetzt meine Klamotten zu holen, würde zu lange dauern«, schlug Vivien vor.

»Klar ist das okay«, stimmte Katharina zu, klappte den Sitz nach vorn und stieg hinten auf die Rückbank, damit Vivien vorn Platz nehmen konnte.

20.07 Uhr

Katharina verließ das Fitnessstudio und machte sich auf den Weg zu ihrer Wohnung. Frauke hatte nicht zu viel versprochen, der Kurs hatte Spaß gemacht, und vor allem hatte es ihr gutgetan, sich mal richtig auszupowern. Sogar Vivien, die nur zugesehen hatte, war Feuer und Flamme und wollte beim nächsten Mal selbst mitmachen. Sie war, zusammen mit Frauke und der Trainerin Sarah, im Studio an der Bar hängen geblieben, doch Katharina war direkt nach dem Kurs unter die Dusche gegangen und hatte sich verabschiedet. Auch wenn sie durchaus Lust gehabt hätte, eine Weile mit den anderen zu quatschen – heute hatte sie Wichtigeres vor. Als sie kurze Zeit später ihre Wohnung betrat, setzte sie ihr Vorhaben ohne Zögern direkt in die Tat um.

»Mama? Bist du da?«

»Im Wohnzimmer!«, tönte es ihr fröhlich entgegen. Offensichtlich war ihre Mutter gut gelaunt, das war eine gute Voraussetzung.

Katharina hängte ihre Jacke an die Garderobe, packte die Sporttasche darunter und holte sich aus der Küche eine Flasche Wasser. Dann atmete sie einmal tief durch, bevor sie zu ihrer Mutter ins Wohnzimmer ging.

»Hallo, Katharina, schön, dass du schon da bist. Dann können wir es uns zusammen vorm Fernseher gemütlich machen«, strahlte Anne von Hagemann, die mit einer Decke und einem Glas Weißwein auf dem Sofa saß.

»Eigentlich würde ich gern mit dir reden«, ging Katharina das Thema ohne Umschweife an und setzte sich neben ihre Mutter.

»Sicher«, antwortete ihre Mutter, »was hast du auf dem Herzen? Du hast dich doch nicht etwa mit Benedict gestritten?«

Für einen kurzen Moment war Katharina irritiert. Nicht, weil ihre Mutter Bene schon wieder konsequent Benedict genannt hatte, was sonst niemand tat, sondern weil sie wirklich noch nie das Bedürfnis gehabt hatte, etwaige Beziehungsprobleme mit ihrer Mutter zu diskutieren, dafür war ihr Verhältnis einfach nicht gemacht. Ihre Mutter tat gerade aber so, als wäre es das Normalste von der Welt, dass sie beide über diese Dinge des Lebens redeten. Außerdem fragte Katharina sich, ob Anne von Hagemann möglicherweise mit Bene gesprochen hatte. Schnell verwarf sie diesen Gedanken jedoch. Vermutlich war es das Erstbeste, was ihrer Mutter eingefallen war, als sie sie um ein Gespräch gebeten hatte.

»Nein, wir haben nicht gestritten, darum ...« Sie kam nicht dazu, den Satz zu beenden, denn ihre Mutter fiel ihr direkt ins Wort.

»Dann ist ja alles gut. Ich soll dich übrigens von ihm grüßen, also von Benedict, meine ich. Er hat vorhin angerufen und wollte dich sprechen, der Arme.«

Katharina stutzte: »Wieso der Arme?«

»Ach«, seufzte Anne von Hagemann, »er ist furchtbar erkältet, klang ganz verschnupft. Hoffentlich hat er dich nicht angesteckt.«

»Was wollte er denn?«, hakte Katharina nach.

»Keine Ahnung. Als ich ihm gesagt habe, dass du noch nicht da bist, hat er nur gesagt, ich soll dich grüßen und dir sagen, dass er heute nicht zur Arbeit geht, weil er sich so schlecht fühlt.«

»Okay, danke«, erwiderte Katharina, wollte sich jedoch von den Gedanken an einen kranken Bene nicht ablenken lassen: »Aber wie gesagt, ich würde gern etwas mit dir besprechen.«

»Sicher, Kind. Worum geht es?«

»Es geht um unsere Wohnsituation«, erklärte Katharina direkt, um eine weitere Verzögerung auszuschließen. Wie erwartet, wandelte sich der eben noch fröhliche Gesichtsausdruck ihrer Mutter in Sekundenschnelle in eine Leidensmiene. Darauf war Katharina innerlich vorbereitet, und sie hatte nicht vor, sich davon beirren zu lassen.

»Hör mir zu, Mama, das geht so nicht weiter. Meine Wohnung ist zu klein für uns beide. Als kurze Übergangslösung, wie es eigentlich geplant war, okay. Aber dieser Übergang dauert inzwischen neun Monate an.«

»Wirklich?«, fragte Anne von Hagemann überrascht. »Das kommt mir überhaupt nicht so lange vor! Wenn ich da an die neun Monate denke, in denen ich mit dir schwanger war – die kamen mir viel länger vor.«

»Mama, bitte«, unterbrach Katharina und musste sich zusammenreißen, um nicht genervt zu wirken. »Ich meine es ernst. Du musst dir eine eigene Wohnung suchen, und zwar so schnell wie möglich.« Als sie in das betretene Gesicht ihrer Mutter schaute, fühlte sie den Anflug eines schlechten

Gewissens in sich aufsteigen, doch sie verdrängte es. Besänftigend sprach sie weiter: »Kannst du nicht verstehen, dass das auf Dauer keine Lösung für uns beide ist? Dazu ist die Wohnung zu klein, und du kannst nicht ewig im Wohnzimmer auf dem Sofa schlafen.«

»Das macht mir nichts. Dafür habe ich doch extra diese komfortable und teure Schlafcouch gekauft!«, erwiderte Anne von Hagemann und wirkte tatsächlich gekränkt. »Ich kann wirklich sehr gut darauf schlafen, und es ist mir lieber als dein Futon, falls du ein schlechtes Gewissen haben solltest, dass du mir nicht wie ganz zu Beginn unserer Wohngemeinschaft das Schlafzimmer überlässt.«

Katharina senkte den Kopf und verdrehte die Augen. Das hatte ja kommen müssen. Die ach so schöne Schlafcouch war ihr von Anfang an ein Dorn im Auge gewesen – sie passte nicht in ihre Wohnung und erinnerte Katharina außerdem zu sehr an die Einrichtung in ihrem Elternhaus. Es war ungefähr drei Monate nach dem Einzug ihrer Mutter gewesen. Katharina hatte zu dieser Zeit auf ihrem eigenen Sofa im Wohnzimmer geschlafen und mehrfach geäußert, dass sie Rückenschmerzen hatte. Es sollte ein Wink mit dem Zaunpfahl sein und Anne von Hagemann selbst auf die Idee bringen, sich nach einer anderen Bleibe umzusehen. Doch weit gefehlt. Stattdessen hatte ihre Mutter plötzlich freudestrahlend im Flur gestanden, als Katharina nach Hause kam, und sie mit den Worten empfangen: »Schau mal, ich habe eine ganz tolle Schlafcouch gekauft – mein verspätetes Einzugsgeschenk sozusagen. Ich ziehe ins Wohnzimmer, und du kannst zurück in dein Schlafzimmer. Prima, oder?«

Leicht geschockt war Katharina in ihr Wohnzimmer getreten, und der Anblick der wuchtigen Couch, die mit einem hellen, geblümten Stoff bezogen war, hatte ihr schier die Sprache verschlagen. Ihr heiß geliebtes braunes Ledersofa, das sie vor vielen Jahren bei einem Trödler erstanden hatte, hatte in der Ecke gestanden, sodass in dem kleinen Wohnzimmer kaum Platz gewesen war.

»Ich habe dein olles Ding nicht allein durch die Tür bekommen, sonst hätte ich es schon für den Sperrmüll nach draußen gestellt«, hatte Anne von Hagemann den Blick ihrer Tochter zum alten Sofa fehlinterpretiert, und Katharina hatte sich den Streit damals erspart, denn sie hatte gewusst, dass er nichts bringen würde. Sie hatte die Zähne zusammengebissen und sich gesagt, dass das nicht mehr lange so bleiben würde. Dann hatte sie ihr Sofa am nächsten Tag mit Julies Hilfe in den Keller verfrachtet, wo es gut eingepackt darauf wartete, wieder ins Wohnzimmer zu kommen, sobald ihre Mutter ausziehen würde. Das war inzwischen ein halbes Jahr her.

»Mama, ich weiß, du hast es damit gut gemeint«, begann sie jetzt erneut. »Aber dennoch, das ist doch keine Dauerlösung.« Am liebsten hätte sie hinzugefügt: »und ich mag mein Ledersofa, was ich von dieser hässlichen Couch nicht behaupten kann«, doch sie ließ es bleiben.

»Ach je, ich sag doch, du brauchst kein schlechtes Gewissen zu haben«, sagte Anne von Hagemann sanft und suchte offensichtlich nach weiteren Worten für ihre Tochter, doch bevor sie sie fand, ergriff Katharina das Wort.

»Ich habe kein schlechtes Gewissen! Du verstehst mich einfach nicht. Du und ich, wir sind grundverschieden. In unserer Art und vor allem in unserem Geschmack. Du würdest dich doch garantiert viel wohler fühlen, wenn du eine eigene Wohnung hättest, die du einrichten und dekorieren kannst, wie du willst. Und ich möchte das auch wieder können. Ich möchte Unordnung haben, wenn mir danach ist, möchte niemandem Rechenschaft ablegen müssen, wo ich bin oder wann ich wiederkomme. Und vor allem möchte ich mal allein sein.«

Tatsächlich schien Anne von Hagemann dem nichts mehr entgegensetzen zu wollen. Vielleicht konnte sie es auch einfach nicht mehr. Katharina versuchte der Mimik ihrer Mutter zu entnehmen, ob sie eher Unverständnis oder Traurigkeit ausdrückte, doch es gelang ihr nicht. Ihre Mutter hatte jahrzehntelang gelernt, ihre eigenen Gefühle zu unterdrücken, um ihrem Mann alles recht zu machen, und offensichtlich steckte das inzwischen tief in ihr drin. Die Kommissarin hatte prinzipiell alles ausgesprochen, was ihr wichtig war, ihr Standpunkt sollte eindeutig sein.

»Pass auf, Mama«, sagte sie mild, »ich helfe dir dabei. Morgen bringe ich eine Tageszeitung mit, dann gehen wir zusammen die Immobilienanzeigen durch. Und wenn das nichts bringt, wenden wir uns an einen Makler. Okay?«

Anne von Hagemann nickte. »Sicher«, erklang es leise aus ihrem Mund. Tatsächlich glaubte Katharina zum ersten Mal seit Monaten, dass sie sich ihrer Mutter gegenüber durchgesetzt hatte. Gleichzeitig beschlich sie das Gefühl, dass die nächsten Tage oder Wochen nicht einfach werden würden.

Wie ich's am liebsten schaute – Ich dieses Haus mir baute
Adolf Greve – Röschen Greve A. D. MLCCCCVIII

(Hausinschrift Ritterstraße 7, Lüneburg)

6. KAPITEL:

MONTAG, 18.01.2016

06.12 Uhr

Von einer inneren Unruhe getrieben, trommelte er mit den Fingern auf die Tischplatte. Er hätte zu gern gewusst, wie weit die Ermittlungen vorangeschritten waren. Wie es Katha wohl ging? Er hoffte, sie bald wiederzusehen. Das letzte Mal war nicht lange her, aber sie war ihm noch schöner als früher vorgekommen. Sie war eben eine dieser Frauen, die sich beim Älterwerden so richtig entfalteten. Er schloss die Augen und zog tief die Luft ein. Katha hatte immer so gut gerochen, dabei hatte sie nie ein Parfüm benutzt. Der für sie typische Duft rührte lediglich von den Fruchtshampoos, mit denen sie ihre langen Haare spülte. Diese unglaublich erotischen roten Haare … Er hatte diese Frau vom ersten Augenblick an interessant gefunden und sie besitzen wollen. Gleichzeitig hatte er gewusst, dass er das nie tun würde, was ihn umso mehr herausgefordert hatte. Und er hatte geahnt, dass sie ihm gefährlich werden konnte. In vielerlei Hinsicht. Unwillkürlich verzog sich sein gut aussehendes Gesicht zu einer boshaften Fratze – hätte ihm vor Jahren jemand erzählt, dass Rache ähnlich erregend war wie Töten, hätte er es nicht geglaubt. Während jedoch die Erregung beim Töten von kurzer Dauer war, hatte man von der, die durch Rache ausgelöst wurde, länger etwas. Dabei war sie bei Weitem nicht etwa nur lang gezogen, sondern verhielt sich wie eine Sinuskurve, mit Ausschlägen nach unten und oben. Je nachdem, in welcher Phase des Racheplans er sich gerade befand. Aktuell schlug seine Erregungswelle nach unten aus, war sozusagen auf dem Tiefpunkt gelandet, und schon allein deshalb musste in Kürze wieder etwas geschehen, was ihn voranbrachte und Katha wie ein steter Tropfen langsam, aber sicher weiter zermürbte. Denn er war sicher: Die Angst war bereits gesät, und jetzt war es an ihm, sie zu gießen, zu hegen und zu pflegen, damit sie sich langsam zu ihrer ganzen Pracht entfalten und den Körper der Kommissarin in Besitz nehmen konnte.

06.43 Uhr

Vivien Rimkus streckte die Arme von sich und warf einen Blick auf den Wecker. Ein paar Minuten konnte sie noch im Bett bleiben, doch dann würde sie wohl oder übel aufstehen müssen, wenn sie nicht zu spät zum Dienst erscheinen wollte. Am liebsten hätte sie sich noch einmal unter die warme Bettdecke gekuschelt, doch sie hatte Angst, dass sie dann einschlafen würde. In der vergangenen Nacht hatte sie schlecht geschlafen und war immer wieder aufgewacht. Ob gerade Vollmond war? Eigentlich glaubte sie nicht an solche Zusammenhänge, doch oft genug war sie in der Vergangenheit eines Besseren belehrt worden. Vielleicht fiel es ihr leichter, die Schuld an ihrem schlechten Schlaf dem Mond zuzuschieben, anstatt über die wirklichen Gründe nachzugrübeln. Vivien rieb sich die müden Augen und dachte daran, wie sie nach dem Krankenhaustermin mit Frauke und Katharina zum ersten Mal ins DNS gegangen war. Das war gut eine Woche her. Sie hatte an jenem Abend eine ganze Weile mit Frauke Bostel und Sarah Küsters an der Bar des Fitnessstudios gehockt und sich am Ende sogar ein Bier gegönnt. Schon lange war sie nicht so entspannt gewesen, zumindest nicht in der Gegenwart von Leuten, die sie kaum kannte. Klar war sie mit Frauke Bostel ab und zu beruflich aufeinandergetroffen, aber auch das nur, wenn sie bei der Mordkommission ausgeholfen hatte. Ihr eigenes Dezernat hatte mit der Pathologie in der Regel nur sehr selten zu tun. Privat hatte sie die Gerichtsmedizinerin bisher nicht einschätzen können, und sie war positiv überrascht von deren unkomplizierten und erfrischenden Art gewesen. Auch Sarah war ihr sympathisch gewesen, und zudem hatte die Trainerin den schweißtreibenden Kurs, bei dem sie selbst nur zugeschaut hatte, mit toller Motivation geführt. Vivien hatte große Lust bekommen, dort aktiv mitzumachen. Doch genau da lag ihr Problem. Genervt schlug Vivien die Bettdecke zurück und sah auf ihre schlanken Beine, die in kurzen Schlafshorts steckten. Die langen, wulstigen Narben an den Innenseiten ihrer Oberschenkel stachen ihr wie immer sofort schmerzhaft ins Auge. Ob sie sich jemals an diesen Anblick gewöhnen würde? Vermutlich nicht. Es war inzwischen zwölf Jahre her, fast ihr halbes Leben. Damals war Vivien 16 Jahre alt gewesen – ein fröhliches, selbstbewusstes, hübsches Mädchen, das unbedarft und voller Hoffnung in die Zukunft geblickt hatte. Von einem auf den anderen Tag war all das zerstört worden. Zerstört von Tieren. Anders konnte sie die Kerle, die ihr das angetan hatten, nicht bezeichnen. Noch heute quälte dieses Erlebnis sie, vordergründig vor allem das, was davon zurückgeblieben war, doch Vivien zwang sich selbst dazu, sich immer wieder damit auseinanderzusetzen. In ihren Augen war das hilfreicher, als alles zu verdrängen, und sie hoffte darauf, dass irgendwann die Erinnerung zurückkam. Sie war auf einer Party gewesen, auf der sie ausgelassen gefeiert und für ihr junges Alter definitiv zu viel getrunken hatte. An diesem Punkt hatte sie einen kompletten Filmriss. Erst ab dem nächsten Morgen hatte sie wieder Bilder im Kopf. Da hatte eine Spaziergängerin sie am örtlichen Baggersee hinter einem Busch entdeckt. Es wurde festgestellt, dass sie von mindestens vier Tätern mehrfach vergewaltigt worden war. Außerdem hatten die Täter – vermutlich mit einer Glasscherbe – Viviens Gesicht schwer verletzt. Ein tiefer Schnitt war über die gesamte eine Gesichtshälfte geführt worden und darüber hinaus auf gleiche Art über ihre Oberschenkel. Die Narben würden sie bis an ihr Lebensende begleiten, auch wenn sie sie – zumindest die im Gesicht – in der Öffentlichkeit unter einer unnatürlich und auffällig dicken Make-up-Schicht gut zu verbergen wusste. Ob die bis heute anhaltenden Erinnerungslücken vom Alkohol herrührten oder von den K.-o.-Tropfen, die man ihr nachweislich verabreicht hatte, konnte nicht festgestellt werden. An die Zeit nach dem Übergriff erinnerte sich die junge Kommissarin dafür nach wie vor sehr deutlich. Ihre Eltern waren mit ihr weggezogen, um ihr einen neuen Start zu ermöglichen, und Vivien hatte eine Therapie gemacht. Sie war stark und hatte gelernt, mit der Erniedrigung, die sie erlebt hatte, und mit dem entstellten Körper – wenn auch mit erheblichen Einschränkungen – zu leben. Dazu gehörte im ersten Schritt ihre klare Entscheidung, Polizistin zu werden. Sie hatte alle Kraft, die ihr damals geblieben war, in einen guten Schulabschluss und die folgende Ausbildung gesteckt, mit dem festen Vorsatz, Abschaum wie die Männer, die ihr das angetan hatten, von der Straße zu holen. In ihrem Fall waren die Täter nie gefasst worden, und sie selbst wollte es besser machen. Im Privatleben waren die Folgen der Tat noch nachdrücklicher: Bis heute hatte sie keinem Mann die Gelegenheit gegeben, ihr körperlich nahe zu kommen. Doch anstatt ein Leben als graue Maus zu führen, was für Vivien ein Zeichen von Schwäche wäre, spielte sie mit den Männern. Ein Spiel, das nicht ganz ungefährlich war, doch sie brauchte diesen Kick für ihr Ego. Einen Mann aufreißen, ihn scharfmachen und dann eiskalt abservieren, in quasi letzter Sekunde. Mit Vorliebe suchte sie sich dafür Männer aus, die durch ein übersteigertes Macho-Verhalten auffielen, denn denen tat die Abfuhr in der Regel besonders weh. In den vergangenen zehn Jahren, seit sie 18 war, hatte sie sich auf diese Weise in vielfacher Form für das, was man ihr angetan hatte, gerächt. Natürlich war ihr klar, dass es nie den Richtigen traf, doch sie verletzte ja niemanden damit, zumindest nicht körperlich. Jemals eine normale Beziehung zu einem Mann zu haben, konnte Vivien sich bis heute nicht vorstellen. Die Scham, ihren vernarbten Körper entblößen zu müssen und vor allem zu erzählen, warum er so aussah, war zu mächtig. Lange Zeit hatte der Therapeut versucht, ihr klarzumachen, dass ein Mann sie trotz allem lieben könnte, doch Vivien konnte sich das nicht vorstellen. Irgendwann hatte sie die Therapie abgebrochen. Ihr eigenes Spiel war Therapie genug, und sie hatte es selbst in der Hand, sich den Kick immer dann zu holen, wenn sie ihn brauchte. Tatsächlich war das inzwischen selten geworden, stellte sie überrascht fest. Im vergangenen Jahr hatte sie gerade mal zwei Männer abserviert, und wenn sie ehrlich war, war ihr diese Veränderung bis eben nicht einmal aufgefallen. Vivien stieg aus dem Bett und ging ins Bad, um sich und vor allem ihr Gesicht für den

Tag zu rüsten, doch die Gedanken rissen nicht ab. Ganz bewusst betrachtete sie sich in dem großen Wandspiegel, der ihr beim Einzug in diese Wohnung wichtiger gewesen war als alles andere. Auch das war Teil ihrer eigenen Therapie: sich dem eigenen Anblick bewusst zu stellen. Und wie sie erfreut feststellte, zeigte dies Wirkung. Der klare Blick in ihr eigenes, ungeschminktes Gesicht, durch das sich nach wie vor unverkennbar die lange Narbe zog, tat nicht mehr weh. Noch immer war sie weit davon entfernt, sich so der Außenwelt zu zeigen, doch sie war auf einem guten Weg. Das hatte sie bereits gespürt, als sie vor einigen Monaten Katharina von ihrer Vergangenheit erzählt hatte, nachdem diese die Narbe in ihrem Gesicht durch einen unglücklichen Zufall gesehen hatte. Die Unterhaltung mit der älteren Kollegin, für die sie Bewunderung hegte, sowohl fachlich als auch menschlich, hatte ihr nach anfänglichem Zögern mehr als gutgetan. Es war befreiend gewesen, mit jemand anderem als Ärzten, Therapeuten oder ihren Eltern darüber zu reden. Vivien war dankbar dafür, dass Katharina sich ihr gegenüber nicht wie eine Vorgesetzte, was sie aufgrund ihres Dienstranges war, verhielt, sondern fast schon freundschaftlich oder zumindest sehr kollegial. Sie wusste selbst am besten, dass das nicht selbstverständlich war, denn gleich zu Anfang ihrer Bekanntschaft hatte Vivien diese Verbindung fast zum Scheitern gebracht, bevor sie richtig begonnen hatte. Ernst betrachtete sie erneut ihr Spiegelbild, als sie an diese Zeit zurückdachte. Es war ihr erster gemeinsamer Fall gewesen, die Suche nach Hauptkommissar Benjamin Rehder, der entführt und festgehalten worden war. Sie war erst wenige Tage im Dienst gewesen und zu Katharinas und Tobis Unterstützung eingeteilt worden. Gleichzeitig hatte sie sich auf die Suche nach einem neuen vermeintlichen Opfer für ihr privates Rachespielchen gemacht und war dabei auf Bene getroffen – er war der Mann gewesen, bei dem sie sich zum ersten Mal in ihrem Leben mehr hätte vorstellen können. Zu ihrer Entschuldigung, auch vor sich selbst, konnte Vivien vorbringen, dass sie bei ihrer ersten Begegnung mit Bene weder von dessen Beziehung zu Katharina gewusst hatte, noch dass er der Zwillingsbruder von Ben Rehder war, den sie vor seinem Verschwinden noch nicht kennengelernt hatte. Hätte sie den Hauptkommissar gekannt, hätte sie sicherlich einen Bogen um Benedict Rehder gemacht, denn dann hätte sie eins und eins zusammengezählt: Als eineiige Zwillinge glichen sie einander ungemein, auch wenn sie vom Typ her völlig unterschiedlich waren, wie Vivien inzwischen wusste. Auf jeden Fall hatte sich das sonst so routinierte Spiel schnell ins Gegenteil umgekehrt: Vivien hatte für Bene ehrliche Gefühle entwickelt, anstatt ihn wie üblich eiskalt abzuservieren. Niemand war davon mehr überrascht gewesen als sie selbst, denn sie hatte bis zu diesem Zeitpunkt angenommen, dass sie derartige Empfindungen nie entwickeln könnte. Als sie dann erfahren hatte, dass ausgerechnet Katharina die Freundin von Bene war, war Vivien aus allen Wolken gefallen. Dennoch hatte sie danach erneut versucht, Bene näherzukommen. Der hatte jedoch schnell die Reißleine gezogen und klargemacht, dass neben Katharina für eine andere Frau kein Platz in seinem Leben war. Es gab sie also doch, die ehrlichen und treuen Männer ... Bis heute war Vivien froh, dass sie sich damals bei Katharina für ihr Verhalten entschuldigt hatte und die Kollegin so verständnisvoll reagiert hatte – sie hatten das Kapitel gestrichen und seitdem nie wieder davon gesprochen. Wenn Vivien heute auf Bene traf, was durchaus hin und wieder vorkam, konnten sie alle drei relativ gut damit umgehen. Vivien blieb kaum etwas anderes übrig, Katharina schien in ihr keine Gefahr zu sehen und Bene war ziemlich cool in solchen Dingen. Plötzlich musste Vivien ihr Spiegelbild angrinsen. Vielleicht war es doch mal wieder an der Zeit, einen Mann aufzugabeln, der es verdiente, ein wenig aufs Glatteis geführt und in seinem männlichen Ego angekratzt zu werden. Sie musste es ja nicht ganz so durchziehen wie üblich, aber ein bisschen Flirterei und Aufmerksamkeit durch einen Mann konnte nicht schaden. Zumindest würde es Abwechslung in ihr Leben bringen.

08.56 Uhr

»Drei Tage kommt sie, drei Tage bleibt sie und drei Tage geht sie, hat schon meine Großmutter immer gesagt«, meinte Ben aufmunternd, während er Katharina zuschaute, die sich ungefähr zum fünften Mal an diesem noch jungen Tag die Nase schnäuzte.

»Na toll, dann hoffe ich mal, dass deine Großmutter recht behält, denn dann dürfte ich übermorgen wieder einigermaßen fit sein«, kommentierte Katharina den Spruch ihres Vorgesetzten und schmiss das Taschentuch in den Papierkorb unter ihrem Schreibtisch.

»Konntest du dich am Wochenende wenigstens ein bisschen erholen?«, fragte Ben und ließ sich ihr gegenüber an Tobis Platz nieder. Sie waren zu zweit im Gemeinschaftsbüro. Vivien war noch nicht da, und Tobi hatte sich eben krankgemeldet. Katharina hatte ihn am Telefon gehabt. Sie hatte ihn allem Anschein nach mit ihrer Januarerkältung angesteckt.

»Ehrlich gesagt habe ich es fast komplett durchgeschlafen«, gestand Katharina und streckte sich auf ihrem Stuhl. Tatsächlich ging es ihr nach dem vergangenen Wochenende sehr viel besser. Sie hatte es bei Bene verbracht, der sie liebevoll umsorgt hatte, während sie nur aus dem Bett aufgestanden war, wenn sie ins Bad musste.

»Geht es Bene wieder gut?«, erkundigte Ben sich nach seinem Bruder, als hätte er ihre Gedanken gelesen.

»Ja, er ist wieder gesund«, antwortete Katharina und grinste ihren Chef an: »Zumindest in seinem Fall hat eure Großmutter also mit dem Krankheitsverlauf recht behalten.«

Auch Benjamin grinste, und für einen Moment herrschte ein angenehmes Einverständnis zwischen den beiden Kollegen, das jedoch jäh unterbrochen wurde, als die Tür des Gemeinschaftsbüros aufging und Vivien mit einem gedämpften »Guten Morgen« eintrat.

Ben schlug mit flachen Händen auf die Schreibtischplatte und erhob sich vom Stuhl: »So, dann lasst uns gleich mal loslegen mit der Besprechung.«

»Wollen wir nicht auf Tobi warten?«, fragte Vivien überrascht.

»Der ist krank«, sagten Katharina und Ben wie aus einem Munde.

»Jetzt verbringen wir ein weiteres Jahr zusammen«, stellte Ben feixend fest, »weil wir beide gleichzeitig das Gleiche gesagt haben.«

»Ist das auch so eine Weisheit deiner Großmutter?«, fragte Katharina schmunzelnd. Ben bejahte, woraufhin die Kommissarin meinte: »Na, dann kann man ja davon ausgehen, dass es auch eintreten wird.« Daraufhin erhob sie sich und folgte den anderen beiden in Bens Büro. Während sie sich an den Besprechungstisch setzte, sagte sie: »Hat deine Großmutter auch einen motivierenden Spruch dafür gehabt, wenn man in den Ermittlungen nicht weiterkommt? Vielleicht so was in der Art, wie ›Auch ein blindes Huhn findet einmal ein Korn‹?«

»Hm, nicht dass ich wüsste«, sagte Ben.

»Aber ich hätte da einen«, sagte Vivien ungewohnt leise. »›Schlägt dir die Hoffnung fehl, nie fehle dir das Hoffen! Ein Tor ist zugetan, doch tausend sind noch offen.‹«

»Oh ja, der ist schön. Von wem ist der?«, fragte Katharina nach einem kurzen Augenblick der Stille.

»Von Friedrich Rückert«, antwortete Vivien, bevor sie eine wegwischende Handbewegung machte und dann mit weitaus festerer Stimme sagte: »Aber ist ja auch egal. Soll ich anfangen?«

»Ja, bitte«, nickte Ben, doch bevor Vivien den Mund aufgemacht hatte, klingelte sein Handy, das er vor sich auf dem Tisch liegen hatte. Er schaute kurz darauf, runzelte fast unmerklich die Stirn, drückte dann den Anruf weg. Er richtete seine Aufmerksamkeit auf Vivien und lächelte ihr auffordernd zu.

»Ich habe mich noch einmal mehr im Milieu umgehört, mir hat das keine Ruhe gelassen, aber ich bin leider zu keinem neuen Ergebnis gekommen. Ich habe auch ein weiteres Mal mit den Wirtschaftern aus dem Haus gesprochen, in dem Joy sich eingemietet hatte, und noch mit anderen Personen als letzte Woche: Mir ist keiner von denen auch nur ansatzweise verdächtig, und es macht alles den Anschein, dass tatsächlich weder Joy Ärger mit irgendjemandem hatte, noch Daniela von Bohlendieck. Die Anwältin hat keinen Fall auf dem Tisch gehabt oder je vertreten, bei dem sie mit Leuten aus dem Milieu zu tun hatte. Das wiederum habe ich aus der nochmaligen Durchsicht der Akten aus der Kanzlei.«

»So sieht es bei mir ebenfalls aus«, schaltete Katharina sich ein. »Auch das Privatleben der beiden ist nach wie vor eine Sackgasse. Beide hatten keine Beziehung und scheinen eher Einzelgängerinnen gewesen zu sein, denn auch Freunde konnte ich keine auftun. Daniela von Bohlendieck ist vor zwei Jahren aus Paderborn hierhergekommen und hat laut den Kanzleimitarbeitern seitdem nur gearbeitet, da gab es keinerlei private Kontakte zu Kollegen oder so. Und Tanja Groß hat wohl seit jeher jeden näheren Kontakt zu anderen abgeblockt. Auch zu ihren Verwandten. Ich habe noch mal mit den Eltern telefoniert. Sie haben seit Jahren nichts von ihrer Tochter gehört, geschweige denn sie gesehen. Wollten es aber auch nicht, nachdem sie irgendwann herausgefunden hatten, womit ihre jüngste Tochter ihr Geld verdient. Es gibt eine ältere Schwester, aber die hat laut der Mutter auch keinen Kontakt mehr zu ihr gehabt. Daniela von Bohlendieck hat ebenfalls keinen Kontakt mehr zu ihren Angehörigen. Übrigens finde ich das auffällig. Beide Opfer leben eher zurückgezogen und haben keinen Kontakt zu ihren Familien. Es könnte ein Auswahlkriterium des Täters gewesen sein, was bedeutet, dass er seine Opfer gekannt oder wenigstens über einen längeren Zeitraum beobachtet hat. Ich habe alle Stammfreier vom ersten Opfer auch in Hinblick auf Daniela von Bohlendieck überprüft, aber es bleibt bei den Ergebnissen, die wir haben: nichts.«

»Wenigstens wissen wir jetzt, in welchen Kreisen wir nicht mehr nach dem Täter suchen müssen«, brachte Ben das Gehörte auf den Punkt, verzog den Mund missmutig und ergänzte: »Allerdings haben wir keinen Anhaltspunkt, wo wir stattdessen suchen müssen.«

»Es ist aber auch zu blöd, dass Daniela von Bohlendieck ihren Angreifer so überhaupt nicht gesehen hat«, ärgerte sich Vivien. »Dann könnten wir zumindest ein Phantombild erstellen lassen. Und die Spurensicherung hat auch nichts gefunden, was uns bei der Identifizierung helfen könnte. Nichts, was uns die DNA des Täters verrät oder sogar seine Identität, weil wir ihn längst im Computer haben. Und in der Kanzlei nach derartigen Spuren zu suchen, war von vornherein aussichtslos, weil zu viele Leute ein- und ausgehen. Das wäre die berühmte Suche nach der Nadel im Heuhaufen, um bei Redewendungen zu bleiben.«

»Wenn wir davon ausgehen, dass wir es in beiden Fällen mit demselben Täter zu tun haben – und das sollten wir, nicht zuletzt, da Frauke sich auch inzwischen absolut sicher ist, und schließlich liegen die einzigen Fakten bei ihr auf dem Tisch –, würden wir aller Wahrscheinlichkeit nach in der Kanzlei keine Spuren von ihm finden. In der Wohnung von Tanja Groß, die ja definitiv der Tatort ist, haben wir auch nichts gefunden«, gab Katharina zu bedenken. »Das spricht für mich in gewisser Weise dafür, dass es sich nicht um eine Spontantat handelt. Er plant die Überfälle und kalkuliert die Zeit ein, die er braucht, um seine Spuren zu beseitigen oder erst gar nicht zu hinterlassen.«

»Bis auf die Stativabdrücke«, wandte Vivien ein.

»Die müssen nichts mit dem Mord zu tun haben. Nur weil wir kein Stativ gefunden haben, heißt das nicht, dass der Mörder es mitgebracht oder mitgenommen haben muss. Die Tote kann es sich ausgeliehen und zurückgegeben haben. Wenn das überhaupt die Abdrücke eines Stativs gewesen sind. Es könnten drei weggestellte Kerzenständer gewesen sein«, sagte der Hauptkommissar.

»Wir haben keinen Kerzenhalter gefunden, der zu den Abdrücken passt«, sagte Vivien.

»Oder irgendetwas anderes«, ergänzte Katharina. »Und dass in der Kanzlei kein Hinweis auf ein Stativ oder eine Kamera gefunden wurde, wundert mich nicht. Dort liegt überall Parkett, und es wird regelmäßig gründlich gewischt, wie wir von der Empfangsdame wissen.«

Einen Moment lang schweigen alle drei Kollegen, bis Ben feststellte: »Gut, oder besser gesagt nicht gut: Im Prinzip haben wir im Moment nichts Greifbares, mit dem wir arbeiten können. Katharina – du hast dich gerade dazu geäußert, dass du glaubst, der Täter habe seine Überfälle geplant und nicht im Affekt gehandelt. Ich schlage daher vor, dass du damit beginnst, ein Profil zu erstellen. Mir ist klar, dass du keine komplette Einschätzung vornehmen kannst, aber vielleicht hilft es uns trotzdem weiter. Und du, Vivien, jagst unseren Fall beziehungsweise die Fälle durch den Polizeicomputer. Kann sein, dass unser Täter schon einmal woanders mit dem gleichen Muster aktiv war. Danach fährst du mit mir in die Kanzlei. Ich habe für 10.30 Uhr einen Termin bei Herrn Dr. Heimling vereinbart. Eigentlich hatte ich gedacht, dass Tobi und Katharina hinfahren, weil sie schon mal dort waren, aber da Tobi krank ist … Egal, ihr versteht schon. Und auch, wenn du« – Ben schaute zu Katharina – »bereits ein paarmal mit den Leuten gesprochen hast, bohrst du« – jetzt schaute Ben zu Vivien – »nach, während ich mich mit dem Kanzleiinhaber unterhalte. Wer weiß, vielleicht erzählt der ein oder andere Kollege etwas, was er bisher nicht gesagt hat. Wenn ich Tobi richtig verstanden habe, scheint die Empfangsdame einigermaßen redselig zu sein.«

Vivien nickte zustimmend, während Ben sich zurück an Katharina wandte. »Ach ja, noch was, Katharina. Wir wissen nicht, wen Tanja Groß beziehungsweise Joy in der

Nacht treffen wollte. Falls dir eine Idee kommt, wie wir Näheres rausfinden – nur zu.«

»Okay«, erwiderte Katharina und packte ihre Unterlagen zusammen.

10.34 Uhr

»Sie bekommen hier vorn sicher eine ganze Menge mit, oder?« Vivien hatte einen vertraulichen Ton angestimmt, in der Hoffnung, die Empfangsdame der Kanzlei Heimling und Partner würde darauf mit üppigen Informationen reagieren. Ben war nach ihrer Ankunft direkt mit Dr. Heimling in dessen Büro verschwunden, und sie war vorn stehen geblieben.

»Nun ja«, antwortete die junge Frau etwas vorsichtig. »Klar, hier gehen den ganzen Tag alle vorbei, sowohl die Kollegen als auch die Klienten. Wenn man halbwegs sensibel ist und gute Menschenkenntnis hat – und das würde ich von mir durchaus behaupten –, fällt einem natürlich das ein oder andere auf.« Vivien setzte ein interessiertes Gesicht auf, während sie am liebsten den Kopf geschüttelt hätte. Manche Klischees erfüllten sich immer wieder, wie zum Beispiel das der neugierigen und redseligen Empfangsdame. Aber in ihrem Job war das oft hilfreich, und so gab Vivien ihr Bestes, die Chance für sich zu nutzen. Selbst wenn sie einige der Informationen kannte, schaden konnte es nicht.

»Wer oder was ist Ihnen in letzter Zeit so aufgefallen?«, fragte sie und lehnte sich weiter über den Tresen.

Ihr Vorhaben schien zu funktionieren, die junge Frau sah sich kurz um, bevor sie umso engagierter anfing loszuplappern: »Na ja, also, dass Frau von Bohlendieck keine engen

144

Kontakte zu uns Kollegen hatte, haben Sie sicher mitbekommen. Man soll ja nicht schlecht reden, aber … also die ist irgendwie komisch.« Vivien setzte einen höchst neugierigen Blick auf, und wie erwartet ließ die Fortführung des Berichts nicht lange auf sich warten.

»Stellen Sie sich vor, die ist nur am Arbeiten. Manchmal frage ich mich, ob diese Frau auch mal schläft. Das hinterlässt natürlich optische Spuren, ist ja klar, also für meinen Geschmack sieht sie locker zehn Jahre älter aus, als sie tatsächlich ist. Na ja, aber das muss schließlich jeder selbst wissen. Aber die von Bohlendieck beteiligt sich an nichts. Wissen Sie, wir machen eine Weihnachtsfeier, und wenn einer der Kollegen Geburtstag hat, sammeln wir, und es wird gemeinsam angestoßen. Na, Sie kennen das sicher. Außerdem gehen einige von uns ab und zu nach Feierabend zusammen auf einen Absacker. Nur Frau von Bohlendieck, die ist bei solchen Sachen nie dabei. Steckt zwar immer ein paar Euro in die Sammelbüchse, aber das ist es dann. Außer beim Chef, also bei Herrn Dr. Heimling, da hat sie tatsächlich mal mit angestoßen. Aber das ist ja was anderes, sie will was erreichen, da verscherzt man es sich natürlich nicht mit dem Chef.«

Vivien nutzte die kurze Atempause der Frau nun doch für eine Zwischenfrage: »Was will Frau von Bohlendieck denn erreichen? Gibt es konkrete Pläne?«

»Nun, so ganz genau weiß ich das nicht.« Die Stimme der jungen Frau wurde leiser. »Aber man munkelt, dass sie gute Chancen hat, bald als neue Partnerin einzusteigen. Oder aufzusteigen«, kicherte sie verschwörerisch. »Das müssen Sie sich vorstellen, nach gerade mal zwei Jahren in der Kanzlei! Dem Brehmer, 'tschuldigung, ich meine natürlich Herrn Dr. Brehmer, schmeckt das gar nicht. Was ich verstehen kann.

Der ist schließlich etliche Jahre länger dabei, hat im Strafrecht für die Kanzlei so manchen Erfolg eingeheimst und sich echt ins Zeug gelegt. Ist doch klar, dass der …« Sie hüstelte plötzlich und rückte mit dem Stuhl nach hinten.

»Guten Tag, kann ich irgendetwas für Sie tun, schöne Frau?«, erklang es neben Vivien, bevor sie das Verhalten der Empfangssekretärin hatte einordnen können. Überrascht wandte sie sich um und sah in das breit lächelnde Gesicht eines Mannes, der für sie sofort in die Schublade mit der Aufschrift »egomanischer Macho« passte, selbst wenn er nichts gesagt hätte – allein seine Haltung sprach Bände. Was für ein furchtbarer Typ, dachte sie bei sich, der wäre genau der Richtige, um mir meinen Kick zu holen. Dann besann sie sich und lächelte ihn freundlich an: »Vivien Rimkus, guten Tag. Und Sie sind?«

»Brehmer. Dr. Clemens Brehmer. Ihr Anwalt in allen Wirtschafts- oder Strafrechtsangelegenheiten.«

Vivien hätte sich am liebsten geschüttelt. Okay, das war also der Typ, mit dem das zweite Opfer im Clinch gelegen und den Tobi und Katharina bereits befragt hatten. Weil er ihnen merkwürdig vorgekommen war, hatten die beiden ihn danach genauer überprüft, jedoch ohne etwas zu finden.

»Guten Tag«, sagte sie mit zuckersüßer Stimme. »Wenn Sie einen Moment Zeit für mich hätten?«

Brehmer sah auf seine goldene Armbanduhr und antwortete dann übertrieben freundlich: »Aber sicher. Folgen Sie mir doch bitte in mein Büro.«

Er ging voraus, und Vivien ließ ihn noch immer in dem Glauben, sie sei eine neue Klientin. Wenn sie schon nicht ihr komplettes Spiel mit ihm spielen durfte, dann doch zumindest alles, was rauszuholen war. Und dann würde sie ihn ganz gezielt nach seinem schlechten Verhältnis zu Daniela von Bohlendieck fragen. Vielleicht hatte er ja doch Dreck am Stecken, selbst wenn er als Täter nicht infrage kam, weil er ein Alibi hatte. Vivien freute sich schon: Mal sehen, wie schnell dem Anwalt das glatte Lächeln vergehen würde.

10.49 Uhr

Hauptkommissar Benjamin Rehder saß auf dem Besucherstuhl vor dem Schreibtisch von Dr. Heimling. Er hatte mit einem alternden und etwas spießigen Anwalt gerechnet, der seine Fragen zu dem zweiten Opfer und vor allem die zur Kanzlei nur unwillig beantworten würde. Warum, wusste Ben selbst nicht so genau. Umso überraschter war er, dass genau das Gegenteil der Fall war. Dr. Burkhard Heimling war zwar Ende 60, wirkte jedoch jung geblieben und aufgeschlossen. Ohne Frage strahlte er, wie Ben es oft bei Anwälten und Notaren erlebt hatte, eine starke Präsenz gepaart mit einem großen Selbstbewusstsein aus, doch er tat dies auf angenehme und durchaus sympathische Weise. Spontan dachte der Kommissar, dass dies ein Anwalt wäre, an den er sich wenden würde, sollte er einmal einen brauchen. Für einen kurzen Moment schweiften seine Gedanken ab. Bei seiner Scheidung von Simone hatten sie auf seinen Wunsch hin einen gemeinsamen Anwalt genommen. Ben hatte das alles so unkompliziert wie möglich handhaben wollen, und da er zudem nicht vorgehabt hatte, mit Simone einen Rosenkrieg zu führen und um einzelne Dinge einen zermürbenden Streit zu führen, war ihm dies als die beste Lösung erschienen. Simone hatte diesen Anwalt damals ausgesucht, und der war Ben von Anfang an unsympathisch gewesen. Auf den

Verlauf der Scheidung hatte das keinen Einfluss gehabt, das meiste war an Ben vorübergezogen wie ein dichter Nebel, ihm war damals alles egal gewesen. Auch wenn er heute nicht mehr nachvollziehen konnte, warum es ihm damals so schlecht gegangen war, erinnerte er sich noch gut daran.

»Sie haben sicher gehört, dass ich Frau von Bohlendieck zur Partnerin machen wollte – ich kenne doch unseren Flurfunk«, holte Dr. Heimling den Kommissar zurück in die Gegenwart.

»Hmhm«, machte Ben nur, was man als Bestätigung interpretieren konnte, obwohl diese Information neu für den Hauptkommissar war.

»Nun ja«, erwiderte der Anwalt. »Bisher ist nichts offiziell. Meine Entscheidung wird im Haus nicht auf großen Zuspruch treffen, aber damit kann ich gut leben. Wissen Sie, Herr Rehder, in meinem Alter sind einem andere Dinge des Lebens wichtiger als noch mit 20 oder 30. Eigentlich könnte ich mich längst zur Ruhe setzen, doch ich habe keine Familie, niemanden, dem ich meine Zeit widmen könnte oder sollte. Und ich arbeite nach wie vor gern. Nichtsdestotrotz weiß ich, dass meine Zeit endlich ist, und ich wünsche mir, dass diese Kanzlei in meinem Sinne fortgeführt wird, wenn ich es einmal nicht mehr beeinflussen kann.«

»Und Daniela von Bohlendieck trauen Sie diese Aufgabe zu, obwohl sie noch gar nicht lange hier ist? Meinen Sie, dass Ihre Mitarbeiter deswegen nicht begeistert von Ihrer Wahl sein werden?«, wollte Ben wissen.

»Ja, genau«, bestätigte Dr. Heimling. »Es gibt hier im Haus Kandidaten, die sich ausgebootet fühlen werden. Aber Frau von Bohlendieck hat die richtige Einstellung. Sie liebt ihren Beruf, gibt alles für ihre Mandanten und kämpft für sie.«

»Erwarten Sie das nicht grundsätzlich von allen Mitarbeitern?«, wunderte sich Ben.

»Doch, sicher.« Heimling schmunzelte. »Aber auch das habe ich in den vielen Jahren gelernt: Das, was ich erwarte oder voraussetze, deckt sich nicht immer mit der Realität.« Er räusperte sich kurz. »Verstehen Sie mich nicht falsch«, erklärte er. »Alle Mitarbeiter, die ich eingestellt habe, sind fachlich großartig und sehr engagiert. Der Unterschied liegt für mich in der Motivation, die dahintersteht. Einige der Kollegen wollen vor allem erst mal sich selbst profilieren, ihr Können präsentieren. Dafür eignen sich spektakuläre Strafrechtsprozesse besonders. Da so etwas bei uns nicht so häufig vorkommt wie in den Großstädten, ist der Kampf um diese Mandate jedes Mal interessant. Da geben bestimmte Mitarbeiter alles, glauben Sie mir. Aber genau das meine ich. Sie kämpfen in vorderster Front für sich, für ihr eigenes Image, für ihre Karriere. Und ich bin mir sicher: Wenn ein solcher Prozess dazu führt, dass zum Beispiel eine große Hamburger Kanzlei ihre Fühler ausstreckt, dann sind diese Leute schneller weg, als ich gucken kann.« Er machte eine kurze Pause, bevor er weitersprach. »Wenn ich ehrlich bin, war ich am Anfang meines Berufslebens gar nicht so viel anders, ich hab also durchaus Verständnis dafür. Aber es ist nicht das, was ich mir für meine Nachfolge wünsche. Daniela von Bohlendieck ist anders. Ihr Image ist ihr relativ gleichgültig. Ihr einziges Ziel ist das Wohl ihrer Mandanten, und das, obwohl sie es in ihrem Bereich eher mit den kleineren Geschichten zu tun hat. Wobei ich das gar nicht mindern möchte. Gerade im Familienrecht begegnen einem durchaus grausame Einsichten in die Realität, sie sind halt nur für die Öffentlichkeit oft nicht so spektakulär.«

Ben beobachtete den älteren Mann, der sich nun entspannt und zugleich etwas nachdenklich in seinem Bürostuhl zurücklehnte.

»Wie ist Ihr persönliches Verhältnis zu Daniela von Bohlendieck?«, fragte er jetzt.

Der Anwalt lachte herzlich. »Mein persönliches Verhältnis? Ich weiß nicht, was auf dem Flur geschludert wird, aber ich kann es mir durchaus vorstellen. Doch ich muss Sie enttäuschen. Weder hat Frau von Bohlendieck sich hochgeschlafen, wie man so schön sagt, noch sehe ich in ihr die Tochter, die ich nie hatte, oder Ähnliches. Ehrlich gesagt glaube ich, man kann zu dieser Frau gar kein wirklich persönliches Verhältnis haben.«

Ben sah ihn fragend an. »Wie meinen Sie das?«

»Daniela von Bohlendieck lässt niemanden näher an sich heran, und das meine ich nicht nur körperlich.« Er lächelte. »Man könnte fast meinen, dass sie eine leicht autistische Veranlagung hat, aber ich weiß nicht, ob das stimmt. Sie ist immer sachlich, überlegt und kühl. Nicht unfreundlich, auch nicht gefühllos, das nicht. Persönliche Beziehungen scheinen für sie überhaupt keine Bedeutung zu haben. Und das ist genau der Punkt. So ein Mensch kann eine Kanzlei wie diese führen. Zumindest ist das meine Meinung, das sieht der ein oder …« Seine Erklärung wurde durch das Klingeln von Bens Handy unterbrochen.

»Entschuldigen Sie, bitte«, sagte Ben und nahm das Gespräch an. Außer einem kurzen »Wo? – Okay!« sagte er nichts, beendete das Telefonat und sah den Anwalt entschuldigend an. »Vielen Dank, Herr Dr. Heimling, das war sehr interessant, und ich danke Ihnen, dass Sie sich die Zeit genommen haben. Falls ich noch Fragen haben sollte, werde ich mich melden. Jetzt muss ich leider weg.« Er schob seine

Visitenkarte über den Schreibtisch. »Sollte Ihnen etwas einfallen, was uns in Bezug auf den Überfall auf Ihre Mitarbeiterin weiterhelfen könnte, rufen Sie mich bitte an.«

Der Hauptkommissar stand auf und reichte Dr. Heimling die Hand.

»Es hat mich gefreut, Sie kennenzulernen«, sagte er aufrichtig.

»Das geht mir genauso«, erwiderte der ältere Mann. »Sollten Sie Daniela von Bohlendieck sehen, richten Sie ihr bitte meine besten Grüße aus. Ich werde sie nicht behelligen, bevor sie nicht wieder hier ist.« Der Anwalt lächelte, und nach dem vorhergegangenen Gespräch verstand Ben, was er ansonsten sicherlich merkwürdig gefunden hätte.

Er verließ das Büro, durchschritt den langen Flur und sah sich nach Vivien um.

»Suchen Sie Ihre Kollegin?«, fragte die Empfangsdame. »Sie ist im Büro von Dr. Brehmer, dritte Tür auf der rechten Seite.«

»Danke«, sagte Ben und ging den Flur zurück. Er klopfte kurz an die benannte Tür, trat jedoch ein, bevor er eine Antwort hörte. Ohne den Anwalt zu beachten, blickte er direkt zu Vivien und sagte: »Wir müssen los!«

12.03 Uhr

Nachdem Katharina von Hagemann ihr Auto vor dem Haus in Vögelsen nahe des Fußballplatzes geparkt hatte und ausgestiegen war, fiel ihr ein, dass sie unlängst aus reiner Neugierde im Internet nachgeschaut hatte, was es mit dem etwas ungewöhnlichen Namen des kleinen Ortes bei Lüneburg auf sich hatte. Dort hatte sie gelesen, dass es etwas mit der hier – zumindest früher – weit verbreiteten Haubenlerche zu tun hatte. Sogar auf dem Wappen der Gemeinde, dass sie auf der Fahrt hierher erstmals bewusst wahrgenommen hatte, waren drei dieser Singvögel abgebildet. Mit diesen Gedanken ging die Kommissarin auf das Haus zu, dessen Nummer Ben ihr genannt hatte. Er und Vivien waren offensichtlich noch nicht hier, denn sie konnte weder Bens Auto noch einen der Dienstwagen in der Nähe entdecken. Dafür standen ein Notarzt- sowie ein Polizeiwagen an der Straße, doch beide waren unbesetzt.

Die Haustür war nur angelehnt. Gerade, als Katharina sie aufstoßen wollte, wurde sie von innen aufgezogen, und sie stand einem Sanitäter gegenüber, der einen älteren Herrn unter den Armen stützte. Katharina nickte dem Sanitäter zu und machte für beide den Weg frei. Ob der Mann das Opfer gefunden hatte? Ben hatte ihr dazu am Telefon nichts Näheres gesagt. Auch nicht, was sie gleich vorfinden würde. Er hatte nur von einer Toten gesprochen, ihr die Anschrift durchgegeben und gesagt, dass sie sich dort treffen würden. Das Opfer war also eine Frau. Ob auch sie einen Schnitt im Gesicht hatte? Katharina sog einmal tief Luft ein und stieß sie wieder aus. Sie war auf alles gefasst. Als die Männer an ihr vorbei waren, trat die Kommissarin ein und sah sich im Hausflur um, der hell und einladend wirkte. Hier weist auf jeden Fall nichts auf ein Verbrechen hin, dachte sie, während sie Überzieher aus ihrer Tasche zog und sie über ihre Turnschuhe stülpte, die sie heute wegen des milden Wetters endlich wieder hatte anziehen können. Direkt neben ihr führte eine Treppe nach oben, von wo sie ein Geräusch vernahm, und dann lugte ein Kopf über das Geländer. Es war ein uniformierter Polizist, der sie freundlich ansah und ihr zurief: »Da Sie sich Überzieher angezogen haben, nehme ich an, Sie sind eine von uns. Können Sie sich bitte trotzdem ausweisen? Ich kenne Sie nicht.«

»Natürlich«, erwiderte Katharina. Sie zog ihren Dienstausweis hervor und hielt ihn dem Uniformierten, der die Treppe zu ihr hinunterkam, entgegen: »KOK Katharina von Hagemann, Kripo Lüneburg.«

»Ach, Sie sind das! Toll, Sie endlich persönlich kennenzulernen, Kommissarin von Hagemann. Ich hab viel von Ihnen gehört. Ich bin auf der Polizeidienststelle in Bardowick und …«, sprudelte es begeistert aus dem jungen Mann heraus, bis er von einer Stimme gestoppt wurde, die ebenfalls aus dem Obergeschoss kam: »Nico, hör auf, die Kommissarin vollzuquatschen! Lass sie hochkommen!«

Katharina kannte die Stimme. Sie gehörte zu einem älteren Polizisten, mit dem sie bereits einige Male zu tun gehabt hatte, und so rief sie hoch: »Hallo, Robert.«

»Hallo, Katharina, hier oben im Schlafzimmer«, kam es zurück, woraufhin Katharina den jungen Polizisten, den Robert eben Nico genannt hatte, ansah und fragte: »Ist es sehr schlimm?«

Sofort verlor Nicos Gesicht jegliche Farbe. Dann nickte er. Katharina tat der junge Mann, der augenscheinlich noch nicht lange bei der Polizei war, leid.

»Deine erste Leiche?«, fragte sie und war überrascht, dass sie ihn geduzt hatte. Deswegen schob sie schnell hinterher: »Sag gern Katharina zu mir.«

Nico lächelte leicht und nickte ein weiteres Mal.

»Dann bleib bitte hier unten und pass auf, dass kein Unbefugter das Haus betritt. Meine beiden Kollegen, Hauptkommissar Rehder und Kommissarin Vivien Rimkus müssten auch jeden Moment eintreffen. Ist die Spurensicherung informiert? Und die Gerichtsmedizin?«, fragte Katharina.

»Ja, das hat Robert gemacht«, antwortete der junge Polizist.

»Gut, dann geh ich jetzt mal hoch«, erwiderte Katharina und kam sich verdammt mütterlich vor, doch sie erinnerte sich zu gut an ihre erste Leiche – ein Dealer, dem von dem Vater eines Junkies der Goldene Schuss gesetzt worden war.

Oben angekommen, erwartete Robert sie an einer offen stehenden Tür. Sie nickten sich ohne ein weiteres Wort der Begrüßung zu. Katharina nahm an, dass es das Schlafzimmer war, in dem die Tote lag. Bevor sie es betrat, schaute sie sich im Flur des Obergeschosses um. Wie auch unten wies nichts auf einen Übergriff hin. Sie ging zum Schlafzimmer, und Robert trat aus dem Türrahmen heraus, um ihr Platz zu machen. Mit den Worten: »Ich geh nach unten und lass dich hier mal allein«, drehte der Polizist sich ab und ging in Richtung Treppe. Die Kommissarin blickte ihm hinterher, während sie sich ein paar Einweghandschuhe überstreifte, um sich dann dem Schlafzimmer zuzuwenden. Was sie sah, ließ ihr bei aller Erfahrung das Blut in den Adern gefrieren. Das Schlafzimmer war in Weiß gehalten und ohne Firlefanz eingerichtet. Es standen nur ein weißer Kleiderschrank und ihm gegenüber ein Bett in dem Raum. Sogar die Überdecke des Bettes war weiß. Sie war verrutscht, sodass Katharina sehen konnte, dass auch die Bettwäsche schlicht weiß war. Einen Farbtupfer erhielt das Zimmer lediglich durch die nackte Frau, die regungslos auf dem Bett lag, ihren Kopf mit dem blonden Pagenschnitt inmitten einer Blutlache gebettet. Das Rot des Blutes schien Katharina geradezu anzuleuchten, so sehr stach es in diesem sonst so rein anmutenden Raum hervor. Das Blut rührte von einem Schnitt im Gesicht her, was Katharina sofort sah, da es ihr zugekehrt war. Die Tote hatte die Augen geöffnet, und es schien der Kommissarin, als starrte sie sie vorwurfsvoll an. Auch der Mund war geöffnet, und Katharina hätte sich in diesem Augenblick nicht gewundert, wenn aus ihm die Worte: »Warum hast du ihn nicht gestoppt?« erklungen wären, denn Katharina war sich sicher, dass der Täter, den sie seit über einer Woche suchten und von dem sie keine einzige Spur hatten, hier am Werk gewesen war.

»Es tut mir leid«, flüsterte sie kaum hörbar in den Raum hinein, dann machte sie mit ihrer Handykamera ein Foto vom Gesicht der Toten und schloss ihr mit einem sanften Darüberstreichen die Lider, da sie sich von dem Blick seltsam berührt fühlte. Ansonsten schien die Frau unversehrt. Ob auch sie stranguliert worden war? Katharina betrachtete den Hals der Toten und erkannte die typischen Einblutungen. Aber das würde Frauke viel genauer feststellen können. Doch wo war der Schal, den der Täter bei seinen vorherigen Opfern hinterlassen hatte? Sie ließ ihre Augen zur Körpermitte der Toten wandern. Die Beine lagen außergewöhnlich weit auseinandergespreizt, fast so, als hätte die Tote versucht, im Liegen einen Spagat zu machen. Dabei waren die Beine nicht an die Bettpfosten gefesselt worden, was Katharina zunächst wunderte. Oder hatte der Täter sie nach ihrem Tod wieder losgebunden? Denn wer nahm so eine Haltung freiwillig ein? Und gerade in Panik sollte das kaum gelingen. War auch diese Frau wie die anderen beiden Opfer betäubt worden, bevor die Misshandlung stattgefunden hatte? Und war sie vielleicht vor ihrem Tod wieder aufgewacht und hatte deswegen Mund und Augen geöffnet? Katharina schauderte. Auch Maximilian hatte seine Opfer betäubt, bevor er sich an ihnen verging und sie im Anschluss tötete … Die Beine wirkten, wie der gesamte Körper, leicht grau auf dem weißen Bettüberwurf. Katharinas Blick verharrte auf der Scham der Frau. Was war das für ein farbiger Punkt gewesen, den sie für einen Moment wahrgenommen hatte? Die Kommissarin runzelte die Stirn. Sie ging an das Fußende des Bettes, um nachzuschauen, und schluckte, als ihr bewusst wurde, was der Täter zwischen den Beinen seines Opfers hinterlassen hatte: Ein kleines Stück Stoff lugte aus der intimsten Öffnung der Frau heraus. Katharina musste sich abwenden. Sie ahnte auch so, was das war: Ein Schal. Plötzlich fasste sich Katharina an den Hals. Sie hatte das Gefühl, keine Luft mehr zu bekommen, als ob ihr Brustkorb mit einem Mal zu eng geworden wäre und nichts mehr hineinpasste. Aus einem Reflex heraus fing sie an, immer tiefer und schneller zu atmen. Sie hörte, wie stoßweise und unnormal das klang. Katharina, reiß dich zusammen, du hast schon Schlimmeres gesehen, versuchte sie, sich selbst zu beruhigen. Sie wusste, dass sie hyperventilierte, doch es nützte nichts. Sie hatte das nach den Vorfällen in München schon früher gehabt – bisweilen sogar bis zur Ohnmacht. Doch dann hatte sie diese Panikattacken in den Griff bekommen. Schließlich hatte sie gewusst, dass Maximilian ihr nichts mehr anhaben konnte. Und sie wusste es auch jetzt. Trotzdem konnte sie sich nicht beruhigen. Sie spürte, wie sich ihre Finger und Hände verkrampften. Einen Fuß vor den anderen setzend schritt sie zum Fenster, um es zu öffnen. Es befand sich auf der anderen Seite des Bettes gegenüber der Schlafzimmertür, und sie hielt ihren Blick starr darauf gerichtet. In ihrem Kopf begann es zu rauschen, als sie plötzlich wie durch eine Wattewand Stimmen hörte. Noch immer schwer atmend lauschte sie und hätte fast vor Erleichterung aufgelacht, als sie Bens Stimme ausmachen konnte. So schnell, wie ihre Panikattacke gekommen war, so schnell verschwand sie. Sie war am Fenster angelangt und öffnete es mit einem Handgriff. Unter dem Fenster befand sich ein Heizkörper. Aus den Augenwinkeln nahm sie wahr, dass daran eine Leine befestigt war. Die Leine führte unter das Bett. Katharina ging in die Knie und beugte sich vor, sodass sie unter das Bett sehen konnte. Sie schluckte, als sie den kleinen West Highland Terrier dort liegen sah. Wie die Frau auf dem Bett regte auch er sich nicht, und die Kommissarin ging davon aus, dass er ebenfalls tot war. Was war bloß passiert? Ein Bild huschte durch Katharinas Kopf, wie sie selbst in ihrer Münchner Wohnung im Schlafzimmer von Maximilian mit einem schmalen Hanfseil, das ihr ins Fleisch schnitt, an ein Heizungsrohr gefesselt worden war, um der Vergewaltigung ihrer besten Freundin zusehen zu müssen, die nackt vor ihr auf dem Bett gelegen hatte. Katharina merkte, wie die eben erst unterdrückte Panik wieder in ihr aufzusteigen drohte, und schloss für einen Moment die Augen. Die Stimmen waren näher gekommen, und gerade, als Katharina die Augen öffnete, um aus ihrer unbequemen Hocke hochzukommen, hörte sie Ben, der fragte: »Wissen wir, um wen es sich bei der Toten handelt?«

»Ja, um die Haushälterin des Hauseigentümers. Der alte Herr hat sie gefunden. Sie heißt Lombard. Helen Lombard«, hörte Katharina die Stimme von Robert antworten, und im selben Augenblick wurde ihr schwarz vor Augen.

Ben hörte einen dumpfen Aufprall und dann nichts mehr.
Nur noch Stille. Zunächst dachte er sogar, es sei der Täter
und hatte schon reflexartig eine Hand an seinem Holster,
als er zusammen mit dem Uniformierten kurz vor dem
Schlafzimmer angekommen war. Sie blieben stehen, und
der Hauptkommissar schaute Robert Behrens an, doch der
zuckte nur ebenso überrascht die Schultern und flüsterte:
»Es ist nur Frau von Hagemann hier oben.«

Ben nickte und bedeutete dem Polizisten, stehen zu bleiben. Dann ging er langsam und konzentriert auf das Schlafzimmer zu.

»Katharina?«, rief Ben, »Katharina?«

Als keine Antwort kam, zückte der Hauptkommissar
seine Waffe und stellte sich in den Türrahmen, um seinen Blick durch den kleinen Raum schweifen zu lassen.
Er streifte die daliegende Tote, doch wo war Katharina?
Und was hatte das dumpfe Geräusch verursacht? Er trat
in das Schlafzimmer und ging um das Bett herum. Da sah
er sie. Katharina lag mit dem Gesicht auf dem Boden zwischen Bett und Heizung. An ihr vorbei lief ein Seil oder
so etwas wie eine Hundeleine. So genau konnte Benjamin
Rehder das in der Eile nicht erkennen, denn er stürzte zu
seiner Kollegin, ging in die Knie und drehte sie vorsichtig
um, sodass sie einigermaßen in die stabile Seitenlage kam.
Sie hatte die Augen geschlossen, und Ben hielt den Atem
an. Was war passiert? Was war mit Katharina? Robert Behrens war inzwischen ins Zimmer gekommen und an ihn
und Katharina herangetreten. Die beiden Männer sagten
kein Wort, während Ben zwei Finger auf die Halsschlagader seiner Kommissarin legte. Erleichtert atmete er aus:

»Sie lebt, rufen Sie bitte einen der Sanitäter oder besser gleich den Arzt.«

»Klar«, erwiderte der Mann und lief aus dem Raum.

Als hätte sie nur darauf gewartet, öffnete Katharina in diesem Moment die Augen. Sie blickte verwirrt, als sie ihrem Chef ins Gesicht schaute, dann lächelte sie zaghaft: »War … war ich ohnmächtig?«

»Ja, scheint so. Bleib liegen. Behrens holt gerade den Notarzt hoch, der kümmert sich um dich. Weißt du, was passiert ist?«, fragte Ben, und aus einer Regung heraus strich er ihr eine Locke aus der Stirn, damit die Haare ihr nicht ins Auge stachen. Er war so erleichtert, dass Katharina scheinbar nichts Schlimmes zugestoßen war.

»Es … es ist nichts passiert. Ich bin wohl einfach umgekippt. Der … der Anblick hat mich ausgeknockt. Hast du … hast du ihn gesehen?«, fragte Katharina und streckte ihre Beine lang aus, damit sie entspannt liegen konnte. Ben hatte den Eindruck, als sage sie nicht die Wahrheit, und das nicht nur, weil sie ihm bei ihren Worten nicht in die Augen blickte, sondern auch weil ihre Stimme so unnatürlich klang. Wahrscheinlich bilde ich mir das nur ein, dachte Ben, immerhin war sie eben ohne Bewusstsein. Aber warum hatte sie »ihn« gesagt? Wen sollte er gesehen haben? Das Opfer konnte sie nicht meinen, sie wusste, dass es sich um eine Frau handelte. War Katharina auf den Täter getroffen? Aber das konnte nicht sein. Robert Behrens und der junge Polizist, dessen Namen er vergessen hatte, hatten das Haus gesichert, als sie hierhergekommen waren. Das hatte ihm Behrens extra gesagt. Zwar hatte Ben eben selbst kurz in Erwägung gezogen, das Geräusch könnte vom Täter verursacht worden sein, doch das war eher ein Reflex gewesen, die Vorsicht eines erfahrenen Kriminalbeamten. Inzwischen wusste er, dass

Katharinas Aufprall auf den Boden das dumpfe Geräusch verursacht hatte.

»Wer? Wen meinst du?«, fragte Ben.

»Den Hund«, erklärte Katharina leise.

»Nein, habe ich nicht«, sagte Ben und wunderte sich darüber, dass Katharina sich in diesem Augenblick Sorgen um einen Hund machte. Hatte das Opfer einen Hund gehabt? Behrens hatte nichts dergleichen erwähnt, wobei es bei ihrem kurzen Gespräch auf dem Flur auch nur um die tote Frau gegangen war.

»Er ist …«, setzte Katharina an, wurde jedoch von der Stimme des Notarztes unterbrochen, der in das Zimmer gelaufen kam und Ben bat, Platz zu machen. Ben stand auf und trat beiseite. In der Tür sah er Vivien stehen. Er ging zu ihr und fragte leise: »Konntest du von dem Mann, der die Tote gefunden hat, etwas erfahren?«

»Geht so«, antwortete Vivien und ließ ihren Blick über die Tote schweifen. Sie runzelte die Stirn. Dann fuhr sie fort: »Der alte Herr steht unter Schock. Darum hattet ihr Glück, und die Ambulanz war noch hier. Er wollte nicht ins Krankenhaus, aber der Notarzt hat sich Sorgen um ihn gemacht und wollte in fünf Minuten erneut seinen Puls messen. Außerdem haben die Kollegen von der Streife seine Tochter informiert.«

»Was ist mit Katharina?«, fragte sie dann.

»Sie ist umge… ihr ist nicht gut«, korrigierte Ben sich schnell. Er kannte Katharina lange genug, um zu wissen, dass sie ihr Wegtreten nicht an die große Glocke gehängt wissen wollte.

»Aha«, sagte Vivien nur, schaute auf ihre Armbanduhr und meinte: »Frauke müsste jeden Augenblick hier sein. Und die Spusi auch. Ich geh mal runter. Bevor die da sind, können wir hier eh nicht richtig anfangen.«

»Ja, mach das«, sagte Ben dankbar. Er schätzte Einfühlungsvermögen, und das hatte Vivien gerade bewiesen, indem sie wegen Katharina nicht nachgehakt und sich zurückgezogen hatte. Ben schaute der jungen Kollegin hinterher. Als er sich in den Raum drehte, waren Katharina und der Notarzt aufgestanden. Die Kommissarin war blass um die Nasenspitze herum, und obwohl der Notarzt bestätigte, dass sie okay sei, bevor er sich verabschiedete und Vivien folgte, fasste Ben einen Entschluss: Er würde Katharina für heute nach Hause schicken. Sie hätte in der letzten Woche mit ihrer heftigen Erkältung nicht arbeiten dürfen, und nun hatte sie für ihren Sturkopf die Quittung erhalten. Heute würde er ihr das nicht durchgehen lassen. Es war alles andere als zwingend notwendig, dass sie als Ermittler zu dritt am Tatort waren.

13.17 Uhr

In sich gekehrt saß Katharina auf dem Beifahrersitz des Streifenwagens. Sie fühlte sich ausgelaugt, kraftlos und als sei sie nicht sie selbst. Zum einen waren da die Eindrücke vom Tatort, die sie nicht aus dem Kopf bekam. Das zerschnittene Gesicht der Toten, das Blut, der Hund … Sie ballte ihre Hände zu Fäusten und drückte dabei die Fingernägel in ihren Handballen, damit der kleine Schmerz die Bilder verscheuchte, die ihr im Kopf herumkreisten.

»Alles in Ordnung?«, fragte Nico, der junge Streifenpolizist, etwas schüchtern.

Katharina entspannte ihre Hände und legte sie auf die

Knie. Dann drückte sie ihren Rücken durch, um in ihrem Sitz keine so bedauernswerte Figur abzugeben.

»Bitte? Ja, ja – klar, alles bestens.« Sie sah dem jungen Mann deutlich an, dass er ihr nicht glaubte, und schob die Begründung hinterher, die sie schon Ben gegenüber genannt hatte: »Ich habe heute Morgen nichts gegessen, das ist alles. Sollte man nicht tun, wenn man zu einem Tatort fährt – merk dir das am besten.«

Sie versuchte zu grinsen, fühlte jedoch selbst, wie wenig überzeugend sie war.

»Wo genau wohnst du denn?«, fragte der Polizist, der an einer roten Ampel hielt. Benjamin Rehder hatte ihm aufgetragen, Katharina im Streifenwagen nach Hause zu ihrer Wohnung zu fahren. Ihr selbst hatte er verordnet, sich sofort ins Bett zu legen, um sich zu erholen. Ihre Erklärung, der kleine Zusammenbruch habe mit ihrem leeren Magen und der vielleicht nicht ganz auskurierten Erkältung zu tun, hatte er hingenommen.

»Katharina, es ist mir egal, was genau die Ursache ist«, hatte er ernst und leise zu ihr gesagt. »Definitiv kann ich dich so, wie du drauf bist, am Tatort nicht gebrauchen. Mal ganz abgesehen davon, dass ich mir Sorgen um dich mache. Also tu mir und dir selbst den Gefallen und lass dich von dem Kollegen nach Hause fahren, bevor Spusi und Gerichtsmedizin aufschlagen, anstatt lange mit mir darüber zu diskutieren. Gib mir deinen Autoschlüssel, ich fahr dir dann nachher deinen Wagen nach Hause.«

Bens Worte hatten gesessen. Vor allem die Vorstellung, dass diverse Kollegen sie in ihrer angeschlagenen Verfassung sehen würden, hatte der Kommissarin genügt. So hatte sie sich für den Moment gefügt, ihm ihre Autoschlüssel in die hingehaltene Hand gedrückt und war mit Nico zum Streifenwagen gegangen. Als sie wenige Minuten später aus der Einfahrt des Hauses gefahren waren, hatte Katharina gesehen, wie der Dienstwagen der Spurensicherung um die Ecke bog, dahinter hatte sie Fraukes Auto ausgemacht.

»Katharina? Wo ist deine Wohnung?«

Erschrocken registrierte Katharina, dass sie mit ihren Gedanken abgedriftet war, anstatt dem Kollegen zu antworten, der angefahren war. Sie räusperte sich kurz und sah ihn direkt an. »Ich will nicht in meine Wohnung, fahr mich bitte direkt zum Kommissariat.«

»Aber … Ich dachte … der Hauptkommissar hat doch gesagt …«, druckste der junge Mann unsicher herum.

»Schon gut, Nico«, versuchte sie ihn zu überzeugen, indem sie ihn anlächelte. »Ich bin erwachsen, und ich weiß, was ich mir zumuten kann. Das nehme ich auf meine Kappe, mach dir keine Sorgen. Und bevor du fragst: Ja, ich bin mir da ganz sicher.«

Der Polizist murmelte etwas in seinen akkurat gestutzten Bart hinein, wie ihn viele junge Männer derzeit trugen, fragte jedoch kein weiteres Mal nach ihrer genauen Adresse. Schon eine Ecke später stellte Katharina erleichtert fest, dass Nico den Blinker setzte, um tatsächlich in Richtung Dienststelle abzubiegen. Geht doch, dachte Katharina bei sich und musterte den Polizisten, der stur geradeaus blickte, von der Seite. Sie konnte förmlich sehen, wie es in seinem Kopf ratterte. Vermutlich würde sie nicht verhindern können, dass über diesen kleinen Zwischenfall getuschelt wurde. So wie sie den jungen Mann einschätzte, würde er sich kaum verkneifen können, seinen Kollegen davon zu erzählen. Ihn zu bitten, das nicht zu tun, würde ihre Lage nicht verbessern, so realistisch war Katharina. Doch wenn sie jetzt auf dem Kommissariat gesehen wurde, würde man die Sache vielleicht nicht so ernst nehmen. Zumindest hoffte sie das, während Nico den Streifenwagen auf den Dienstparkplatz fuhr. Natürlich war das nicht der Grund, weshalb sie sich hatte hierherfahren lassen, aber es war ein willkommener Nebeneffekt. Sie wollte auf dem Kommissariat das tun, wozu sie heute Vormittag noch nicht gekommen war, und in Ruhe das Profil des Täters erstellen. Schon allein bei diesem Gedanken ging es Katharina besser.

Nico hielt direkt vor dem Eingang, ließ den Motor laufen und sah sie eindringlich an: »Bist du wirklich okay? Ich habe ehrlich gesagt kein gutes Gefühl, dich abzusetzen. Und wenn der Hauptkommissar …«

Barscher als beabsichtigt unterbrach die Kommissarin ihn: »Wie gesagt, mir geht es gut, und ich bin kein Kind mehr.« Sie schnallte sich ab, öffnete die Beifahrertür und blickte sich zu ihm um. In versöhnlicherem Ton fügte sie hinzu: »Hör zu, ich ziehe mir einen Schokoriegel aus dem Automaten, gehe in mein Büro und setze mich an meinen Schreibtisch. Also, alles ist gut. Danke, dass du mich gefahren hast.«

Katharina schloss die Beifahrertür und ging zum Haupteingang. Während sie auf die Tür zusteuerte, sah sie den Streifenwagen vom Parkplatz rollen. Zufrieden blieb sie im Eingang stehen und atmete befreit aus. Diese Hürde war genommen. Sie stellte sich in den Windfang, lehnte sich an die Wand und zündete sich eine Zigarette an, wohl wissend, dass das ihrem ohnehin viel zu niedrigen Blutdruck sicher nicht guttun würde, doch das war ihr egal.

Knapp zehn Minuten später saß Katharina an ihrem Schreibtisch. Sie hatte Glück gehabt und war auf den Fluren bis zu ihrem Büro niemandem begegnet, der unangenehme Fragen hätte stellen können oder der ihr angesehen hätte, dass sie nicht ganz fit war. Sie spürte, dass ihr Körper noch nicht wieder rundlief und sie wackelig auf den Beinen war. Sie hätte sich die Zigarette tatsächlich sparen sollen. Jetzt, im Sitzen, wurde es aber etwas besser. Sie zog eine der Schreibtischschubladen auf und fingerte eine kleine Schachtel mit Traubenzucker heraus. Den Schokoriegel aus dem Automaten unten hatte sie auf dem Weg in ihr Büro gegessen. Das musste fürs Erste genügen.

Während sie ihren Computer hochfuhr und merkte, dass ihr Kreislauf etwas in Gang kam, ließ sie erneut zu, dass ihre Gedanken zum Tatort wanderten. Es war nicht allein der traurige wie grausige Anblick der toten jungen Frau gewesen. Auch nicht die Tatsache, dass der Täter, nach dem sie suchten, offensichtlich erneut zugeschlagen hatte. Das, was sie wirklich umgehauen hatte, war der Name des Opfers gewesen: Helen hatte der Kollege sie genannt … Helen, der Name ihrer besten Freundin, die vor ihren Augen gestorben war. Getötet durch eine Kugel aus Katharinas Waffe, nachdem sie diese in Notwehr gegen Maximilian gerichtet hatte … Würde dieser Albtraum denn nie enden?

13.56 Uhr

Benedict Rehder war gerade unten beim Obsthändler an der Ecke, als sein Handy in der Hosentasche die Melodie abspielte, die er für Anrufe von Katharina abgespeichert hatte. Ein freudiges Lächeln breitete sich auf seinem Gesicht aus, während er mit dem Kinn auf die Äpfel aus dem Alten Land deutete, dem jungen Verkäufer sagte: »Zwei, bitte«, und das Telefon aus seiner Tasche zog, um das Gespräch anzunehmen.

»Hey, das ist ja eine Überraschung, dass du so mitten am Tag an…«

»Ich wollte deine Stimme hören«, unterbrach Katharina ihn, und sofort war er alarmiert. Solche emotionalen Anwandlungen hatte seine Freundin höchst selten, und wenn, dann schon gar nicht während ihrer Arbeitszeit. Er bedeutete dem Obsthändler, seine Papiertüte mit den Äpfeln kurz bei sich abzulegen, und entfernte sich ein paar Schritte, weil er sich ganz auf Katharina konzentrieren wollte.

»Alles in Ordnung mit dir?«, fragte Bene besorgt.

»Ja, alles gut. Ich vermisse dich nur gerade, und da habe ich spontan angerufen«, erwiderte seine Freundin, doch er hörte ihrer Stimme an, dass da noch etwas war.

»Bist du bei der Arbeit?«, tastete sich Bene heran.

»Ja«, sagte Katharina, und dann sprudelte es doch aus ihr heraus: »Ich komme gerade von einem Tatort und … und … ach, das war da einfach scheußlich. Was einige Menschen anderen antun, ist so grausig, und mir war dann danach, mich mit einem normalen Menschen zu unterhalten. Oder eher noch mit einem, den ich sehr, sehr gern habe«, fügte sie leiser hinzu.

»Schön, dass du da an mich denkst«, sagte Bene und war ehrlich gerührt. »Wollen wir uns sehen? Ich habe heute frei, wie du weißt.«

»Aber heute ist doch Montag, da hast du doch deinen Leonie-Tag«, wandte Katharina ein.

Das stimmte. Montags war generell sein freier Tag, und in der Regel verbrachte er ihn mit seiner Tochter, die auch bei ihm übernachtete, um dann am nächsten Morgen von ihm aus zur Schule zu gehen. Doch für heute hatte Leonie abgesagt. Eine Freundin von ihr hatte Geburtstag, und sie wollte den Nachmittag mit ihr verbringen. Abends musste sie für eine Mathearbeit lernen. »Dann lohnt es sich doch gar nicht, Papa«, hatte Leonie gestern am Telefon gesagt, und er hatte zugestimmt. Zum einen, weil er es nachvollziehen konnte, und zum anderen, weil er seine Tochter nicht zwingen wollte, zu ihm zu kommen. Als Bene Katharina davon erzählte, sagte sie: »Ach, das tut mir leid«, schob jedoch schnell hinterher: »Ich weiß noch nicht genau, wann ich hier rauskomme, aber danach komme ich gern zu dir. Weißt du was? Ich hätte Lust, mal wieder Essen zu gehen. Vielleicht Sushi bei diesem gemütlichen kleinen Asiaten in der Schröderstraße? Was meinst du?«

»Ja, gern«, stimmte Bene erfreut zu. »Das hört sich gut an. Komm, wenn du durch bist. Ich bin zu Hause, und falls nicht, hast du ja einen Schlüssel.«

Bei der Verabschiedung hörte Katharina sich viel besser an als zu Beginn ihres kurzen Gesprächs. Irgendwie erleichtert, dachte Bene und freute sich, dass er eine solche Wirkung auf sie hatte. Er holte beschwingt seine Äpfel, bezahlte sie und ging die paar Schritte zu seiner Wohnung. Aber schon, als er die Treppen hinaufstieg, mischten sich Sorgen in seine Freude. Er dachte an die Frage seines Bruders und den kurzen Streit, den er deswegen mit seiner Freundin gehabt hatte. Was war nur los mit Katharina? Sie war sicher nicht so, weil er sich während ihrer Erkältung intensiv um sie gekümmert hatte. Sie wusste, dass er das gern getan hatte, außerdem war auch sie sehr aufmerksam zu ihm gewesen, als er ein paar Tage vor ihr flachgelegen hatte. Und ihr Verhalten hatte bestimmt auch nichts damit zu tun, dass sie gesundheitlich noch nicht ganz auf dem Damm war. War es wirklich dieser Tatort, an dem sie vorhin gewesen war, der sie so runtergezogen hatte? Katharina hatte schon so manch grausigen Tatort gesehen, aber noch nie, seit er sie kannte, in dieser Form darauf reagiert. Nach wie vor hatte Bene dieses Gefühl, dass sie ihm nicht ganz die Wahrheit gesagt hatte. Ob er umgekehrt bei seinem Bruder nachhorchen sollte? Bevor Bene sein Loft im Dachgeschoss erreicht hatte, hatte er diesen Gedanken verworfen. So sauer, wie Katharina gewesen war, als sie mitbekommen hatte, dass Ben und er über sie gesprochen hatten, war das sicher keine gute Idee. Und wer weiß, vielleicht würde sie ihm heute Abend beim Essen erzählen, was sie wirklich bedrückte.

14.53 Uhr

Nachdem er und Vivien den Tatort hatten verlassen können, war die junge Kommissarin in den Dienstwagen gestiegen, mit dem sie vorhin beide hergekommen waren, und er selbst in den Wagen von Katharina, für den er jetzt einen Parkplatz suchte. Vivien würde es da einfacher haben, sie konnte den Wagen einfach auf dem Kommissariatsparkplatz abstellen, darum hatte er sie auch gebeten, schon einmal die neuen Fakten zusammenzusammeln und an die Glaswand zu bringen. Da Tobi krank war und er auch Katharina nach Hause geschickt hatte, würden sie beide nachher allein den neuen Mordfall besprechen. Gerade als Ben seine Suche genervt aufgeben und den Weg zum Kommissariat einschlagen wollte, um Katharinas Auto notgedrungen ebenfalls dort abzustellen, fand er doch noch eine Parklücke. Kaum war er ausgestiegen, knurrte sein Magen, sodass er einen kleinen Umweg machte, um seinen Hunger beim

Dönerladen in der Salzstraße zu stillen. Auf dem Weg dorthin holte er sein Handy heraus und wählte die Nummer von Angelika. Sie war es gewesen, die sich heute Morgen gemeldet hatte, als er gerade in der Besprechung gesessen und deshalb den Anruf weggedrückt hatte. Ben hatte bisher keine Gelegenheit gefunden, sie zurückzurufen. Kurz hatte er überlegt, ob es überhaupt notwendig war, denn Angelika hatte keine Nachricht auf seiner Mailbox hinterlassen. Darüber hinaus hatte sie sich auch über eine Woche Zeit gelassen, ihn zurückzurufen, aber das war nicht seine Art. Und er mochte solche Spielchen nicht. Also wählte er ihre Nummer. In den ersten Tagen nach seinem Anruf bei ihr hatte er auf ihre Rückmeldung gewartet, doch am Ende der Woche hatte er gedanklich einen Haken dahinter gemacht. Er wollte niemandem hinterherlaufen, vor allem wollte er sich auf keine Frau einlassen, die nur ein unverbindliches Techtelmechtel wollte, und genau das nahm er inzwischen von Angelika an. Er gestand sich allerdings ein, dass er dieses Verhalten vielleicht selbst ausgelöst hatte. Sein Spruch, den er ihr bei ihrer letzten Begegnung bezüglich des Lebens mit einem Polizisten hingeworfen hatte, war nicht allzu geschickt gewesen. Obwohl – Angelika war in seinen Augen eigentlich zu selbstbewusst, um sich von solchen Aussichten schrecken zu lassen. Ben wusste nicht genau, was er sagen sollte, falls Angelika seinen Anruf entgegennehmen würde. Was war, wenn sie ihn um ein Treffen bat? Wollte er das inzwischen überhaupt noch? Er lauschte in den Hörer, doch nur das Freizeichen drang an sein Ohr. Als nach dem fünften Klingeln Angelikas Mailbox ansprang, war er fast erleichtert. Er legte auf, ohne ihr eine Nachricht zu hinterlassen, so wie sie es am Morgen ebenfalls gehandhabt hatte.

Benjamin Rehder legte das Geld passend auf den kleinen Tresen und griff nach dem Döner, den er bestellt hatte. Er steckte sich zwei extra Servietten in die Jackentasche und machte sich in Richtung Kommissariat auf, wobei er sich für die kleineren Seitenstraßen der Innenstadt entschied, wo er möglichst wenigen Leuten begegnen und seine Ruhe haben würde. Während er den ersten Bissen nahm, wohl darauf bedacht, dass ihm nicht gleich die Hälfte herunterfiel, dachte er an Vivien. Er war mehr als froh, dass der Kriminalrat sie für den aktuellen Fall komplett aus ihrem eigentlichen Dezernat abgezogen und der Mordkommission zugeteilt hatte. Dabei ging es gar nicht so sehr darum, dass er ansonsten personaltechnisch vor einem Problem stehen würde, sondern darum, dass er Vivien von Tag zu Tag mehr zu schätzen lernte. Sie war zwar in ihrer Art irgendwie unnahbar, aber für ihr junges Alter bewies sie in manchen Dingen erstaunliches Fingerspitzengefühl. So wie heute mit Katharina. Auch nachdem die ältere Kollegin mit dem Streifenwagen nach Hause gebracht worden war, hatte Vivien Rimkus den Vorfall mit keiner Silbe erwähnt oder bei Ben nachgefragt. Katharina … Prompt wanderten Bens Gedanken zu dem, was ihn im Augenblick am meisten beschäftigte. Was war bloß mit ihr los? Was hatte sie vorhin so dermaßen aus der Fassung gebracht, dass sie sogar in Ohnmacht gefallen war? Sie waren gemeinsam in den vergangenen Jahren an zahlreichen Tatorten gewesen, hatten es mit Psychopathen zu tun gehabt und oft Szenarien sehen müssen, die einen umhauen konnten – Katharina war damit immer professionell und sachlich umgegangen. Man gewöhnte sich zwar nie an gewisse Dinge, aber man wurde unempfindlicher, schon allein aus reinem Selbstschutz. Warum ließ Katharina auf einmal einen Fall so nah an sich heran? Es war ja nicht nur heute so gewesen, bereits seit dem Mord an der Prostituierten hatte sie sich sonderbar verhalten. Nicht unbedingt für Außenstehende, aber Ben war überzeugt, Katharina so gut zu kennen, dass er sich den Unterschied zu ihrem sonstigen Wesen nicht einbildete. Er aß weiter und fragte sich dabei, ob er etwas übersehen hatte. Klar, da war der wiederaufgerollte Prozess in München, der fast zeitgleich mit dem Mord an Tanja Groß stattgefunden hatte. Vielleicht war Katharina tatsächlich deswegen etwas übersensibel und gar nicht wegen des aktuellen Falles. Ben wusste als ihr Vorgesetzter aus ihrer Akte und auch von Katharina selbst – zumindest in groben Zügen –, was damals passiert war und wie sie zu »Munich Jack« gestanden hatte. Es war unvorstellbar genug für ihn, dass sich damals ausgerechnet der zuständige Staatsanwalt als mehrfacher Frauenmörder erwiesen hatte. Dass er zudem Katharinas Lebensgefährte gewesen war, musste die Hölle für sie gewesen sein. Allerdings war Katharina die ganzen Jahre, seit sie in Lüneburg war, relativ gut mit dieser Vergangenheit umgegangen. Wenigstens nach außen hin. Nur zweimal hatte Ben sie deshalb aufgebracht gesehen, da hatte dieser Maximilian Furtner ihr jeweils einen Brief aus der Haftanstalt geschrieben. Aber trotzdem: Auch Bene hatte neulich, als er ihn auf Katharina angesprochen hatte, gemeint, da wäre nichts weiter. Benjamin Rehder verwarf den Gedanken, dass Katharinas schlechte Verfassung mit dem Termin in München zu tun hatte. Er biss abermals herzhaft in sein Mittagessen und fluchte im nächsten Moment innerlich – ein dicker Klacks der scharfen Soße samt Zwiebeln war statt im Mund auf seiner Jacke gelandet. Er sah sich nach einem Mülleimer um und warf den letzten kleinen Bissen des Döners genervt hinein. Dann griff er nach den mitgenommenen Servietten und versuchte, den

Fleck zu entfernen. Mit mäßigem Erfolg. Ben sah es als Zeichen, seine Mittagspause zu beenden und ins Kommissariat zurückzukehren. Während er sich die Hände an den letzten sauberen Ecken der Papierserviette säuberte, fiel es ihm plötzlich wie Schuppen von den Augen: Katharina war schwanger! Das war die einzige Erklärung für ihre momentanen Stimmungsschwankungen und für den Zusammenbruch heute Morgen. Ja, das musste es sein. Frauen veränderten sich, wenn sie ein Kind erwarteten, das war ganz normal. Er hatte es damals bei Julie erlebt, als sie mit Leonie schwanger war, und vor allem hatte er sich diese Dinge und noch viel mehr ganze neun Monate von Tobi anhören müssen. Hatte der nicht gerade vor Kurzem, als sie alle um die Leiche von Tanja Groß in der Gerichtsmedizin gestanden hatten, einen Spruch in die Richtung gemacht, als Katharina flau im Magen geworden war? Hatte Tobias vielleicht ungeahnt ins Schwarze getroffen? Konnte das sein? Ungläubig schüttelte er den Kopf. Wenn Katharina von Bene ein Kind bekam, dann würde das seine Nichte oder sein Neffe sein, genauso wie Leonie ... Ben war nicht sicher, ob er sich mit diesem Gedanken anfreunden konnte. Zumal das bedeuten würde, dass er für eine geraume Zeit auf seine beste Mitarbeiterin verzichten müsste. Andererseits – ein Kind käme auf die Welt! Er würde wieder Onkel werden! Je länger er darüber nachdachte, umso sicherer war er, dass er recht hatte. Und wenn ihre Schwangerschaft noch in einem frühen Stadium war, konnte er sogar verstehen, dass Katharina noch nichts darüber gesagt hatte. Obwohl – zumindest Bene hätte ihm einen Wink geben können. Unvermittelt griff Ben nach seinem Handy, um seinen Zwilling anzurufen, zögerte dann und schob es zurück in die Jackentasche. Möglicherweise wusste Bene noch gar nichts von seinem Glück ... Entschlossen schlug Benjamin Rehder den direkten Weg zur Dienststelle ein. Er ging fest davon aus, dass Katharina morgen pünktlich im Büro erscheinen würde. Mehr als einen Tag lang würde sie sich nicht von der Arbeit abhalten lassen. Dann würde er sie direkt fragen, ob er mit seiner Vermutung richtig lag. Schließlich musste er Bescheid wissen, er musste sie im Zweifel dann zum Innendienst verdonnern, damit sie sich oder das Baby nicht in Gefahr brachte. Dass er vor allem privat wissen wollte, was wirklich mit Katharina los war und ob er zum zweiten Mal Onkel werden würde, gestand Ben sich in diesem Augenblick nicht ein.

14.57 Uhr

Katharina saß konzentriert an ihrem Schreibtisch und starrte auf den Bildschirm. Seit sie ins Büro gekommen war und Bene angerufen hatte, hatte sie am Täterprofil gearbeitet. Es war so gut wie fertig. Zumindest in groben Zügen, sodass sie als Team damit arbeiten konnten. Details würde sie häppchenweise nachreichen. Sie war froh, nicht wie von Ben angeordnet nach Hause gegangen zu sein. Dort hätte sie nur gegrübelt. Und vermutlich hätte ihre Mutter sie mit unerwünschten Ratschlägen malträtiert. Gegrübelt hatte sie hier zwar auch, aber es war beruflich und würde sie im Fall voranbringen, da war Katharina sich sicher. Während sie am Profil gearbeitet hatte, hatte sie fast das Gefühl gehabt, den Täter zu kennen. Sie hatte versucht, sich in ihn hineinzudenken, ihn zu verstehen, seine Motivation nachzuvollziehen. So stark wie noch nie zuvor war sie davon überzeugt, dass sie mit ihrer Täterdarstellung vollkommen ins

Schwarze getroffen hatte. Fast verspürte sie eine gewisse Freude. Sie tippte zwei letzte Sätze, speicherte die Datei und startete den Ausdruck. Während der Drucker vor sich hin ratterte, reckte sie die Arme und bewegte den steifen Nacken hin und her. Vivien, die vor einiger Zeit ins Kommissariat gekommen war und nun aus Bens Büro durch die Glasscheibe zu ihr hinübersah, während sie die letzten Fotos und Infos vom neuesten Tatort an der Scheibe befestigte, lächelte. Einen Moment später kam sie zu Katharina an den Schreibtisch.

»So, fertig. Wenn Ben kommt, können wir direkt loslegen«, empfing Katharina sie.

Ein wenig forschend, wie Katharina es von ihr kannte, sah Vivien sie an: »Bist du wirklich fit?«

Katharina griff sich mit den Handflächen an beide Wangen: »Wenn ich so aussehe, wie es sich anfühlt, dürfte ich inzwischen ordentlich Farbe im Gesicht haben, oder nicht?«

»Stimmt«, grinste Vivien. »Blass bist du echt nicht mehr. Respekt.« Mehr sagte sie nicht, und Katharina war ihr dafür dankbar. In der Tat fühlte sie sich besser als heute Morgen, was aber vor allem daran lag, dass sie sich dermaßen in das Täterprofil hineingesteigert hatte, dass es ihr die Hitze ins Gesicht getrieben hatte – so ehrlich war sie sich selbst gegenüber. Aber das war nicht weiter wichtig, das Ergebnis zählte, und das stimmte. Und heute Abend würde sie es sich mit Bene gut gehen lassen.

»Was machst du hier?«

Katharina zuckte erschrocken zusammen und wandte sich zur Tür. Dort stand Benjamin Rehder und sah sie mit funkelnden Augen an.

»Ich … na ja, ich dachte …«, versuchte sie sich zu erklären, doch sie kam nicht weit.

»In mein Büro«, befahl Ben, und sein kühler Blick zeigte, dass er keinen Widerspruch akzeptieren würde. Katharina griff nach dem fertig ausgedruckten Profil in der Druckerablage und folgte ihm, während Vivien ihr einen scheuen und gleichzeitig mitfühlenden Blick zuwarf. Katharina setzte sich an die Rückseite von Bens Schreibtisch und beobachte, wie er seine Jacke auszog.

»War der Döner lecker?«, fragte sie, um die Situation zu lockern, und deutete auf den rötlichen Fleck.

Ben antwortete nicht, sondern sah sie nur wütend an, während er seine Jacke über den Stuhl hängte. Anstatt sich zu setzen, blieb er stehen, den Blick unverwandt auf Katharina gerichtet, was ihr zunehmend unangenehmer wurde. Okay, sie hatte sich seiner Anordnung widersetzt, aber da brauchte er doch nicht gleich so sauer zu werden.

»Was genau hast du nicht verstanden, als ich gesagt habe, du sollst dich nach Hause fahren lassen?«, fuhr Ben sie an.

Überrascht zog sie ihre Augenbrauen hoch. Einen solchen Ton war sie von Ben nicht gewohnt. Sie musste ihn mit ihrer Aktion tatsächlich mehr verärgert haben, als ihr bewusst war.

»Na ja, ich habe gedacht, da Tobi krank ist … Mir geht es wirklich wieder gut, glaub mir. Und ich war ja nicht unterwegs. Ich habe die Zeit genutzt, um …«

»Es ist mir ehrlich gesagt scheißegal, wofür du die Zeit genutzt hast«, polterte Ben erneut los. »Ich bin dein Chef, und ich hatte dir klar gesagt, was ich von dir erwarte. Wenn du glaubst, dass es hier ohne dich nicht geht, dann täuschst du dich!«

Das hatte gesessen. Katharina schluckte. Die letzte Bemerkung hatte sie sehr verletzt und machte sie traurig, doch ganz sicher würde sie sich vor Ben nicht die Blöße geben und das zugeben. Wieso ging er so heftig mit ihr um? Musste sie sich das gefallen lassen? Sie fühlte Zorn in sich aufsteigen, der die anderen Gefühle unterdrückte. Sie stand auf und pfefferte Ben das ausgedruckte Täterprofil auf den Schreibtisch.

»Na, wunderbar, dann mache ich mir jetzt einen schönen Nachmittag. Hier ist das vorläufige Täterprofil, aber wenn ihr mich sowieso nicht braucht, dann brauchst du das vermutlich auch nicht.«

Ohne die Reaktion ihres Chefs abzuwarten, drehte sie sich um, griff ihre Jacke und warf Vivien ein knappes »bis demnächst« zu, bevor sie das Gemeinschaftsbüro verließ. Tränen der Wut stiegen in ihr auf, und als sie sie kaum mehr aufhalten konnte, war sie glücklicherweise schon draußen vor dem Kommissariat angekommen. Was war das nur für ein versauter Tag! Katharina wollte hier vor der Tür, wo jederzeit ein Kollege vorbeikommen konnte, nicht stehen bleiben. Außerdem würde Bewegung sie ablenken. Langsam setzte sie einen Fuß vor den anderen. Erregt zündete sie sich eine Zigarette an. Dann holte sie ihr Handy hervor und wählte die Nummer ihrer besten Freundin. Sie wusste nicht, ob Julie heute bei Lünebuch, der großen Buchhandlung gegenüber vom Rathaus arbeitete oder zu Hause war, aber sie probierte es. Nach dem zweiten Freizeichen hörte sie erleichtert ein fröhliches »Ja, hallo?«.

»Julie? Ich bin es, Katharina. Bist du zu Hause?«

15.20 Uhr

Daniela von Bohlendieck saß zusammengekauert und eingemummelt in einen dicken Frotteebademantel auf ihrem cremefarbenen Sofa. Sie hatte es sich erst vor etwa einem

Monat in einem Geschäft am Neuen Wall in der Hamburger City gekauft, und es war sündhaft teuer gewesen. Aber genau das hatte ihr ein Hochgefühl verschafft. Endlich musste sie sich bei ihrer Einrichtung nicht mehr auf Ikea beschränken, sondern konnte es sich leisten, in exklusiven Möbelläden einzukaufen – das war immer ihr Traum gewesen, seit sie ein kleines Mädchen gewesen war. Ihr erstes Ziel war es gewesen, aus Paderborn herauszukommen. Das hatte sie ziemlich leicht geschafft, indem sie für ihr Jurastudium nach Hamburg gegangen war. Nicht unbedingt die beste Uni für Rechtswissenschaften, dafür konnte man jedoch gut in der Studentenmasse untertauchen und musste mit keinem Kommilitonen etwas zu tun haben, wenn man nicht wollte. Sie kam aus einer erzkatholischen Familie, was in Paderborn nicht so selten war. Aufgewachsen mit fünf Geschwistern – Daniela selbst war eines der mittleren Kinder – hatte sie zu Hause kaum je die Chance gehabt, für sich zu sein. Das hatte sie immer schmerzlich vermisst, vor allem, weil sie spürte, irgendwie anders zu sein als die anderen. Sie bekam das immer wieder von ihren Eltern, insbesondere ihrer Mutter, gesagt, wusste aber nicht, was sie falsch machte. Doch wenn ihre Mutter über ihr Verhalten sprach, tat sie das vorwurfsvoll. Ihr Vater wiederum redete nicht viel, sondern züchtigte. Und das willkürlich. Bei ihm hatte Daniela nie gewusst, woran sie war, und so hatte sie gelernt, ihm aus dem Weg zu gehen. Vor allem aber verlor sie ihr Vertrauen in die Menschen. Menschen waren für sie unberechenbare Wesen, die sich von Emotionen leiten ließen und sich danach in den Beichtstuhl setzten.

In Hamburg bezog sie ein winzig kleines Zimmer mit Nachtspeicherheizung auf der Veddel. Von hier aus hatte sie zwar einen etwas weiteren Weg zur Uni gehabt, dafür jedoch ihre Ruhe – keiner ihrer Mitstudenten hatte in dieser Gegend gewohnt, noch nicht einmal diejenigen, die hier aufgewachsen waren. Wobei sie meist sowieso an der Uni gewesen war und entweder Vorlesungen besuchte oder in der Bibliothek lernte. Sie hatte sich von Anfang an absolut für ihr Studium begeistert – sie liebte die Juristerei. Kaum etwas war nicht festgelegt. Hier gab es nur Schwarz und Weiß, und wenn tatsächlich mal ein Fall schwammig war, dann musste man ihn eben so auslegen, dass er entweder in die Kategorie Schwarz oder in die Kategorie Weiß passte. Obwohl sie aufgrund ihrer guten Examensnoten woanders hätte hingehen können, war sie doch zurück nach Paderborn gegangen. Ihre Mutter war an Krebs erkrankt, und ihr Vater konnte und wollte sich nicht um seine pflegebedürftige Frau kümmern. Ihre Geschwister hatten inzwischen alle eine eigene Familie und lebten zum Teil nicht mehr in Paderborn, und so war sie gefragt worden und hatte zugestimmt. Nicht, weil sie es wollte, sondern weil sie sich verpflichtet fühlte. Als ihre Mutter verstarb, hatte sie ihren Job gekündigt und einen Tag nach der Beerdigung mit einem kleinen Koffer ihrem Elternhaus und Paderborn den Rücken gekehrt. Sie wollte in den Norden zurück. Sie mochte die Menschen dort, die ihr von ihrer Art her sehr viel näher waren als die Westfalen. Gut, auch die Westfalen redeten kaum ein überflüssiges Wort und galten als ebenso stur wie arbeitsam. Gleiches sagte man über die Norddeutschen, doch bei diesen eher in sich gekehrten und reservierten Menschen kam nach Danielas Meinung etwas hinzu: Sie waren ehrlich. Wenn sie jemanden mochten, dann richtig und verbindlich. Es konnte allerdings eine Weile dauern, bis es dazu kam, weil sie sich ganz sicher sein wollten. Und wenn sie jemanden nicht mochten, zeigten sie es ebenso ehrlich, das ging allerdings oft sehr schnell.

Schwarz oder Weiß. In Hamburg hatte sie damals ein Vorstellungsgespräch geführt, und die große Kanzlei hätte sie liebend gern eingestellt, doch sie entschied sich schließlich für die kleinere Kanzlei in Lüneburg, was ausschließlich mit Dr. Burkhard Heimling zu tun gehabt hatte. Er hatte ihr bereits beim ersten Gespräch den Eindruck vermittelt, er würde sich nicht für sie als Mensch interessieren, sondern nur für sie als Anwältin. Das war ihr gerade recht gewesen.

Daniela von Bohlendieck musste auf die Toilette, doch sie blieb auf dem Sofa sitzen. Ihr gesamter Körper fühlte sich an, als sei er einmal von einer Dampfwalze überrollt und dann wieder aufgepumpt worden. Sie hatte so ein Bild mal in einem Comic gesehen, die zu Hause strikt verboten gewesen waren und die sie sich, so oft es ihr möglich war, heimlich im nahe gelegenen Kiosk angeschaut hatte. Im Moment ging es ihr weniger um den Gang zur Toilette als vielmehr um das Wasserlassen an sich. Davor hatte sie Furcht, denn es schmerzte sie ungemein. Der Gedanke an diesen Teil des Überfalls, die Vergewaltigung, war das Schlimmste für sie. Nicht wegen des Schmerzes, den sie jetzt fühlte, sondern wegen des Eingriffs in ihre Intimität, wegen der Berührungen, die sie ansonsten vermied, wo es nur ging. Man hatte ihr mitgeteilt, dass der Täter sie mit Gegenständen penetriert hatte, anstatt den eigenen Körper zu benutzen, und dieses Wissen erleichterte sie wenigstens ein bisschen, sofern das in einer solchen Situation überhaupt möglich war.

Sie war seit heute Vormittag zu Hause. Die Ärzte hatten sie nicht gehen lassen wollen, woraufhin sie sich selbst und auf eigenes Risiko aus dem Krankenhaus entlassen hatte. Sie hatte sich in ihrem kargen Einbettzimmer mit einem Polizisten davor wie in einem Gefängnis gefühlt und ihre heimischen vier Wände vermisst. Dem jungen Polizisten, der vor der Zimmertür auf einem unbequem aussehenden Plastikstuhl vor sich hin döste, hatte sie nicht Bescheid gesagt, als sie gegangen war. Wozu auch? Er und seine Kollegen würden es noch früh genug merken, wenn die Klinik sie informierte, dass sie gegangen war. Über dem obligatorischen Krankenhaushemd hatte sie einen Jogginganzug getragen, den eine Schwester ihr am Tag zuvor organisiert hatte, und der ihr mindestens eine Nummer zu groß war. Ihre eigenen Kleidungsstücke hatte die Polizei mitgenommen, doch im Schrank hatte ihre Handtasche mit Geld, Hausschlüssel und Handy gelegen, die sie unter der Jacke des Jogginganzugs verborgen hatte. Als sie sich vor dem Krankenhaus ein Taxi genommen hatte, war der Fahrer über ihr Outfit zwar sichtlich belustigt gewesen, hatte jedoch nichts gesagt, als sie ihr Portemonnaie aus der Tasche gezogen hatte.

Zu Hause angekommen, hatte sie die Wohnungstür hinter sich zugezogen, und sofort überkam sie ein nie da gewesenes Gefühl der Angst. Sie hatte sie weder als Kind kennengelernt, wenn sie ahnte, ihr Vater würde sie gleich wieder schlagen, und auch nicht im Krankenhaus, als sie den Überfall hatte Revue passieren lassen – entweder vor ihrem inneren Auge oder gegenüber den beiden Kommissarinnen. Sie hatte alles stoisch hingenommen. Vor allem die eine, die junge Dunkelhaarige, Kommissarin Rimkus, die zwei-, dreimal allein bei ihr gewesen war, hatte sie immer und immer wieder gelöchert, ob sie sich nicht wenigstens an irgendeine Kleinigkeit den Täter betreffend erinnern konnte oder eine Idee hatte, wer es gewesen sein könnte. Die Rimkus hatte ihr sehr deutlich gesagt, dass sie vermutlich in Gefahr schwebe und der Täter sie womöglich erneut aufsuchen würde. Im Krankenhaus hatte sie das nicht wirklich geschockt – wahrscheinlich weil sie es nicht wahrhaben wollte. Schließlich hatte sie auch den Beruf der Anwältin gewählt, um selbst kein Opfer zu sein, sondern diese zu verteidigen. Außerdem hatte sie vor einiger Zeit einen Frauen-Selbstverteidigungskurs gemacht. Leicht war ihr das nicht gefallen, denn auch dort hatte sie es mit fremden Menschen und deren Berührungen zu tun, doch das war es ihr wert gewesen. Sie hatte den Ermittlerinnen von dem Kurs erzählt. Was sie ihnen jedoch verschwiegen hatte, war die Tatsache, dass sie sich nach dem Kurs manchmal verfolgt gefühlt hatte. Sie hatte es damals abgetan und gemeint, der Kurs hätte ihre Sinne etwas zu stark geschult. Schließlich hatte sie dort nicht nur gelernt, sich körperlich zu wehren, sondern ebenso ein präventives Verhalten im Alltag. Ungefähr so, wie man einem Fahrschüler vermittelt, vorausschauend zu fahren. Genutzt hatte es augenscheinlich nicht. Sie war trotzdem vor wenigen Tagen angegriffen worden. Auch an dem Abend des Überfalls, im Treppenhaus der Kanzlei, hätte sie auf ihr mulmiges Gefühl hören sollen, als sie von oben die Schritte gehört hatte. Sie fragte sich, ob es dann anders gekommen wäre, wusste jedoch, dass sie darauf kaum eine Antwort finden würde. Ob es richtig gewesen war, sich selbst aus dem Krankenhaus zu entlassen? Hätte sie nicht wenigstens der Polizei Bescheid geben müssen? Nein. Gerade wegen der Angst, die sie fest im Griff hatte, war es richtig gewesen. Sie musste da allein durch, sich, oder besser ihre Ängste, selbst bekämpfen. Nur dann würde sie weiterhin allein und zufrieden ihr Leben leben können. Als ob es helfen würde, sie zu besiegen, spulte sie den Augenblick in ihrer Erinnerung ab, als die Angst sie in Besitz genommen hatte: Zunächst war Daniela von Bohlendieck ein kurzer Schauer den Rücken hinuntergelaufen, als sie vorhin das einschnappende Schloss ihrer Tür wahrgenommen hatte, und dann waren die furchtsamen Gedanken gekommen. Was, wenn jemand in der Wohnung auf sie wartete? Was, wenn die Kommissarin recht hatte und der Täter ihr auflauerte? Sie hatte in ihre Wohnung gelauscht, doch nur die Straßengeräusche gehört, die von außen hineingedrungen waren. Sonst nichts. In der Wohnung war es still gewesen. So wie immer. Dennoch hatte die Anwältin den Schlüssel zweimal im Schloss umgedreht und zudem die Sicherheitskette vorgelegt, die ihr Vormieter an der Wohnungstür angebracht und die sie heute zum ersten Mal benutzt hatte. Dann war sie in ihr Schlafzimmer gegangen und hatte sich nackt ausgezogen. Erst danach hatte sie in den großen Schrankspiegel geblickt und sich von oben bis unten gemustert. Im Krankenhaus hatte es lediglich im Bad einen kleinen Spiegel über dem Waschbecken gegeben. Der hatte ausgereicht, dass sie ihr verbundenes Gesicht betrachten konnte, aber mehr nicht. Ihr Gesicht war nach wie vor auf der einen Seite verbunden – sie würde am Mittwoch ins Krankenhaus müssen, um sich die Fäden ziehen zu lassen. Ihr Peiniger hatte ihr einen Messerschnitt verpasst. Und nicht nur ihr. Auch einer anderen Frau. Einer toten Frau. Deswegen hatte diese kleine, etwas burschikose Gerichtsmedizinerin ihren Schnitt begutachtet. Um festzustellen, ob er mit der gleichen Tatwaffe wie bei der getöteten Frau durchgeführt worden war. Das Ergebnis kannte Daniela von Bohlendieck nicht. Sie hatte nicht danach gefragt. Sie kannte die tote Frau nicht. Die Polizei hatte ihr den Namen zwar gesagt, doch sie hatte ihn gleich wieder vergessen.

Noch einmal hatte sie ihr Gesicht im Spiegel gemustert und dabei gedacht, dass sie bis ans Ende ihrer Tage gezeichnet sein würde. Dann hatte sie hin und her überlegt: Sicherlich, sie verdiente genug Geld, um sich eine Narbenbehandlung per Laser leisten zu können, aber ob sie das wollte? Sie wusste, dass sie vor dem Überfall als recht hübsch gegolten hatte, doch ihr Aussehen war ihr selbst nie wichtig gewesen, und sie hatte kaum darin investiert, weder mit teurer Kosmetik noch mit besonders modischer Kleidung. Ihr waren andere Dinge wichtiger. Warum sollte sie das nun ändern? Würde sie nicht dann erst wirklich zum Opfer werden? Mit diesen Gedanken hatte sie mit den Fingerspitzen die oberen Enden der Leukoplaststreifen abgepult, die die Mullbinden auf ihrem Gesicht hielten, und alles zusammen mit einem Ruck heruntergezogen. Was sie im Spiegel gesehen hatte, hatte sie schlucken lassen. Die Narbe war länger, als sie erwartet hatte. Obwohl sie keinen Anlass dazu gehabt hatte, hatte sie vermutet, die Krankenschwestern seien mit den Mullbinden sehr großzügig umgegangen. Offensichtlich hatte sie sich getäuscht. Spätestens jetzt war ihr klar geworden, dass sie diesen Makel tatsächlich ihr Leben lang mit sich herumtragen würde, denn dieser lange und tiefe Schnitt würde nicht einfach verheilen oder entfernt werden können. Die Vorstellung, dass sie ihn, sobald sie arbeiten würde, entgegen ihrem Willen doch mit einer dicken Make-up-Schicht verdecken musste, gefiel ihr absolut nicht. Sie würde jedoch kaum ihren Mandanten so gegenübertreten können, wenn sie unangenehmen Blicken und Fragen aus dem Weg gehen und die Leute nicht verschrecken wollte. Während sie sich gezwungen hatte, ihr neues Gesicht länger im Spiegel zu betrachten, dachte sie an die jüngere der beiden Kommissarinnen. Sie gehörte augenscheinlich zu den Frauen, die viel Geld und Aufmerksamkeit in ein aufwendiges Make-up steckten. Daniela war das extrem stark geschminkte Gesicht beim ersten Besuch von Kommissarin Rimkus sofort unangenehm aufgefallen, obwohl sie eigentlich andere Sorgen gehabt hatte, als sich darum zu scheren. Vielleicht hatte es aber auch daran gelegen, dass sie bei der Kommissarin kein gutes Bauchgefühl gehabt hatte. Sie hatte sie stets so merkwürdig angeguckt. Die ältere Kommissarin hatte sie als sehr viel aufrichtiger und deswegen sympathischer empfunden, was bestimmt nicht daran gelegen hatte, dass sie fast die gleiche Haarfarbe hatten. Würde sie in Zukunft so herumlaufen müssen wie Vivien Rimkus? Die Vorstellung hatte Daniela von Bohlendieck zunehmend erschreckt, und sie hatte die Mullbinden vorsichtig wieder über der offenen Wunde befestigt, um nicht länger darüber nachdenken zu müssen. Gebracht hatte es wenig. Auch jetzt, auf dem Sofa sitzend und ohne Spiegel, musste sie ständig an ihren eigenen Anblick denken. Es war nicht der Umstand, dass sie nicht mehr hübsch sein würde, der ihr missfiel, sondern die Tatsache, dass sie künftig auffallen würde. Genau das hatte sie ihr Leben lang zu vermeiden gesucht. Sie fühlte sich nicht wohl, wenn sie im Mittelpunkt stand. Sie tauchte lieber in der Masse unter. Vor Gericht funktionierte das natürlich nicht, doch da konnte sie damit umgehen. Schließlich stand sie dort als Anwältin im Fokus und nicht als Privatperson.

Daniela von Bohlendieck sah auf den Boden vor dem Sofa. Er war voller kleiner weißer Schnipsel. Ohne es zu merken, hatte sie, seit sie hier saß, fast ein ganzes Paket Papiertaschentücher in winzige Fetzen gerissen. Eine typische Stressreaktion, die sie nur allzu gut von sich kannte. Es war ein klassisches Merkmal ihres Krankheitsbildes, das sie jedoch in den vergangenen Jahren gut gehandhabt hatte. Da war aber auch alles gleichförmig abgelaufen. Sie hatte jegliche Veränderung ihres Privatlebens gemieden und spezielle Rituale ausgeführt, die ihr zu mehr Ausgeglichenheit verhalfen. Der Überfall hatte nun alles durcheinandergebracht und für einen Rückfall gesorgt. Daniela war froh, dass sie es zumindest selbst und frühzeitig feststellte. So konnte sie versuchen dagegenzuwirken. Auf keinen Fall wollte sie wieder zu einem Therapeuten gehen. Sie würde es allein hinbekommen. Sie wollte sich bücken, um die vielen Papierfusseln vom Boden aufzusammeln, doch sie verwarf den Gedanken sofort. Die Bewegung drückte ihr auf die Blase und verursachte Schmerzen. Vorsichtig rutschte sie daher vom Sofa auf den Boden. So ging es besser. Stück für Stück sammelte sie die Zeichen ihrer Ersatzhandlung auf. Sie hatte fast alles entfernt, als es an ihrer Tür klingelte. Erschrocken fuhr sie zusammen, was ihr einen kleinen Schmerz durch den Körper trieb. Sie erwartete keinen Besuch und wollte auch keinen. Gleichzeitig war ihr klar, dass sie mit Besuchen der Polizei rechnen musste, sobald diese wussten, dass sie das Krankenhaus verlassen hatte. Das war offenbar schneller gegangen als erwartet. Wenn die Kommissare sie nicht antrafen, würden sie womöglich falsche Schlüsse ziehen. Auf jeden Fall würden sie sie nicht in Ruhe lassen. Mühsam zog sie sich an der Sofalehne hoch und rappelte sich auf. Vor ihrer Wohnungstür angekommen, zog sie den Gürtel ihres Bademantels fester und warf einen Blick durch den Spion. Sie erkannte das Gesicht im Hausflur sofort. Auch die Person auf der Gegenseite schien bemerkt zu haben, dass sie durch den Spion gespäht hatte, denn sie setzte ein Lächeln auf. Daniela von Bohlendieck rief »Moment, bitte«, zupfte den Bademantel ein weiteres Mal zurecht und enger und öffnete erst dann zuerst die Sicherheitskette und schließlich die Tür.

Her Hilf O Her Las Wol Gelingen
Hinrich-Joachim Buch – Margarete Clasen ANO 16 MAY 1688

(Hausinschrift Am Sande 20 –
Eingang am Hinterhof Kalandstraße, Lüneburg)

7. KAPITEL:

DIENSTAG, 19.01.2016

11.17 Uhr

Katharina schlenderte durch die Stadt. Sie hatte es nicht eilig und war obendrein gut gelaunt. Das Wetter war herrlich – zwar kalt, aber die Sonne schien vom klaren blauen Himmel. Darüber hinaus hatte die Kommissarin tief und lange geschlafen. Ohne Wecker von ganz allein aufzuwachen, hatte schon was. Wobei, so ganz von allein war sie nicht aufgewacht, schmunzelte Katharina in sich hinein und spürte, wie sich ihr Unterleib einmal wohlig zusammenzog: Bene hatte sie heute Morgen wachgeküsst und dabei seine Hände unter die Decke kriechen lassen. Sie war ihm mit ihrem ganzen Körper entgegengekommen, hatte ihn ebenso mit ihren Händen umgarnt, und dann hatten sie Liebe gemacht. Noch einmal musste Katharina schmunzeln. »Liebe machen«, wie altmodisch sich das anhörte, selbst wenn man es nur dachte. Aber anders hätte sie das, was da erst vor zwei Stunden zwischen ihr und Bene stattgefunden hatte, nicht bezeichnen können. So wie heute Morgen hatten sie schon lange nicht mehr miteinander geschlafen. So gefühlvoll, verlangend, voll Vertrauen und auch Verlustangst, so liebend eben. Die Zeiten, in denen sie nicht mehr als nur guten Sex miteinander gehabt hatten, waren lange vorbei, und sie hätte damals nicht gedacht, dass sie einmal froh darum sein würde, denn immerhin hatte sie es seinerzeit so gewollt. Dann war es aber immer intensiver zwischen ihnen beiden geworden, und inzwischen wohnte sie fast bei Bene. Seit einigen Wochen hatte sie sogar ein Regal in Benes Schrank mit ein paar Basics darin. Bene hätte ihr mehr Platz gemacht, aber das hatte sie nicht gewollt. Wozu auch? Ihre Mutter würde hoffentlich bald eine eigene Wohnung finden, und dann konnte Katharina wieder mehr Zeit in ihrem eigenen Zuhause verbringen – gern gemeinsam mit Bene, aber durchaus auch allein. Oder mit Julie. Sie vermisste diese spontanen Treffen mit ihrer besten Freundin. Wie oft hatten sie sich im Hausflur zwischen ihren beiden Wohnungen zufällig getroffen und waren gemeinsam in eine der beiden verschwunden, um einen entspannten Plauderabend zu verbringen. Seit Anne von Hagemann mit in Katharinas Wohnung lebte, war das selten geworden. Bei Katharina ging es seitdem nicht mehr, zumindest nicht ungezwungen. Und wenn ihre Mutter mitbekam, dass Katharina nebenan war, schummelte sie sich gern unter einem dubiosen Vorwand dazu. Ihr fehlte leider jegliche Distanz, auch wenn Katharina ahnte, dass ihre Mutter sich einsam fühlte. Das tat ihr leid, aber es war für sie dennoch keine Rechtfertigung, immer und überall mitzumischen. Umso mehr hatte sie sich gestern auf das Treffen mit Julie gefreut, doch das hatte nicht geklappt. Katharina war gerade auf dem Weg zu ihrer Freundin gewesen, als diese sie auf ihrem Handy angerufen hatte, um die kurz zuvor getroffene Verabredung abzusagen. Katharina hatte ihre Enttäuschung kaum verbergen können, und Julie hatte sich tausendmal entschuldigt – sie hatte einen Anruf von einer Redaktion bekommen, für die sie neben ihrem festen Teilzeitjob in der Buchhandlung manchmal ein paar Blog-Texte schrieb, und die brauchten ganz dringend einen Artikel von ihr. So hatten sie sich für heute am späten Nachmittag verabredet. Zwar war Katharinas Wut über das Verhalten ihres Chefs, der gestrige Grund, ihre Freundin treffen zu wollen, inzwischen weitestgehend verdampft, aber das machte nichts. Treffen mit Julie waren immer schön. Katharinas Gedanken wanderten zu Benes Bruder, zu dem sie jetzt gerade auf dem Weg war. Sie wollte mit ihm reden und sich entschuldigen. Denn letztlich hatte sie sich seiner Anweisung, sich von dem jungen Polizisten nach Hause fahren zu lassen, widersetzt. Gut, er hätte deswegen nicht so heftig reagieren müssen, aber er war und blieb ihr Vorgesetzter, und am Ende hatte sie sich eingestanden, dass er es nur gut mit ihr gemeint hatte. Das hatte ihr auch Bene gesagt, als sie gestern sehr viel früher als geplant und immer noch zornentbrannt bei ihm angekommen war und ihm – auf seine Frage, was ihm das Vergnügen denn jetzt schon bereite – erst einmal wütend von der Aktion seines Bruders erzählt hatte. Während des Erzählens hatte sie selbst realisiert, dass nicht nur Ben, sondern vor allem sie selbst überreagiert hatte. Daraufhin hatte sie den Entschluss gefasst, heute das Gespräch mit dem Hauptkommissar zu suchen und dabei ihre Entschuldigung vorzubringen. Sie hoffte inständig, dass Ben sie nicht nach Hause schicken und damit sozusagen von diesem Fall abziehen würde. Falls das passieren sollte, würde sie allein weiterermitteln. Das hatte sie sich heute Morgen überlegt, als Bene unter der Dusche gestanden hatte. Sie wusste, dass das nicht korrekt wäre und sie Bens Verärgerung ohne jeden Zweifel schüren würde, doch sie hatte zu sehr das Gefühl, dass der neue Fall in irgendeiner Weise mit ihr selbst zu tun hatte. Nicht für jeden offensichtlich, aber für sie schon: Die Schnitte im Gesicht, die erste Tote eine Prostituierte, die Anwältin, die nicht nur ein »von« im Namen hatte, sondern auch rote Haare wie Katharina, der Name der letzten Toten, der französischen Haushälterin Hélène Lombard, der zumindest ausgesprochen sehr ähnlich wie Helen klang. Dann in der Wohnung des ersten Opfers die Abdrücke, die womöglich von einem Kamerastativ stammten, und beim letzten Opfer der an die Heizung angeleinte Hund, der vermutlich hatte zusehen müssen, unter welchen Qualen Hélène Lombard gestorben war. Und schließlich bei den beiden ermordeten Frauen die Todesursache. Der Gedanke war Katharina schon ein paarmal durch den Kopf geschossen, aber sie hatte ihn zuerst für sehr weit hergeholt angesehen. Jetzt, zusammen mit den anderen Fakten, erschien ihr ein Zusammenhang mit Maximilians Taten durchaus möglich, wenn auch nach wie vor erschreckend: Maximilian hatte jedes einzelne Mal, wenn er wieder den Drang verspürt hatte, zwei Prostituierte in seine Gewalt gebracht, eine davon betäubt und im Anschluss vergewaltigt, während die andere geknebelt und gefesselt zugucken musste. Um sicherzugehen, dass sie nicht die Augen vor den grausamen Bildern verschloss, hatte er ihr die Lider mit Klebeband nach oben gezogen und an die Brauen geklebt. Nach der Vergewaltigung und wenn die Frau ihr Bewusstsein wiedererlangt hatte, hatte er beide Opfer brutal mit einem tiefen Schnitt im Gesicht gezeichnet und erwürgt. Erst die eine, dann die andere. Er hatte dafür seine bloßen Hände benutzt und keinen Schal, aber für Katharina war das nur ein marginaler Unterschied. Genau so, wie die Sache mit dem Stativ und dem Hund. Die Kommissarin fragte sich, ob es nicht sein könnte, dass der Mörder von Tanja Groß anstelle eines lebenden Zuschauers eine Kamera eingesetzt und seine Tat gefilmt hatte, um sie über das Internet einem breiteren Publikum zugänglich zu machen. Vielleicht hatte der Täter sich und Daniela von Bohlendieck gefilmt, und sie hatten nur keine Stativabdrücke gefunden, da die Kanzlei mit Eichenparkettstäbchen ausgelegt war. Und bei dem letzten Opfer hatte der unschuldige Hund zusehen müssen. Katharina schauderte bei dem Gedanken. Sie würden unbedingt das Internet nach derartigen Filmen durchforsten müssen. Katharina hatte zwar auch über einen Bildabgleich gesucht, als sie ganz am Anfang der Ermittlungen nach Fotos und Videos von Tanja Gross im Internet gefahndet hatte, aber vielleicht hatte der Täter sie erst später ins Netz gestellt. Kurzentschlossen holte sie ihr Handy hervor und rief einen der Computerspezialisten im Kommissariat an, um ihn zu instruieren. Nachdem sie das Telefon wieder in ihrer Tasche verstaut hatte, nestelte sie im Gehen ihre Zigarettenpackung hervor und steckte sich eine Zigarette an. Wenigstens hatte der Beruf sie nur zu einer starken Raucherin gemacht und nicht zu einer Trinkerin, wie es ja manches Mal vorkam, dachte sie selbstironisch, bevor die Erinnerung sie ein weiteres Mal übermannte: Wie der Hund war auch sie selbst vor mittlerweile fast sechs Jahren an ein Heizungsrohr gefesselt worden. Zudem hatte Maximilian ihr eine Nylonstrumpfhose in den Mund gestopft, der jeden ihrer Schreie erstickt hatte. Das alles war in ihrer eigenen Wohnung geschehen. In der Wohnung, in der sie mit Maximilian zusammengelebt hatte, was Katharina noch heute erschaudern ließ.

Keine fünf Minuten später öffnete Katharina langsam die Tür zum Gemeinschaftsbüro und spähte hinein. Sie kam sich vor, als ob sie etwas Verbotenes tat, ärgerte sich aber sofort über sich selbst – schließlich hatte Ben nicht gesagt, wie lange sie dem Kommissariat fernbleiben solle. Sie drückte ihren Rücken durch und marschierte geradewegs in das Büro hinein. Es war leer. Tobis Schreibtisch sah unberührt aus, darum ging Katharina davon aus, dass er noch krank war. Auf Viviens provisorischem Schreibtisch hingegen schien eben gearbeitet worden zu sein. Der Bildschirm war an, und einige Papiere lagen verstreut auf der Tischplatte. Katharina wandte sich der Glasscheibe zu, die Bens Büro vom Gemeinschaftsbüro trennte und auf der inzwischen eine stattliche Anzahl an Fotos und Notizen prangte. Durch die Fotos und die Wörter hindurch sah sie die Hinterköpfe von Ben und Vivien, die über irgendetwas gebeugt waren. Offenbar hatten die beiden sie nicht bemerkt. Ohne großartig darüber nachzudenken, ging Katharina erst an ihren eigenen Schreibtisch, schnappte sich ihren Lieblingsschreiber und ging dann zu Viviens Platz hinüber. Dabei ließ sie die Kollegen nicht aus den Augen. Am Tisch angekommen, stellte sie sich so, dass es den Anschein erwecken konnte, dass sie gerade erst daran vorbeigehen würde, und richtete ihren Blick auf Viviens Computerbildschirm. Auf dem Schirm war eine PDF-Datei geöffnet. Es handelte sich um den Autopsiebericht zum West Highland Terrier. Sie schielte zu Bens Büro hinüber, wo sie nach wie vor nur die zwei Hinterköpfe ausmachen konnte, dann überflog sie mit klopfendem Herzen den kurzen Bericht. Der untersuchte Hund war durch einen Schnitt in die Halsschlagader getötet worden. Unter Auffälligkeiten stand dort: »Die Hündin trug bei ihrem Tod ein Geschirr, an dem eine Hundekamera befestigt werden kann.«

Katharina stöhnte leise auf. Dann hatte sie also recht gehabt, der Täter filmte seine Taten! Das arme Tier hatte also nicht nur als Zuschauer, sondern obendrein als lebendes Stativ fungieren müssen. Wie kaputt war dieser miese Täter bloß? Katharina unterdrückte den Impuls, sich zu setzen und weitere Dateien zum gestrigen Mord, die vermutlich auf Viviens Computer zu finden waren, zu öffnen. Stattdessen blieb sie stehen und ließ ihren Blick über die Papiere auf dem Schreibtisch schweifen. Ihre Augen blieben an einem Stück Papier hängen, das sie selbst verfasst hatte: das Profil des Täters. An einigen Stellen war es mit Ausrufezeichen versehen. Gerade als sie sich näher damit beschäftigen wollte, hörte sie Bens Stimme: »Katharina? Was machst du hier? Geht es dir besser?«

»Ja, ähem, nein, also ja«, fühlte sich Katharina ertappt. Sie hatte sich schnell gefangen, straffte ihre Schultern und hob demonstrativ ihre Hand mit dem Stift in die Höhe: »Ich habe nur meinen Lieblingsstift gesucht. Und gefunden! Und ja, mir geht es besser, ich würde gern kurz mit dir sprechen. Geht das grad?« Sie nickte mit ihrem Kopf zu Vivien hinüber, die sich auf ihrem Stuhl am Besprechungstisch umgedreht hatte und Katharina freundlich anlächelte. Katharina lächelte zurück, doch sie merkte, dass es ein aufgesetztes Lächeln war. Was hatten bloß diese Ausrufezeichen in ihrem Profil zu suchen? Schnell schaute sie zu Ben.

»Ja, natürlich«, sagte er etwas verhalten, wie Katharina fand. Andererseits konnte sie es ihm nach gestern nicht verdenken. Zudem ahnte er schließlich nicht, was sie von ihm wollte. Würde er wissen, dass sie sich für ihr Verhalten entschuldigen wollte, wäre er ihr gegenüber sicher aufgeschlossener.

»Soll ich uns schnell einen Kaffee machen?«, fragte Katharina versöhnlich und registrierte zufrieden, dass Ben sich bei ihrem Angebot etwas öffnete. Dann zuckte er jedoch bedauernd mit den Schultern: »Nein, besser nicht, ich glaube, ich habe heute schon so viel Kaffee getrunken wie sonst in einem Monat.«

Katharina kommentierte das lediglich mit einem »Oh«, mehr fiel ihr dazu nicht ein. Während sie durch den Raum schritt, hörte sie Ben zu Vivien sagen: »Magst du uns bitte für einen Moment allein lassen, Vivien? Wir machen anschließend weiter.«

»Ja, klar«, erwiderte die junge Kommissarin und erhob sich gerade in dem Moment, als Katharina durch die Tür kam. »Soll ich bei Kriminalrat Mausner anfragen, wie das mit Polizeischutz für Daniela von Bohlendieck oder zumindest mit einer Streife vor ihrer Tür aussieht?«

Hatte Katharina richtig gehört? Wieso sollte eine Streife vor der Wohnung der Anwältin stehen? Ging es der Frau schon so schnell wieder gut? »Wieso vor ihrer Wohnung? Wird sie schon entlassen?«, fragte sie deshalb interessiert.

»Nein, sie wird nicht entlassen, sie hat sich bereits gestern selbst entlassen. Wir haben erst heute Morgen davon erfahren, als wir ins Kommissariat gekommen sind. Es ist beim Schichtwechsel vor ihrer Krankenzimmertür heute Nacht aufgefallen. Aber denk mal nicht, man hat uns deswegen sofort informiert. Nur weil Frau von Bohlendieck im Krankenhaus unterschrieben hat, dass sie auf eigenes Risiko geht, haben die Kollegen gedacht, wir wüssten Bescheid. Und jetzt ist die Frau ohne Polizeischutz, und den müssen wir erst neu beantragen, da er nun ja nicht mehr im Krankenhaus verrichtet wird«, erklärte ihr Vivien, und ihre angesäuerte Miene sprach dabei Bände.

»Na toll, da wusste die eine Hand also nicht, was die andere tut. War denn jemand bei ihr zu Hause und hat überprüft, ob alles in Ordnung ist?«, fragte Katharina, ahnte jedoch bereits die Antwort.

»Nein, bisher nicht«, sagte Vivien, und ihre Stimme klang nicht mehr so sicher wie eben noch.

»So, genug jetzt«, mischte Ben sich ungeduldig ein. »Vivien, kläre das bitte wegen des Polizeischutzes und ruf in der Pathologie an, wie weit die dort sind, okay?«

Vivien nickte und zog die Tür hinter sich zu, während Katharina nicht recht begreifen konnte, warum bisher niemand zu Daniela von Bohlendieck gefahren war. Hatte sie sich wirklich selbst entlassen und sich damit dem Schutz der Polizei entzogen? Und wenn, wusste der Täter davon? Während Katharina sich setzte, fasste sie einen Entschluss: Sie würde sich jetzt kurz und knapp bei Ben für ihr gestriges Verhalten entschuldigen und sich dann direkt auf den Weg zu Daniela von Bohlendiecks Wohnung machen. Sie musste sich selbst davon überzeugen, dass es der Frau gut ging.

12.35 Uhr

Benjamin Rehder saß an seinem Schreibtisch und ließ den Blick über die bisherigen Ermittlungsergebnisse schweifen. Zwar hing an der Glaswand mittlerweile einiges an Material, doch das lag lediglich an der steigenden Opferzahl und nicht an konkreten Ergebnissen. Diese Fälle, die nun zu einem einzigen großen Fall geworden waren, lagen ihm schwer im Magen, da sie nach wie vor keinen Ansatz hatten, was den Täter betraf. Er griff zu dem Täterprofil, das Katharina ihm gestern dagelassen hatte. Es bereitete ihm erhebliches Kopfzerbrechen. Schon als er es gestern zum ersten Mal gelesen hatte, hatte ihn ein merkwürdiges Gefühl beschlichen, was Vivien ihm heute Morgen bestätigt hatte. Die junge Kommissarin hatte gestern laut seiner Anweisung die Fallbeschreibungen zum Abgleich in den Polizeicomputer eingegeben.

Tatsächlich war sie fündig geworden. Es gab einen Serientäter, der ähnlich agiert hatte wie der Täter, den sie aktuell suchten. Doch dieser Täter saß hinter Gittern: Maximilian Furtner. Ben nahm an, dass sie es jetzt mit einem Nachahmungstäter zu tun hatten, was gut möglich war, da Furtners Vorgehen damals in der Presse ausgeschlachtet worden war. Das war es jedoch nicht, was ihn beschäftigte. Das von Katharina erstellte Profil war nahezu identisch mit dem Profil von Furtner. Er hatte sich die psychologischen Gutachten, die im Zuge des Gerichtsprozesses von Maximilian Furtner angefertigt worden waren, ausgedruckt, und schon bei einem kurzen Überfliegen der Papiere hatte der Hauptkommissar die Parallelen erkannt. Als Katharina eben ins Büro geschneit war, hatte er die Übereinstimmung der Profile nicht angesprochen, weil die Erkenntnis für ihn zu frisch gewesen war und er es genauer überprüfen wollte. Darüber hinaus hatte während seines Gesprächs mit Katharina Stephan Mausner angerufen und nachgefragt, ob es bereits ein Täterprofil gab. Dem Kriminalrat war die zusätzliche Ausbildung von Katharina sehr wichtig, und die von ihr erstellten Profile zählten zu den wenigen Dingen, an denen er bei den Mordfällen jedes Mal ein starkes Interesse zeigte. Spontan hatte Ben behauptet, das Profil sei noch nicht vorhanden, denn bevor er nicht sicher war, was er davon halten sollte, wollte Ben es nicht weitergeben. Mausner war zwar nicht begeistert gewesen, hatte es aber für den Moment so hingenommen. Katharina hatte den Inhalt des Gesprächs nicht mitbekommen, weil sie in die Tatortfotos vom Überfall auf die Anwältin vertieft gewesen war.

Der Hauptkommissar lehnte sich in seinem Bürostuhl zurück und geriet ins Grübeln. Er war froh, dass Katharina da gewesen war und sie den Vorfall von gestern aus der Welt schaffen konnten. Sie hatte sich für ihr Verhalten entschuldigt und eingeräumt, dass es nicht in Ordnung gewesen war, sich seiner Anweisung zu widersetzen. Er hatte sein ungewohnt forsches Auftreten längst bereut, wusste aber, dass er in dieser Hinsicht nicht wirklich zurückrudern konnte. Er war der Chef der Mordkommission, und obwohl er durch ihre Beziehung zu seinem Zwilling zu Katharina ein besonderes Verhältnis hatte, so konnte er sie nicht anders behandeln als die übrigen Mitarbeiter. Und auch von Katharina erwartete er, dass sie seinen dienstlichen Vorgaben folgte. Dass sie von selbst gekommen war, hatte es ihm leichter gemacht, ihr gegenüber wieder einen versöhnlichen Ton anzuschlagen. Sie waren beide nicht nachtragend, das hatten die letzten gemeinsamen Jahre gezeigt, und so war Ben sicher, dass dieser Streit beigelegt war. Nichtsdestotrotz verstand er nach wie vor nicht, was mit ihr los war. Erst ihr Zusammenbruch gestern und nun dieser grobe Schnitzer, was das Profil anging. Denn selbst, wenn die Taten sich ähnelten, so würden es nicht zwangsläufig die Täter tun. Jedenfalls nicht in der Form, wie Katharina es verfasst hatte. Immerhin hatte der aktuelle Täter seine Opfer nicht wie Furtner leibhaftig, sondern mit Gegenständen vergewaltigt, und das war nicht der einzige Unterschied. Sie hatte jedoch eindeutig Maximilian Furtner beschrieben und keinen anderen Täter. Die Frage war, ob ihr das bewusst war. War sie befangen? Sollte er sie von dem Fall abziehen? Nein, es war zu früh, sich darüber einen Kopf zu machen, und wenn seine Vermutung richtig und Katharina schwanger war, würde es ihr Verhalten sowieso erklären, redete Ben sich ein. Er musste wenigstens in dieser Hinsicht Gewissheit bekommen. Immerhin hatten sie es nicht nur mit einer Mordserie zu tun, sondern bisher auch mit einem nicht einschätzbaren und äußerst brutalen Täter, und Ben würde Katharina nicht unbedarft einsetzen können, wenn sie tatsächlich schwanger war. Zwar würde es sicher nicht konfliktfrei ablaufen, sie in den Innendienst zu zwingen, aber er würde es tun, wenn er es für nötig hielt. Wenn Tobias wenigstens da wäre, dachte Ben genervt. Er hoffte, dass der Kollege am nächsten Tag fit sein würde, doch sicher war er nicht. Am Telefon hatte Tobi noch ziemlich angeschlagen geklungen. Mitten in Bens Gedanken rasselte das Klingeln seines Telefons. Ohne auf das Display zu sehen, meldete er sich barsch: »Morddezernat, Rehder!«

»Na, du hast ja eine blendende Laune, wie es scheint«, erkannte Ben die Stimme seines Freundes Alexander.

»Tut mir leid, Alex«, entschuldigte er sich, »aber es läuft gerade nicht rund.«

»Na, dann passt mein Anruf vielleicht erst recht«, lachte Alex unbeeindruckt. »Ich wollte fragen, ob du Lust hast, heute Abend mit mir was trinken zu gehen. Es gibt etwas, das ich dir längst erzählen wollte.«

»Mach's nicht so spannend«, hakte Ben nach, »was gibt es Neues?«

»Nee, nee, so einfach kommst du mir nicht davon«, erwiderte Alex, und Ben konnte sein Grinsen förmlich sehen. »Das würde ich dir gern persönlich erzählen. Dauert nicht lange. Ich bin heute Abend sowieso in Lüne…, also in deiner Nähe. Wenn es passt, könnten wir uns direkt nach deinem Dienst treffen. Oder wenn es dir lieber ist, bei dir zu Hause.«

Benjamin Rehder überlegte kurz. »Okay, da hab ich wohl kaum eine Wahl, wenn du so nicht damit rausrückst. Dann würde ich sagen, wir treffen uns bei dem kleinen Italiener in Bardowick – da waren wir schon lange nicht mehr. Um 19 Uhr?«

»Perfekt«, stimmte Alexander zu, »dann bis nachher!«

Verwundert legte Ben den Hörer auf. Er kannte Alexander Thiele seit einer Ewigkeit. Sein Freund war nicht der Typ, der um irgendetwas ein Geheimnis machte. Normalerweise rückte er sofort damit raus, wenn er etwas zu erzählen hatte. Ben war mehr als gespannt, und er war froh, dass Alex am Telefon so heiter und entspannt geklungen hatte. Ein lockerer Abend mit ihm würde Ben guttun, egal, was sich hinter den ominösen Neuigkeiten verbergen würde. Er sah auf die Uhr. Kurz nach eins. Auf Mittagspause hatte er keine Lust, zumal er ohnehin was Ordentliches essen würde, wenn er sich am Abend mit Alexander traf. Bevor er länger darüber nachdenken konnte, stand plötzlich der Kriminalrat in der Tür zu seinem Büro. Wie immer hatte Mausner nicht angeklopft.

»Hallo, Ben«, begann dieser ohne Umschweife. »Also Polizeischutz für diese Anwältin ist nicht drin. Du weißt selbst, dass dafür wirklich außerordentlich dringende Gründe vorliegen müssen. Wir haben für so was nicht genug Leute.«

»Was kann dringender sein als eine Zeugin, die in Lebensgefahr schwebt?«, fragte der Hauptkommissar scharf. In dem Moment, als er Vivien zu Mausner geschickt hatte, hatte er geahnt, dass der Kriminalrat deswegen auf ihn zukommen würde. Die ständige Litanei, dass die nötigen Leute für spezielle Einsätze fehlten, war Benjamin Rehder ein Dorn im Auge. Was musste noch alles passieren, damit mehr Planstellen geschaffen wurden?

»Das ist in diesem Fall meines Wissens gar nicht zwingend gegeben, sie hat den Täter schließlich nicht gesehen«, antwortete Mausner nun ebenfalls unfreundlich zurück. »Außerdem hat diese Daniela von …«, Mausner geriet ins Stocken.

»Daniela von Bohlendieck«, half Ben ihm unwillig auf die Sprünge.

»Ja, also diese Daniela von Bohlendieck hat selbst Schuld, wenn sie das Krankenhaus vorzeitig verlässt. Vor allem, wenn sie es nicht einmal für nötig hält, uns darüber in Kenntnis zu setzen.«

»Sagst du das dann ihren trauernden Angehörigen, wenn der Täter sie umbringt, weil er sie – im Gegensatz zu dir – sehr wohl als Gefahr ansieht?« Benjamin Rehder konnte sich nicht zurückhalten. Sollte ihr etwas passieren, würde er am Ende seinen Kopf dafür hinhalten müssen, und es regte ihn auf, auf manche Dinge keinerlei Einfluss zu haben, darum setzte er schnell hinzu: »Und auch deinem Golffreund, ihrem Chef?«

Mausner ging auf Bens zynische Aussage nicht weiter ein. Er guckte lediglich pikiert und erwiderte schließlich: »Ich habe den Streifendienst instruiert. Sie werden in regelmäßigen Abständen an dem Haus dieser … Anwältin vorbeifahren. Mehr ist nicht drin.«

Ben schüttelte den Kopf. »Dann können wir uns das auch sparen«, erwiderte er inzwischen mehr resigniert als wütend. »Frau von Bohlendieck wohnt in einem Mehrfamilienhaus, da ist von außen nichts zu erkennen, schon gar nicht, wenn der Täter erst mal im Haus ist.«

»Mehr kann ich dir nicht anbieten.« Mausner hörte sich genervt an und wechselte das Thema: »Sag mir lieber, wann ich das Profil endlich auf meinem Tisch habe.«

Touché, dachte Ben. Jetzt hatte er selbst Mausner eine schöne Vorlage geliefert, auf die er nicht parieren konnte. Dann sagte er ehrlich: »Ich hab es vorliegen, muss es aber noch prüfen. Danach bekommst du es sofort.«

»Was soll das denn?«, fragte der Kriminalrat. »Wir wissen doch beide, dass die von Hagemann aufgrund ihrer Zusatzausbildung gute Arbeit abliefert, seit wann musst du das überprüfen?«

Ben wusste, dass er vorsichtig sein musste. Ruhiger und freundlicher als zuvor erklärte er: »Das ist in diesem Fall etwas kompliziert. Durch den krankheitsbedingten Ausfall von Tobias Schneider und die kurzfristige Unterstützung von Vivien Rimkus – übrigens danke dafür – ist es schlichtweg anders als sonst. Ich würde daher gern in Ruhe alles durchsehen, damit ich das ein oder andere ergänzen kann, bevor du das Profil auf dem Tisch hast. Morgen bekommst du es – versprochen!« Er hoffte, dass Mausner sich darauf einlassen würde, und seufzte erleichtert, als in diesem Moment das Handy des Kriminalrats klingelte. Mausner sah erst unwillig auf das Display und dann zu Ben: »Gut, gut, dann eben morgen. Ich muss da rangehen. Also, Ben ... Morgen, ich verlass mich drauf. Die Presse hängt mir im Nacken, und ich muss denen was hinschmeißen.« Mit diesen Worten verließ er Bens Büro, und der Hauptkommissar ließ sich in den Bürostuhl zurücksinken. Das war gerade noch einmal gut gegangen. Aber so ging es nicht weiter. Wenigstens in einem Punkt wollte er – nur für sich – Klarheit schaffen. Er griff zum Hörer, überlegte es sich aber anders und nahm stattdessen sein Handy vom Schreibtisch und wählte. Nach dem dritten Freizeichen wurde das Gespräch angenommen, und Ben sagte ohne Umschweife: »Hallo, Bene, ich bin es. Ich habe eine Frage an dich ...«

14.14 Uhr

Es war eine dieser Klingeln, die typisch für Altbauten sind: In einen größeren schwarzen Plastikkreis, der an einer Stelle gebrochen war, war ein kleiner wie ein Bauchnabel runder und erhabener Klingelknopf eingelassen, der ein lautes Schrillen verursachte, als Katharina ihn hineindrückte. Bevor sie in den zweiten Stock zur Wohnung hochgestiegen war, hatte sie einige Zeit im Auto gesessen und das Haus in der Uelzener Straße auf sich wirken lassen. Das Haus war weiß, und es befanden sich sechs Wohnungen darin. Der Vorgarten war gepflegt, aber nicht unbedingt persönlich, was sie vermuten ließ, dass die Vermieter hier nicht lebten. Als Kommissarin wusste sie, dass die Mieter von Mehrfamilienhäusern, in denen zugleich die Vermieter wohnten, stärker unter »natürlicher« Beobachtung standen als in anderen, was für die Mieter nicht immer angenehm war, in diesem speziellen Fall Katharina jedoch ganz recht gewesen wäre.

Viel hatte sich, während sie gewartet hatte, vor dem Haus nicht getan. Gleich nachdem Katharina geparkt hatte, war eine Frau mit einem Hund vorbeigekommen. Sie hatte dem Haus keine Beachtung geschenkt. Auch die beiden jungen Männer, die mit ihren Rucksäcken einige Minuten später das Haus passierten und von denen Katharina annahm, dass es Studenten waren, die zwischen den Uni-Standorten Rotes Feld und Scharnhorststraße hin und her wechselten, hatten sich nicht für das Haus interessiert. Sie war kurz darauf ausgestiegen und zur Haustür gegangen. Obwohl auch unten Klingeln angebracht waren, konnte sie die unverschlossene Tür problemlos aufdrücken, und schon hatte sie im schummrigen Treppenhaus gestanden. Sie war hinaufgestiegen bis in die zweite Etage und hatte dann auf die Klingel gedrückt, neben der ein kleines Emaille-Schild befestigt war, auf dem »von Bohlendieck« stand.

Die Kommissarin wurde allmählich unruhig. Sie stand inzwischen bestimmt schon zwei Minuten hier, doch noch immer hatte niemand auf ihr Klingeln reagiert. Natürlich konnte das bedeuten, dass Daniela von Bohlendieck nicht zu Hause war, doch das glaubte Katharina nicht. Durch den Türspalt drang ein diffuses Licht, das kein Sonnenlicht sein konnte, denn draußen war es im Gegensatz zu den letzten Tagen bewölkt. Klar konnte die Anwältin beim Verlassen ihrer Wohnung vergessen haben, das Licht auszuschalten, doch ihr Gefühl sagte Katharina, dass dem nicht so war. Sie drückte ein weiteres Mal auf die Klingel und ließ ihren Finger dieses Mal länger darauf liegen. Danach klopfte sie an die Tür und rief: »Frau von Bohlendieck, sind Sie da? Ich bin es, Katharina von Hagemann, bitte machen Sie die Tür auf.« Tatsächlich hörte Katharina kleine Trippelschritte, allerdings in ihrem Rücken. Sie wandte den Kopf um, und in diesem Augenblick wurde die Tür der gegenüberüberliegenden Wohnung geöffnet. Heraus lugte ein kleiner Kopf, der von lavendelfarbenen Löckchen umrahmt war.

»Guten Tag, wollen Sie zu Frau von Bohlendieck?«, fragte die alte Dame, zu der die Löckchen gehörten und um deren Beine eine weiße Perserkatze strich.

Aus ihren Augen funkelte es neugierig, und in der Regel ließ Katharina solche Menschen abblitzen, doch in diesem Fall kam die Frau ihr gerade recht. »Ja, möchte ich. Können Sie mir sagen, ob Frau von Bohlendieck zu Hause ist?«, fragte sie deswegen.

»Wer möchte das wissen?«, kam es forsch zurück.

Katharina trat auf die alte Frau zu. Vom Klingelschild las sie einen Namen ab und sagte: »Guten Tag, Frau Hauschild. Das sind Sie doch, oder?«

Die Frau nickte, und Katharina fuhr fort, indem sie mit der einen Hand ihren Ausweis hervorzog und die andere zur Begrüßung ausstreckte. Begleitend sagte sie: »Ich bin Kriminaloberkommissarin von Hagemann. Entschuldigen

Sie, dass ich mich nicht gleich ordentlich vorgestellt habe.«
Den letzten Satz sagte sie, weil sie Menschen wie Frau Hauschild kannte. Legte man denen gegenüber gute Manieren an den Tag, waren sie meist umso aufgeschlossener. Zu irgendetwas muss meine Erziehung ja gut sein, dachte Katharina, während die Frau ihr mit überraschend starkem Druck die Hand schüttelte.

»Und was möchte die Polizei von Frau von Bohlendieck?«, erkundigte sich Frau Hauschild in einem Ton, in dem sie auch hätte fragen können, ob Katharina lieber ein Sesam- oder ein Mohnbrötchen möchte. Katharina musste über die bemühte Beiläufigkeit innerlich schmunzeln und sagte mit herabgesenkter Stimme verschwörerisch: »Das darf ich Ihnen leider nicht sagen.«

»Hm, wäre zu schön gewesen«, meinte die alte Frau und runzelte zum Ausdruck ihrer Enttäuschung die Stirn. »Aber na ja, Dienstvorschriften, richtig?«

»Richtig«, bestätigte Katharina, wurde jedoch langsam ungeduldig: »Wissen Sie denn, ob Frau von Bohlendieck zu Hause ist? Es ist wichtig.«

»Na, dann will ich mal nicht so sein: Frau von Bohlendieck ist gestern nach ein paar Tagen Abwesenheit nach Hause gekommen und hat, soweit ich weiß, ihre Wohnung seitdem nicht mehr verlassen«, informierte Frau Hauschild Katharina.

»Ist sie allein oder in Begleitung gewesen?«, fragte Katharina. Ihre Unruhe wuchs, und sie schaute über die Schulter hinweg auf die Tür der Anwältin, hinter der sich nach wie vor nichts regte.

»Frau von Bohlendieck ist von einem Taxi gebracht worden, und sie war allein.« Die alte Dame machte eine kleine Kunstpause und sagte dann fast fröhlich: »Aber später hat sie Besuch bekommen. Von einem Mann! Er war nicht lange da. Aufgefallen ist es mir aber trotzdem, denn ich habe vorher noch nie Männerbesuch bei meiner Nachbarin bemerkt.«

Plötzlich hatte Katharina es eilig. »Danke, Frau Hauschild«, sagte sie schnell, wandte sich ab und klingelte ein weiteres Mal an der Tür der Anwältin. Während das Schrillen der Klingel nachhallte, klopfte sie energisch an die Tür und rief: »Frau von Bohlendieck, hier ist die Polizei. Machen Sie auf, sonst muss ich die Tür aufbrechen.«

Katharina wartete nicht ab, sondern rüttelte an der schweren Holztür, die sich jedoch keinen Millimeter bewegte. Sie entfernte sich ein Stück von der Tür, und gerade, als sie sich mit ihrer Schulter dagegenwerfen wollte, hörte sie die Stimme der Nachbarin hinter sich sagen: »Ich habe einen Schlüssel zu der Wohnung. Möchten Sie den?«

Katharina verharrte in ihrer Position. Sie hätte sich ohrfeigen können. Warum war sie nicht darauf gekommen, danach zu fragen? Es war so naheliegend! Sie nickte schnell: »Ja, würden Sie ihn bitte holen?«

»Glauben Sie denn, Frau von Bohlendieck ist etwas zugestoßen?«

»Ich weiß es nicht. Holen Sie bitte den Schlüssel, ja?«, gab Katharina zurück.

»Ist ja gut«, erwiderte die alte Dame, verschwand gemeinsam mit der Katze in ihrer Wohnung und kam nach höchstens zehn Sekunden, die sich für die Kommissarin jedoch wie fünf Minuten anfühlten, auf den Hausflur herausgetreten und überreichte Katharina einen einzelnen Wohnungsschlüssel.

»Frau von Bohlendieck? Hallo, ich bin es, Katharina von Hagemann, sind Sie da?«, rief Katharina abermals, als sie die Wohnung von Daniela von Bohlendieck betrat. Die

Tür war nicht abgeschlossen gewesen, und auch die Sicherheitskette, die die Kommissarin oben rechts am Türrahmen registriert hatte, war nicht vorgelegt worden. Für Katharina war das hilfreich, so war sie ohne weiteres Hindernis in die Wohnung gekommen, doch andererseits wunderte sie sich. Aus Erfahrung wusste sie, dass Opfer von Überfällen sich in der Regel in ihrem eigenen Heim verschanzten. Nicht unbedingt verbarrikadierten, aber wenigstens die Sicherheitsvorkehrungen nutzten, die vorhanden waren. Sie selbst hatte das auch getan. Inzwischen war sie nicht mehr ganz so akribisch, doch sie schloss nach wie vor doppelt ab. Auch oder gerade wenn sie allein zu Hause war. Gut, natürlich konnte Daniela von Bohlendieck anders ticken, doch das glaubte Katharina irgendwie nicht. Obwohl … das Verhalten der Frau war schon im Krankenhaus anders gewesen als das der meisten Opfer. Natürlich zogen sich Menschen, die überfallen und dabei fast getötet worden waren, oft in sich zurück, doch Daniela von Bohlendieck hatte nahezu desinteressiert auf Katharina gewirkt. Gut, vielleicht war das nur ihre äußere Schale gewesen, die anderen Menschen kaum Vertrauen schenkte. Das hatten die Kollegen der Anwältin schließlich bestätigt. Und dass es im Krankenhaus so gewesen war, konnte Katharina in gewisser Weise nachvollziehen, bei den vielen unangenehmen Untersuchungen, die das Opfer über sich hatte ergehen lassen müssen. Und dann waren sie als Ermittler auch noch mit ihrer eigenen Medizinerin angerückt. Vielleicht hatte es im Inneren der überfallenen Frau also ganz anders ausgesehen, aber das war nur eine Spekulation, die Katharina in diesem Moment nicht weiterhalf. Sie schaute sich um. Von der Diele aus gingen vier Zimmer ab. Links war die Küche, das konnte Katharina von der Wohnungstür aus erkennen. Von hier kam das

Licht, das sie von draußen gesehen hatte. Es handelte sich um die Beleuchtung, die an der Dunstabzugshaube angebracht war und mehr als nur den Herd anstrahlte. Die anderen Zimmer lagen rechts von Katharina. Hier waren zwei von drei Türen verschlossen. Katharina nahm an, dass sich hinter einer der Türen das Bad und hinter der anderen das Schlafzimmer befand. Hinter der offenen Tür vermutete sie das Wohnzimmer. Bevor sie darauf zuschritt, drehte sie sich um. Wie erwartet, stand Frau Hauschild noch im Hausflur. »Bitte, Frau Hauschild, warten Sie in Ihrer Wohnung auf mich. Ich komme gleich und bringe Ihnen den Schlüssel zurück«, sagte sie und zog die Tür hinter sich zu. Dann lauschte sie in die Wohnung hinein, doch sie hörte nichts. Nur die Dielen, die unter ihren Schritten knarzten. Als sie beim Wohnzimmer angekommen war, begann ihr Puls bei dem Anblick, der sich ihr bot, zu rasen: Daniela von Bohlendieck lag lang ausgestreckt auf dem Sofa. Sie trug einen Bademantel und regte sich nicht. Katharina stürzte auf die Frau zu. War sie tot? Der Verband, den sie vor ein paar Tagen im Krankenhaus getragen hatte, war nicht mehr da. Stattdessen prangte in ihrem Gesicht eine wulstige, rote Wunde, an der man Stiche und verkrustetes Blut erkennen konnte. Katharina fühlte sofort und ohne groß darüber nachzudenken mit Zeige- und Mittelfinger nach der Halsschlagader. Kurz darauf entfuhr der Kommissarin ein tiefer Seufzer. Gott sei Dank! Sie spürte ein ganz sachtes Pulsieren unter ihren Fingerkuppen. Oder hatte sie sich getäuscht? Plötzlich war Katharina sich nicht sicher. Sie bemerkte, dass sich Schweißperlen auf ihrer Stirn bildeten. Neben dem Sofa stand ein leeres Glas auf dem Boden. Sie nahm es und hielt es dicht unter die Nase von Daniela von Bohlendieck. Als das Glas leicht beschlug, hätte sie vor Freude fast aufgeschrien. Anstelle dessen sagte sie jedoch sanft, während sie gleichzeitig den Oberarm der Anwältin drückte: »Frau von Bohlendieck? Daniela? Machen Sie die Augen auf! Hallo. Ich bin es. Katharina von Hagemann.«

Da auch das nichts half, stand Katharina auf, eilte in die Diele und öffnete eine der beiden verschlossenen Türen. Es war das Schlafzimmer, doch dort wollte sie nicht hin. Sie hastete weiter zur nächsten und stand im Badezimmer, wo sie sich ein Handtuch schnappte, das kalte Wasser aufdrehte und einen Zipfel des Frotteetuches darunterhielt. Dann lief sie zurück zu der Frau auf dem Sofa und tupfte ihr die Stirn mit dem kalten Tuch ab. Aus Daniela von Bohlendiecks Kehle ertönte ein missmutiges Geräusch, und sie drehte ihren Kopf von der Kälte weg, doch die Augen öffnete sie nicht. Katharina sah sich im Raum um. Hatte die Anwältin Tabletten geschluckt? Hatte sie sich umbringen wollen? Sie sah nichts, was dafürsprach. Das Wohnzimmer war penibel aufgeräumt, es lag nirgends eine leere Tablettenpackung oder Ähnliches herum. Auch im Badezimmer hatte die Kommissarin nichts dergleichen gesehen. Sie hatte allerdings auch nicht darauf geachtet. Sicher ist sicher, dachte Katharina, zog ihr Handy hervor und wollte gerade den Notruf wählen, als Daniela von Bohlendieck sich regte. Katharina legte das Telefon neben sich auf den Boden. Wieder sagte sie: »Frau von Bohlendieck? Können Sie mich hören? Frau von Bohlendieck?«

Endlich öffnete die Anwältin die Augen. Zunächst schien sie nicht zu wissen, wo sie war, doch dann kehrte die Erinnerung zurück. Ihr eben noch verwunderter Blick verschloss sich, und sie setzte sich mühsam auf, während sie gleichzeitig darauf bedacht war, ihren Bademantel geschlossen zu halten. Katharina wollte ihr helfen, doch Daniela von Bohlendieck wehrte dies mit einer für ihren Zustand erstaunlich barschen Bewegung ab. Dann fragte sie mit vom Schlaf rauer Stimme: »Was machen Sie hier? In meiner Wohnung?«

»Ich habe ein paarmal geklingelt. Sie haben nicht geöffnet. Da habe ich mir Sorgen gemacht, und Ihre Nachbarin war so nett und hat mich in Ihre Wohnung gelassen. Wie geht es Ihnen?«, fragte Katharina.

»Ich bin müde, das ist alles. Ich habe vorhin eine Schlaftablette genommen, um einigermaßen schlafen zu können. Deswegen habe ich Ihr Klingeln nicht gehört. Bitte entschuldigen Sie. Sonst geht es mir den … den Umständen entsprechend gut. Und warum haben Sie mich überhaupt aufgesucht? Ich habe Ihnen und Ihrer Kollegin alles gesagt«, erklärte Daniela von Bohlendieck nicht gerade freundlich.

Als sie nach dem Glas auf dem Boden angelte, sprang Katharina auf: »Haben Sie Durst? Ich hole Ihnen etwas zu trinken, warten Sie.«

Bevor die Anwältin protestieren konnte, war sie in der Küche und ließ in ein sauberes Glas, das sie in einem der Hängeschränke fand, kaltes Leitungswasser ein. Dabei schaute sie sich um, doch bis auf ein wenig herumstehendes, benutztes Geschirr war auch die Küche wie der Rest der Wohnung fast übertrieben sauber und ordentlich. Zurück im Wohnzimmer erwartete Katharina eine sehr gefasste Frau, die sofort sagte: »Also? Was wollen Sie hier?«

»Ich wollte nur schauen, wie es Ihnen nach Ihrer Eigenentlassung aus dem Krankenhaus geht. Dass Sie sich selbst entlassen haben, ist Ihre eigene Entscheidung, aber dennoch möchte ich mit Ihnen darüber reden. Wir, also die Polizei, können Sie hier nicht gut schützen und …«

»Frau von Hagemann«, unterbrach Daniela von Bohlendieck Katharina, deren Blick zu den roten Haaren wanderte, die ihren eigenen so ähnlich waren. »Ich bin mir der Risiken bewusst, aber wissen Sie, hier bin ich zu Hause. In meinen eigenen vier Wänden. Hier fühle ich mich am wohlsten, was meinem Genesungsprozess sicher guttun wird. Und was meinen Schutz angeht: Ich glaube nicht, dass ich in Gefahr bin. Ich denke, ich war ein Zufallsopfer, und ich möchte nicht mein Leben lang Angst haben, jemand könnte mich erneut überfallen. Wenn Sie wollen, lassen Sie mir gern Ihre Visitenkarte da, und ich verspreche, dass ich mich bei Ihnen melde, wenn Bedarf ist. Und jetzt bitte ich Sie zu gehen.«

Katharina wusste, dass sie nichts weiter ausrichten konnte, und schickte sich an, die Wohnung zu verlassen. Sie verabschiedete sich bei Daniela von Bohlendieck, drehte sich aber im Türrahmen noch einmal um: »Ihre Nachbarin sagte, Sie hätten Besuch gehabt. Sagen Sie mir, wer das war?«

»Nein, das ist meine Privatangelegenheit«, bekam Katharina die Antwort, mit der sie gerechnet hatte. Die Kommissarin verließ ohne weiteren Kommentar die Wohnung und schloss sie von außen doppelt ab. Mehr konnte sie momentan ohne die Einwilligung Daniela von Bohlendiecks nicht tun, auch wenn es sie noch so sehr wurmte. Dann klingelte sie bei Frau Hauschild und gab ihr den Ersatzschlüssel zurück, wohl darauf bedacht, kein Gespräch oder weitere Fragen zuzulassen. Als sie aus dem Haus trat und zu ihrem Auto ging, bemerkte sie nicht, dass jeder ihrer Schritte genau verfolgt wurde.

16.52 Uhr

Er hatte seine übliche Position eingenommen, um seine Gedanken kreisen zu lassen, doch irgendetwas störte ihn. Er wusste nicht genau, was es war. Es war nichts, auf dem er lag, auch kein anderes körperliches Unwohlsein. Es war etwas in seinem Kopf. Etwas, das ganz hinten saß und sich nur mühsam an die Oberfläche arbeitete. Fast wie bei einem alten Mann, der seine Gedanken nicht mehr im Griff hat, dachte er verächtlich, raffte sich hoch und stellte sich an den Spiegel an der Wand, um sich zu betrachten. In letzter Zeit hatte er versucht, sich seinen eigenen Anblick zu ersparen. Natürlich, er sah noch immer gut aus, und soweit es ihm möglich und vor allem angebracht war, auch einigermaßen gepflegt, dennoch hatten die letzten Jahre ihre Spuren hinterlassen. Das silbrige Grau an seinen Schläfen gefiel ihm, aber nicht das Grau seiner Gesichtshaut. Er sah fahl aus, obwohl er im Gegensatz zu früher regelmäßig schlief oder zumindest ruhte und auch täglich an die frische Luft kam. Er legte je einen Zeigefinger unter beide Augen, drückte auf die Tränensäcke und zog sie gleichzeitig nach unten, sodass er die von Äderchen durchzogenen Hautlappen sehen konnte, die nicht wie die Kiemen eines gesunden Fisches rosarot aussahen, sondern fast ebenso grau wie sein Gesicht. Nur ein kaum wahrnehmbarer Hauch blassen Rosés, das durch die Wässrigkeit der Haut wie ein zerflossener Farbtropfen auf einem Aquarellbild erschien, ließ erahnen, dass ein Rest Leben herrschte. Oder kämpfte?

Angewidert von sich selbst wandte er sich ab und legte sich hin – gerade und lang ausgestreckt auf den Rücken und mit den Augen nach oben an die Decke gerichtet. Ja, er führte einen Kampf, und dieser Kampf war das Einzige, was ihn aufrechthielt. Das war schon immer so gewesen. Er war eine klassische Kämpfernatur und suchte die Herausforderung wie die Motte das Licht. Am wohlsten fühlte er sich mit Aufgaben, die anderen unüberwindbar erschienen. Deswegen war er Staatsanwalt geworden und nicht Anwalt für

Finanz- oder Mietrecht oder gar Richter, obwohl ihn seine guten Abschlüsse dafür befähigt hätten. Aber ein Richter musste eben nur richten, und das reichte ihm nicht. Hier war ihm der persönliche Spielraum einfach zu gering. Schon als kleiner Junge hatte er so getickt, obwohl es damals andere Herausforderungen gewesen waren. Zum Beispiel das Austricksen seines Großvaters, der bei Grainau, einer kleinen Gemeinde im Landkreis Garmisch-Partenkirchen, in einer Holzhütte gelebt und jeden Sonntag die Messe besucht hatte. Wenn er in den Ferien bei seinem Großvater gewesen war, bestand dieser darauf, dass er mitkam, doch schon damals war es ihm schwergefallen, sich jemandem unterzuordnen – in diesem Fall Gott –, und er hatte alles darangesetzt, seinen Großvater nicht begleiten zu müssen. Mal hatte er sich gleich nach dem Aufwachen den Zeigefinger tief in den Mund gesteckt, sein Gaumenzäpfchen damit gereizt und direkt auf den kleinen, von seiner Großmutter aus Wollresten gehäkelten Läufer gebrochen. Zwar musste er das Erbrochene wieder wegmachen, aber der Weg in die Kirche war ihm erspart geblieben. Ein anderes Mal hatte er einen Autoreifen vom Wagen des Großvaters am Abend zuvor aufgeschlitzt. Es hatte gewirkt. Der Kirchgang war für die ganze Familie ausgefallen, dennoch hatte er dieses Mittel kein weiteres Mal angewandt, da sein Großvater beim Anblick des zerstochenen, platten Reifens getobt hatte wie ein Zwergenkönig, dem sein ganzes Gold gestohlen worden war. Auch hatte er sich ein paarmal einfach morgens versteckt, obwohl er nach der Rückkehr des Großvaters Schläge mit dem Gürtel auf den blanken Hintern kassiert hatte, doch das hatte ihm kaum etwas ausgemacht. Das Wissen darum, über Gott und den Großvater gesiegt zu haben, war ihm jeden einzelnen Striemen wert gewesen. Später, auf dem Gymnasium, waren es andere Ziele gewesen, die er sich suchte. So hatte er es sich in den Kopf gesetzt, vom hübschesten und zugleich abweisendsten und deswegen begehrtesten Mädchen der Schule einen Kuss zu ergattern. Wenn er daran zurückdachte, fand er diese damals von ihm selbst gesteckten Herausforderungen beschämend oder im besten Fall niedlich. Allerdings hatten sie trotz ihrer Banalität sein Denken geschult. So war er schon zum Ende seiner Schulzeit zu einem erfolgreichen Manipulator geworden, der nicht mehr durch Taten wie gegenüber seinem Großvater anderen Menschen seinen Willen aufzwang, sondern durch bewusst gesetzte Worte und einen angeborenen Charme, der ihm vieles vereinfachte. Auf diese Weise hatte er beispielsweise seine Mitschülerin in sich verliebt gemacht, um sie links liegen zu lassen, nachdem er sie nicht nur geküsst, sondern ebenso entjungfert hatte. Stefanie hatte sie geheißen, und obwohl es auch sein erstes Mal gewesen war, hatte er gleich gespürt, dass es das nicht gewesen sein konnte. Leider mussten erst einige Jahre und etliche weitere Versuche mit den verschiedensten Frauen vergehen, bis er von seiner damaligen Mitbewohnerin Andrea ins Kino geschleift wurde, er den gerade neu angelaufenen Film »Letzte Ausfahrt Brooklyn« mit ihr gesehen und sich darin wiedergefunden hatte. An diesem Abend war er mit Andrea ins Bett gegangen. Bisher hatte er kein Interesse für sie gezeigt und tatsächlich nur eine Zweckgemeinschaft mit ihr geführt. Sie hatte fast von der ersten Woche ihres Zusammenwohnens an mehr von ihm gewollt. Das hatte er gespürt. Als sie sich dann nach dem Kino bei ihm eingehängt und mit vor Aufregung belegter Stimme gefragt hatte, ob sie bei ihr auf dem Zimmer etwas trinken wollten, hatte er zugeschlagen. Das heißt, zugeschlagen hatte er erst später, während sie sich ihm mit verliebten Augen hingab.

Zunächst hatte er es nur ausprobieren wollen, doch dann hatte es ihn dermaßen scharfgemacht, dass er nicht mehr aufhören konnte. Andrea hatte geschrien, und so hatte er ihr ein Kissen auf den Mund gedrückt. Er hatte es erst von ihr genommen, als er sie auf den Bauch gedreht hatte, um sie in seinem Rausch von hinten zu nehmen. Außerdem wollte er sie auf den blanken Hintern schlagen, so wie damals sein Großvater ihn, wenn er ihn züchtigte. Schon beim Umdrehen war ihm Andrea seltsam schlaff vorgekommen, wovon er sich jedoch nicht hatte stören lassen. Im Gegenteil, das hatte ihn angetörnt: ein willenloses Geschöpf, über das er herrschen konnte. Nachdem er mit Andrea fertig gewesen war, hatte er festgestellt, dass sie bewusstlos war. Ihn hatte es nicht geschert. Er war von ihrem Bett aufgestanden, hatte seine achtlos auf dem Boden verteilte Kleidung eingesammelt und war in sein Zimmer gegangen, um kurz darauf in einen tiefen Schlaf zu fallen. Am nächsten Morgen hatte er sich benommen wie immer. Er war aufgestanden, hatte geduscht und sich fertig gemacht, und dann hatte er die Wohnung verlassen, um zur Uni zu gehen. Erst, als er beim Bäcker eine Semmel und einen Kaffee holte, hatte er einen Gedanken an seine Mitbewohnerin verschwendet und sich sachlich damit beschäftigt, was er tun würde, sollte sie tot sein.

Sie war nicht tot, was ihn insofern erleichtert hatte, dass es einen erheblichen Aufwand für ihn bedeutet hätte, ihre Leiche zu entsorgen. Als er nach Hause gekommen war, hatte sie im Bademantel in der Küche gesessen und ihre Wunden geleckt. Er hatte nicht gefragt, wie es ihr ging, das konnte er sich bei ihrem mit blauen Flecken übersäten Körper nur allzu gut vorstellen. Auch hatte er sie nicht um Entschuldigung gebeten, sondern ihnen beiden stillschweigend einen

Tee zubereitet. Als er sich zu ihr an den Küchentisch gesetzt hatte, hatte er angefangen zu reden. Er hatte ihr sachlich und detailliert auseinandergesetzt, was er mit Menschen tat, die nicht gut über ihn redeten. Es war zu diesem Zeitpunkt noch alles seiner Fantasie entsprungen, aber sie hatte verstanden. Am nächsten Tag war sie aus der WG ausgezogen und er war ein weiteres Mal ins Kino gegangen, um daran teilzuhaben, wie Tralala von der Männermeute vergewaltigt wurde. Seines Erachtens hatte es die Prostituierte nicht anders verdient.

Plötzlich wusste er, was ihn in seinem Kopf störte. Die Erinnerung an Andrea hatte es hochgespült: Es ließ ihn nicht los, dass die Anwältin noch lebte. Genau so, wie es ihn jahrelang gestört hatte, dass Andrea lebend herumlief. Zu Recht, wie sich herausgestellt hatte, denn sie war eine der wenigen gewesen, die ihn bei seinem Prozess, als es um seine Persönlichkeit ging, mit ihrer Aussage belastet hatte.

17.55 Uhr

Wie knapp eine Stunde zuvor, stand Katharina wieder vor einer Wohnungstür und drückte auf den dazugehörigen Klingelknopf. Diesmal jedoch nicht mit einem unguten Gefühl, sondern in freudiger Erwartung. Sie hatte eine Flasche Rosé und eine Tüte verschiedenster Trüffelpralinen dabei, die sie zu der Verabredung mit Julie beisteuern wollte. Katharina war ein paar Minuten zu früh dran, weil sie ganz bewusst vorher nicht mehr in ihre Wohnung gegangen war. Sie hatte befürchtet, ihre Mutter würde sie nur unnötig aufhalten, denn die Kommissarin freute sich viel zu sehr auf einen gemütlichen Abend mit ihrer Freundin, als dass sie nur eine Minute davon verschwenden wollte. Einen kurzen Moment später öffnete Julie die Tür und strahlte ihr entgegen.

»Hi, Katharina, schön, dass du da bist!« Grinsend zeigte sie auf den Wein und die üppige Tüte Pralinen. »Hast du Größeres vor?«

Katharina lachte, während sie die Wohnung betrat. »Nö, nicht wirklich. Aber ich habe gedacht, ein bisschen Wein und Schokolade können nie schaden. Und wenn ich mich schon bei dir einlade …«

»So ein Quatsch«, widersprach Julie. »Ich freu mich doch, dass du gekommen bist.«

Die beiden Frauen gingen ins Wohnzimmer, und während Katharina es sich auf dem Sofa bequem machte, stellte Julie zwei Gläser und eine Schale für die Trüffel auf den Tisch. Wie Katharina es von ihrer Freundin gewohnt war, kam diese schnell auf den Punkt.

»Du hast gestern am Telefon nicht gerade glücklich geklungen. Also, schieß los!«

Es war gerade diese direkte Art, die die Kommissarin an ihrer Freundin schätzte, und auch wenn sie es unschön fand, den Abend direkt mit ihren Sorgen zu beginnen, sprudelte es sofort aus ihr heraus. Sie berichtete Julie von den Verbrechen, die in den letzten Tagen geschehen waren, von dem Anblick der Opfer, der sie schockiert und aus der Bahn geworfen hatte, und auch von ihrem kleinen Zusammenbruch am letzten Tatort. Obwohl sie sich fast in Rage redete, war sie darauf bedacht, keinerlei Details zu erwähnen, die nicht für die Öffentlichkeit bestimmt waren. Katharina nahm Julies verwunderten Blick wahr, als sie von ihrer kurzen Ohnmacht in der Wohnung des letzten Opfers sprach, und erzählte ihr daraufhin bewusst von dem Anblick des toten Hundes unter dem Bett, auch wenn sie wusste, dass dies höchstens der berühmte Tropfen gewesen war, der das Fass zum Überlaufen gebracht hatte.

»Warst du im Krankenhaus?«, fragte Julie besorgt, woraufhin die Kommissarin vehement den Kopf schüttelte.

»Quatsch, das wäre völlig übertrieben gewesen. Ich hatte noch nichts gegessen, schlecht geschlafen und war von der Erkältung noch angeschlagen. Dass mich so ein blutiger Anblick kurz umhaut, ist doch nicht gleich ein Drama«, erklärte sie Julie das, was sie auch Ben gesagt und sich inzwischen selbst erfolgreich eingeredet hatte. »Es war ein Notarzt vor Ort, der hat bestätigt, dass ich wieder okay war«, fügte sie hinzu. »Darum wollte ich nicht nach Hause, sondern bin ins Büro und habe mich direkt an die Arbeit gemacht.« Als sie von Bens anschließendem Wutausbruch berichtete, flammte für einen kurzen Augenblick wieder Ärger darüber auf, obwohl sie inzwischen wirklich nicht mehr sauer auf Ben war. Als sie geendet hatte, lehnte sie sich zurück und bemerkte Julies kritischen Blick, der auf ihr ruhte.

»Das sieht dir ehrlich gesagt gar nicht ähnlich«, sagte die Freundin.

»Was? Dass ich mit der Suche nach dem Täter vorankommen wollte?«

Julie lächelte, doch es war eher ein ironisches als ein fröhliches Lächeln. »Nein, das sieht dir in der Tat sehr ähnlich. Aber ich kenne dich ja nun schon eine ganze Weile, und ich kann mich nicht erinnern, dass dich ein Verbrechen oder der Anblick eines Opfers jemals so aus der Bahn geworfen hat – egal, wie du grad drauf warst. Das passt nicht zu dir und deiner sonst so professionellen Art.«

Hellhörig setzte Katharina sich auf: »Wie? Du findest, dass ich mich unprofessionell verhalten habe?«

»So habe ich das nicht gesagt«, winkte Julie ab. »Ich habe aber das Gefühl, dass das ungewöhnlich für dich ist. Darum kann ich Bens Reaktion verstehen. Er wird sich große Sorgen um dich gemacht haben, du bist schließlich nicht nur irgendeine Kollegin.«

Katharina sagte nichts dazu. Widerlegen konnte sie die Meinung ihrer Freundin nicht, auch wenn sie auf eine andere Reaktion gehofft hatte. »Wenn du meinst«, war deswegen das Einzige, was sie hervorbrachte.

Julie zuckte mit den Schultern und lächelte. »Du hast mich nach meiner ehrlichen Meinung gefragt.«

»Schon gut«, gab Katharina nach. »Ich bleibe dabei, dass ich Bens Verhalten nicht in Ordnung finde. Aber meines war es ebenso wenig, stimmt schon. Ist dumm gelaufen.«

»Natürlich ist es verständlich, dass die Art, wie dieser Täter die Frauen misshandelt und zeichnet, dich schockiert. Dann gleichzeitig der Prozess in München, die Situation mit deiner Mutter, die Erkältung, die dich geschlaucht hat … Vielleicht ist das alles zu viel … selbst für dich.« Julie schenkte Wein nach und füllte die Trüffel in die Glasschale, um sich dann einen herauszufischen. Katharina tat es ihr gleich. Nicht, weil sie Lust auf Trüffel hatte, sondern weil sie nicht wusste, was sie noch zu diesem Thema sagen sollte. Im Grunde war es ihr lieb, wenn sie es jetzt abhaken würden. Nichtsdestotrotz hatte es sie zumindest erleichtert, alles einmal loszuwerden. Mit Bene hatte sie zwar am Abend zuvor darüber gesprochen, aber das war etwas anderes. Er war ihr Freund. Zudem war sie nicht so sehr ins Detail gegangen wie bei Julie.

»Danke«, sagte sie und gab ihrer Freundin einen Kuss auf die Wange.

»Wofür?«, lächelte Julie.

»Fürs Zuhören. Und für deine Ehrlichkeit. Auf jeden Fall geht's mir schon viel besser.« Sie grinste. »Jetzt aber Schluss mit dem düsteren Thema. Ich habe dich genug mit Gräueltaten vollgequatscht. Jetzt bist du dran. Wie geht es dir?«

Erstaunt bemerkte Katharina, dass Julie bei dieser Frage leicht errötete. Auch Julie schien zu fühlen, dass die Wärme ihr ins Gesicht gestiegen war, denn sie stand auf und erklärte: »Ich hole uns schnell was zum Essen. Wir können uns ja nicht nur von Pralinen ernähren. Und Eiswürfel können wir gebrauchen, der Wein ist schon ziemlich warm, findest du nicht?« Ohne Katharinas Antwort abzuwarten, verschwand sie in Richtung Küche und kehrte wenige Minuten später mit einem Tablett zurück. Neben einer Schale mit Eiswürfeln hatte sie ein paar Scheiben Schinken, Salzcracker, etwas Käse, einen Dip und ein paar frische Kräuter darauf angerichtet.

»Und da fragst du mich vorhin, ob ich Größeres vorhabe?«, grinste Katharina. Beherzt griff sie nach einer Scheibe des duftenden Schinkens. »Lecker, danke!«

»Das ist ja nichts, nur ein paar Reste«, sagte Julie und wirkte erneut ungewöhnlich befangen.

»Was ist auf einmal los mit dir?«, wollte Katharina wissen. »Ich habe dich doch nur gefragt, wie es dir geht.« Sie nötigte Julie lächelnd, ihr ins Gesicht zu sehen, während diese gerade die Schale mit den Eiswürfeln aufnehmen wollte.

»Okay, okay«, gab Julie zu und ließ ihre Hand sinken. »Auch bei mir ist was los. Darum hab ich mich so auf dich gefreut. Ich möchte nämlich was loswerden. Endlich.«

Katharina glaubte, eine gewisse Ahnung zu haben, war sich aber nicht sicher und wollte die Freundin nicht unterbrechen, also blickte sie Julie weiterhin auffordernd an.

»Ich … hab mich verliebt«, platzte es aus Julie heraus.

Katharina fühlte sich in ihrer Ahnung bestätigt und freute sich umso mehr. Sie umarmte Julie und lehnte sich dann lächelnd zurück. »Das ist großartig, Julie! Wenn es jemand verdient, glücklich zu sein und einen Mann an der Seite zu haben, dann du. Wer ist denn der Glückliche?«

»Da liegt vielleicht der Hase im Pfeffer«, murmelte Julie verlegen und machte keine Anstalten weiterzusprechen.

Katharina wartete einen Moment und ließ dann ihrer eigenen Vermutung freien Lauf: »Es ist Alex, oder?«

Überrascht blickte Julie sie an. »Woher weißt du das? Wir waren doch extra vorsichtig.«

»Ich bin deine Freundin, Julie, schon vergessen?«, lachte Katharina und nahm ihre Freundin in den Arm.

19.00 Uhr

Pünktlich auf die Sekunde betrat Benjamin Rehder das kleine italienische Restaurant, in dem er nach dem Telefonat mit seinem Freund einen Tisch reserviert hatte, und entdeckte Alexander auf den ersten Blick an einem ruhigen Ecktisch. Ben hängte seine dicke Jacke an die Garderobe, und als Alexander aufstand, um ihn zu begrüßen, nahmen die beiden Männer sich freundschaftlich in den Arm.

»Mann, Ben, du siehst ja noch schlechter aus, als du dich heute Mittag am Telefon angehört hast!«, sagte Alex, nicht ohne einen gewissen Ernst in der Stimme.

»Besten Dank, ich freu mich ebenfalls, dich zu sehen«, frotzelte Ben, doch sein Grinsen war nicht sehr überzeugend. »Wie gesagt, im Moment läuft alles nicht so ganz rund«, erklärte er.

»Ich hoffe, nur beruflich?«, hakte Alexander nach.

»Ja, wir haben einen ziemlich miesen Fall an der Backe und kommen nicht voran. Aber lass uns nicht davon reden. Schließlich bin ich gekommen, um von dir ominöse Neuigkeiten zu erfahren. Außerdem sollten wir erst was bestellen, ich habe nämlich Hunger!«, gab Ben zurück und dachte für einen Augenblick an Angelika. So ganz stimmte seine Antwort nicht, auch privat lief es eigentlich nicht perfekt. Belastete es ihn, dass er sich von ihrer Bekanntschaft mehr erhofft hatte, als nun allem Anschein nach dabei rauskommen würde? Ben spürte in sich hinein. Er war sich nicht sicher, wollte aber auch jetzt nicht darüber nachgrübeln und setzte sich an den Tisch zu seinem Freund.

Die beiden Männer studierten die Karte und gaben ihre Bestellung auf. Ben wollte den Konflikt, den er sich selbst mit seinen Gedanken über Katharina eingebrockt hatte, und den Fall, an dem sie gerade saßen, mitsamt seinen unbefriedigenden Ermittlungen gern für den Lauf des Abends vergessen, doch einfach würde Alex es ihm nicht machen, das war ihm klar. So wunderte es ihn nicht, als sein Freund, nachdem der Kellner zwei Gläser Rotwein serviert hatte, sagte: »Zum einen sind meine Neuigkeiten nicht so besonders aufregend. Außerdem fängt der Abend gerade erst an. Falls es also etwas gibt, was du dir von der Seele reden willst, nur zu. Du weißt, dass ich meine Klappe halten kann.«

Davon war Ben in der Tat überzeugt. Er wusste, dass er Alex blind in allem vertrauen konnte, auch darin, die eine oder andere Information aus den Ermittlungen für sich zu behalten. Es wäre nicht das erste Mal, dass er seinen Kripomüll bei ihm ablud, wenn sein Kopf voll davon war. Er überlegte dennoch einen Moment, sah dann in Alexanders ehrlich interessiertes Gesicht und sagte: »Okay, du gibst ja doch keine Ruhe. Wir haben es aktuell höchstwahrscheinlich mit einem Serienmörder zu tun.«

Der Hauptkommissar schilderte in knappen, aber deutlichen Worten, was ihn beruflich seit einigen Tagen beschäftigte. Hier und da fragte Alexander nach, doch im Großen und Ganzen hörte er einfach zu. Die Gedanken, die Ben sich zu Katharina machte, behielt er für sich. Das ging selbst Alex nichts an, auch oder gerade weil die beiden sich privat kannten. Und auch das Thema Angelika wollte er hier nicht anschneiden, es war ihm, wie er merkte, einfach nicht wichtig genug, und so beendete er seinen Bericht, als der Kellner das Essen servierte. Während der Kommissar sich für ein üppiges Steak mit italienischem Gemüse entschieden hatte, dampfte auf Alexanders Platz ein Teller Nudeln mit Scampi und Tomatensoße.

»Guten Appetit«, wünschte Alexander, während er sich daranmachte, die ersten Spaghetti auf die Gabel zu wickeln.

Ben erwiderte: »Ebenso!«, und setzte hinzu: »Im Übrigen würde ich sagen, bist du dran mit Erzählen.«

Die Männer prosteten sich zu, und nachdem Alexander weitere Bissen seiner Pasta genossen hatte, sah er Ben grinsend an.

»Stell dir vor, mich hat es erwischt!«

Ben sah seinen Freund fragend an. Dann fiel der Groschen. »Soll das heißen, du hast dich verliebt?« Alexanders strahlendes Lächeln war Bestätigung genug.

»Dass ich das erleben darf! Und da sagst du eben noch, deine Neuigkeiten wären nicht aufregend«, staunte Ben. »Seit Jahren schleppst du regelmäßig die Frauen ab und genießt angeblich so sehr dein freies Singleleben, und jetzt, wo wir zwei bald auf die 50 zugehen, geht's auf einmal um Gefühle?«

»Ich kann mir das selbst nicht so genau erklären«, erwiderte Alex, »vor allem, weil ich sie schon eine Weile kenne. Aber es ist einfach so: Urplötzlich hab ich gewusst, das ist sie. Und da Julie und ich ...«

»Moment mal«, fiel Ben ihm ins Wort und ließ vor Überraschung seine Gabel klirrend auf den Teller fallen, »willst du etwa sagen, dass Julie – unsere Julie – diejenige welche ist?«

»Volltreffer«, bestätigte Alexander knapp und grinste erneut. »Aber schön zu sehen, dass es offensichtlich wirklich geglückt ist, das bisher geheim zu halten. Obwohl, bei Katharina ist die Erkenntnis wohl etwas früher gekommen, wenn ich das richtig verstanden habe.«

Nun stutzte Ben erneut. »Katharina wusste von euch?«

»Nein, das nicht. Julie hat es ihr auch erst vorhin erzählt. Katharina ist aber sehr schnell und wohl von allein darauf gekommen, dass es sich um mich handelt, als Julie eine Andeutung gemacht hat. Aber wir wollten es euch ja sowieso sagen. Schließlich habe ich mich deswegen heute Vormittag mit dir verabredet.«

Ben unterbrach sein Essen für einen Moment und legte lächelnd sein Besteck auf dem Tellerrand ab. »Unfassbar, das muss ich erst verdauen. Aber unabhängig davon: Ich freu mich riesig für dich – für euch! Julie ist eine tolle Frau.« Plötzlich wurde sein Gesicht ernster, was Alex nicht entging.

»Aber?«, fragte Alex und Ben seufzte.

Dann sagte er: »Versteh mich bitte nicht falsch, Alex. Ich freu mich sehr. Aber ... aber gerade weil mir Julie so am Herzen liegt und Leonie erst recht, schließlich ist sie mein Patenkind ... Also, was ich meine: Ich kann nur hoffen, dass du es wirklich ernst meinst. Die beiden haben es nicht verdient, enttäuscht zu werden.«

»Ben, traust du mir das etwa zu?«, fragte Alexander, allerdings ohne ein Zeichen der Verärgerung. »Ich kenne Julies Vergangenheit, ich weiß, was sie durchgemacht hat, nachdem dein lieber Zwillingsbruder damals Hals über Kopf die Stadt verlassen hatte. Und ich bin mir der Verantwortung für diese Beziehung und auch für Leonie durchaus bewusst. Julie und ich haben nicht umsonst fast ein Jahr damit gewartet, es euch zu sagen.«

»Fast ein Jahr?« Ben sah seinen Freund ungläubig an. »Na, das wirft ja ein fantastisches Bild auf Katharina und mich. Beste Freunde von euch und obendrein Kommissare, und ausgerechnet wir zwei merken nichts. Okay, wenn Katharina es tatsächlich geahnt hat, rettet das zumindest ein bisschen unsere Ehre.«

Er schüttelte ungläubig den Kopf und winkte den Kellner zu sich.

»Zwei Grappa bitte, den besten, den Sie haben!«, orderte er. Und an Alex gewandt, sagte er lächelnd: »Das muss schließlich gebührend gefeiert werden. Ich kann mit dem Taxi fahren, und ich nehme mal an, unter den gegebenen Umständen wirst du sowieso in Lüneburg übernachten, dann können wir uns das direkt teilen. Und jetzt will ich von dir hören, wie das alles gekommen ist!«

Der Eine beacht's Der Andere verlacht's Der Dritte ver-acht's Was macht's

(Hausinschrift Rote Straße 7, Lüneburg)

8. KAPITEL:

MITTWOCH, 20.01.2016

08.53 Uhr

Benjamin Rehder saß an seinem Schreibtisch und blickte aus dem Fenster in den regengrauen und nebligen Morgen. Das Wetter der letzten Tage war ein Spiegel seiner gegenwärtigen Stimmung, düster und unklar. Er schüttelte den Kopf. Wenn er anfing, in poetischen Floskeln über sein Seelenleben zu sinnieren, hatte er wirklich ein Problem. Und zwar eines, an dem er dringend arbeiten musste, denn es tat ihm nicht gut. Der Abend mit Alex, dazu die erfreuliche Nachricht über die Beziehung zweier seiner besten Freunde, hatte Ben entspannt und abgelenkt. Als er jedoch später müde und von Rotwein und Grappa leicht angeschwipst im Bett gelegen hatte, waren die Grübeleien sofort zurückgekehrt. Um in den Schlaf zu finden, hatte er sich ein Buch geschnappt und war kurz nach Mitternacht endlich eingeschlafen, doch es war ein unruhiger Schlaf gewesen. Auch jetzt bekam er den Kopf nicht frei, zumal Katharina gerade das Gemeinschaftsbüro betrat, wie er durch die Glasscheibe sehen konnte. Er versuchte, ihr Gesicht zu lesen, suchte nach einem Ausdruck, der ihm ihre Stimmung verriet, doch es gelang ihm nicht. Sein gestriger Anruf bei Bene war keine gute Idee gewesen, im Prinzip hatte er ihn bereut, nachdem er aufgelegt und seinen Zwilling in ähnlicher Verwirrung zurückgelassen hatte, in der er selbst sich befand. Auf seine direkte Frage: »Bene, kann es sein, dass Katharina schwanger ist?«, hatte sein Bruder zuerst herzhaft und laut gelacht. Als er merkte, dass Ben in das Gelächter nicht einstimmte und er die Frage offensichtlich nicht scherzhaft gemeint hatte, war er still geworden. Glaubhaft hatte er Ben versichert, dass er nichts von einer Schwangerschaft wusste und dass er auch keine Anzeichen dafür sehen könne, zumal Katharina nach wie vor rauchte und Alkohol trank. Vielleicht wusste sie es selbst nur noch gar nicht? Bene hatte verständlicherweise nach Gründen für seine Vermutung gefragt, doch Ben hatte sich dazu nicht geäußert, was das Gespräch nicht einfacher gemacht hatte. Schließlich hatte der Kommissar das Telefonat hastig beendet und sich für die falsche Einschätzung entschuldigt, doch ihm war klar, dass er seinen Zwilling nicht nur verunsichert, sondern obendrein in eine blöde Situation hineinmanövriert hatte. Bene würde es genau wissen wollen, was bedeutete, dass er Katharina fragen würde. Egal, ob an Bens Vermutung etwas dran war oder nicht – es würde bei ihnen allen zu unschönen Momenten und vermutlich zu Missverständnissen führen. Katharina würde von Bene wissen wollen, wie er auf den Gedanken kam, dieser würde ehrlich sein und ihr erklären, dass er, Ben, ihn darauf gebracht hatte – und schon war das Dilemma vorprogrammiert. Nachdem Ben den letzten Streit mit Katharina gerade dankbar als erledigt abgehakt hatte, war er sich nun sicher, dass der nächste bevorstand. Darüber hinaus würde er sie auf das Profil ansprechen müssen, das sie vom Täter erstellt hatte und das so offensichtlich mit dem von Maximilian Furtner übereinstimmte. Ben holte tief Luft. Er würde einiges dafür geben, wenn dieser Tag schon vorbei wäre. Als er eine Tür zufallen hörte und daraufhin näher kommende Schritte, wandte er seinen Blick vom Fenster ab und blickte durch die Scheibe zum Gemeinschaftsbüro. Katharina kam auf sein Büro zu und blieb an der offenen Tür stehen: »Guten Morgen, Ben«, rief sie freundlich zu ihm hinein. »Ich verschwinde ganz kurz, dann bin ich gleich pünktlich zur Besprechung da.« Ben lächelte ihr zu, doch da hatte sie sich schon umgedreht und war aus seinem Blickfeld gehuscht. Der Kommissar drehte seinen steifen Nacken, bis es knackte, und seufzte. Offensichtlich hatte Bene noch keine Gelegenheit gehabt, mit Katharina zu sprechen, sonst wäre sie sicher nicht so entspannt. Dann würde er die Chance nutzen und seinem Bruder zuvorkommen. Vermutlich war das der beste, wenn auch nicht der einfachste Weg. Direkt nach der Besprechung würde er Katharina zu sich rufen und sie selbst auf seinen Verdacht ansprechen. Und er würde mit Katharina über dieses vermaledeite Profil sprechen, denn auch das wollte er nicht vor versammelter Mannschaft diskutieren. Dann wären beide Themen erst einmal aus seinem Kopf und er konnte entsprechend handeln. Kaum hatte er das zu Ende gedacht, betrat Vivien das Gemeinschaftsbüro, winkte ihm kurz zu und setzte sich an ihren provisorischen Arbeitsplatz. Kurz nach ihr erschien das ungewohnt blasse, aber dafür wie meist fröhliche Gesicht von Tobias im Nebenraum, und bevor Ben reagieren konnte, stand der Kollege vor seinem Schreibtisch.

»Guten Morgen, Ben, melde mich zurück!«

»Hallo, Tobi! Gut, dass du wieder da bist. Bist du wirklich wieder fit?«

»Klar, passt schon. Schlimm genug, dass so eine banale Erkältung mich überhaupt lahmgelegt hat. Also, was steht an? Ich habe aus der Zeitung erfahren, dass es eine weitere

Tote im Kreis gibt. Hat die was mit unserem Täter zu tun?«, wollte Tobi wissen.

»Das klären wir gleich, ich habe für neun eine kurze Besprechung angesetzt, im Prinzip kannst du direkt hierbleiben.«

Gerade, als auch Katharina und Vivien sich an den Besprechungstisch setzten, nachdem sie Tobi begrüßt hatten, klingelte Bens Telefon.

»Rehder?« Es dauerte nur einen winzigen Augenblick, bis sein Gesicht sich verzog. Mehr als ein kurzes »Okay« sagte er nicht, bevor er in die kleine Runde seiner Mitarbeiter blickte. »Die Besprechung fällt aus. Daniela von Bohlendieck wurde tot in ihrer Wohnung gefunden.«

08.59 Uhr

Seit Bens Anruf bei ihm und seiner Frage war Bene durch den Wind. Er hatte Katharina seitdem nicht gesehen und nur ein paarmal kurz mit ihr telefoniert, da die Grippewelle nun endgültig auch das Hotel Heideglanz erreicht hatte und er an der Bar doppelte Schichten arbeiten musste, nachdem drei seiner Mitarbeiter ausgefallen waren. So war er ziemlich eingespannt, und Katharina hatte bei sich zu Hause übernachtet. Jetzt war er aus einem unruhigen Schlaf erwacht und wälzte sich mit der Frage im Bett, mit der er bereits eingeschlafen war: Was, wenn Katharina wirklich schwanger war? Fügte sich vielleicht alles irgendwie ineinander? Schließlich überlegte er schon seit einiger Zeit, sie zu fragen, ob sie nicht ganz bei ihm einziehen wolle, da er sich absolut sicher war, in Katharina die Frau seines Lebens gefunden zu haben. Das hatte er spätestens gewusst, als sie krank war und er für sie da gewesen war. Es hatte ihm wirklich gefallen, sie ein bisschen zu umsorgen. Aber ein Baby? Katharina und er hatten bisher nie über ein gemeinsames Kind gesprochen, und Bene nahm an, dass es für Katharina kein Thema war. Oder musste man nicht darüber sprechen? War das bei Frauen einfach so? Ganz abgesehen von ihm mit seinen 45 Jahren war Katharina in Hinblick auf das Kinderkriegen nicht mehr die Jüngste. Als Frau von 38 Jahren tickte ihre biologische Uhr inzwischen schneller. Natürlich war es heutzutage für eine Frau nicht unüblich, in diesem Alter ihr erstes Kind zu bekommen. Einige waren sogar älter, aber war das vernünftig? Für das Kind und die Eltern? Und was wäre, wenn das Kind mit einer Behinderung zur Welt käme? Das Risiko war vorhanden. Hunderte Gedanken dieser Art schwirrten ihm durch den Kopf, Gedanken, die er sich nie zuvor gemacht hatte und die ihm nicht behagten. Sosehr er sein Leben verändert hatte, sesshaft und ruhiger geworden war – ein Baby würde alles komplett auf den Kopf stellen. Und dann kamen ihre Jobs dazu, er im Barbetrieb, Katharina bei der Polizei, beide im Schichtdienst beziehungsweise mit unsteten Arbeitszeiten, wie sollte das funktionieren? Denn dass Katharina ihren Beruf aufgeben würde, daran glaubte Bene keine Sekunde. Und sich selbst als Hausmann sah Bene auch nicht. Alles, wirklich alles würde sich ändern! Sich ändern müssen. Wollte er das? Bene hielt es nicht länger im Bett aus und stand auf, obwohl er noch mindestens eine Stunde hätte weiterschlafen können. Er ging ins Bad und stellte sich unter die Dusche. Als er zum Duschgel griff, wanderte sein Blick zu dem von Leonie. Es duftete nach Himbeere, das wusste er, da Leonie es liebte und nicht damit sparte. Sie hatte es von Katharina geschenkt bekommen. Für einen Moment wurde Bene warm ums Herz, doch dann schnürte ihm ein mulmiges Gefühl die Kehle zu. Er vergötterte seine Tochter, auch wenn er erst spät von seinem Vaterglück erfahren hatte. Leonie war zu diesem Zeitpunkt bereits fast acht Jahre alt gewesen, und sie beide hatten sich erst kennenlernen müssen. Noch heute machte er sich Vorwürfe, dass er Julie schwanger hatte sitzen lassen. Noch einmal würde ihm das nicht passieren, ganz abgesehen von seinen Gefühlen Katharina gegenüber. Gut, er hatte damals nichts von Julies Schwangerschaft gewusst, aber er hatte gespürt, dass seine Freundin häuslicher wurde. Im Gegensatz zu seinem Bruder Ben trug Julie ihm sein mieses Verhalten nicht mehr nach, wofür er sie bewunderte. Er glaubte nicht, dass er selbst diese Stärke hätte. Denn dass das innere Stärke war, daran zweifelte er kein bisschen. Katharina war ähnlich gestrickt wie Julie. Wie Julie! Das war es überhaupt! Er würde Julie um Rat fragen, was er tun sollte. Sie würde ihm zwar nicht die Frage beantworten können, ob er noch ein Kind wollte, aber sie könnte ihm sagen, wie er sich Katharina gegenüber verhalten sollte, denn das war die zweite Sache, derentwegen er momentan schlaflose Nächte hatte.

09.00 Uhr

Hauptkommissar Benjamin Rehder hatte nach dem Anruf schnell entschieden. Er selbst würde, zusammen mit Katharina, zur Wohnung von Daniela von Bohlendieck fahren. Tobi und Vivien sollten im Kommissariat bleiben, damit die junge Kommissarin ihren Kollegen auf den aktuellen Stand der Ermittlungen bringen konnte. Er hatte den Dienstwagen geholt und Katharina gebeten, vor dem Eingang auf ihn zu warten. Während er den Wagen vorfuhr, haderte er mit sich. Sollte er den Fahrtweg zum Tatort nutzen, um Katharina die Frage zu stellen, die ihm so auf der Seele brannte? Rein zeitlich gesehen wäre es eine sinnvolle Gelegenheit, aber er wollte so kurz vor einer Tatortbegehung keinen Wutausbruch riskieren. Auch das von ihr erstellte Profil würde er lieber nicht ansprechen. Es könnte sie bei ihren Einschätzungen am Tatort beeinflussen oder gar verunsichern. Ben wusste, dass das alles eine Ausrede vor sich selbst war und er das notwendige Gespräch mit Katharina nur vor sich herschob, andererseits brauchten sie alle Konzentration für diesen miesen Fall. Als er den Haupteingang des Kommissariats erreichte, stand Katharina vor der Tür und hüpfte ungeduldig und offensichtlich frierend von einem Fuß auf den anderen. Jetzt rutschte sie eilig und mit angespannter Miene auf den Beifahrersitz und zog die Tür zu. Erregt fragte sie: »Ben, was ist passiert? Weißt du Näheres? Ich war gestern Abend bei ihr. Da war alles in Ordnung. Ich verstehe das nicht – sie hatte mir versprochen, aufzupassen und die Tür ihrer Wohnung zu sichern!«

Irritiert wandte Ben sich zur Seite: »Du warst bei ihr? Bei Daniela von Bohlendieck? Warum weiß ich davon nichts?«

»Ich wollte es dir beziehungsweise euch allen gleich in der Besprechung sagen. Ich hatte gestern ein ungutes Bauchgefühl und bin bei ihr vorbeigefahren.«

»Schon gut«, winkte Ben ab, »ich kann es sogar nachvollziehen. Mir war nicht wohl dabei, dass wir für sie keinen Personenschutz, sondern nur vermehrte Streifenfahrten durchbekommen haben, obwohl sie eine Zeugin hätte sein können. Auf das Gespräch mit Mausner bin ich nun gespannt ...«

»Ach, er hat keinen Personenschutz bewilligt?«, wunderte sich Katharina. »Ich dachte, es gäbe nur noch keine Entscheidung – was es nicht besser machen würde ...«

»Mausner hat mir gestern klipp und klar gesagt, dass wir dafür nicht genügend Leute haben. Das Übliche halt. Und da Daniela von Bohlendieck bisher ausgesagt hatte, dass sie den Täter nicht gesehen, geschweige denn erkannt hat ... Ach, na, du kennst ihn doch. Ich habe mich gestern deswegen angelegt und meine Befürchtungen dargelegt, aber ihm schien das Risiko für Daniela von Bohlendieck nicht sonderlich hoch. Er wird begeistert sein, wenn er von ihrem Tod hört«, sagte Ben in zynischem Ton.

»... und hoffentlich ein richtig schlechtes Gewissen haben«, ergänzte Katharina bissig. »Es kann doch nicht sein, dass eine Zeugin sterben muss, weil die Polizei unterbesetzt ist! Das sind die Momente, in denen ich meinen Job hasse.«

»Ja«, bestätigte Ben, »das geht mir genauso. Aber du darfst das nicht so sehr an dich ranlassen. Es ist nicht deine Schuld.«

»Ich weiß«, antwortete Katharina. »Aber in diesem Fall fällt mir das echt schwer.«

»Letztlich muss ich Mausner sogar in einem Punkt recht geben: Daniela von Bohlendieck hat sich auf eigene Verantwortung aus dem Krankenhaus entlassen. Damit hat sie freiwillig sowohl auf weitere medizinische Versorgung als auch auf den polizeilichen Schutz verzichtet«, erklärte Ben.

»Stimmt schon«, sagte Katharina resigniert. »Aber diese Frau war in ihrer Art irgendwie ... anders. Tut mir leid, ich kann es nicht besser erklären. Sie wirkte extrem unnahbar und dadurch sehr cool, aber ich glaube, innerlich sah das ganz anders aus.«

»Hast du gestern bei deinem Besuch mit ihr darüber sprechen können?«, wollte Ben wissen.

»Nein, nicht im Ansatz. Sie war mir gegenüber mehr als zurückhaltend, fast schon abweisend. Es ist wieder nur ein …«

»Gefühl, richtig?« Ben musterte Katharina von der Seite und konnte ein leichtes Lächeln nicht unterdrücken, was ihr nicht entging.

»Was ist? Ich finde das alles nicht amüsant«, fragte sie verwundert.

»Ist es auch nicht. Ich dachte nur gerade, wie viele Täter uns schon ins Netz gegangen sind, weil du deinem Gefühl gefolgt bist.«

Katharina kam nicht dazu zu antworten, sie hatten das Haus, in dem sich die Wohnung der Anwältin befand, erreicht. Ben parkte an derselben Stelle, an der Katharina gestern ihren Wagen abgestellt hatte. Als die beiden wenig später die Wohnung von Daniela von Bohlendieck betraten, waren sowohl Frauke Bostel als auch die Spurensicherung bereits vor Ort.

»Hallo, ihr zwei«, sagte die Gerichtsmedizinerin. »Ich freu mich ja eigentlich immer, euch zu sehen, aber im Moment ist es mir ehrlich gesagt ein bisschen zu häufig.«

»Oder zumindest sind es die falschen Anlässe«, ergänzte Katharina.

»Guten Morgen, Frauke. Hast du schon was für uns?«, fragte Ben.

»Es sieht alles nach Selbstmord aus. Sie liegt in der Wanne, und die Pulsadern sind aufgeschnitten, aber da sie als Opfer in unserem derzeitigen Fall verwickelt war, möchte ich das genau prüfen. Das kann ich jedoch nur in meinen heiligen Hallen«, antwortete die Kollegin.

»Selbstmord? Das passt nicht. Ich weiß, ich muss es dir nicht sagen, Frauke, aber ich tue es trotzdem: Nimm bitte eine Blutprobe und prüfe, ob sie vor ihrem Tod betäubt wurde«, sagte Katharina.

»Logisch«, erwiderte Frauke Bostel und fuhr geschäftsmäßig fort: »Ich glaub, die Spusi ist in ein oder zwei Räumen durch, da könntet ihr euch also umsehen.«

Nachdem Ben erfragt hatte, wo sie sich umgucken konnten, ohne eventuelle Spuren zu gefährden, betrat er gemeinsam mit Katharina die kleine Küche der Wohnung.

»Das sieht genauso aus wie gestern Abend«, stellte die Kommissarin fest, »auf den ersten Blick kann ich jedenfalls keinen Unterschied erkennen.« Sie betrachtete den Frühstücksteller und das Glas in der Spüle. »Selbstmord, ich glaub das einfach nicht! Sag mal, da haben wir noch gar nicht drüber gesprochen: Wer hat denn die Leiche überhaupt entdeckt?«

»Eine aufmerksame Nachbarin hat heute Morgen festgestellt, dass die Wohnungstür nicht richtig geschlossen war, sondern nur angelehnt. Daraufhin hat sie die Wohnung betreten und die Tote gefunden.«

»Lass mich raten: Das war Frau Hauschild, oder?«

Verwundert sah Ben auf: »Woher weißt du das?«

Ungewollt musste Katharina lächeln. »Ich hatte gestern das Vergnügen. Das ist eine alte Dame, die offenbar recht gut über ihre Nachbarin Bescheid weiß. Sie hat einen Schlüssel für diese Wohnung, damit bin ich gestern überhaupt erst reingekommen.« Ihr fiel auf, dass sie Ben dieses Detail bisher verschwiegen hatte, und bevor er darauf reagieren konnte, ergänzte sie: »'Tschuldige, hab ich vorhin nicht erwähnt. Die von Bohlendieck hat die Tür nicht geöffnet, da hab ich mir Sorgen gemacht. Fast hätte ich die Tür aufgebrochen, aber da hat Frau Hauschild mir den Schlüssel gegeben.«

»Und warum hat sie dir nicht aufgemacht?«, wollte Ben wissen.

»Sie hat mich schlichtweg nicht gehört, weil sie eine Schlaftablette genommen hatte. Ich hab sie im Wohnzimmer auf dem Sofa liegend vorgefunden, und im ersten Moment hatte ich das Schlimmste befürchtet. Nach ein paar Minuten ist sie aber zu sich gekommen. Man kann sogar sagen, sie hat sich extrem schnell im Griff gehabt und mich kurz darauf quasi vor die Tür gesetzt. Darum glaube ich nicht, dass sie sich die Pulsadern aufgeschnitten hat. Erstens hätte sie gleich ein paar Tabletten mehr schlucken können, und zweitens war sie gestern einfach nicht so ... so drauf.«

Katharina bemerkte Bens fragenden Blick und ergänzte bedrückt: »Sie wollte allein sein. Mehr nicht. Außerdem hat sie für sich keinerlei Bedrohung gesehen, weil sie glaubte, ein Zufallsopfer gewesen zu sein. Sie wollte sich auf gar keinen Fall durch diesen Überfall verunsichern lassen. Ich hätte darauf bestehen sollen.«

»Worauf?«, fragte Ben.

»Darauf, dass sie in Gefahr ist und sich schützen muss.«

»Du hattest keinen Einfluss darauf, und das weißt du ganz genau«, erwiderte Ben.

»Ja, hast recht. Immerhin habe ich die Haustür zweimal abgeschlossen, als ich aus der Wohnung raus bin, aber genutzt hat es auch nichts«

Ben schaute sie aufmerksam an, dann stellte er sachlich fest: »Die Tür war nicht aufgebrochen, das heißt Daniela von Bohlendieck hat ihrem Mörder selbst die Tür geöffnet.«

»Ja, höchstwahrscheinlich. Da fällt mir was ein«, sagte Katharina, ohne auf seine Äußerung einzugehen. »Diese Nachbarin, Frau Hauschild, hat mir gestern erzählt, dass Daniela von Bohlendieck am Nachmittag, als sie aus der Klinik zurück war, Besuch hatte – Herrenbesuch. Vielleicht ist er noch einmal wiedergekommen ...«

»Möglich, aber per se ist das erstmal nichts Ungewöhnliches«, erwiderte Ben.

»In diesem Fall angeblich schon. Laut der alten Dame hat unsere Anwältin sonst nie männliche Besucher gehabt. Und in der Anwaltskanzlei hat man uns doch auch erzählt, dass sie sehr zurückgezogen gelebt hat.«

»Das stimmt. Wir müssen das klären, da hast du recht«, räumte Ben ein. »Willst du das übernehmen?«

»Mit dem größten Vergnügen«, lächelte Katharina zynisch. »Allerdings glaube ich, dass Frau Hauschild sich sehr freuen würde, wenn der charmante Hauptkommissar sie persönlich ...« Mitten im Satz brach Katharina plötzlich ab, und Ben folgte ihrem Blick zu einem kleinen Eckregal in der Küche, das mit ein paar Bechern, Ölflaschen und Gewürzen bestückt war.

»Was ist los?«, erkundigte er sich, doch Katharina war bereits zum Regal gegangen und hatte einen der Becher hervorgeholt. Ben hatte den Eindruck, dass seine Kollegin innerhalb von Sekunden ihre Gesichtsfarbe von Rosé zu Weiß gewechselt hatte. Wie gebannt starrte sie auf den Becher. Es war ein großer, bauchiger Porzellanbecher, knallrot und mit weißen Punkten. Nichts daran erschien dem Kommissar in irgendeiner Form ungewöhnlich. Als Katharina nicht auf seine Frage reagierte, hakte er nach: »Katharina, was ist los? Du siehst aus, als hättest du gerade einen Geist gesehen.«

Langsam sah die Kommissarin zu ihm auf. Schließlich antwortete sie: »So kommt es mir auch vor. Genau diesen Becher hat Helen mir einmal geschenkt. Das ist mein Lieblingsbecher. Nicht nur, weil es ein Geschenk von meiner besten Freundin war.«

Ben stutzte und machte aus seiner Verwunderung keinen Hehl: »Sorry, Katharina, aber solche Becher stehen zu Tausenden in allen deutschen Haushalten herum. Es handelt sich einfach um einen blöden Zufall und das da ist ganz sicher nicht dein Becher. Wie sollte das auch gehen?«

Katharina drehte den Becher herum. »Das weiß ich nicht, ich weiß nur, dass das kein Zufall sein kann. Dieser Becher sieht zwar aus, als könne man ihn überall bekommen, aber er ist in einer kleinen Töpferei bei Andechs handgemacht. Er gehört zu einer kleinen limitierten Auflage. Helen hat ihn mir geschenkt, nachdem wir damals das Kloster Andechs besucht haben.«

Katharina schluckte, dann deutete sie mit dem Finger auf den umgedrehten Becherboden, in dem eine Nummer und das Wort »handgemacht« zu erkennen waren.

10.14 Uhr

Während Ben das Auto in Richtung Kommissariat steuerte, rief Katharina von ihrem Handy aus den Computerspezialisten an, um zu hören, ob er etwas zu möglichen Videos sagen konnte, die im Internet hochgeladen worden waren und mit ihrem Fall zu tun hatten. Als sie auflegte, blieb sie für einen Moment stumm. Sie merkte, wie Ben sie von der Seite musterte, und sagte leise: »Unser Täter hat die Morde tatsächlich gefilmt und dann ins Netz gestellt. Das haben unsere Spezialisten herausgefunden. Sie haben die einschlägigen Internetseiten, die sie sowieso unter Beobachtung haben, besucht, und auf einer sind sie fündig geworden. Ich habe sie gestern darauf angesetzt. Leider konnten sie nicht ermitteln, wer die Filme hochgeladen hat, da sind sie noch dran.«

Katharina beobachtete, wie Bens Adamsapfel sich scheinbar in Zeitlupe geschmeidig auf und ab bewegte – auch er musste also schwer schlucken wie sie selbst, um diese Information zu verdauen.

»Dieses Schwein!«, sagte er mit belegter Stimme, und Katharina nickte dazu.

Tonlos erwiderte sie: »Er will Zuschauer. Und bei …« Sie stockte ganz kurz, bevor sie den Namen aussprach. »… bei Hélène Lombard hat ihm das nicht gereicht, darum hat er den Hund nicht nur als lebendes Stativ benutzt, sondern gleichzeitig als eine Art exklusives Premieren-Publikum. Genau wie Maximilian damals. Bei ihm war jedoch bei jeder Tat eine zweite Person anwesend, und er hat sie dann genau so umgebracht wie die Frauen, die er vergewaltigt hat – und unser Täter den Hund. Ben, ich weiß, dass Maximilian hinter Gittern sitzt, aber …«

»Katharina, hör auf, dich da reinzusteigern. Erst der Becher und jetzt das. Ich weiß, dass dieser Mann dir in den Knochen sitzt und scheinbar alles hochgekommen ist, seit du ihm in München gegenübertreten musstest, aber hör auf, ihn in unserem Täter erkennen zu wollen. Vielleicht haben wir es mit einem Trittbrettfahrer zu tun, ja, das kann sein, aber sicher nicht mit Maximilian Furtner!«, fiel Ben ihr aufgebracht ins Wort.

»Aber das weiß ich doch!«, erhob auch Katharina ihre Stimme.

»Tatsächlich? Weißt du das wirklich? Und warum entspricht dann das Profil, das du von unserem Täter erstellt hast, exakt dem von Maximilian Furtner? Katharina, um ehrlich zu sein, bin ich mir nicht sicher, ob du nicht befangen bist. Ich überlege ernsthaft, dich von diesem Fall abzuziehen.«

»Das … das ist nicht dein Ernst, oder?«, fragte die Kommissarin entgeistert. Sie konnte kaum glauben, was Ben eben von sich gegeben hatte. Vertraute er ihr denn nicht mehr? Bisher waren ihre Täterprofile immer zutreffend gewesen. Stimmte es? Hatte sie unbewusst Maximilians Profil erstellt? War ihr das Profil deswegen so bekannt vorgekommen? Aber die Parallelen zu seinem Handeln ließen sich schließlich auch nicht verleugnen. Bis auf die Vergewaltigungen an sich waren die Tatabläufe sehr ähnlich. Doch das wollte sie jetzt gar nicht mit Ben diskutieren. Sie würde das Profil später erst noch einmal selbst überprüfen. Ganz sicher würde sie nicht einfach so hinnehmen, dass Ben sie vom Fall abzog. Noch immer hatte er ihr nicht geantwortet. Was hatte er in letzter Zeit mit ihr? Erst diese heftige Zurechtweisung von ihm, als sie nach ihrem Aussetzer bei Hélène Lombard nicht nach Hause, sondern ins Büro gefahren war, und nun das. Bisher hatte sie das Gefühl gehabt, sie beide wären ein ganz besonderes Team und Ben würde auch dann zu ihr halten, wenn alle anderen Stricke rissen. Doch auch, dass sie jetzt keine Antwort bekam, passte nicht zu dem Hauptkommissar, der sonst nie hatte raushängen lassen, dass er ihr Chef war. Bisher waren sie sich immer auf Augenhöhe begegnet. Obwohl … wenn Katharina darüber nachdachte, war Ben ihr gegenüber doch etwas verändert, seit er Weihnachten 2014 entführt und gefangen gehalten worden war. Er hatte nie mit ihr über die Tage seiner Gefangenschaft gesprochen, und so wusste sie nicht, was genau in dieser Zeit mit ihm passiert war. Vor diesem Albtraum, den er hatte durchstehen müssen, hatte zwischen ihnen beiden ab und zu etwas in der Luft gelegen. Katharina hatte es nie recht einordnen können, aber es war etwas gewesen, das nicht hätte sein sollen, da Ben nicht nur ihr Vorgesetzter, sondern obendrein Benes Bruder war. Vermutlich hatten sie sich genau deshalb bis heute gescheut, jemals miteinander darüber zu sprechen. Katharina war sich sicher, dass Ben damals ähnlich empfunden hatte wie sie. Jedenfalls ging er seit damals jeder Zweisamkeit mit ihr aus dem Weg. Zumindest kam ihr das in letzter Zeit verstärkt so vor. Eigentlich hatte Katharina vermutet, es läge an der Frau, die er bei Frauke kennengelernt hatte, aber nun war sie sich nicht mehr so sicher. Was war das nur für eine Situation! Sie saß im Auto mit vor der Brust verschränkten Armen, und Ben hatte die Lippen fest aufeinandergepresst, während er stur geradeaus blickend den Wagen lenkte. Als sie auf den Kommissariatsparkplatz einbogen, hielt Katharina es nicht länger aus: »Ben, gibt es etwas zwischen dir und mir, worüber wir reden müssen?«

»Hast du mir denn was zu sagen?«, gab Ben zurück, während er den Wagen parkte.

»Ich?«, war Katharina verwundert. »Ich dachte, du vielleicht …«

»Na, dann frage ich dich ganz direkt und möchte eine ehrliche Antwort: Katharina, bist du …«, setzte Ben an, wurde jedoch durch Tobi von der Vollendung seiner Frage abgehalten, der aufgeregt gegen das Autofenster bummerte.

14.15 Uhr

Nachdem Ben und Katharina im Auto so rüde von Tobi unterbrochen worden waren, weil dieser sie bereits erwartet hatte, um ihnen zu sagen, dass Kriminalrat Mausner wegen des Todes von Daniela von Bohlendieck im Dreieck sprang und für 11.30 Uhr eine Pressekonferenz einberufen hatte, war Ben auf direktem Weg zum Kriminalrat geeilt. Jetzt war er wieder in seinem Büro und hatte sein Team zusammengerufen, um die Besprechung nachzuholen, die am Morgen ausgefallen war. Nach dem Tod von Daniela von Bohlendieck gab es nun umso mehr Klärungsbedarf, auch wenn Ben befürchtete, dass es weiterhin mehr offene Fragen als Ergebnisse geben würde. Der erneute Konflikt mit Katharina würde die Sache im Zweifel zusätzlich erschweren, aber daran ließ sich momentan nichts ändern. Noch hatte er sich zu keiner Entscheidung durchringen können, was die Frage betraf, ob er Katharina wegen Befangenheit von dem Fall abziehen sollte. Er brauchte dafür plausiblere Gründe als sein eigenes ungutes Gefühl, zumal er in dem kleinen Team eigentlich nicht auf sie verzichten konnte, auch wenn Tobi wieder am Start war. Dass er sich darüber hinaus aus rein persönlichen Gründen vor einer solchen Maßnahme scheute, stand auf einem ganz anderen Blatt.

Nachdem sich alle am Besprechungstisch versammelt hatten, hängte der Hauptkommissar die Fotos aus der Wohnung der Anwältin, die er eben schnell ausgedruckt hatte, mit an die Wand zu den anderen ermittlungsrelevanten Fakten.

»Kein schöner Anblick«, bemerkte Tobi, als Ben sich an den Tisch setzte.

»Zumal wir das hätten verhindern können, wenn der Polizeischutz genehmigt worden wäre«, entfuhr es Katharina, die dafür einen verwunderten Blick von Tobi und Vivien erntete.

»Aber auf der Pressekonferenz hat es doch geheißen, sie habe Selbstmord begangen, und auf den Fotos sieht es so aus, als habe sie sich die Pulsadern aufgeschnitten«, wandte Vivien ein und blickte erst zu Ben und dann zu Katharina.

Als Katharina darauf nicht sofort reagierte, ergriff Ben das Wort. »In der Tat waren ihre Pulsadern aufgeschnitten.«

»Aber?«, fragte Tobi.

»Aber ich glaube nicht, dass es ein Selbstmord war«, erklärte Katharina, bevor Ben dazu kam, und betonte ausdrücklich das »ich«.

Als Vivien und Tobi verständnislos zu ihr blickten, ergänzte sie: »Ich war gestern Abend bei ihr in der Wohnung, weil ich … egal. Auf mich hat sie keinen so labilen Eindruck gemacht. Natürlich ging es ihr nicht gut, das ist nach dem, was ihr passiert ist, keine Frage. Aber sie wirkte definitiv nicht suizidgefährdet. Und mal ehrlich – glaubt ihr, sie hätte sich dann selbst aus dem Krankenhaus entlassen?«

»Na ja«, merkte Vivien an, »möglicherweise ist ihr erst zu Hause, als sie allein war, klar geworden, was passiert ist. Vielleicht war es eine Art Spontanhandlung.«

»Du hast sie doch selbst im Krankenhaus erlebt«, erwiderte Katharina. »Wirkte sie auf dich so, als wenn sie dazu fähig wäre?«

»Ehrlich gesagt, weiß ich das nicht«, gab Vivien zu. »Ich konnte sie nicht gut einschätzen, sie war irgendwie … merkwürdig.«

»Wie wärst du denn drauf nach so einem Überfall?«, konterte Katharina, obwohl sie es auch so empfunden hatte, aber das Gespräch mit Ben im Auto hatte ihre Laune so dermaßen in den Keller rutschen lassen, dass Vivien nun das Ventil war. Im selben Moment jedoch, als Katharina ihre Frage gestellt hatte, tat sie ihr wieder leid. Doch jetzt war es zu spät, und gesagt war gesagt. Da sie wahrscheinlich die Einzige in der Runde war, die Viviens Vergangenheit kannte, konnte sie sich nicht einmal direkt dafür entschuldigen. Sie sah Vivien an und versuchte der Kollegin mit einem Blick zu verstehen zu geben, dass ihr die Worte unüberlegt herausgerutscht waren, doch Viviens Augen waren auf die Fotowand gerichtet. »Keine Ahnung, du hast vermutlich recht«, sagte sie kühl und sachlich.

»Habt ihr Einbruchsspuren oder Ähnliches entdeckt, was dafür spricht, dass wir es mit einem Mord zu tun haben könnten?«, mischte sich Tobi in die Diskussion ein.

»Nein«, gab Katharina zu. »Nichts dergleichen.«

Im selben Moment klingelte Bens Telefon. Er erhob sich, nahm das Gespräch an und erkannte am Display, dass der Anruf aus der Gerichtsmedizin kam. Er legte den Hörer in die Mitte des Tisches.

»Frauke, hallo. Wir sitzen gerade alle zusammen, ich stelle auf laut. Hast du was für uns?«

»Hallo, zusammen. Ich kann bestätigen, dass der hohe Blutverlust zum Tod geführt hat. Es gibt außer den aufgeschnittenen Pulsadern und den Wunden, die vom Überfall stammen, keine weiteren äußeren Verletzungen. Die Schnitte an den Handgelenken sind tief und präzise ausgeführt worden. Es wird relativ schnell gegangen sein.«

»Ist es sicher, dass Daniela von Bohlendieck sich diese Schnitte selbst zugefügt hat?«, fragte Katharina.

»Das habe ich noch nicht überprüft«, antwortete Frauke Bostel.

»Kannst du sagen, ob das Blut der Toten Betäubungsmittel oder etwas in der Art aufweist?«, ergänzte Katharina.

»Nein, das werde ich euch frühestens Morgen mitteilen können«, sagte die Gerichtsmedizinerin. »Dafür ist mir jetzt, wo ich die Tote auf meinem Tisch liegen habe, etwas anderes aufgefallen, und wer weiß, vielleicht ist es wichtig für euch: Die Tote hat sich vorher die Haare gewaschen. Komisch, oder? Übrigens mit einem Fruchtshampoo, wenn ich tippen sollte – Granatapfel. Nichts für ungut, Katharina, aber ich habe sofort an dich gedacht. Du hast doch auch einen Fimmel für solche Düfte, oder? Egal, ich melde mich, wenn ich mehr weiß, bis dann.«

»Okay, danke erst mal«, verabschiedete sich Ben schnell, bevor er den Lautsprecher deaktivierte und auflegte. Alle schauten Katharina an, die nichts sagte, sondern wie zuvor Vivien angespannt auf die Fotos starrte. Dann war es Ben, der die Stille unterbrach: »Okay, also warten wir ab, bis Frauke morgen früh mehr Infos für uns hat. Von der Spusi kommt auch erst morgen etwas, das habe ich vor unserer Besprechung abgefragt. Tobi, bist du ansonsten auf dem aktuellen Stand?«

»Ja, absolut«, bestätigte der Kommissar. »Vivien hat mir alle Fakten gegeben. So wie ich das sehe, müssen wir mehr über Hélène Lombard herausfinden. Schon allein, um zu sehen, ob es irgendeinen Bezug zu den anderen Opfern gibt.«

»Etwas anders ist der Tathergang schon«, gab Katharina zu bedenken. »Laut Gerichtsmedizin wurde ihr der Schnitt im Gesicht zugefügt, als sie noch lebte. Tanja Groß hingegen war bereits tot. Na, und bei Daniela von Bohlendieck wissen wir nicht, ob der Täter dachte, sie sei tot, als er sie gezeichnet hat, oder ob er sie bewusst am Leben gelassen hat.«

»Mann, ist das ein Kuddelmuddel. Alles unterschiedlich und dann doch nicht«, kommentierte Tobi. »Ich frage mich, warum der Schal bei Hélène Lombard zwischen … ähm … zwischen den Schenkeln gesteckt hat. Ob der Täter uns damit was sagen wollte? Und wenn, was?«

»Ja, das wüssten wir wohl alle gern«, nickte Ben. »Bleibst du an Hélène Lombard dran?«

»Jepp, bin schon dabei«, sagte Tobias. »Der alte Herr, der sie gefunden hat und für den sie anscheinend als eine Art Au-pair-Mädchen für Erwachsene gearbeitet hat, ist vorerst bei seiner Tochter in Münster untergekommen. Die bringt ihn morgen früh aufs Kommissariat, damit ich ihn befragen kann. Sie wollte ohnehin kurz mit ihm hierher, sobald das Haus freigegeben ist, um ein paar seiner persönlichen Sachen zu holen.«

»Okay«, dankte Ben dem Kollegen. »Was ist mit Angehörigen?«

»Schwierig, das Opfer kommt ja nicht von hier«, erläuterte Tobi. »Ich warte auf eine Rückmeldung aus Frankreich und habe vorhin die zuständigen Behörden kontaktiert.«

»Gute Arbeit«, lobte Ben und sah auf die mit Fotos und Notizen übersäte Glaswand. »Ich fürchte, für den Moment haben wir nach wie vor keinen anderen Ansatz. Wir müssen auf die Information aus dem Ausland und von Frauke warten. Oder hat jemand von euch irgendwas, was relevant ist?«

»Die Filme«, sagte Katharina leise und ergänzte dann lauter an Vivien und Tobi gewandt: »Wir haben erfahren, dass Filme von den Taten im Netz kursieren. Das heißt, wir wissen, dass der Täter tatsächlich gefilmt hat. Die Kollegen haben die Löschung dieser Filme beantragt, im besten Fall sind sie nicht mehr im Netz, aber sie wurden als Beweismittel runtergeladen und gesichert. Eine Kopie der Daten liegt bei uns. Wir sollten uns die anschauen, vielleicht entdecken wir darin etwas, was uns auf seine Spur führt.«

»Nein«, kam es bestimmt von Ben, ohne dass er Katharina dabei ansah. »Vivien und ich sehen uns die Filme an, und ihr zwei geht nach Hause. Immerhin wart ihr beide krank. Wir können es uns nicht leisten, dass einer von euch einen Rückfall bekommt, weil ihr gleich wieder voll im Einsatz seid. Falls uns etwas auffällt, können wir euch informieren. Ansonsten sehen wir uns alle morgen früh um 8 Uhr. Ich gehe später in der Kanzlei vorbei und informiere Dr. Heimling über den Tod seiner Mitarbeiterin, wobei er es sicher bis dahin bereits aus der Presse erfahren hat. Online habe ich zumindest eine Meldung zu ihrem Tod entdeckt, auch wenn kein Name genannt wurde. Morgen wird es dann in den Zeitungen stehen.«

»Aber …«, begann Katharina, klappte dann jedoch ihren Mund zu und stand vom Besprechungstisch auf. Tobi tat es ihr gleich.

16.33 Uhr

Wie in den letzten Tagen so oft, verließ Katharina das Kommissariat in aufgewühlter Stimmung. Sie ärgerte sich, dass Ben sie die Filme nicht sehen ließ. Immerhin war das ihre Spur gewesen. Was sie aber viel mehr beschäftigte: Was hatte diese Fruchtshampoo-Nummer zu bedeuten? War auch das ein Zufall? Und wieso hätte Daniela von Bohlendieck sich überhaupt die Haare waschen sollen, wenn sie beschlossen hatte zu sterben? Katharina würde unbedingt in die Wohnung der Anwältin gehen müssen, um die Shampooflasche zu suchen. Wenn zusätzlich eine Körperlotion oder ein Duschgel mit einem derartigen Duft herumstehen würde, wäre sie einigermaßen beruhigt. Schließlich gab es diese Düfte fast überall, und dann würde auch sie an einen Zufall glauben können. Wenn sie nichts dergleichen fand, wäre es ein Indiz dafür, dass der Täter der Anwältin mit dem Granatapfelshampoo die Haare gewaschen oder sie selbst dazu genötigt hatte, und die Anwältin sich nicht selbst umgebracht hatte. Da konnte Ben sagen, was er wollte. Bevor sie jedoch in die Wohnung der Toten gehen würde, würde sie zu Hause nach dem Becher schauen, den Helen ihr geschenkt hatte. Das konnte doch alles nicht sein …

Zu Hause angekommen, stellte Katharina zufrieden fest, dass ihre Mutter nicht da war. Sie eilte geradewegs in die Küche und schaute in den Schrank mit den Bechern. Sie atmete auf, als sie auf den ersten Blick den roten Becher mit den weißen Punkten entdeckte. Er stand im Schrank wie immer. Vielleicht hatte Ben ja doch recht und sie sah Gespenster. Erleichtert ließ sie sich auf einen Küchenstuhl fallen und beschloss, sich nicht weiter verrückt zu machen und erst morgen die Wohnung von Daniela von Bohlendieck aufzusuchen. Sie würde eine Nacht drüber schlafen, vielleicht würde ihr das helfen runterzukommen. Gern hätte sie bei Bene angerufen, aber sie wusste, dass er im Heideglanz hinter der Theke stand und keine Zeit für sie hatte. Stattdessen schrieb sie Frauke eine Textnachricht. Sport wäre eine gute Möglichkeit, um abzuschalten.

Eine halbe Stunde später betrat Katharina das Fitnessstudio und sah sich in dem großen Raum um. Sie hatte sich auf gut Glück in der SMS für halb sechs mit Frauke hier verabredet und bisher keine Antwort von der Kollegin erhalten. Da sie etwas zu früh war, wunderte sie sich nicht darüber, die Kollegin noch nicht zu entdecken. Als sie sich auf den Weg zur Saftbar machen wollte, um dort auf die Gerichtsmedizinerin zu warten, klingelte ihr Handy. Sie zog es aus der Tasche ihrer Trainingshose und sah auf das Display. Der Anruf kam von Frauke.

»Hi, Frauke – und, schaffst du es, mit mir zu trainieren?«, fragte sie, nachdem sie das Gespräch angenommen hatte.

»Sorry, Katharina, leider nicht. Ich habe die Obduktion von Daniela von Bohlendieck noch nicht komplett abgeschlossen. Der Bluttest läuft, aber bezüglich eurer Frage nach den Schnitten habe ich noch gar nicht angefangen.«

»Oh, wie schade«, erwiderte Katharina bedauernd, obwohl sie damit beinahe gerechnet hatte. »Aber klar, ich kenne das – die Arbeit geht vor. Und in diesem Fall bin ich ja sogar schuld. Ich bin ehrlich gesagt nur hier, weil wir ohne deine Ergebnisse nicht weiterkommen und ich Ablenkung brauche. Meinst du, du kommst später nach?«

»Nein, ich denke nicht«, sagte Frauke. »Keine Ahnung, wann ich hier rauskomme, aber dann habe ich bestimmt keinen Raff mehr.«

»Okay, dann sehen wir uns morgen. Mach's gut!« Leicht schuldbewusst verstaute die Kommissarin das Handy in der Reißverschlusstasche und blieb unschlüssig mitten im Raum stehen. Letztlich war sie verantwortlich dafür, dass die Kollegin keinen Feierabend hatte. Doch so war es nun mal in ihren Jobs, und sie konnte Frauke bei der Obduktion in keiner Form behilflich sein. Sie überlegte kurz, zumindest in die Rechtsmedizin zu fahren, um Frauke nicht allein hängen zu lassen, und mehr noch, um die Ergebnisse als Erste zu erfahren, entschloss sich jedoch schnell dagegen. Sie würde der Kollegin nur im Weg stehen. Und selbst wenn Frauke etwas zu der Schnittführung an den Pulsadern der Toten sagen könnte, konnte Katharina erst morgen aktiv werden. Und das Ergebnis des Bluttests würde wahrscheinlich sowieso erst am nächsten Morgen feststehen. Katharina überlegte, ob sie allein trainieren oder stattdessen nach Hause gehen sollte, als sie ihren Namen hörte.

»Katharina? Hallo!«

Von der Saftbar aus winkte Sarah, die Trainerin von ihrem Kurs, herüber. Kurz entschlossen trat Katharina zu ihr.

»Hallo, Sarah«, begrüßte sie die junge Frau. »Hast du heute keine Kurse?«

»Doch, aber erst später«, erklärte Sarah. »Zu Hause war mir langweilig, da habe ich mir gedacht, ich trainiere selbst ein bisschen an den Geräten.« Sie lächelte Katharina offen an. »Und du?«

»Ich wollte mich mit Frauke treffen, aber sie schafft es nicht. Und ehrlich gesagt hadere ich gerade mit mir, oder besser gesagt mit meinem inneren Schweinehund. Den zieht es nämlich auf mein Sofa.« Sie grinste.

»Wie wär's?«, fragte Sarah. »Wir trinken zusammen was, quatschen ein bisschen, und danach fragst du den Schweinehund noch mal.«

»Gute Idee«, sagte Katharina lächelnd und rutschte auf einen der hohen Stühle, die vor dem Tresen standen. »Aber nicht, dass ich dich von deinem Vorhaben abhalte«, fügte sie hinzu. »Schlimm genug, dass ich nicht diszipliniert genug bin, mein Programm alleine durchzuziehen.«

»Quatsch«, erwiderte die Trainerin. »Eigentlich wollte ich mir nur schnell was zu trinken holen und dann loslegen, aber so finde ich es viel netter«, sagte sie. »Außerdem wird mein Kurs nachher anstrengend genug.«

Sie bestellten sich beide einen Smoothie. Katharina war nach diesem Tag eher nach einem Glas Wein oder einem Martini zumute, aber das wollte sie vor Sarah, die komplett fit und durchtrainiert wirkte, nicht zugeben. Als sie den ersten Schluck nahm, änderte sie ihre Meinung. Der Smoothie schmeckte erfrischend und lecker.

»Bist du schon länger in Lüneburg?«, wollte Katharina wissen. »Ich frage, weil du erst seit Kurzem hier arbeitest und nicht so richtig norddeutsch klingst.«

»Ich bin tatsächlich für diesen Job hierhergezogen«, erklärte Sarah. »Das Sportstudio, in dem ich vorher gearbeitet habe, hat dichtgemacht, und ich hatte ohnehin Lust auf was Neues. Als ich die Stellenanzeige gelesen habe, ist es halt Lüneburg geworden. Habe ich aber nicht bereut.«

»Und wo war dein voriges Studio?«, hakte Katharina interessiert nach.

»Da kommt wohl die Kommissarin durch, was?«, amüsierte sich Sarah. »Hättest du gern meinen kompletten Lebenslauf?«

Ertappt sah Katharina sie an und musste grinsen. »So war das nicht gemeint. Ich wollte dich nicht ausfragen.«

»Kein Problem«, antwortete die Trainerin fröhlich. »Das steckt vermutlich in euch Polizisten drin, oder? Das hab ich bei Vivien neulich auch gedacht.«

»Vivien?«, fragte Katharina erstaunt nach.

»Ja, wir sind am Wochenende zusammen unterwegs gewesen«, erklärte Sarah. »Hat sich so ergeben, und es war echt nett. Ich kenne hier noch nicht so viele Leute, da bin ich ganz froh, wenn ich nicht allein um die Häuser ziehen muss.«

»Na, dann pass bloß auf dich auf«, sagte Katharina halb im Scherz, halb ernst, »in Lüneburg läuft gerade jemand herum, der es scheinbar auf Frauen abgesehen hat, die nicht so viele Außenkontakte haben.«

»Ach, das habe ich gar nicht mitbekommen. Darfst du mehr darüber erzählen?«, fragte Sarah aufmerksam.

»Nein, laufende Ermittlungen.«

»Ja, klar, dann muss ich wohl mehr Zeitung lesen …«

»Übrigens kann ich es gut nachvollziehen, dass du nicht alleine losziehen willst«, sagte Katharina.

»Ehrlich? Du kannst das verstehen?«, fragte Sarah und grinste.

»Wieso sollte ich nicht?«, fragte die Kommissarin verwundert zurück.

»Hast du nicht gleich, als du nach Lüneburg gekommen bist, deinen Freund kennengelernt? Den Zwillingsbruder deines Chefs?« Bevor Katharina ihre Überraschung in Worte fassen konnte, lachte Sarah herzhaft auf. »Respekt, so was nenne ich einen anständigen Neustart.« Ihr Lachen klang herzlich und kein Stück sarkastisch. Dennoch war es Katharina unangenehm. Inzwischen war ihre Beziehung zu Bene zwar längst kein Geheimnis mehr, aber woher wusste Sarah davon? Noch dazu, wie es zwischen ihnen angefangen hatte?

»Entschuldige bitte, aber woher weißt du das?«, fragte sie daher.

»Von Vivien«, kam es unbedarft zurück. Als Katharina daraufhin ein eher befremdetes Gesicht machte, fügte sie schnell hinzu: »Oh, entschuldige, hätte ich das nicht erfahren dürfen?«

»Schon okay«, antwortete Katharina knapp. »Ich wundere mich nur etwas.«

»Bevor du sauer auf Vivien bist – es ist nicht so, dass sie wild getratscht hat oder so. Echt nicht!«, betonte Sarah. »Wir sind ins Gespräch gekommen, und unter anderem haben wir über dich gesprochen, da ist ihr das wohl einfach rausgerutscht.«

Das stellte Katharina zwar nicht zufrieden, aber das würde sie mit Vivien klären müssen. Stattdessen hakte sie vorsichtig nach: »Was hat sie dir sonst noch über mich erzählt?«

»Ach, gar nichts weiter«, winkte Sarah ab. »Das kam halt, weil ich nach ihrem Job bei der Polizei gefragt habe, und weil ich es total schön finde, dass gleich drei aus eurem Verein zusammen hier trainieren. Ist doch prima, wenn man sich mit seinen Kollegen so gut versteht.« Die Fitnesstrainerin lächelte unbefangen, und Katharina ahnte, dass sie es durch weiteres Nachbohren vermutlich nur schlimmer machen würde. Daher wechselte sie das Thema. Offenbar hatte Sarah diese Information ganz witzig gefunden – wer konnte ihr das verdenken –, Katharina wäre es sicherlich ebenso gegangen, wenn es sich nicht um sie selbst drehen würde.

»Du hast bestimmt auch viele nette Kollegen – ziehst du nicht mit denen mal los?«, setzte Katharina den gewünschten Themenwechsel in Gang.

»Na ja, die meisten sind 'ne ganze Ecke jünger als ich«, bemerkte Sarah. »Klar, in diesem Job. Ich gehöre eher zur alten Garde. Allzu lange werde ich das nicht mehr machen können. Oder kannst du dir vorstellen, dass du als 20-Jährige gern von einer fast 60-jährigen Oma trainiert wirst?«

Katharina musste unwillkürlich lachen. »Zugegeben, eher nicht. Aber von der 60 bist du doch meilenweit entfernt.«

»Klar, aber du weißt, was ich meine. Ewig geht das nicht, jedenfalls nicht in Studios wie diesem. Ich werde dorthin gehen müssen, wo es Seniorengruppen gibt, die Bewegung haben wollen. Aber das ist okay.« Sarah leerte ihr Glas. »Apropos Bewegung, ich habe rund eine Stunde Zeit, bis mein Kurs anfängt. Gehen wir bis dahin zusammen an die Geräte?«

Katharina nickte, leerte ihr Glas ebenfalls und stand auf.

Wahrhaft und treu Thea-Lisa Runge Reno 1985

(Hausinschrift Bei der Ratsmühle 5, Lüneburg)

9. KAPITEL:

DONNERSTAG, 21.01.2016

05.11 Uhr

Katharina hielt das Gesicht in den warmen Wasserstrahl der Dusche. Sie war vor zehn Minuten aufgewacht und hatte sich sofort hellwach gefühlt. Darum war ihr klar gewesen, dass es nichts bringen würde, sich umzudrehen, um zurück in den Schlaf zu finden. Stattdessen war sie aufgestanden und ins Bad gegangen. Wie schon gestern Abend beim Einschlafen kreisten ihre Gedanken um Bens Vorwurf, das Profil von Maximilian und nicht das des aktuell gesuchten Täters erstellt zu haben. Hatte er recht? Sie war sich nicht sicher, wusste aber im gleichen Moment, dass sie ihr frühes Aufstehen nutzen würde, um das zu überprüfen. Das Unterbewusstsein spielte einem ja gern mal einen Streich. Hatte sie sich von dem Aufeinandertreffen mit Maximilian und den ersten Ähnlichkeiten der Taten tatsächlich beeinflussen lassen, ohne es selbst zu merken? Gestern hatte sie im Kommissariat keine Gelegenheit mehr gehabt, es zu überprüfen, aber heute würde es gehen. Am besten jetzt gleich in der Früh, wenn kein anderer im Büro war. Kaum hatte sie diesen Entschluss gefasst, fühlte sie einen enormen Motivationsschub in sich aufsteigen. So wusch sie sich schnell zu Ende, hüpfte aus der Duschkabine, trocknete sich ab und eilte in ihr Schlafzimmer, um sich anzuziehen. Nur Minuten später stand sie fertig angezogen im Badezimmer und föhnte sich die Haare. Ihren Morgenkaffee würde sie erst im Kommissariat trinken, schon allein, damit das Geräusch der Kaffeemaschine ihre Mutter nicht wecken würde, bei der es offenbar gestern spät geworden war. Katharina hatte gar nicht mitbekommen, dass Anne von Hagemann nach Hause gekommen war. Sie musste schon geschlafen haben.

Vom Badezimmer aus ging Katharina direkt zur Garderobe und zog sich Mantel und Schuhe an. Erst dann fiel ihr Blick auf die Wohnzimmertür, die nicht verschlossen war, sondern nur angelehnt. War ihre Mutter überhaupt da? Leise schritt sie zur Wohnzimmertür und stupste sie einen Spalt auf, damit sie hineinspähen konnte. Katharina stutzte. Das Wohnzimmer war menschenleer. Auch das Sofa war nicht zum Bett hergerichtet. Ihre Mutter schien überhaupt nicht zu Hause gewesen zu sein. Das war unangekündigt bisher nie vorgekommen! Anne von Hagemann hatte seit ihrem Einzug fast jede Nacht in der Wohnung verbracht. Und wenn ausnahmsweise nicht, hatte sie Katharina Bescheid gegeben, dass sie zum Beispiel bei einer Freundin in Hamburg bleiben würde – selbst wenn sie wusste, dass Katharina bei Bene übernachtete, hatte sie das getan. Besorgt holte Katharina ihr Handy hervor, um zu checken, ob ihre Mutter ihr eine Nachricht geschickt hatte, doch da war nichts. Die Kommissarin haderte mit sich. Sollte sie ihre Mutter anrufen und sich erkundigen, wo sie steckte? Immerhin war Anne von Hagemann eine erwachsene Frau und ihrer Tochter keinerlei Rechenschaft schuldig. Andererseits ... Katharina hatte den Gedanken nicht zu Ende gedacht, da hatten ihre Finger schon die Tasten gedrückt, und aus dem Smartphone in ihrer Hand ertönte das Freizeichen. Sie nahm das Telefon an ihr Ohr, doch anstelle ihrer Mutter nahm deren

Mailbox den Anruf entgegen. Etwas holperig hinterließ Katharina ihrer Mutter die Nachricht, sie möge sich doch bitte bei ihr melden. Dann legte sie auf, schnappte sich ihre Sachen und ging mit schnellen Schritten durch das kalte und verschlafene Lüneburg zum Kommissariat. Dort angekommen, machte sie sich sofort an die Arbeit. Während ihres kurzen Fußmarsches hatte sie sich entschieden, nicht wie vorgehabt, ihr bereits erarbeitetes Täterprofil mit dem von Maximilian zu vergleichen, sondern neu an die aktuelle Täteranalyse heranzugehen. Hierfür zog sie nicht nur die Notizen an der Glaswand heran, sondern schaute vor allem die Filme an, die der Täter von seinen Opfern gedreht und ins Netz gestellt hatte. Es war kein Problem für sie, an sie heranzukommen, da die Computerabteilung sie per internem Netz dem gesamten Team geschickt hatte. Insgesamt waren es drei Filme von je knapp drei Minuten Länge. Drei Filme ohne Ton, die je eines der Opfer zeigten: Tanja Groß, Daniela von Bohlendieck in der Anwaltskanzlei und Hélène Lombard. Selbst Katharina erfasste mit ihren Laienkenntnissen, dass manche Stellen herausgeschnitten waren – wahrscheinlich die, die der Identifizierung des Täters gedient hätten. Dennoch offenbarten die Filme das gesamte bestialische Vorgehen. An manchen Stellen schloss Katharina im Affekt die Augen – dann spulte sie zurück und zwang sich, die grausige Szene doch zu betrachten. Die Bilder erinnerten die Kommissarin an die Situation, die sie mit Maximilian erlebt hatte, als er sie und ihre Freundin Helen in seiner Gewalt gehabt hatte. Auch Helen, ihre Freundin und Teampartnerin, die Katharina von Anfang an vor Maximilian gewarnt hatte, weil er irgendetwas an sich hatte, was Helen nicht gefiel, hatte nackt und regungslos dagelegen, als Maximilian sich an ihr vergangen hatte, während Katharina gefesselt hatte zusehen müssen. Der Unterschied war allerdings, dass der Täter nicht wie Maximilian ebenfalls vollkommen nackt war, sondern zumindest grobe Handschuhe trug, die den ganzen Arm bedeckten. Mehr zeigten die Bilder nicht vom Täter. Wenn überhaupt, tauchte hier und da ein kurzer, dunkler Schatten auf, doch nie erkennbar der gesamte Körper, sodass man keine Rückschlüsse auf die Statur schließen konnte. Außerdem hatte Maximilian bei der Vergewaltigung der Frauen seinen eigenen Körper eingesetzt, während die Filme zeigten, wie und mit welchen Gegenständen die Opfer der letzten Wochen vergewaltigt worden waren. Es waren allesamt keine typischen Sexshop-Artikel, sondern Gegenstände, die es überall zu kaufen gab, vom Supermarkt bis hin zum Baumarkt. Natürlich war es ein eklatanter Unterschied, ob ein Täter sich direkt an seinen Opfern verging oder er dafür irgendwelche Gegenstände benutzte. Jetzt ging es Katharina jedoch darum, das Vorgehen des Täters zu analysieren. Dabei fiel ihr auf, dass er von Mal zu Mal geübter wirkte. Erkannte Katharina bei der Vergewaltigung von Tanja Groß noch hier und da ein Zögern, war dieses bei Hélène Lombard verschwunden. Ein Zeichen dafür, dass der Täter mit jeder Tat sicherer geworden war. Die ersten beiden Filme endeten mit dem Schnitt im Gesicht. Nur der Film über Hélène Lombard hörte mit deren Erdrosselung auf, da der Schnitt vorher erzeugt worden war. Für Katharina wurde ihre Vermutung damit zur entsetzlichen Gewissheit: Das Überleben von Daniela von Bohlendieck bei dem Überfall in der Kanzlei war ein »Kunstfehler« gewesen, denn sie bekam deren versuchte Erdrosselung minutiös vorgeführt. Der Täter musste die bewusstlose Frau für tot gehalten haben. Sofort stieg der Zorn über die Personalknappheit wieder in ihr hoch – mit einer angemessenen

Bewachung hätten Sie die Anwältin schützen und möglicherweise sogar den Täter stellen können.

Nach etwas über einer Stunde war Katharina fertig. Sie hatte nicht wie neulich ein ausformuliertes Täterprofil verfasst, sondern eine Stichwortliste angefertigt. Dann verglich sie das alte Täterprofil mit ihrer eben erstellten Liste und schaute daraufhin nachdenklich aus dem Fenster: Trotz unterschiedlicher Formulierungen glichen sich die Ergebnisse nahezu wie ein Ei dem anderen.

07.48 Uhr

Müde und schlapp betrat Hauptkommissar Benjamin Rehder sein Büro. Auf dem Kommissariatsflur war er Katharina begegnet, die ihm kurz zugerufen hatte, dass sie für ein paar Minuten frische Luft schnappen wollte. Sie war nicht stehen geblieben, was sie unter normalen Umständen getan hätte. Aber derzeit herrschten keine normalen Umstände. Der Fall zehrte an ihrer aller Nerven – vielleicht aus unterschiedlichen Gründen, aber das Ergebnis war das gleiche. So hatte Ben in der Nacht kaum geschlafen. Immer wieder waren ihm die Bilder aus den Filmen vor Augen erschienen und er hatte keine Ruhe gefunden. Früher hatte er solche Sachen besser weggesteckt, dachte er, als er sich grübelnd ans Fenster stellte und auf die noch ruhige Straße schaute. Wurde er alt? War es das? Er hatte immer gemeint, man würde im Alter gegen solche Dinge abstumpfen, aber offensichtlich wurde zumindest er sensibler. Mitten in seine Gedanken hinein klingelte das Telefon auf seinem Schreibtisch. Irritiert über einen so frühen

Anruf hoffte er, dass es nicht erneut eine Krankmeldung eines seiner Teammitglieder war.

»Rehder, Mordkommission?«

»Guten Morgen, Ben, ich bin es, Frauke. Ich wollte dir die Ergebnisse mitteilen.«

»Hallo, Frauke, großartig, damit hatte ich noch gar nicht gerechnet. Nachtschicht?«

»Na ja, so ungefähr. Gestern spät weg und dafür heute Morgen besonders früh gestartet, aber es hat sich gelohnt.«

»Inwiefern?« Ben war schlagartig munterer.

»Eure Vermutung war richtig. Daniela von Bohlendieck hat keinen Selbstmord begangen«, erklärte die Gerichtsmedizinerin.

Ben zog die Luft ein. »Und da bist du sicher?«

»Absolut sicher«, bestätigte Frauke. »Erstens: Der Frau wurde Chloroform verabreicht, um sie zu betäuben. Zweitens: Die Schnittführung zeigt eindeutig, dass sie sich nicht selbst die Pulsadern aufgeschnitten hat. Beide Schnitte gleichen sich viel zu sehr, das ist nicht so, wenn du es selber machst, da du ja jeweils die andere Hand benutzen musst. Druck und Tiefe der Schnitte wären dann unterschiedlich.«

»Es gibt also gar keinen Zweifel?«, fragte Ben, obwohl er die Antwort bereits kannte.

»Nein, absolut nicht«, bestätigte Frauke. »Übrigens halte ich es für recht wahrscheinlich, dass es dasselbe Messer war wie bei den vorherigen Taten. Womit klar wäre, dass es derselbe Täter ist, aber davon geht ihr sicherlich sowieso aus. Gib mir eine Stunde, dann kann ich das endgültig bestätigen.«

»Okay, klar. Danke, Frauke! Auch dafür, dass wir die Ergebnisse so früh bekommen haben.«

»Kein Problem. Ehrlich gesagt, wenn ich dazu beitragen kann, dass dieses psychopathische Arschloch bald hinter

Schloss und Riegel verschwindet, opfere ich sehr gern meinen Feierabend!«

Ben musste lachen. »Wie lobenswert.«

»Ist doch wahr!«, erwiderte Frauke ernst. »Es kann doch nicht sein, dass man sich als Frau nicht mehr auf die Straße traut, weil so ein Irrer rumläuft.«

»Ich hoffe auch, dass wir ihn bald haben«, stimmte Ben zu. »Aber bisher fehlt uns jegliche Spur zu ihm.«

»Ihr macht das schon. Da bin ich sicher!«, sagte Frauke.

»Dein Wort in Gottes Ohr!«

09.13 Uhr

Es war nur ein kurzer Weg zur Kanzlei Heimling und Partner, dennoch hatten sie einen Dienstwagen genommen. Ben hatte es für sinnvoll gehalten, falls sie direkt von dort aus weiterfahren sollten. Vivien war es nur recht. Es sah nach Regen aus, und nach dem Make-up-Desaster beim Regenguss, in den sie zusammen mit Katharina geraten war, war sie auf eine Wiederholung alles andere als scharf. Sie schwiegen beide, und Vivien hing ihren Gedanken nach. Es wurmte sie, dass die Ermittlungen so schleppend vorangingen. Vor allem hätte sie selbst gern dem Team einen entscheidenden Hinweis geliefert, um ihre Position zu festigen, doch was könnte sie beitragen? Eben in der Besprechung hatte Ben ihnen allen die Ergebnisse der Gerichtsmedizin präsentiert, doch auch die brachten sie nicht wirklich weiter. Vivien musste an Katharina denken. Wie kam sie dazu, vor versammelter Mannschaft diese gemeine Andeutung zu machen? Nun hatte der Hauptkommissar vorhin mit den Filmen angefangen, in denen sie bis auf die Grausamkeit des Täters auch nichts Neues entdeckt hatten, und Katharina hatte dazu genickt. Dann hatte sie den Kollegen sachlich mitgeteilt, dass sie sich die Filme am Morgen angeschaut hatte. Daraufhin hatte für einen Moment Stille geherrscht, und Ben hatte Katharina, wie Vivien fand, ziemlich besorgt angesehen. So, als habe er die Befürchtung, sie könnte den Anblick nicht gut verkraftet haben. »Und?«, hatte er schließlich gefragt. Katharina hatte mit den Schultern gezuckt und knapp erwidert: »Was soll ich dazu sagen? Du hast sie doch auch gesehen.« Vivien hatte sich trotzdem geärgert. Auch sie hatte die Filme gesehen, und keiner hatte sie gefragt, wie sie sich bei deren Anblick gefühlt hatte.

»So, da wären wir«, unterbrach Benjamin Rehder Viviens Gedanken, während er sich abschnallte. Gestern Abend hatte er in der Kanzlei niemanden mehr angetroffen, deswegen waren sie jetzt hier. Während Ben Dr. Heimling über den Mord an seiner Mitarbeiterin informieren wollte, sollte Vivien sich ein weiteres Mal mit der Empfangssekretärin unterhalten. Sie hofften, auf diese Weise zu erfahren, ob es nicht doch einen Mann in Daniela von Bohlendiecks Leben gegeben hatte, denn sie mussten unbedingt herausfinden, wer die Anwältin kurz nach ihrer Eigenentlassung aus dem Krankenhaus in ihrer Wohnung besucht hatte. Falls dabei nichts herauskam, wollten sie die Nachbarin der Anwältin aufsuchen, damit sie ein Phantombild von dem ominösen Besucher anfertigen konnten. Allerdings hatte die Frau am Tag zuvor ausgesagt, dass sie den Mann nur kurz gesehen hatte, darum versuchten sie es erst in der Kanzlei.

Knapp eine Dreiviertelstunde später saßen Ben und Vivien im Auto und fuhren zurück auf das Kommissariat. Zur Nachbarin von Daniela von Bohlendieck mussten sie nicht mehr, da sie inzwischen wussten, wer der männliche Besucher gewesen war. Zu Viviens Verdruss hatte nicht sie es bei ihrer Unterhaltung mit der Empfangsdame ermittelt, sondern der Hauptkommissar. Dr. Heimling selbst war der Besucher gewesen.

»Wie konnte ich nur so ein Brett vor dem Kopf haben?«, schimpfte Ben vor sich hin. »Ich hatte Dr. Heimling überhaupt nicht in Erwägung gezogen, und nur, weil er mir das letzte Mal gesagt hat, dass er Daniela von Bohlendieck nicht besuchen würde, um sie nicht zu stören.«

»Ich hätte eher auf diesen Dr. Brehmer getippt«, versuchte Vivien den Chef der Mordkommission zu beruhigen.

Mit mäßigem Erfolg, denn Ben schimpfte weiter: »Ach was, Brehmer! Nur weil der nicht unbedingt ein Sympathieträger ist! Solche Typen werden gern zu Verdächtigen, dabei sind es meistens diejenigen, die scheinbar kein Wässerchen trüben können. Das war ein echter Anfängerfehler von mir. Und dann hat er mich auch noch vorgeführt. Als ich ihm davon erzählt habe, dass unser Opfer zwei Tage vor seiner Ermordung männlichen Besuch hatte und ihn gefragt habe, ob er eine Ahnung hätte, wer das gewesen sein könnte, sagt der mir doch tatsächlich ins Gesicht, dass er das wohl gewesen sein muss. Warum er seine Meinung geändert und sie doch aufgesucht hat, hat er mir so erklärt, dass er ihr das Gefühl vermitteln wollte, dass die Kanzlei hinter ihr steht.«

»Aber das kann doch durchaus so sein. Verdächtigst du ihn wirklich, unser Täter zu sein? Oder hat er ein Alibi?«, wollte Vivien wissen.

»Ach, Alibi! Irgendwie hat jeder, der auch nur ansatzweise als unser Mann infrage kommt, ein Alibi! Von den Stammfreiern von Tanja Groß bis hin zu unseren feinen

Anwälten. Denn natürlich hat er ein Alibi, aber das werde ich hin und her überprüfen, darauf kannst du Gift nehmen!«

09.47 Uhr

Katharina saß allein in ihrem Wagen und lenkte ihn zu dem Haus von Walter Grohlmann, in dem Hélène Lombard ermordet worden war. Wie von Tobi veranlasst, war Christel Schafstedt, die Tochter von Walter Grohlmann, pünktlich um 9 Uhr mit ihrem Vater ins Kommissariat gekommen. Katharina hatte sich versichert, dass die beiden zuvor nicht im Haus gewesen waren, es war also noch immer versiegelt. Tobi hatte den alten Herrn zur Befragung an seinen Schreibtisch gebeten, und Christel Schafstedt hatte gewünscht, dabeibleiben zu dürfen. Sie machte sich Sorgen um den Zustand ihres Vaters, und Tobi hatte nichts einzuwenden gehabt. So hatte sich Katharina erst für 10.30 Uhr mit der Tochter am Grohlmann'schen Haus verabredet, um es gegebenenfalls freizugeben, sodass Vater und Tochter sich wieder ungehindert darin bewegen konnten. Bis dahin wollte sie sich im Zimmer der Toten und auch im Rest des Hauses umsehen. Zwar hatte die Spurensicherung bereits alles aufgenommen, doch das, wonach Katharina suchen wollte, hätten sie nicht wahrgenommen. Schließlich wusste sie selbst nicht, wonach sie genau suchte, aber wenn es im Haus war, würde sie es erkennen, da war sie sich sicher.

Ben gegenüber hatte sie vorhin mit offenen Karten gespielt und ihm gesagt, dass sie noch einmal alle Wohnungen der Opfer aufsuchen wollte, um sicherzugehen, dass sie nichts übersehen hätten. Bewusst hatte sie dabei nicht den Becher oder das Fruchtshampoo genannt, da außer ihr offensichtlich weder Ben noch sonst einer der Kollegen die Bedeutung dieser Gegenstände ernst zu nehmen schien. Begeistert war der Hauptkommissar nicht gewesen, doch letztlich hatte er sein Okay gegeben. Katharina wurde das Gefühl nicht los, dass ihm ihr Vorhaben ganz gelegen gekommen war. Als ob er froh war, dass sie irgendwo ihrer fixen Idee nachging, ohne Schaden anrichten zu können. Das bewahrte ihn im Zweifel vor der Entscheidung, sie von dem Fall abzuziehen. Bisher hatte er diese Option nicht wieder angesprochen, und nachdem Frauke Katharinas Vermutung bestätigt hatte, dass es sich bei Daniela von Bohlendieck nicht um einen Selbstmord handelte, wäre ihm unter Umständen nicht wohl gewesen, sie gerade jetzt aus dem Fall zu kicken. Allerdings war Katharina sich sicher, dass dieses Thema noch nicht ausgestanden war. Sie hatte Ben direkt nach der Besprechung ihr neues Täterprofil in die Hand gedrückt. Seinen fragenden Blick hatte sie mit einer knappen Information quittiert: »Ich bin komplett neu darangegangen. Aber ich muss dir gleich sagen: Es hat sich in meiner Einschätzung nichts Grundlegendes geändert.« Dann war sie aus seinem Büro marschiert, hatte jedoch seinen Blick in ihrem Rücken sehr genau gespürt.

Als Katharina jetzt auf den Parkplatz von Walter Grohlmanns Haus fuhr, blickte sie auf die Uhr. Ihr blieb eine gute halbe Stunde, bis Christel Schafstedt auftauchen würde. Sie durfte keine Zeit verlieren, wenn sie davon ausging, das Gesuchte in dem kleinen Zimmer zu finden, dass Hélène Lombard bewohnt hatte. Eilig stieg die Kommissarin aus ihrem Auto, brach das Siegel, öffnete die Haustür und ging die Treppe hinauf in den ersten Stock. Bevor sie das kleine Zimmer der Ermordeten betrat, atmete sie tief durch. Sie musste sich im Griff behalten, das war ihr klar. Noch ein Zusammenbruch würde Ben in allen seinen Zweifeln bestärken. Und auch wenn die Leiche der jungen Französin, die für Walter Grohlmann den Haushalt geführt hatte, fortgebracht worden war, wie auch der tote Hund des alten Herrn, so würde die Erinnerung an den Anblick der Toten und den an die Heizung angeleinten West Highland Terrier sie bestimmt einholen. Ganz zu schweigen von ihren Gefühlen, die hochsteigen würden, sollte sie finden, wonach sie suchte. Aber es nützte nichts, da musste sie durch … Entschlossen betrat Katharina den kleinen Raum, der durch das fast ausschließlich weiße Interieur so sauber und freundlich wirkte, wären dort nicht noch die inzwischen eingetrockneten Blutspuren auf dem Bett gewesen. Sie ging systematisch vor und sah sich zuerst im Zimmer um. Dann öffnete sie mit behandschuhten Händen die einzelnen Schränke und Schubladen. In dem kleinen Nachttisch fand sie ein Buch in französischer Sprache und ein paar Postkarten. Sie überflog die Unterschriften der Absender, für mehr reichten weder ihre Zeit noch ihre Französischkenntnisse. Alles sah danach aus, dass es sich um Urlaubskarten von verschiedenen Freunden der jungen Frau handelte, und so legte Katharina sie bald zurück. Dann begutachtete sie den Kleiderschrank, worin eine stattliche Auswahl an Klamotten hing. So prunklos die französische Hausangestellte gelebt hatte, in Sachen Mode hatte sie nicht gespart. Katharina schob die Bügel Stück für Stück von einer zur anderen Seite, fand jedoch nichts Auffälliges unter den bunten Blusen, Kleidern und Röcken. Auch die Wäschestapel in den Regalen prüfte sie, doch dazwischen war nichts, was dort nicht hingehörte. Gerade als Katharina den Schrank schließen wollte, entdeckte sie auf dem Schrankboden etwas, das ihren Puls schlagartig in die

Höhe trieb. Sie griff nach der kleinen, schlicht schwarzen und relativ unbenutzt erscheinenden Handtasche mit den dezenten kleinen Strassverzierungen und einem schmalen Schulterriemen und drehte und wendete sie hin und her. Sie hatte sich nicht getäuscht. Das war es, was sie gesucht hatte.

Wenig später saß die Kommissarin in ihrem Auto. Sie hatte den Rest des Hauses noch kurz überprüft, aber wie erwartet, hatte sie nichts mehr entdeckt, was ihr wichtig vorkam. Die Botschaft, nach der sie gesucht hatte, lag neben ihr auf dem Beifahrersitz. Am liebsten wäre sie sofort losgefahren, um in der Wohnung von Tanja Groß ebenfalls auf die Suche zu gehen, doch sie musste auf Christel Schafstedt und deren Vater warten. Ungeduldig sah sie auf die Uhr. Noch eine Viertelstunde. Katharina ließ die Wagentür offen und zündete sich eine Zigarette an, als ihr siedend heiß ihre Mutter einfiel. Anne von Hagemann hatte sich noch nicht bei ihr gemeldet. Katharina holte ihr Handy hervor und wählte die Nummer ihrer Mutter, doch wie bereits heute Morgen in der Früh sprang nur deren Mailbox an. »Mama, ruf mich an, so langsam mache ich mir Sorgen«, sprach Katharina darauf. Dann legte sie auf und wartete weiter.

14.09 Uhr

Sie waren auf die Filme gestoßen, warum sonst waren sie aus dem Netz genommen worden? Ob sie sich bald bei ihm melden würde? Er hatte so viele Spuren zu sich gelegt, so viele Parallelen zu ihrer gemeinsamen Vergangenheit gezogen, nur, damit sie den Kontakt zu ihm aufnehmen würde. Wann wäre es endlich so weit? Er wollte sie sehen, ihren

Geruch in sich aufnehmen, sie berühren – wobei das sicher nicht einfach sein würde – und sie kaputtmachen. Er spürte schon seit einigen Tagen die Ungeduld in sich brodeln wie ein Tier, das in ihm wuchs. Natürlich, seine Mittel waren noch lange nicht erschöpft, dennoch war er das Warten leid. Katha, wann kommst du zu mir?

17.47 Uhr

Nachdem Katharina am Vormittag noch die Wohnungen von Tanja Groß und Daniela von Bohlendieck durchsucht hatte, war sie gegen Mittag im Kommissariat gewesen. Sie hatten sich alle zusammengesetzt und jeweils von ihren Ermittlungen berichtet. Ben davon, dass der männliche Besucher Daniela von Bohlendiecks Dr. Heimling gewesen war und Tobi von seiner Unterredung mit Walter Grohlmann, bei der jedoch nichts herausgekommen war, außer der Hinweis, dass Hélène Lombard wie die anderen Opfer recht allein in Lüneburg gewesen war. Tobi hatte sich darüber amüsiert, dass der alte Herr seine junge Angestellte konsequent Helen und nicht französisch Hélène nannte. Katharina hatte das überhaupt nicht witzig gefunden, dies die anderen jedoch nicht merken lassen, sondern stattdessen das Gespräch übernommen. Sie hatte kurz und knapp darüber informiert, dass sie keine infrage kommende Shampooflasche in der Wohnung der Anwältin gefunden hatte und sie deswegen davon ausging, dass der Täter der Toten die Haare gewaschen hatte. Erst nachdem sie die Besprechung beendet hatten, war Katharina zu Ben gegangen und hatte ihm unter vier Augen von ihren Funden erzählt. Sie hatte ihm beide Gegenstände auf den Schreibtisch gelegt, jeden verpackt in einer Klarsichthülle.

»Hier, die Lederjacke hing an der Garderobe von Tanja Groß. Schau sie dir genau an, dann muss ich dazu wohl nichts sagen. Und diese Handtasche lag im Kleiderschrank von Hélène Lombard. Ich habe genau so eine Tasche vor langer Zeit von Maximilian geschenkt bekommen.«

Ben hatte wortlos zugehört und sie dann fragend angesehen. Erkannte er es denn wirklich nicht? Ungeduldig hatte sie erneut versucht, ihn zu überzeugen: »Ben, diese Jacke kennst du, ich trage sie ständig. Die Tasche mag dir wie ein Allerweltsprodukt vorkommen, ich weiß aber, dass sie das nicht ist. Und sie passt überhaupt nicht zu dem Stil von Hélène Lombards sonstigen Sachen. Dazu der limitierte Becher in der Wohnung von Daniela von Bohlendieck und das Shampoo … Glaubst du immer noch an einen Zufall?«

Zu ihrer Überraschung hatte er ehrlich geantwortet: »Ich weiß es nicht, Katharina.«

Bevor sie etwas erwidern konnte, hatte Mausners Sekretärin angerufen und Ben in das Büro des Kriminalrats zitiert. Den Nachmittag hatte sie mit Vivien und Tobi im Büro verbracht, von wo aus sie die Alibis aller bisher befragten Personen, die ansatzweise als Täter infrage kommen konnten, überprüft hatten. Insbesondere das von Dr. Heimling. Tatsächlich waren alle Angaben bestätigt worden – sie waren also kein Stück vorangekommen.

Jetzt stand Katharina vor der Kanzlei, in der Daniela von Bohlendieck gearbeitet hatte. Obwohl sie sicher war, auf der richtigen Spur zu sein, war sie unschlüssig. Mit Ben hatte sie am Morgen schließlich nur abgesprochen, dass sie die Wohnungen der Opfer betreten würde, und sie wollte ihn nicht wieder verärgern, da von der Arbeitsstätte der Anwältin nicht die Rede gewesen war. Dass sie jetzt hier war, war einer spontanen Idee entsprungen, die sie auf dem Weg nach Hause gehabt hatte, während sie zum fünften Mal auf der Suche nach einem Parkplatz um den Block gefahren war. Ihr war plötzlich aufgefallen, dass es in Bezug auf Daniela von Bohlendieck zwei Tatorte gab: Sie war zwar in ihrer Wohnung ermordet worden, doch der erste Überfall hatte in der Kanzlei stattgefunden. Und der Täter hatte nach diesem Angriff zunächst nicht gewusst, dass sein Opfer überlebt hatte. Wenn Katharinas Vermutung also richtig war, musste sie auch in das Büro.

Katharina stieg die Treppen zur Kanzlei hinauf und lächelte freundlich, als die junge Empfangsdame sie beim Eintreten offensichtlich erkannte und wie erwartet verwundert ansah.

»Hallo, Frau … von Hagemann, richtig?«, sagte die Mitarbeiterin, und Katharina war erstaunt, dass ihr Name in Erinnerung geblieben war. »Ihre Kollegen waren doch heute Morgen erst hier?«

»Ich weiß«, sagte Katharina und trat an den Tresen heran. »Entschuldigen Sie bitte die erneute Störung, aber mir … uns ist etwas eingefallen, das wir überprüfen müssten. Dazu muss ich allerdings in das Büro von Frau von Bohlendieck.«

»Ich hatte Ihre Kollegen vorhin so verstanden, dass das Büro freigegeben ist. Schließlich ist Frau von Bohlendieck ja nicht hier … sondern in ihrer Wohnung … na ja, Sie wissen schon. Dr. Brehmer ist gerade dabei, sich dort einzurichten.«

»Ach«, rutschte es Katharina heraus. »Wird er die offenen Fälle der verstorbenen Kollegin übernehmen? Das ging ja schnell.«

»Nein. Eigentlich wird er nur den Büroraum übernehmen – das Zimmer ist etwas heller und größer als sein bishe-
riges. Was die Fälle angeht – das muss Dr. Heimling entschei-
den.« Die Empfangsdame sah sich kurz um, bevor sie leiser
weitersprach: »Aber Sie haben recht, ich fand das auch ziemlich unpassend, als Dr. Brehmer vorhin nach dem Schlüssel für das Büro gefragt hat. Schließlich könnte man doch
wenigstens die Beerdigung …«

Katharina hatte weder Lust auf die Tratscherei noch die
Zeit dafür, darum fiel sie der Frau ins Wort: »Da haben Sie
völlig recht, aber ich muss wirklich dringend in das Büro.
Bitte entschuldigen Sie mich.«

Die Kommissarin ging schnurstracks zum Büro von
Daniela von Bohlendieck. Die Tür war offen, und am Schreibtisch stand Clemens Brehmer mit selbstgefälligem Gesichtsausdruck. Was für ein unangenehmer Mensch, dachte Katharina, doch laut sagte sie freundlich, aber bestimmt: »Guten
Abend, Dr. Brehmer. Wie ich höre, haben Sie sofort die
Chance ergriffen, einen schöneren Ausblick zu genießen?«

Der Anwalt fuhr erschrocken auf, fing sich aber sofort
und ging auf Katharinas spitze Bemerkung gar nicht erst
ein. »Schon wieder die Polizei? Was kann ich für Sie tun?«

»Ich müsste das Büro von Frau von Bohlendieck durch-
suchen. Danach können Sie es gern übernehmen.« Ihr Ton-
fall war bewusst spitz. Der Typ war ihr dermaßen unsympathisch, dass sie sich nicht zurückhalten konnte.

»Das tut mir leid, aber da kommen Sie zu spät«, antwortete Brehmer ohne jegliches Anzeichen von Bedauern. »Die
persönlichen Sachen der Kollegin habe ich bereits …«

»Entsorgt?«, fuhr Katharina erschrocken dazwischen.

»Nein. In einen Karton gepackt«, antwortete der Anwalt
ruhig. »Das war ohnehin nicht viel, und schon gar nichts

Wertvolles. Keine Ahnung, was damit passieren soll, Hinterbliebene, die daran Interesse haben könnten, gibt es da ja wohl keine.«

Er trat hinter dem Schreibtisch hervor, beide Hände tief in seinen Hosentaschen vergraben und auf eine Art und Weise arrogant, dass es Katharina wütend machte. Dann zog er eine Hand hervor und zeigte auf ein Regal an der Wand. »Da vorne steht ihre ganze ... Hinterlassenschaft. Der kleine Karton. So wenig diese Frau eine Persönlichkeit hatte, so war es auch mit ihrem Büro.«

Ohne weiter auf ihn einzugehen, trat Katharina an das Regal und nahm den Karton heraus. Er hatte ungefähr die Größe eines Schuhkartons. Sie hob den Deckel an, entschied sich jedoch anders und ließ ihn wieder sinken. »Ich nehme die Sachen mit. Wir wollen ja nicht, dass Sie sich in Ihrem neuen Reich davon gestört fühlen. Ich hoffe, Sie werden sich wohlfühlen«, schloss sie ironisch und ließ den verdutzten Anwalt ohne ein weiteres Wort stehen. Im Vorbeigehen verabschiedete sie sich mit einem knappen Kopfnicken von der Empfangsdame, die glücklicherweise gerade telefonierte, und verließ die Kanzlei. Die Treppen hinunter und den kurzen Weg zum Auto lief sie in schnellen Schritten. Als sie in ihrem Auto saß, stellte sie den kleinen Karton auf ihren Schoß und nahm den Deckel ab. In einem einzigen Punkt musste sie diesem Großmaul Brehmer recht geben: Viel war es nicht, was Daniela von Bohlendieck an privaten Dingen in ihrem Büro hatte. Umso einfacher würde es sein, die wenigen Sachen durchzusehen. Sie fand ein kleines Täschchen mit Kosmetiksachen, das allerdings an Schminkutensilien lediglich Mascara und einen farblosen Lipgloss enthielt. Daneben eine billige Handcreme, eine Nagelfeile und ein paar Feuchttücher. Katharina packte es zur Seite und griff in den Karton. Eine kleine Mappe, die für Visitenkarten gedacht war, holte sie als Nächstes heraus. Es waren nur wenige Karten enthalten, dazwischen klafften Lücken. Vermutlich hatte Brehmer sich alle Kontaktdaten, die ihm wichtig waren, herausgeholt und nur den Rest in den Karton gepackt. Auch das hatte für Katharina keine Bedeutung. Es folgten eine kleine Tischuhr, ein Paket Traubenzucker und ein Röllchen mit Kopfschmerztabletten. Keine Fotos, nichts, was wirklich persönlich war. Doch dann hielt die Kommissarin plötzlich etwas in der Hand, was ihr für einen Moment den Atem nahm: Einen schlichten, aber hochwertigen Füllfederhalter. Das Verbindungsstück zu ihrer eigenen Vergangenheit.

19.21 Uhr

Bene beobachtete Katharina vom Bett aus, während sie ein paar frische Kleidungsstücke in seinen Schrank legte, die sie aus ihrer Wohnung mitgebracht hatte. Er tat das generell gern, weil er es genoss, diese schöne Frau zu betrachten und zu wissen, dass sie zu ihm gehörte. Heute schwang allerdings noch etwas anderes mit. Gezielt versuchte er, einen Blick auf ihren normalerweise flachen und strammen Bauch zu erhaschen, doch ausgerechnet heute hatte sie eine Bluse an, die etwas länger und weiter geschnitten war als die engen T-Shirts, die sie sonst in der Regel trug. War das Zufall oder Absicht? Der Gedanke, Katharina könne von ihm schwanger sein, ließ ihm keine Ruhe mehr, seit Ben ihm diesen Floh ins Ohr gesetzt hatte. Nach wie vor wusste er nicht, wie er es finden würde, wenn es tatsächlich stimmte oder inwieweit das seine Lebensplanung beeinflussen würde. Für den Moment würde es ihm völlig genügen zu wissen, ob etwas an der Vermutung seines Zwillingsbruders dran war. Noch immer scheute er jedoch davor zurück, sie direkt darauf anzusprechen. Sie hatte ihm bisher keinerlei Grund zu einer solchen Vermutung gegeben, und die Erklärung, Ben habe ihn danach gefragt, würde nur erneut Spannungen zwischen ihnen aufkommen lassen. Darauf hatte er keine Lust. Er wollte einen schönen Abend mit dieser tollen Frau verbringen, ohne Probleme zu wälzen, ohne über die Zukunft zu sinnieren und ohne schwermütige oder heikle Gespräche – einfach nur beieinander sein und das Leben genießen.

»Einen Penny für deine Gedanken«, lachte Katharina und schnippte mit den Fingern vor seinem Gesicht. Er war total in sich versunken gewesen und hatte gar nicht bemerkt, dass sie mit dem Einräumen fertig und zu ihm ans Bett getreten war.

»Glaub mir, selbst diesen Penny sind sie nicht wert«, sagte er schnell und zog sie zu sich aufs Bett. »Ich kenne da was, das ist viel wertvoller.«

»Stopp, stopp, immer langsam mit den jungen Pferden«, sagte Katharina. Sie gab ihm einen Kuss auf die Nasenspitze und löste sich aus seinem Arm, um aufzustehen. »Wir können doch nicht regelmäßig direkt in deinem Bett landen, sobald ich hier ankomme.«

»Ich wüsste nichts, was dagegenspricht«, versuchte Bene es erneut, doch er sah Katharina an, dass sie es ernst gemeint hatte. Na gut, dann eben später, der Abend war ja noch lang.

»Du hast doch am Telefon vorhin gesagt, dass du für uns beide kochen willst?«

»Korrekt«, bestätigte Bene lächelnd.

»Na, dann mal hopp«, neckte Katharina ihn. »Ich hab Hunger!«

Das sagt sie eher selten, schoss es Bene durch den Kopf. Appetit, okay. Aber Hunger? Er verwarf den Gedanken und schalt sich selbst, nicht jeden Ausspruch von ihr auf die Waagschale zu legen und mit einer möglichen Schwangerschaft in Verbindung zu bringen.

Sie nahm seine Hand und zog ihn hoch. »Komm schon. Ich bin neugierig, was du eingekauft hast. Außerdem habe ich eine Überraschung für dich!«

»Eine Überraschung?«, wiederholte er und versuchte, so entspannt wie möglich zu gucken, fragte sich aber trotz seines eben gefassten Vorsatzes, ob sie ihm gleich von einem Baby erzählen würde.

»Nichts Großes«, antwortete Katharina. »Aber ich bin dir das schuldig, das wollte ich schon viel früher gemacht haben.«

Aha, dachte Bene, nichts Großes, aber vielleicht etwas, das wächst?

Sie gingen Hand in Hand in die Küche, und während Bene das Rinderfilet, das Gemüse und ein paar weitere Zutaten aus dem Kühlschrank holte, setzte Katharina sich auf die breite Fensterbank.

»Wie möchtest du dein Fleisch – schön rosa oder lieber durch?«, fragte er und stellte dabei die Eisenpfanne auf den Herd.

Katharina überlegte. »Nicht zu rosa, nur ein bisschen.«

Oh, also nicht blutig, kommentierte Bene Katharinas Wunsch innerlich und schaute sie für einen Moment prüfend an. Schließlich wusste jeder, dass nur halb durchgebratenes Fleisch Infektionskrankheiten auslösen und ein ungeborenes Baby gefährden konnte. Schnell wandte er sich ab und dem Herd zu. Diese blöden Gedankensprünge machten ihn noch ganz verrückt, zumal er genau wusste, dass Katharina bei ihrem Fleisch nach Tageslaune entschied. Schließlich hätte er sie sonst gar nicht gefragt, sondern längst gewusst, wie sie es am liebsten mochte. Als sie von der Fensterbank hüpfte und die Flasche Rotwein öffnete, die er bereitgestellt hatte, fühlte er eine gewisse Beruhigung in sich aufsteigen und war froh, sich jetzt komplett aufs Kochen konzentrieren zu können.

»Puh, bin ich satt!«, stöhnte Katharina eine knappe Stunde später gespielt und hielt sich die Hand auf den Bauch. »Das war unglaublich lecker – danke an den Koch!«

»Immer wieder gern«, antwortete Bene und meinte es auch so. Gemeinsam räumten sie das Geschirr in die Küche, bevor sie es sich auf dem Sofa gemütlich machten. Hier schaute Katharina kurz auf ihr Handy und sagte mehr zu sich als zu ihm: »Meine Mutter hat sich immer noch nicht gemeldet. Da wird doch nichts passiert sein?«

»Wieso?«

»Sie hat letzte Nacht nicht zu Hause übernachtet und sich seitdem nicht bei mir gemeldet. Und, na ja, du kennst sie ja. Normalerweise hat sie ein großes Mitteilungsbedürfnis … Ach, vergiss es, sie ist schließlich eine erwachsene Frau und muss sich nicht bei ihrer Tochter an- oder abmelden«, antwortete Katharina und war für einen Augenblick still. Dann sagte sie plötzlich: »Spielst du mir was auf dem Saxofon vor?«

Bene sah auf die Uhr. »Lange geht's nicht mehr, sonst springen die Nachbarn im Dreieck.«

»Na, dann fängst du am besten sofort an.« Katharina stupste ihn in die Seite.

»Darum hast du mich schon ewig nicht mehr gebeten«, stellte Bene verwundert fest.

»Ich weiß, eben drum. Und heute ist mir danach.«

Überrascht von Katharinas romantischer Bitte öffnete Bene den Instrumentenkoffer und holte das glänzende Saxofon hervor. »Ich denke, es sollte eine Überraschung geben?«

»Kommt noch, kommt noch«, lächelte Katharina. »Tun wir doch mal so, als ob du sie dir erst verdienen müsstest.«

»Dafür würden mir zwar spannendere Sachen einfallen, aber okay.«

Er spielte bestimmt eine halbe Stunde lang und versank dabei in der Musik und in seinen Gedanken. Als er beschloss, dass es nun genügte, und das Instrument sinken ließ, rechnete er damit, dass von Katharina ein Einwand kommen würde. Doch es kam nichts. Erstaunt blickte er zu ihr und schwankte zwischen einem Gefühl von Zärtlichkeit und Enttäuschung, als er sie sah. Sie hatte sich auf dem Sofa zusammengerollt wie eine Katze und war eingeschlafen.

So leise wie möglich packte Bene das Saxofon zur Seite und legte eine Decke über Katharina. Ganz so hatte er sich den Abend zwar nicht vorgestellt, doch er konnte ihr nicht böse sein. Eigentlich fand er es sogar schön, dass sie sich bei ihm dermaßen entspannen konnte, während sie sonst oft über Schlafstörungen klagte. Dann sollte es wohl so sein. Die Überraschung würde warten müssen, und somit die Klärung der Frage, ob er Vater werden würde. Plötzlich fiel ihm ein, dass er darüber ja auch noch mit Julie sprechen wollte. Vorsichtig, um keinen Lärm zu machen, stand Bene auf, nahm das Telefon und ging damit ins Schlafzimmer. Er wählte die Kurzwahl von Julies Anschluss und hoffte, dass er sie erreichen würde. Nach dem dritten Klingeln erklang die fröhliche Stimme seiner Tochter.

»Hey, Papa, was gibt's?«

»Hallo, Große, alles okay bei dir?«

»Klar, wie immer. Wolltest du mich sprechen?«

»Ehrlich gesagt eigentlich Julie, aber ich plaudere gern auch ein Weilchen mit dir.«

»Musst du nicht, ich gucke eh gerade einen Film, aber das Telefon lag bei mir im Zimmer. Ich geb dir Mama, mach's gut!«

»Du auch«, verabschiedete sich Bene lächelnd. Er genoss die Leichtigkeit, mit der seine Tochter das Leben sah. Und er war unendlich dankbar dafür, dass sie und Julie ihm die Chance gegeben hatten, sich als Vater zu beweisen. Bisher war ihm das einigermaßen gut gelungen, wie er glaubte. Vielleicht wäre es tatsächlich schön, ein weiteres Kind aufwachsen zu sehen, und dieses Mal von Anfang an.

»Bene?«

»Hi, Julie. Störe ich?«

»Nö, nicht wirklich. Ich hab Besuch, aber das ist nicht schlimm. Oder wird es länger dauern?«

»Nein, gar nicht. Ich wollte nur wissen, ob du in den nächsten Tagen ein Stündchen Zeit für mich hast. Ich würde dich gern was fragen.«

»Aha«, antwortete Julie. »Das klingt ja spannend. Warum fragst du nicht gleich?«

»Nein, so wichtig ist es nicht«, log Bene. »Außerdem würde ich das gern persönlich machen.«

»Jetzt machst du mich aber neugierig«, lachte Julie. »Also gut – Montag? Montags ist doch immer dein freier Tag, und Leonie ist auf Klassenreise. Und ich will dir auch was erzählen.«

»Na, dann«, erwiderte Bene und fragte sich gleichzeitig, was seine Exfreundin ihm wohl zu sagen hatte. So fröhlich wie sie klang, würde es sicher nichts Unangenehmes sein. »Wann soll ich zu dir kommen?«

»Ich bin ab vier zu Hause, sagen wir halb fünf?«

Bene verabschiedete sich von Julie und wollte gerade das Telefon in den Flur bringen, als Katharina plötzlich vor ihm im Schlafzimmer stand.

»Entschuldige bitte, dass ich eingeschlafen bin«, sagte sie kleinlaut und kuschelte sich an seinen Oberkörper. »Ich war auf einmal hundemüde.«

»Kein Problem. Wenn du willst, können wir im Schlaf-zimmer bleiben und schlafen gehen.«

»Okay«, sagte sie, drückte sich aber plötzlich von ihm weg und sah ihn an: »Aber nicht, bevor ich dir endlich deine Überraschung gegeben habe!« Als hätte sie auf einen Schalter gedrückt, wirkte Katharina mit einem Mal deutlich munterer. »Hol uns doch noch ein Glas Rotwein, dann machen wir es uns auf dem Bett ein bisschen gemütlich. Ich bin sofort da.«

Er hörte am Türklicken, dass sie im Badezimmer ver-schwand. Holte sie einen Schwangerschaftstest? Aber würde sie dann noch mehr Rotwein wollen? Nervös ging Bene in die Küche, um den Rotwein und zwei frische Gläser zu holen, die er wenige Sekunden später auf den Nachttisch stellte. Dann zog er seine Jeans und sein T-Shirt aus und legte sich aufs Bett. Kurz darauf erschien Katharina. Sie trug ebenfalls nur ein Top über dem Slip und rutschte umständ-lich zu ihm unter die Decke, während sie etwas hinter ihrem Rücken zu verstecken schien.

»So, was ist mit der sagenumwobenen Überraschung, Frau Kommissarin?«, neckte Bene sie und schluckte.

»Es ist wirklich nur eine Kleinigkeit«, sagte Katharina und sah fast schuldbewusst aus. »Hätte ich das bloß nicht so angekündigt, du bist bestimmt gleich enttäuscht.«

»So leicht kannst du mich nicht enttäuschen«, meinte Bene liebevoll und zog sie in seinen Arm, während Katharina ihm ein kleines Kästchen überreichte. Passte da ein Schwangerschaftstest hinein?

Gespannt öffnete er das Kästchen und zog ein schwarzes Lederarmband hervor. Es war aufwendig verarbeitet und gleichzeitig schlicht. Er wusste nicht, ob er traurig oder erleichtert sein sollte, dann begann er sich aber zu freuen.

»Gefällt es dir?«, fragte Katharina und sah ihn gespannt an.

»Absolut, es ist toll, vielen Dank!« Bene legte sich das Armband um das rechte Handgelenk und verband die Enden miteinander. Dann hielt er Katharina seinen Arm zur Begutachtung hin, bevor er ihr zärtlich über das Gesicht strich.

»Danke!«, sagte Katharina plötzlich und schmiegte ihr Gesicht in seine Hand.

»Moment, wofür? Ich habe doch das Geschenk bekommen?«, wunderte sich Bene.

»Für alles. Dafür, dass es dich gibt. Und dafür, dass du so bist, wie du bist.«

Sie rückte näher an ihn heran, und er spürte die Wärme ihres Körpers unter der Decke. Die Müdigkeit schien inzwischen komplett verschwunden zu sein, und Bene sah an ihrem Blick genau, wonach ihr der Sinn stand. Es war ihm nur recht, er sehnte sich genauso nach ihr. Er zog sie eng an sich, schlang die Arme um ihren schmalen Körper, und die Lust verdrängte sämtliche Gedanken und Fragen, die ihn zuvor so sehr beschäftigt hatten.

Mach's wie die Sonnenuhr zähl die heiteren Stunden nur

(Hausinschrift Grapengießer Straße 13, Lüneburg)

10. KAPITEL:

FREITAG, 22.01.2016

05.03 Uhr

Katharina erwachte aus einem unruhigen Schlaf. Sie hatte von ihrer Mutter geträumt. Nachdem sie sich umgedreht hatte, griff sie nach ihrem Handy, das neben dem Bett lag, und schaute auf das Display. Nichts. Noch immer zeigte es keine Nachricht von Anne von Hagemann an. Sorgenvoll wog sie das Smartphone in ihrer Hand. Was war da nur los? Vorsichtig, um den neben ihr schlafenden Bene nicht zu wecken, schlug sie die Bettdecke zur Seite und stand nackt, wie sie war, auf. Dann verließ sie leise das Schlafzimmer und ging ins Bad. Wenn das so weitergeht, werde ich zur Frühaufsteherin, dachte sie ironisch und wählte die Nummer ihrer Mutter. Auch dieses Mal sprang nur die Mailbox an, was Katharina alles andere als beruhigte. Sie wusste, dass an Schlaf nicht mehr zu denken war, dafür war sie zu angespannt. Die Kommissarin gähnte herzhaft und beschloss, den Tag zu beginnen. Eine halbe Stunde später zog sie leise die Tür zu Benes Wohnung hinter sich zu und machte sich auf den Weg in ihr eigenes Zuhause. Dort angekommen, breitete sich sofort Erleichterung in ihr aus: Die Wohnzimmertür war zugezogen. Das konnte nichts anderes bedeuten, als dass Anne von Hagemann wieder da war, denn als Katharina die Wohnung zuletzt verlassen hatte, war die Tür geöffnet gewesen. Dennoch hatte Katharina das Gefühl, sich überzeugen zu müssen. Vorsichtig öffnete sie die Tür, und erst dann war sie endgültig beruhigt: Ihre Mutter lag auf dem zu einem Bett hergerichteten Sofa und schlief. Das dachte Katharina zumindest, denn als sie die Tür sachte schließen wollte, hörte sie ihre Mutter sagen: »Komm ruhig rein, ich bin wach.«

Anne von Hagemann setzte sich auf und fragte putzmunter: »Geht es dir gut, Kind? Was schleichst du so früh in der Wohnung herum? Ich dachte, du bist bei Bene. Ihr habt euch doch nicht etwa gestritten?«

»Nein, haben wir nicht«, erklärte Katharina auf die Frage, die ihre Mutter so häufig stellte, und trat in das Wohnzimmer.

»Na, dann ist ja gut«, meinte Anne von Hagemann und ließ sich entspannt zurück ins Kissen sinken.

»Mama, warum hast du mich nicht zurückgerufen? Ich habe mir Sorgen gemacht, wo warst du?«, platzte Katharina heraus.

»Bei Bärbel. Wir waren vorgestern in Hamburg zum Kaffee verabredet, und dann war es so nett, da bin ich spontan bei ihr geblieben, weil es plötzlich später geworden ist und ich keine Lust mehr hatte, mit der Bahn nach Hause zu fahren. Ich wusste ja auch, dass du nicht auf mich wartest«, kam es zurück, und Katharina meinte, einen leichten Vorwurf in der Stimme ihrer Mutter wahrzunehmen.

»Aber das ist noch lange kein Grund, mich nicht zurückzurufen«, sagte Katharina.

»Aber sonst interessiert es dich doch auch nicht, was ich so mache!«

Aha, dachte Katharina, daher wehte also der Wind. Ihre Mutter war beleidigt, weil sie ihr neulich gesagt hatte, dass sie sich eine eigene Wohnung suchen sollte. Sie kannte diese Taktik ihrer Mutter, anderen ein schlechtes Gewissen einzureden, schon aus ihrer Kindheit, und sie machte sie ärgerlich. Aber das würde sie nicht zeigen. Solche Sperenzchen hatten ihr gerade noch gefehlt. Am besten würde sie sich gar nicht darauf einlassen. »Na dann …«, sagte sie deshalb nur. »Ich muss los, schlaf weiter. Tut mir leid, wenn ich dich geweckt habe. Bis später.«

Sie hörte nicht mehr, ob ihre Mutter etwas erwiderte, denn sie hatte die Tür bereits zugezogen.

Und jetzt?, dachte Katharina. Jetzt stehe ich in meinem eigenen Flur und weiß nichts mit mir anzufangen. Unentschlossen musterte sie sich im Garderobenspiegel. Sie hatte noch ihren Mantel und Schuhe an. Natürlich könnte sie sich ausziehen und in die Küche gehen, um eine Kleinigkeit zu frühstücken, aber eigentlich hatte sie noch überhaupt keinen Hunger. Dann würde sie halt wieder so früh wie gestern im Kommissariat aufschlagen und sich dort in Ruhe in den Fall vertiefen. Damit wäre die Zeit wenigstens sinnvoll genutzt. Als sie an das Kommissariat dachte, kam ihr Ben in den Sinn. Auch mit ihm musste sie in Ruhe reden, denn diese merkwürdige Stimmung, die momentan zwischen ihnen herrschte, gefiel ihr überhaupt nicht. Und es gab etwas, was sie mit ihm besprechen wollte und worüber sie nachdachte, seit sie gestern den Füllfederhalter in Daniela von Bohlendiecks Büro gefunden hatte. Katharina schaute auf die Uhr. Inzwischen war es kurz nach sechs. Für 8 Uhr war die Teambesprechung angesetzt, und sie ging nicht davon aus, dass Ben früher da sein würde. Wenn sie ihn allerdings darum bat? Andererseits war Vivien gern früher im Büro, und Katharina wollte auf keinen Fall, dass die junge Kollegin etwas von ihrem geplanten Gespräch mit dem Hauptkommissar mitbekam, weil sie nicht wusste, wie Ben auf das, was sie ihm zu sagen hatte, reagieren würde.

Ach, was soll's, dachte sich Katharina, nahm den Autoschlüssel vom Haken und verließ ihre Wohnung.

06.30 Uhr

»Ich habe das Gefühl, dass Maximilian hinter den ganzen Morden bei uns in Lüneburg steckt und dass es bei all diesen Überfallen eigentlich um mich geht«, sagte Katharina und ließ ihn dabei nicht aus den Augen. Ben wusste für den ersten Moment nicht, was er dazu sagen sollte. Klar, spätestens, als sie ihm gestern die Lederjacke und die Tasche präsentiert hatte und im Zusammenhang den Becher und das Shampoo erwähnt hatte, hatte er geahnt, wohin ihre Gedanken liefen, doch nun brachte sie sie auf den Punkt. Hinzu kam, dass sie ihn mit ihrem Auftauchen an seiner Haustür vor Dienstbeginn ziemlich überrumpelt hatte. Sie hatte sich für die frühe Uhrzeit entschuldigt, es jedoch so dringend gemacht, dass er sie sofort ins Haus gelassen hatte. Dann hatte er sie für einen Moment allein gelassen, um schnell in seine Jeans zu schlüpfen. Als es geklingelt hatte, hatte er sich gerade die Zähne geputzt. So hatte er mit der Zahnbürste im Mund und nur mit Boxershorts bekleidet die Haustür geöffnet. Als er jetzt eben das Wohnzimmer betreten hatte, wo sie auf ihn gewartet hatte, war sie ohne Einleitung mit diesem Satz herausgeplatzt.

»Ich weiß, du denkst, dass ich mich in etwas hineinsteigere, aber das tue ich nicht«, sagte sie ruhig. »Ich bin mir meiner Sache absolut sicher.«

»Ja, aber um ehrlich zu sein, so aufgewühlt wie in den letzten Tagen und auch jetzt habe ich dich noch nie gesehen«, stellte er ruhig fest. »Ohne Frage hatten wir schon einige schwierige Fälle, aber da warst du trotz allem die ganze Zeit professionell, souverän und …«

Katharina unterbrach ihn scharf: »Soll das heißen, du hältst mich in diesem Fall für unprofessionell? Willst du mich immer noch abziehen?«

»So habe ich das nicht gemeint. Und nein, ich will dich nicht von dem Fall abziehen, aber ich gebe zu, ich habe nach wie vor Bedenken. Ich habe das Gefühl, dass du dich in diesen Fall verbeißt, und das tut dir nicht gut. Ich weiß ja nicht alles von damals. Dass es ein schlimmes Erlebnis für dich war und dass du es nie vergessen wirst, das ist mir vollkommen klar. Aber Fakt ist doch, dass Maximilian im Gefängnis sitzt, und da wird er sicher eine ganze Weile bleiben, auch wenn sein Fall gerade aufgerollt wird. Kein Richter der Welt wird ihn rauslassen, nur weil es möglicherweise einen Formfehler im ersten Verfahren gegeben hat. Ansonsten würde ich meinen Glauben an Gerechtigkeit verlieren«, sagte er und hoffte, dass er recht behalten würde. Es wäre nicht das erste Mal, dass ein erwiesenermaßen überführter Straftäter aufgrund eines Formfehlers frei herumlief. Aber daran wollte er gar nicht denken, und Katharina gegenüber wollte er das schon gar nicht äußern.

»Diesen Glauben habe ich längst verloren«, konstatierte Katharina spitz.

»Klar, in unserem Job sehen wir fast tagtäglich grausame Dinge, die nicht gerecht sind, aber du weißt doch, was ich meine. Formfehler hin oder her. Es war weitestgehend erwiesen, dass er die Morde begangen hat.«

»Er hat in Bezug auf die Morde nie ein umfassendes Geständnis abgelegt«, sagte Katharina leise.

»Aber die Beweislage war damals ausreichend, sonst wäre er nicht verurteilt worden, zumindest was die Vergewaltigung deiner ... Kollegin betraf«, untermauerte Ben seine Aussage. »Da warst du schließlich die Hauptzeugin. Und davon mal ganz abgesehen – der neue Prozess hat gerade erst begonnen. Definitiv sitzt Maximilian also hinter Gittern, noch dazu ziemlich weit weg von hier. Wie sollte er hinter den Überfällen auf die Frauen in Lüneburg stecken?«

»Verdammt, Ben, vielleicht hatte er damals einen Partner, von dem keiner etwas geahnt hat. Ich weiß es doch auch nicht, ich weiß nur, dass auch das zweite Profil, das ich von unserem Täter verfasst habe, genau auf ihn passt, und zwar nicht, weil ich es so sehen wollte, sondern weil das Tätervorgehen es so hergibt. Und außerdem ... es ... es ist mein Bauchgefühl«, rief Katharina aus, zügelte sich aber sofort und sah ihn entschuldigend an. »Aber wenn du willst, erzähle ich dir, worauf dieses Bauchgefühl begründet ist, und ich meine damit nicht nur das Profil.«

»Ja, bitte mach das«, gab Ben sich geschlagen, setzte sich ihr gegenüber und hörte sich ihre Meinung zu den Funden in den Wohnungen der Opfer an. Als sie ihm von dem Füllfederhalter erzählte, den sie in der Kanzlei entdeckt hatte, runzelte er nachdenklich die Stirn und fragte: »Und was hat es damit auf sich? Hast du auch so einen? Genau wie den Becher, die Handtasche, die Lederjacke und das Shampoo?«

»Nein, habe ich nicht. Aber Maximilian. Ich habe ihm genau so einen Füller nach unserem ersten gemeinsam gelösten Fall geschenkt.«

»Katharina, das sind alles nur Vermutungen. Und ganz ehrlich: Jeder dritte Anwalt hat vermutlich einen Mont-Blanc-Federhalter in seiner Schublade«, wandte Ben vorsichtig ein.

»Mag ja sein, aber nicht diesen. Den hatte nur Maximilian und jetzt Daniela von Bohlendieck in ihrer Schublade!«

Ben blieb vorsichtig, war jedoch gleichzeitig gespannt. Er musste zugeben, dass die Anzahl dieser Parallelen inzwischen auffällig war. Das hatte er gestern schon gedacht. Außerdem war es nicht Katharinas Art, eine Behauptung einfach so in den Raum zu stellen, ohne handfeste Gründe dafür zu haben. Vor allem nicht im Moment, wo sie mit ihrem Verdacht alleine stand. Die Vermutung, dass es ihr eigener Becher war, den sie bei der Anwältin entdeckt hatte, hatte sie unumwunden revidiert. Sie war viel zu sehr Kommissarin, als dass sie die Dinge nicht auch auf ihre Hieb- und Stichfestigkeit überprüfen würde. Inzwischen hellwach fragte er deshalb nach: »Und warum bist du dir so sicher?«

»Weil ›M. Furtner‹ darauf eingraviert ist«, kam es wie aus der Pistole geschossen von Katharina. »Das habe ich damals machen lassen.«

Jetzt hatte sie ihn, denn das konnte nun wirklich kein Zufall sein. Ben fühlte die Aufregung in sich aufsteigen, die ihn jedes Mal erfasste, wenn er merkte, dass sie in einem Fall das entscheidende Puzzlestück gefunden hatten, das die Ermittlungen ins Rollen brachte.

»Hast du ihn auf Fingerabdrücke hin untersuchen lassen?«, fragte er.

»Ich hab ihn gestern Abend in die Kriminaltechnik gebracht, aber das Ergebnis bekomme ich erst heute.«

»Okay. Ich will gar nicht lange drumherum reden oder diskutieren, du hast mich überzeugt – vielleicht nicht komplett, aber den Rest wird das Untersuchungsergebnis des Füllers ergeben. Oder eben nicht. Darüber hinaus werden wir Maximilian Furtner auf den Zahn fühlen. Sobald wir im Kommissariat sind, werde ich mir die Genehmigung für eine

Befragung holen. Mausner und Staatsanwalt Friedberg werden nicht so einfach zu überzeugen sein, fürchte ich. Am besten kommst du mit. Allerdings musst du mir dafür etwas versprechen: Hör auf, das alles so persönlich zu nehmen.«

»Okay«, sagte Katharina, doch für Ben hörte sich das nicht wirklich überzeugend an.

»Gibt es sonst noch irgendwas, was du mir sagen möchtest?«, fragte Ben, denn seine Vermutung, Katharina könnte schwanger sein, ließ ihm nach wie vor keine Ruhe. Doch die direkte Frage danach wollte er jetzt auch irgendwie nicht stellen. Warum tat er sich damit bloß so schwer?

Verwundert sah Katharina ihn an: »Nein, eigentlich nicht. Außer …«

Ben sah sie gespannt an: »Außer?«

»Außer, dass ich froh bin, dass du mir jetzt glaubst. Das Gefühl der letzten Tage, dass du mir nicht mehr vertraust, konnte ich nicht gut ertragen. Wir sind doch schließlich ein Spitzen-Team, oder?« Sie lächelte ihn an und wirkte sehr viel entspannter als zuvor. »Aber jetzt lass uns nicht lange reden, wir haben einiges zu tun!«

17.48 Uhr

Gestern erst hatte er es voller Ungeduld herbeigesehnt, und nun würde er sie in ein paar Minuten treffen. Im ersten Augenblick war er wütend geworden, weil es nicht so sein würde, wie er es sich vorgestellt hatte. Er hatte auch überlegt sich zu verweigern, es dann jedoch gelassen. Immerhin war es ein erster Schritt, und es musste ihm im Augenblick einfach genügen, sie wenigstens zu hören und zu sehen, wenn auch nicht zu riechen und zu fühlen. In seiner Situation musste er Abstriche machen, das hatte er in den letzten Jahren gelernt, auch wenn es ihm nicht passte.

Jetzt saß er vor dem Computerbildschirm, auf dem oben eine kleine Webcam angebracht war, die blinkte, um zu zeigen, dass sie startbereit war. Auf dem Bildschirm war das Skype-Fenster geöffnet. Der Schließer, der ihn eben in diesen Raum gebracht hatte, trat nun neben ihn und klickte auf den Kontaktbutton, der mit »Kripo Lüneburg« bezeichnet war. Dann klickte der Schließer auf den Button »Videoanruf«, und die Verbindung wurde hergestellt. Gleichzeitig veränderte sich das Skype-Fenster, und er sah oben das Profilbild der Kripo Lüneburg – eine Abbildung des Lüneburger Rathauses, was er nicht gerade einfallsreich fand. Darunter sah er sich selbst, wie er hier vor dem Bildschirm saß und wie sie ihn auch gleich sehen würde. Er betrachtete sich und war einigermaßen zufrieden. Hinter ihm stand der Aufseher, von dem er jedoch nur den Rumpf sah, da die Webcam ihn nicht ganz erfasste. Dann plötzlich erschien ihr Gesicht im Vollbild auf dem Schirm. Schon zuvor hatte er sein verbindliches Lächeln aufgesetzt, das er auch jetzt noch zur Schau trug, doch in seinem Inneren sah es ganz anders aus. Dort tobte ein Sturm, wie schon lange nicht mehr. Tiefe Sehnsucht nach seinem Besitztum verband sich mit dem Gefühl der vollkommenen Niederlage und niederschmetternden Kränkung, wurde dabei jedoch überlagert von einer unerbittlichen Rachsucht. Sie war so schön in ihrer Natürlichkeit, von der sie nichts verloren zu haben schien. Er hatte das vor ein paar Wochen in München schon registriert, doch jetzt, da sie ihm quasi gegenübersaß und er nicht nur einen Blick im Vorbeigehen oder von Weitem auf sie werfen konnte, musste er sich sogar eingestehen, dass sie in den letzten Jahren an Schönheit gewonnen hatte. Auch schien sie kein Stück gealtert zu sein. Doch ihr Aussehen war es nicht allein, was sie so begehrenswert für ihn gemacht hatte. Es war auch nie der Sex gewesen, den sie miteinander gehabt hatten. Den hatte er eher als Mittel zum Zweck eingesetzt, um für sie den Anschein einer normalen Partnerschaft zu erwecken und sie in dieser Hinsicht an sich zu binden, denn seine Neigung hatte er anderweitig ausgelebt. Es war ihr Intellekt gewesen, der ihn fasziniert hatte und den er, wie ein Kind ein bestimmtes Spielzeug, unbedingt haben wollte, um sich an ihm zu messen. Genau aus diesem Grunde musste er bei dem Gespräch mit ihr auf der Hut sein. Sie kannte ihn nicht nur gut, sie war ihm obendrein gewachsen wie sonst kaum jemand.

»Hallo, Maximilian«, erklang ihre ihm so vertraute Stimme ganz leicht zeitversetzt durch die an den Computer angeschlossenen Lautsprecher.

»Hallo, Katha«, erwiderte er und lächelte weiter sein Gesellschaftslächeln. »Geht es dir gut? Es ist schön, dich zu sehen.«

»Ich möchte dir mitteilen, dass ich dieses Gespräch aufnehme«, überging sie seine Worte, »hast du etwas dagegen?«

Natürlich hatte er das, aber wenn er es sagen würde, würde sie das Gespräch abbrechen, und noch war er nicht so weit. Also sagte er: »Nein, natürlich nicht, ich habe keine Geheimnisse. Was kann ich für dich tun?«

»Erinnerst du dich an den Füllfederhalter, den ich dir geschenkt habe?«, fragte sie.

»Aber sicher erinnere ich mich daran. Ich habe ihn immer in Ehren gehalten, und ich freue mich darauf, ihn zu benutzen, wenn ich wieder raus bin«, sagte er, und das war noch nicht einmal gelogen.

»Das wird nicht so einfach sein«, sagte sie, und um ihren Mund spielte dabei ein leichtes Lächeln.

»Ach, Katha, du weißt doch, dass ich gerade daran arbeite, dass wir beide endlich wieder zusammen sein können – in welcher Form auch immer«, sagte er und legte dabei eine gewisse Drohung in seine Worte.

»Du hast mich falsch verstanden«, erwiderte sie hart, »ich meinte, dass es nicht so einfach für dich werden wird, den Füller zu benutzen.«

»Wieso?«, fragte er verwundert.

»Weil er in Lüneburg ist. Kannst du mir sagen, wie er hierherkommt?«

Was sagte sie da? Das war nicht geplant gewesen!

»Hattest du damals einen Partner?«, fragte sie unvermittelt, als er nicht antwortete. Er wusste, was sie meinte, und in seinem Kopf ratterte es. Jetzt musste er vorsichtig sein. Das alles lief gerade nicht nach seinem Plan ab. Um Zeit zu gewinnen, stellte er sich dumm: »Aber natürlich, Katha, das weißt du doch. Dich.«

Ihr Mund zuckte für einen kaum wahrnehmbaren Moment, doch ansonsten veränderte sich ihre Mimik nicht.

»Ich meinte, ob du einen Partner bei deinen Taten hattest. Wenn du die Frauen überfallen hast.«

»Du bist doch nicht etwa eifersüchtig?«, stellte er sich nach wie vor begriffsstutzig und fuhr in weichem, versöhnlichem Ton fort: »Katha, Liebes, das musst du nicht. Du warst auch in solchen Momenten meine Partnerin. Das mit den Frauen, das … das tut mir unendlich leid und hatte mit uns beiden und unserer Liebe nichts zu tun. Und es ist ja vorbei.«

»Maximilian, hör auf, mich bewusst falsch zu verstehen. Du weißt genau, was ich meine. Und nenn mich nicht immer Katha!«, zischte sie in die Webcam. Er freute sich, sie aus der Reserve gelockt zu haben. Allem Anschein nach war ihr Gemüt etwas mürbe, denn unter normalen Umständen wäre das nicht so schnell gegangen. Im Hintergrund sah er eine zweite Gestalt, die sich hinter Katha schob, doch er konnte wie eben bei dem Schließer nur den Rumpf erkennen. Der Rumpf, den er jetzt sah, war eindeutig männlich. Natürlich hatte er damit gerechnet, dass noch jemand bei ihr im Raum anwesend sein würde, um dem Gespräch beizuwohnen, doch nun, da er es direkt mitbekam, störte es ihn. Gut, auch bei ihm war der Schließer im Hintergrund, doch der hatte sich abgewandt und tippte auf seinem Smartphone herum. Matthias war ein guter Schließer. Er machte seinen Job ordentlich, sodass seine Vorgesetzten mit ihm zufrieden waren, und doch verschaffte er ihm Vorteile. Gegen Bezahlung natürlich, aber das war nur menschlich und für ihn vollkommen in Ordnung. Er verfügte über die nötigen finanziellen Mittel und hatte Matthias dadurch obendrein in der Hand.

»Aber du bist doch meine Katha, wie soll ich dich denn sonst nennen? Katharina? So nennt dich doch jeder!«, stellte er fest und beobachtete mit Genugtuung, wie sie an ihren Fingernägeln gniddelte. Das hatte sie schon früher getan, wenn sie nervös wurde. Er beschloss, dass jetzt der richtige Zeitpunkt war, das Gespräch zu übernehmen, und sagte übertrieben sorgenvoll: »Ich habe in der Zeitung gelesen, dass bei dir in Lüneburg Frauen nicht mehr sicher sind. Hast du denn eine Spur zum Täter? Und, mein Engel, bist du denn überhaupt sicher? Ich meine, das eine Opfer war doch rothaarig wie du, oder? Pass bloß auf dich auf, ich kann dich ja leider nicht mehr beschützen.«

Befriedigt sah er, wie sie blass wurde und ihre Miene sich versteinerte. Leutselig fuhr er fort: »Katha, ach nein, entschuldige, Katharina. Rede mit mir. Warum sagst du nichts? Hast du eigentlich meine Briefe bekommen, die ich dir in den letzten Jahren geschickt habe? Du hast nie darauf geantwortet. Und auch nicht auf die Botschaften, die ich dir in letzter Zeit habe zukommen lassen. Hast du sie schon entdeckt? Sprichst du deswegen endlich mit mir?«

»So, das reicht jetzt. Beantworten Sie einfach nur die Fragen von Kommissarin von Hagemann«, erklang mit einem Mal eine Stimme aus dem Hintergrund, dann sah er eine Hand, die sich auf Kathas Schulter legte, und daraufhin ein Gesicht, das sich neben ihres schob. Was machte der Typ da mit seiner Katha? Er konnte nicht ertragen, dass jemand anderes als er sie berührte. Er wollte das nicht sehen. Ihm wurde heiß. Er fühlte blinde Wut in sich aufsteigen und riss an seinen Handschellen, die seine Hände hinter dem Rücken zusammenhielten. »Matthias!«, brüllte er deswegen durch den kleinen Raum und wandte sein Gesicht, auf dem sich Schweißperlen bildeten, vom Bildschirm ab. »Matthias! Ich will zurück in meine Zelle. Jetzt!«

Gott halt in Gnaden treue Wacht
in diesem Hause Tag und Nacht

(Hausinschrift Am Stintmarkt 12a, Lüneburg)

11. KAPITEL:

07.47 Uhr

Katharina hatte das Wochenende relativ ruhig verbracht. Am Samstag war sie zusammen mit Bene bummeln gewesen, und als er am späten Nachmittag ins Hotel musste, war sie nach Hause gegangen. Dort hatte sie mit ihrer Mutter sprechen wollen, doch die verschanzte sich hinter einem Buch. Kurzentschlossen hatte Katharina deswegen ihre Sporttasche gegriffen und war ins Fitnessstudio gegangen. Obwohl sie nicht verabredet gewesen waren, war Frauke fast zeitgleich eingetroffen, und nach einem ausgiebigen Training an den Geräten hatten die beiden Frauen es sich an der Bar gemütlich gemacht. Als Vivien und Sarah ebenfalls und nahezu gemeinsam das Studio betraten und sich zu ihnen gesellten, war Katharina nach wie vor über diese seltsame Kombination überrascht, musste ihre Meinung jedoch schnell korrigieren: Die beiden Frauen schienen sich blendend zu verstehen und vor allem zu ergänzen. Als Sarah irgendwann vorschlug, gemeinsam etwas gegenüber beim Asiaten essen zu gehen, sagte keiner Nein. Vivien und die Trainerin waren zwar überhaupt nicht mehr zum Sport gekommen, aber Sarah lachte dazu nur und meinte, man müsse die Feste eben feiern, wie sie fallen.

Am Sonntag war Katharina nach einem ausgedehnten

Frühstück mit Bene zu einem Spaziergang in die Elbmarsch an den Deich gefahren. Bene hatte sie auf ihre aktuelle Wohnsituation mit ihrer Mutter angesprochen, doch sie war nicht weiter darauf eingegangen. Sie wollte an diesem Wochenende nicht über Kompliziertes in ihrem Leben nachdenken, sondern nur durchatmen und Kraft tanken für die nächste Woche. So hatten sie es am Freitag nach ihrem Videotelefonat mit Maximilian gemeinsam im Team beschlossen, denn obwohl oder gerade weil Maximilian Furtner auf Katharinas Fragen nicht eingegangen war, sondern sie auf diese widerliche Art provoziert hatte, waren inzwischen alle überzeugt davon, dass der ehemalige Staatsanwalt etwas mit ihrem Fall zu tun hatte. Katharina hatte, nachdem sie gemeinsam mit Ben bei Staatsanwalt Bent-Ove Friedberg nach langer Diskussion die Erlaubnis für die Video-Befragung durchbekommen hatte, Tobi und Vivien in Gegenwart von Ben von ihrer Vermutung berichtet. Sie hatte nur wenig von ihrer damaligen Beziehung zu Maximilian geäußert. Tobi wusste ohnehin grob Bescheid, und Vivien musste nicht mehr als nötig darüber erfahren, wie Katharina fand. Wie erwartet konnten beide ähnlich wie Ben anfangs ihre Gedanken nicht hundertprozentig nachvollziehen, doch damit hatte Katharina gerechnet. Als sie ihnen jedoch ein paar Stunden später das aufgezeichnete Videogespräch zeigte, hatte sich das schlagartig geändert, gerade weil Maximilian Furtner ihren Fragen so konsequent ausgewichen war und alles auf eine persönliche Schiene gebracht hatte. Plötzlich stand Katharina nicht mehr allein – sie schienen endlich wieder ein Team zu sein. Es hatte die Motivation für die laufenden Ermittlungen auf jeden Fall gesteigert, und sie hatten eine ganze Weile diskutiert, denn eines war nach wie vor völlig unklar: Gab es einen früheren Partner von Maximilian Furtner, der aus eigenem Antrieb diese Handschrift wiederholte – oder konnte es tatsächlich sein, dass der ehemalige Münchner Staatsanwalt aus der Haft heraus jemanden instrumentalisierte? Dass ein Fremder ihn beziehungsweise seine damaligen Taten kopierte, schlossen die Ermittler aufgrund der Profilerstellung von Katharina aus – nicht umsonst passte es zweimal auf Maximilian Furtner. Außerdem machten die Verbindungsstücke zu Katharina dann keinen Sinn, und dass diese in der Anhäufung nicht zu übersehen waren, war inzwischen allen bewusst. Bis sie weitermachen konnten, brauchten sie jedoch die Ergebnisse der KTU. Sie hatten nachträglich neben dem Füllfederhalter die anderen Gegenstände in die Kriminaltechnik gegeben, um sie auf Fingerabdrücke oder andere mögliche Spuren untersuchen zu lassen. Zwar rechnete keiner von ihnen damit, dass sie außer an dem Füller die Fingerabdrücke Furtners finden würden, doch sie waren an einem Punkt, an dem jeder kleinste Hinweis weiterhelfen konnte. Nach diesem ereignisreichen Freitag war es Katharina tatsächlich gelungen, einigermaßen abzuschalten und hinzunehmen, dass sie über das Wochenende nichts weiter machen konnten.

Jetzt, am frühen Montagmorgen, betrat sie energiegeladen das Gemeinschaftsbüro, in dem nur Vivien hinter ihrem Schreibtisch saß. Auch Ben schien nicht da zu sein, wie sie mit einem Blick in sein Büro feststellte.

»Guten Morgen«, sagte Katharina entspannt, während sie zu ihrem Schreibtisch ging.

»Morgen«, murmelte Vivien zurück.

»Geht es dir nicht gut?«, war Katharina sofort hellhörig. »Nicht, dass du krank wirst.«

»Nein, ich bin nur müde«, gab die junge Kommissarin

zu. Sie wirkte verschlossener als sonst. Das hatte Katharina schon am Samstagabend bei der spontanen Frauenrunde bemerkt. Allerdings war Vivien nur ihr gegenüber reserviert gewesen, wie ihr im Nachhinein aufgefallen war. Sicher lag das an dem unbedachten Spruch, der Katharina neulich rausgerutscht war. Sie könnte sich dafür ohrfeigen. Allerdings musste sie zugeben, auch sonst Vivien gegenüber nicht gerade besonders herzlich zu sein. Das war bis vor Kurzem anders gewesen. Etwas stand zwischen ihnen, und Katharina wusste auch was: Ihr passte es nicht, das Vivien hinter ihrem Rücken mit Sarah über sie gesprochen hatte. Und wer weiß, mit wem sonst noch. Anstatt direkt zu ihrem Schreibtisch zu gehen, blieb Katharina an dem von Vivien stehen. Sie waren allein im Büro, hatten gemeinsam einen Fall zu lösen, der keine Querelen untereinander vertragen konnte, und es blieben ihnen hoffentlich gut zehn Minuten Zeit, bis die anderen auflaufen würden. Katharina wäre nicht Katharina gewesen, hätte sie diese Situation nicht beim Schopfe ergriffen.

»Vivien, da wir unter uns sind – ich wollte mich bei dir entschuldigen«, begann Katharina, und Vivien sah fragend auf. »Na, du weißt schon, für den blöden Spruch, der mir in letztens rausgerutscht ist. Das war dämlich von mir, und es tut mir wirklich leid.«

Vivien lehnte sich in ihrem Stuhl zurück, und ihr Gesichtsausdruck entspannte sich. »Das war wirklich ziemlich daneben«, bestätigte sie. »Und ehrlich gesagt war ich echt sauer auf dich.«

»Kann ich verstehen, das wäre ich auch gewesen. Aber ich hoffe, du nimmst meine Entschuldigung an«, sagte Katharina und hielt der jüngeren Kollegin die ausgestreckte Hand hin.

Vivien zögerte nur einen Moment, bevor sie einschlug. »Klar. Ich bin ja froh, dass du es angesprochen hast. Das ist echt anständig von dir.«

»Ich hätte es schade gefunden, wenn das zwischen uns stehen würde. Bisher haben wir immer so gut zusammengearbeitet«, sagte Katharina.

Ein Lächeln huschte über Viviens Gesicht. »Ja, das finde ich auch.«

Katharina war froh, dass diese Sache geklärt war. Doch nun wollte sie die Chance nutzen, auch den zweiten Punkt anzusprechen, der ihr im Magen lag.

»Ich hab da noch eine Sache …« Sie wusste nicht recht, wie sie es angehen sollte, damit es nicht wie eine Retourkutsche wirken würde. »Also, du hast mit Sarah über mich gesprochen, oder?«

Viviens Blick schien irritiert. »Kann sein, kurz, aber nicht wirklich bewusst. Warum?«

»Das kam bei ihr etwas anders rüber«, sagte Katharina. »Es klang so, als hättest du ihr private Dinge von mir erzählt. Das find ich ehrlich gesagt nicht so toll.«

Täuschte sie sich oder errötete Vivien unter ihrem wie üblich dick aufgetragenen Make-up?

»Was genau meinst du?«, fragte die junge Kollegin vorsichtig.

»Sarah wusste von mir und Bene«, erklärte Katharina. »Das an sich wäre natürlich nicht schlimm. Dass sie allerdings ziemlich genau wusste, wie und wann wir uns kennengelernt haben, fand ich etwas merkwürdig.«

Vivien schluckte sichtbar, und Katharina sah deutlich, wie unangenehm es ihr war. »Ja, du hast recht, da muss ich mich wohl entschuldigen. Es ist echt nicht meine Art zu tratschen, ich hoffe, das weißt du.«

Katharina nickte. »Darum war ich ja so erstaunt.«

»Es war wirklich keine Absicht, das hat sich so ergeben. Sarah und ich sind ins Gespräch gekommen. Es ging darum, dass ich noch nicht so lange in Lüneburg bin und sie auch erst von München hierhergezogen ist. Na, und da passte es, dass auch du vor ein paar Jahren ganz neu hier angefangen hast.« Sie sah Katharina direkt an. »Ich habe nicht einfach losgeplappert, glaub mir. Sarah hatte so eine offene Art, da bin ich mit ihr ins Reden gekommen … Hinterher hab ich mich über mich selbst gewundert. Normalerweise brauche ich viel länger, um mit jemandem warmzuwerden, und vor allem erzähle ich sonst nicht so schnell irgendwelche privaten Dinge.«

»Schon gut«, lenkte Katharina ein. »Schwamm drüber, okay? Wir haben uns beide nicht mit Ruhm bekleckert. Wird uns nicht so schnell wieder passieren.«

Dankbar erwiderte Vivien ihr Lächeln, und Katharina wandte sich zu ihrem eigenen Schreibtisch.

08.09 Uhr

»Du musst es heute machen«, forderte er, und man hörte seiner Stimme an, dass dies keine Bitte, sondern ein Befehl war. Das wusste er, aber er wusste auch, dass die Person am anderen Ende der Leitung genau solche Ansagen brauchte. Immerhin hatte sie einmal eigenmächtig gehandelt, als sie den Füller ins Spiel gebracht hatte, und das durfte kein weiteres Mal passieren. Nicht nur, weil der Füllfederhalter ein wahres Kleinod für ihn darstellte – immerhin war es Kathas erstes Liebesgeschenk an ihn gewesen –, sondern auch, weil der Füller so eindeutig war und vor der Zeit so deutlich auf ihn gewiesen hatte. »Mach alles genau so wie geplant, dann kann nichts schiefgehen. Es darf einfach nichts schiefgehen. Katha…«, er stockte für einen Moment, dann sprach er den Namen seiner ehemaligen Freundin, der Frau, die ihn hinter Gitter gebracht hatte, ganz aus, um seinen Gesprächspartner nicht unnötig zu provozieren »…rina braucht eine stärkere Dosis an Tatsachen. Ich will, dass sie sich vor Angst in die Hosen macht, bevor wir sie uns selbst vorknöpfen.«

Sein Blick huschte zur geöffneten Tür hinüber. Im Türrahmen stand Matthias mit dem Rücken zu ihm und verdeckte den Raum wie ein Schrank. Jetzt fing der Schließer an, leise die ersten Klänge von »Lili Marleen« zu pfeifen – das Zeichen für ihn, Schluss machen zu müssen, weil jemand kam.

»Ich muss auflegen«, zischte er schnell in das Smartphone in seiner Hand, trennte die Verbindung, ging auf »Anrufliste« und löschte die Telefonnummer, die an oberster Stelle stand. Dann trat er an Matthias heran, der seine Arme hinter dem Rücken verschränkt hielt, und legte ihm das Gerät in die geöffnete Hand.

Das Smartphone hatte ihm schon gute Dienste geleistet, dachte er, während er an seinen kleinen Tisch ging und sich dort auf den Stuhl setzte. Nicht nur, dass er dadurch die Verbindung zur Außenwelt halten konnte – er hatte auch die Filme, die von den Frauen in Lüneburg gemacht und ins Netz gestellt worden waren, über das Handy von Matthias gesehen. Heute, am späten Nachmittag, würde wieder so ein Film gedreht werden, und er konnte es kaum abwarten, ihn im Internet zu sehen. Immerhin würde diesmal ein Mensch, der Katha sehr nahestand, die Hauptrolle in diesem Film spielen. Und er war dabei Regisseur und Drehbuchautor in einer Person.

Julie schloss die Tür zu ihrer Wohnung auf und ärgerte sich. Wie oft hatte sie schon zu Leonie gesagt, dass sie die Tür zweimal abschließen sollte, wenn sie die Wohnung verließ, doch mal wieder hatte ihre Tochter es vergessen. Mann, Mann, Mann, da konnten sie ja gleich unten an die Haustür ein Schild stellen, auf dem stand »Einbrecher willkommen!« Gut, vielleicht ist Leonie aufgeregt gewesen, weil sie heute auf Klassenreise gefahren ist, entschuldigte Julie ihre Tochter vor sich selbst, wusste aber gleichzeitig, dass es keine Entschuldigung war, sondern eher ihr eigenes schlechtes Gewissen, weil sie ihre Tochter nicht zum Reisebus gebracht hatte. Andererseits hatte Leonie es genau so gewollt. Sie hatte ihr gesagt, die anderen würden auch allein kommen, der Weg bis zur Schule war nicht weit und sie sei schließlich kein Baby mehr, sondern groß genug.

Ja, groß war ihre kleine Maus wirklich geworden und das für Julies Geschmack viel zu schnell, aber sicherlich war sie nicht die einzige Mutter, die so empfand. Fast 14 Jahre war es her, seit sie erfahren hatte, dass sie von Bene schwanger war. Unglaublich, wie die Zeit raste! Bene. Gleich würde er da sein. Was er wohl von ihr wollte? Und wie würde er reagieren, wenn sie ihm von Alex erzählte? Immerhin kannten die beiden Männer sich seit ihrer Jugend, verstanden sich aber nicht besonders gut. Julie schlüpfte aus ihren Schuhen und dem Mantel und ging ins Bad, um sich die Hände zu waschen, als sie ein Geräusch hörte. Es klang, als ob jemand den Fernseher im Wohnzimmer angestellt hatte. War Leonie etwa zu Hause geblieben? Hatte sie deswegen nicht gewollt, dass Julie sie zum Bus brachte? Weil sie nicht mit auf die Klassenfahrt wollte? Ach Quatsch, Leonie hatte sich so darauf gefreut. Wahrscheinlich hatte sie nur vergessen, den Fernseher auszumachen, so wie sie vergessen hatte, die Tür abzuschließen. Aber dann hätte sie den Fernseher ja eben auch schon hören müssen, als sie nach Hause gekommen war. Seltsam. Mit einer Mischung aus Neugier, Verwunderung und Vorsicht ging Julie in Richtung Wohnzimmer und rief dabei verhalten: »Leonie? Leonie, bist du hier?«

Julie betrat das Wohnzimmer und lächelte erleichtert. Dort war niemand. Der Fernseher lief jedoch tatsächlich. Wo hatte ihr Töchterchen heute Morgen bloß ihre Gedanken gehabt, fragte Julie sich und stockte dann. Was war denn das für ein Film, der da lief? Der gehörte definitiv nicht ins Nachmittagsprogramm. Gerade fand auf dem Bildschirm eine Vergewaltigungsszene statt. Mehrere Männer standen regelrecht Schlange, um eine stark blondierte Frau zu missbrauchen. Ganz abgesehen von der Handlung an sich wirkte die gesamte Szenerie bedrückend auf Julie. Auf der Suche nach der Fernbedienung ließ sie ihren Blick durch das Wohnzimmer schweifen und wunderte sich ein weiteres Mal. Die Fernbedienung lag da, wo sie sie nie erwartet hätte, wenn sie wusste, dass Leonie als Letzte Fernsehen geschaut hatte: an ihrem Platz auf dem Fernsehschrank. Irgendetwas war sehr merkwürdig, fand Julie, und ein unbehagliches Gefühl breitete sich in ihr aus, während sie nach der Fernbedienung griff und den Off-Knopf drückte. Schlagartig war es still in der Wohnung. Es war eine beunruhigende Stille, sodass Julie den Fernseher beinahe wieder eingeschaltet hätte, nur um eine leise Geräuschkulisse zu haben. Das empfand sie allerdings als ziemlich albern. Es war nur ungewohnt ruhig, weil Leonie nicht da war. Julie machte sich auf in die Küche, um für sich und Bene einen Tee aufzusetzen. Dann ging alles sehr schnell. Gerade, als sie den Arm hochstreckte, um aus

dem Hängeschrank über der Spüle den Tee herauszuho-
len, fühlte sie hinter sich eine Bewegung, und im nächsten
Augenblick wurden ihr Mund und Nase mit einem Tuch
zugedrückt. Aus einem Reflex heraus hielt Julie zunächst
den Atem an, doch ihr wurde trotzdem schwummerig. Sie
dachte bei sich, dass ihr seltsames Gefühl sie nicht getrogen hatte, als ihre Knie nachgaben, ihr schwarz vor Augen
wurde und sie in sich zusammensackte.

Ein kurzes, schrilles Dröhnen weckte Julie, wobei es ihr
vorkam, als ob ihr Bewusstsein nur langsam und beschwer-
lich an die Oberfläche zurückfand. So, wie es einem nicht
allzu geübten Schwimmer geht, der gegen eine Gegenstrom-
anlage anschwimmt. Was war mit ihr los? War sie eingeschlafen? Dann kam die Erinnerung zurück. Jemand hatte
sie von hinten angegriffen und ihr etwas gegen Nase und
Mund gedrückt. Wie lange war das her? War dieser Jemand
noch hier? Und wo war sie überhaupt? Auf jeden Fall nicht
auf dem Küchenboden, dafür lag sie zu weich. Julie spürte
ihren Herzschlag bis in den Hals hinein. Sie hatte Angst.
Sie öffnete ihre Augen, doch alles um sie herum war ver-
schwommen. Sie zwinkerte ein paarmal, und dann fuhr der
Schreck ihr erneut in die Glieder: Was, wenn sie nicht allein
im Raum war? Konnte sie es überhaupt riskieren, die Augen
zu öffnen, oder sollte sie lieber so tun, als wäre sie noch
immer bewusstlos? Schnell presste Julie ihre Lider wieder
fest zusammen, hielt das jedoch nicht lange aus. Der Gefahr
ins Auge zu sehen, war besser als gar nicht zu wissen, was
los war. Vielleicht würde sie eine Chance bekommen, sich
selbst zu helfen.

Ohne sich sonst zu regen, hob Julie sachte ihre Augen-
lider für wenige Millimeter an, sodass sie durch ihre Wim-

pern einigermaßen sehen konnte. Sie erkannte die Decken-
lampe ihres Schlafzimmers. Sie lag offensichtlich auf ihrem
Bett. Fieberhaft überlegte sie, was sie tun sollte, als wieder
dieses schrille Dröhnen in ihren Kopf fuhr. Fast hätte sie
erleichtert ausgeatmet. Wenn sie davon ausging, dass sie
noch nicht lange hier lag, musste das Bene sein, mit dem sie
verabredet war. Das Schrillen der Klingel verstummte, und
Julie horchte angestrengt. Sie hörte nichts, oder doch? War
das ein fremdes Atmen oder war es ihr eigenes? Julie hielt für
einen Augenblick die Luft an. Tatsächlich, da atmete jemand,
doch dieses Atemgeräusch entfernte sich. Noch traute Julie
sich nicht, ihren Kopf zu drehen, um mehr zu sehen. Erst
als das Atmen gänzlich verklungen war und sie das kaum
wahrnehmbare Knirschen der Holzdielen im Flur erkannte,
öffnete Julie ihre Augen ganz und sah sich in ihrem Schlafzimmer um. Sie war wie erwartet allein im Raum. Auf der
Kommode seitlich neben ihrem Bett war eine Kamera aufgestellt und auf sie gerichtet. Julie versuchte, sich aufzusetzen, doch ihr wurde sofort schwindelig, und sie sackte
zurück. Wenigstens war sie nicht gefesselt, dafür jedoch
nackt, wie ihr mit einem Mal bewusst wurde. Jetzt hörte
sie aus der Küche ihr Handy klingeln, sechs Mal, dann verstummte es. Julie wusste, warum: Ihre Mailbox war angesprungen. Das war sicher Bene gewesen, der sich wunderte,
warum sie ihm nicht die Tür öffnete. Am liebsten hätte Julie
lauthals um Hilfe gerufen, doch aus Furcht, sich oder Bene
mehr in Gefahr zu bringen, ließ sie es bleiben. Während sie
das Handy ein zweites Mal läuten hörte, versuchte sie sich
erneut aufzurichten, doch wieder erfasste sie der Schwindel. Hinzu kam ein stechender Kopfschmerz, und ihr wurde
schwarz vor Augen. So rollte Julie sich auf den Bauch und
quiekte im selben Moment vor Schmerz auf. Erschrocken

über das Geräusch, das sie verursacht hatte, und zugleich über den Schmerz rollte sie sich zurück auf den Rücken und blieb erstarrt liegen. Hatte der Einbrecher sie gehört? Würde er zurückkommen? Und warum hatte er sie entkleidet? Musste sie mehr befürchten als einen Einbruch? Julie hörte nichts. Dann, nur Sekunden später, klappte ihre Wohnungstür ins Schloss.

16.41 Uhr

Pünktlich auf die Minute hatte Bene vor dem Haus in der Münzstraße gestanden und geklingelt. Als der Summer ihm nicht wie erwartet kurz darauf die Haustür geöffnet hatte, hatte er darüber nachgedacht, wie praktisch es wäre, wenn er zumindest einen Schlüssel für diese Tür hätte. Immerhin wohnten sowohl seine Exfreundin, als auch seine Tochter und Katharina hier. Zwar musste er in der Regel nicht lange warten, bis ihm geöffnet wurde, doch gerade im Winter hätte es Vorteile, wenn er direkt ins Haus gehen könnte. Er hatte sich vorgenommen, dieses Thema gleich bei Julie anzusprechen. Er hatte ein weiteres Mal geklingelt, doch wieder hatte sich nichts getan. Während er sich noch darüber gewundert hatte, da Julie immer zuverlässig war, hatte Bene plötzlich einen Tropfen auf seiner Stirn gefühlt, dem gleich darauf weitere gefolgt waren. Es hatte zu regnen begonnen, und in diesem Augenblick war ihm nochmals klar geworden, wie angenehm ein eigener Schlüssel wäre. Bene hatte ein drittes Mal die Klingel gedrückt. Wieder erfolglos, was in ihm eine leichte Unruhe hervorgerufen hatte. An die Hauswand gedrückt, was ihn nur leidlich vor dem Regen geschützt hatte, hatte er sein Handy aus der Jackentasche gezogen und Julies Mobilnummer gewählt. Das Freizeichen war zwar erklungen, doch sie war nicht rangegangen. Als er den Anruf gerade hatte abbrechen wollen, war ihm aufgefallen, dass er das Freizeichen nicht nur direkt an seinem Ohr hörte. Er hatte das Handy heruntergenommen und gelauscht. Tatsächlich war das Klingeln von oben gekommen – durch ein geöffnetes Fenster von Julies Wohnung. Es war das Küchenfenster gewesen, das zur Straße hinausging. Nachdem die Mailbox angesprungen war, hatte er den Anruf abgebrochen, um ihn sofort neu zu starten. Er hatte sichergehen wollen, dass er sich nicht getäuscht hatte. Es hatte sich exakt wiederholt, das Gespräch war nicht angenommen worden, aber er hatte das parallele Klingeln eindeutig Julies Fenster zuordnen können. Spätestens zu diesem Zeitpunkt war Bene endgültig sicher gewesen, dass etwas faul sein musste. Julie hatte ihr Handy immer dabei, egal, wo sie war – schon allein wegen Leonie. Kurzerhand hatte er auf Katharinas Klingelknopf gedrückt. Ihm war klar gewesen, dass sie bei der Arbeit sein würde, doch er hatte darauf gehofft, dass ihre Mutter zu Hause war, um ihm die Tür zu öffnen.

Der Summer ertönte nun nahezu sofort. Er drückte die schwere Haustür auf und sprang eilig die Stufen nach oben. Dann sah er Anne von Hagemann in der Wohnungstür von Katharina stehen.

»Hallo, Bene, wie schön, dich zu sehen! Willst du zu Katharina? Sie ist nicht da.«

»Ich weiß. Hallo … Anne.« Ihm fiel es immer noch schwer, Anne von Hagemann zu duzen – wahrscheinlich weil sie so damenhaft war, meinte Katharina. Er trat näher an die Tür. »Ich möchte nicht zu Katharina, sondern zu Julie, aber sie macht nicht auf. Hast du eine Idee, wo sie sein könnte?«

Verwundert sah Anne von Hagemann auf die gegenüberliegende Tür. »Nein, keine Ahnung. Gesehen habe ich sie heute noch nicht, allerdings bin ich mir sicher, dass ich vorhin gehört habe, wie sie nach Hause gekommen ist. Die Wände sind hier ja nicht besonders dick.« Sie überlegte. »Vielleicht ist sie kurz zum Einkaufen gegangen?«

»Das glaube ich nicht«, erwiderte Bene. »Wir sind seit zehn Minuten verabredet, und ihr Handy scheint in der Wohnung zu liegen. Ich konnte das Klingeln durch das offene Fenster hören.«

»Mmh, das ist merkwürdig. Aber komm solange rein, du musst ja nicht draußen stehen bleiben. Ich freu mich über Gesellschaft. Wenn Julie kommt, werden wir das mitbekommen. Oder du hängst ihr einen Zettel an die Tür, dass du bei mir bist.«

Bene überlegte. Er hatte ein ungutes Gefühl, aber was sollte er sonst machen? Nur weil Julie nicht pünktlich war, konnte er ja nicht gleich ihre Tür aufbrechen.

»Also gut«, stimmte er deswegen zu und hatte den ersten Fuß schon in Katharinas Flur, als er eine Stimme leise seinen Namen rufen hörte. Das Rufen ging ihm durch Mark und Bein – es war eindeutig Julies Stimme, aber sie klang fremd und kläglich. Ruckartig drehte er sich um und starrte fassungslos auf seine Exfreundin, die nackt in ihrer Wohnungstür stand. Zwar hielt sie eine Decke vor sich, die sie notdürftig bedeckte, doch rutschte sie ihr jetzt aus den Händen. Dann schwankte Julie und Bene sprang gerade noch rechtzeitig auf sie zu, um sie aufzufangen, als sie im Hausflur zusammenbrach.

»Julie! Julie, verdammt, was ist mit dir?« Er schlug ihr leicht gegen die Wangen, doch sie blieb bewusstlos in seinen Armen liegen.

»Oh mein Gott«, rief Anne von Hagemann, die aus der Wohnung hervorgetreten war und direkt hinter ihm stand. Bene wandte sich in der Hocke zu ihr nach hinten: »Schnell, ruf einen Rettungswagen! Sie braucht einen Arzt!«

Während Katharinas Mutter davoneilte, hob er Julie vom Boden auf und trug sie in ihr Schlafzimmer, wo er sie auf das Bett legte. Ihm fiel auf, dass das Bett nicht wie sonst ordentlich gemacht war, sondern so wirkte, als hätte zuvor jemand darauf gelegen. Doch er kam nicht dazu, darüber nachzudenken, denn Julie schlug die Augen auf und starrte ihn angsterfüllt an. »Ist er … ist er weg?«

»Wer?«, fragte Bene und war erleichtert, dass sie zu sich gekommen war. Um sie zu wärmen und auch, um ihr die mögliche Scham zu ersparen, zog er einen Teil der großen Bettdecke über Julies entblößten Körper. Dabei griff er in etwas Hartes, Stechendes und zuckte zurück. Er beachtete es nicht weiter, sondern strich Julie die Haare aus dem Gesicht. Sie konnte kaum die Augen aufhalten und schien gar nicht klar bei Sinnen zu sein. Was war nur passiert?

»Der … Kerl …«, brachte Julie mühsam hervor, und Bene musste nah an ihren Mund herangehen, damit er ihre Worte verstand. »Er … hat … betäubt …«

Trotz der wenigen Worte wurde Bene schlagartig klar, was Julie ihm sagen wollte. Als Anne von Hagemann nun mit der Nachricht »Der Rettungswagen kommt sofort« ins Zimmer gelaufen kam, rief er ihr mit fester Stimme entgegen: »Ruf sofort Katharina her. Julie wurde überfallen.«

Voll Sorge blickte Katharina ihrer Freundin hinterher, die von zwei Sanitätern aus der Wohnung gebracht wurde. Gern hätte Katharina sie begleitet, doch sie musste ihren Job machen. Glücklicherweise war Alex gerade eingetroffen und fuhr mit ins Krankenhaus. Ben hatte ihn sofort angerufen, nachdem sie gemeinsam aufgelaufen waren und er sich ein grobes Bild gemacht hatte. Julies Freund hatte sofort alles stehen und liegen lassen und war von seinem Job in Hamburg hierhergefahren – so wie Katharina und Ben kurz zuvor. Alex musste alle Geschwindigkeitsbeschränkungen ignoriert haben, denn tatsächlich hatte er es rechtzeitig geschafft, bevor der Krankenwagen mit Julie losfahren wollte. Julie hatte gar nicht ins Krankenhaus gewollt, mit der Begründung, es ginge ihr besser, doch schließlich hatte sie nachgegeben, als Katharina erklärt hatte, wie wichtig es sei, die Art und die Auswirkungen der Betäubung überprüfen zu lassen, um zu wissen, was genau mit ihr geschehen war.

Der Anruf ihrer Mutter hatte die Kommissarin erwischt, als sie zum wiederholten Mal das aufgenommene Videogespräch mit Maximilian angesehen hatte, in der Hoffnung, aus seinen Worten irgendetwas heraushören zu können, das sie auf die Spur des Mörders bringen würde. Sie machte nichts dergleichen aus, dafür aber eine versteckte Drohung: Maximilians unschuldig verpackte Frage, ob sie seine Briefe bekommen hatte. Die Briefe, die er ihr über die Jahre geschrieben hatte, beinhalteten für den normalen Leser nur oberflächliche Nettigkeiten. Katharina wusste es jedoch besser. Am Rand der Briefe standen jedes Mal Zahlen, die aussahen, als seien sie eher zufällig dort notiert. Jede Zahl verwies auf einen Buchstaben im Text. Zusammengesetzt ergaben diese Buchstaben kurze Drohungen, wie zum Beispiel »ich kriege dich« oder »mein ist die rache«. Gut, bei den Briefen hatte sie sich stets einigermaßen damit beruhigt, dass Maximilian in München in der JVA saß, aber jetzt war die Situation eine andere. Maximilian hatte höchstwahrscheinlich einen Partner und wollte sich an ihr rächen, sie schwebte also in echter Gefahr. Die Kommissarin wunderte sich über sich selbst. Warum war sie nicht früher darauf gekommen? Warum hatten sich nicht schon vor ein paar Wochen oder wenigstens Tagen ihre Nackenhaare vor Furcht aufgestellt so wie jetzt? Sicher, sie war von blankem Entsetzen gepackt worden, weil sie an die damaligen Geschehnisse erinnert worden war, aber konkrete Angst um sich selber hatte sie bisher nicht verspürt. Spätestens als Frauke von dem Fruchtshampoo erzählt und sie danach all diese Dinge in den Wohnungen der Opfer gefunden und die Parallelen zu sich gezogen hatte, hätte sie doch daran denken müssen, dass sie in akuter Gefahr war. Es ging ihm um sie – möglicherweise sollte sie sein letztes Opfer sein. Die Erkenntnis hatte bei Katharina wie ein Blitz eingeschlagen, und sie hatte gemerkt, wie Panik sie erfasste, doch in diesem Moment hatte ihr Handy geklingelt. Ihre Mutter war dran gewesen und hatte sie informiert, dass Julie überfallen worden war. Ab diesem Moment hatte Katharina nur funktioniert. Sie hatte sofort Ben informiert, anschließend waren sie gemeinsam in die Münzstraße gerannt. Das war schneller, als mit dem Auto zu fahren. Jetzt waren sie hier und Julie auf dem Weg ins Krankenhaus.

Mit den Worten »Die Spusi ist gleich da« trat Ben zu Katharina in den Hausflur. Auch er war geschockt darüber, was mit Julie geschehen war. Das hörte sie an seiner Stimme, und es war ganz natürlich, so nah, wie sich die beiden standen. Hinter Ben stand Bene, der ebenfalls sichtlich mitgenommen war.

»Mein Gott, ich bin so froh, dass Leonie nicht zu Hause war!«, sagte er betroffen.

Katharina straffte die Schultern. Auch, wenn sie selbst vollkommen bestürzt war – sie hatte das Gefühl, den beiden Brüdern gegenüber Stärke zeigen zu müssen, damit sie sich nicht ganz so verloren fühlten. Vor allem Bene sah so aus, als würde er gleich zusammenbrechen. Katharina stellte sich neben ihn, nahm seine Hand und zog ihren Freund zu ihrer Wohnung, deren Tür offen stand: »Warte auf uns, ja? Ben und ich sehen uns in Julies Wohnung um, dann kommen wir rüber. Geh rein und bleib solange bei meiner Mutter. Sie wird froh sein, wenn sie nicht alleine ist.«

Katharina gab Bene einen kleinen Kuss, schob ihn in ihre Wohnung und schloss hinter ihm die Tür.

»So, dann mal los«, sagte sie zu Ben, während sie durchatmete und wieder in Julies Wohnung eintrat.

Sowohl Ben als auch Katharina kannten die Wohnung gut, doch bis auf das zerwühlte Bett, auf dem Julie von Bene abgelegt worden war, und das Stativ mit der angebrachten Kamera in Julies Schlafzimmer fanden sie die Wohnung unverändert vor.

»Ehrlich gesagt hatte ich am Anfang die Hoffnung, dass Julie von einem eher harmlosen Einbrecher überrascht worden ist, doch wir wissen wohl beide, mit wem wir es tatsächlich zu tun haben, oder?«, sprach Katharina das leise aus, was sie beide dachten, und zeigte auf die Kamera.

»Ja, ich glaube, mein Bruder ist gerade noch rechtzeitig gekommen. Hätte er nicht geklingelt, sähe es anders aus«, kommentierte Ben mit belegter Stimme das Stillleben im Schlafzimmer.

»Hmhm«, bejahte Katharina. Sie wollte nicht darüber nachdenken, was passiert wäre, wenn … Die Kamera sprach eine eindeutige Sprache. Sie hoffte, dass die Spusi Fingerabdrücke finden würde, nachdem der Täter die Aktion offenbar ungeplant hatte abbrechen müssen. Jetzt war sie jedoch auf der Suche nach etwas anderem. Nach einem Gegenstand, der eine Verbindung zu ihr bedeuten würde. Oder war das Julie selbst? Dass Julie zum Opfer geworden war, weil sie ihre Freundin war, davon ging Katharina aus, denn ansonsten wies Julie keine Merkmale auf wie die anderen Opfer. Sie war weder eine Prostituierte noch hatte sie ein körperliches Ähnlichkeitsmerkmal wie die roten Haare der Anwältin, das auf Katharina hinwies oder einen Namen, der mit Katharinas Vergangenheit in München zu tun hatte. Und Julie lebte alles andere als abgeschottet von ihrem Umfeld, so wie es bei den anderen Opfern der Fall gewesen war. Der Täter war dadurch ein deutlich höheres Risiko eingegangen als bei den vorigen Taten, zumal es ihm sicher bekannt war, dass Katharina nebenan wohnte. Es sollte sie – Katharina – ganz besonders treffen. Wie wollte der Täter das steigern? Erneut spürte Katharina die Angst der Erkenntnis, dass es wirklich um sie ging.

Ein kurzes »Pfffffffffffffft« von Ben unterbrach ihre Gedanken. Er hatte die Bettdecke mit behandschuhten Händen zurückgeschlagen. Aufmerksam blickte die Kommissarin ihn an: »Hast du etwas gefunden?«

»Ich bin mir nicht sicher, sie könnte Julie gehören, aber …«, statt weiterzureden, hielt Ben eine Rundbürste mit stacheligen Drahtborsten hoch und drehte sie hin und her.

Katharina runzelte die Stirn: »Ich glaube nicht, dass das Julies ist. Sie hat von Natur aus glatte Haare, und du weißt selbst, dass sie sie meist zu einem Pferdeschwanz gebunden trägt. Sie muss sich also weder Locken rein noch rausföhnen, und das hier ist eine klassische Föhnbürste.«

»Aha«, sagte Ben und sah etwas überfordert aus, angesichts dieses Themas, das so gar nicht seines war. Unter anderen Umständen hätte es Katharina zum Schmunzeln gebracht, doch die Situation war zu schrecklich. »Meinst du, der Täter hat sie hier …«

»… bei seinem übereilten Aufbruch liegen gelassen?«, fragte Katharina und schluckte bei dem Gedanken, dass Bene wirklich genau zum richtigen Zeitpunkt geklingelt hatte. Nicht auszudenken, was mit Julie geschehen wäre, wenn er es nicht getan hätte. »Ja, das glaube ich, und wir müssen davon ausgehen, dass der Täter Julie damit … damit missbrauchen wollte.«

Ben senkte den Blick und zog eine Asservatentüte hervor, in die er die Bürste gleiten ließ. Stillschweigend suchten sie weitere fünf Minuten lang das Schlafzimmer ab, fanden jedoch nichts mehr und nahmen sich daraufhin die anderen Zimmer vor.

»Nichts«, stellte Katharina fest, nachdem sie alles auf eventuelle Hinweise durchsucht hatten.

»Die Spusi müsste jeden Augenblick kommen. Willst du auf die Kollegen warten, und ich geh schon rüber zu Bene? Oder willst du, und ich bleibe hier?«, fragte Ben.

»Nein, geh du«, erwiderte Katharina, die mehr und mehr bezweifelte, dass in Julies Wohnung keine weitere Botschaft für sie platziert worden war. Oder hatte der Täter es nur nicht mehr geschafft?

Die Kommissarin stand im Wohnzimmer, nachdem Ben hinüber zu seinem Bruder und Katharinas Mutter gegangen war, und ließ ihren Blick erschöpft und gedankenversunken im Raum umherschweifen, als er plötzlich von einem bekannten, aber lange verdrängten Bild gestoppt wurde. Im Regal neben dem Fernseher stand ordentlich zwischen ein paar Büchern eingereiht eine DVD-Hülle. Sie wusste, dass Julie ihre DVDs in einer Schublade aufbewahrte, doch das war nicht der eigentliche Grund, warum diese Hülle ihre Aufmerksamkeit erregt hatte. Katharina sah zwar nur deren Rücken, hatte diesen jedoch sofort erkannt. Wie ferngesteuert ging sie auf das Regal zu und zog die Hülle hervor, auf der eine Blondine und darüber in einem gelben Highwayschild der Titel »Letzte Ausfahrt Brooklyn« abgebildet waren. Sie hielt sich nicht lange mit der Betrachtung des Covers auf, schließlich kannte sie es besser, als ihr lieb war, sondern öffnete mit zittrigen Händen die Hülle. Darin lag eine DVD, doch es war nicht das Original, sondern offensichtlich eine selbst gebrannte. Auf jeden Fall war es ein Rohling, auf dem in schwarzer Druckschrift die Worte »Mit herzlichen Grüßen« geschrieben worden waren. Katharina schaltete den Fernseher an, ging in die Knie, drückte den On-Schalter des DVD-Players und stellte fest, dass bereits eine DVD eingelegt war. Sie ließ sie aus dem Schacht gleiten und war nicht überrascht, dass es sich dabei um Maximilians Lieblingsfilm handelte, der zu der Hülle in ihrer linken Hand gehörte. Ihr Herzschlag beschleunigte sich, während sie die DVD in die Hülle zurücklegte. Dann legte sie den Rohling ein und schaltete den Player an. Der DVD-Kanal war noch eingestellt, und so erschien auf dem Fernsehbildschirm die Vergewaltigungsszene von Tanja Groß. Katharina wusste sofort, dass es sich um den Film handelte, der im Netz eingestellt worden war, und sie verzichtete darauf, ihn anzuschauen – wahrscheinlich enthielt die DVD auch die Filme mit Daniela von Bohlendieck und Hélène Lombard, aber das war nicht weiter wichtig. Mit einem Mal wurde sie ganz ruhig, und alle empfundene Angst vor Maximilian war wie weggeblasen. Dafür wurde sie einen Moment später von einer immensen Wut abgelöst. Nicht du kriegst mich, ich kriege dich!, dachte Katharina voller Zorn, ließ den Rohling aus dem Schacht des DVD-Players gleiten, holte ihn heraus und verstaute ihn in eine Asservatentüte, die sie aus ihrer Hosentasche zog. Sie zog eine weitere der durchsichtigen Tüten hervor und ließ die »Letzte Ausfahrt Brooklyn«-DVD hineingleiten. Im selben Moment klingelte es an der Wohnungstür. Es war wie erwartet das Team der Spurensicherung, das sich von Katharina kurz über den Sachverhalt aufklären ließ, um dann an die Arbeit zu gehen. Nachdem sie die Asservatentüten übergeben hatte – auch die mit der Bürste –, verließ die Kommissarin Julies Wohnung und betrat ihre eigene.

Die anderen befanden sich schweigend im Wohnzimmer. Katharina setzte sich zu Bene auf das Sofa und rückte nah an ihn heran. Sie wollte ihm zeigen, dass er nicht alleine war, und konnte selbst auch etwas Nähe vertragen.

»Und?«, fragte Ben.

Die Kommissarin zuckte mit den Schultern. Sie wollte vor Bene und ihrer Mutter nicht über die DVDs sprechen: »Nichts, was uns weiterbringt. Wir sollten uns schnellstmöglich im Büro mit Vivien und Tobi zusammensetzen, und dann müssen wir wie immer die Ergebnisse der Spusi abwarten. Habt ihr was von Julie gehört?«

»Ja, Alex hat angerufen«, informierte Ben sie. »Es geht ihr den Umständen entsprechend gut, und sie kann heute Abend nach Hause. Alex wird sie allerdings in seine Wohnung bringen.«

»Was ist das eigentlich zwischen den beiden?«, fragte nun Bene – es klang nicht neugierig, sondern eher interessiert. »Ich hab mich vorhin schon gewundert, dass du Alex hergeholt hast.«

»Die beiden sind … ein Paar«, gab Katharina Auskunft.

»Das ist gut«, erklärte Bene unumwunden, »dann hat Julie jemanden, der sich um sie kümmert. Wahrscheinlich wollte sie mir genau das heute erzählen.« Er machte eine kurze Pause, dann fragte er: »Wie geht es dir? Bist du okay?« Er nahm Katharina in den Arm und strich ihr geistesabwesend über den Bauch.

Die Kommissarin wunderte sich darüber, doch seine Berührungen taten ihr gut: »Wahrscheinlich so wie euch«, gab sie zur Antwort, drückte ihrem Freund einen kleinen Kuss auf die Wange, befreite sich sachte aus seinen Armen und stand auf. »Ich bin absolut geschockt. Gleichzeitig bin ich wahnsinnig froh, dass du zum richtigen Zeitpunkt hier warst und Julie nicht noch Schlimmeres passiert ist.« An Ben gewandt fragte sie: »Wollen wir? Wir sollten nicht zu viel Zeit verlieren.«

Zum Zeichen seiner Zustimmung stand der Hauptkommissar ebenso auf und folgte Katharina, die bereits zur Tür ging.

20.15 Uhr

Vivien hatte etwa vor einer halben Stunde das Kommissariat verlassen, nachdem weder Katharina noch Ben sich gemeldet hatten. Tobi war vor einer Stunde nach Hause gegangen – er hatte gemeint, Ben und Katharina würden sich schon melden, wenn sie sie brauchten.

Nun betrat die junge Kommissarin das Sportstudio. Seitdem sie eingetreten war, hatte sie stets im Kommissariat eine gepackte Sporttasche parat, sodass sie sich dort unbehelligt umziehen konnte, wenn sie nach dem Job aktiv werden wollte. Auch jetzt trug sie ihre enge Trainingshose und ein Top unter ihrem dicken Mantel, obwohl sie gar nicht unbedingt in einen Kurs wollte oder an die Geräte. Allerdings hatte sie sich die Möglichkeit offenhalten wollen und sich deswegen bereits im Kommissariat umgezogen.

Seit heute Morgen war ihr das Gespräch mit Katharina nicht aus dem Kopf gegangen. Sie freute sich, dass die ältere Kollegin auf sie zugekommen war, und hoffte, dass ihre unterschwelligen Differenzen, die sie seit einiger Zeit gespürt hatte und nicht erst, seitdem Katharina diesen blöden Spruch gebracht hatte, damit vom Tisch waren. Allerdings gab es einen letzten Punkt für sie zu klären. Vivien hatte sich maßlos geärgert, dass Sarah allem Anschein nach nichts Besseres zu tun gehabt hatte, als Katharina postwendend von ihrer Unterhaltung zu erzählen. Natürlich hätte sie selbst zuerst die Klappe halten sollen, aber sie hatte nicht das Gefühl gehabt, über Katharina zu tratschen. Im Gegenteil. Sie hatte Sarah auch erzählt, dass sie zu Katharina aufschaute und hoffte, selbst einmal so gut zu werden wie die erfahrene Kollegin, vor allem was die Täteranalyse anging, denn das hatte Vivien von Anfang an am meisten beeindruckt. Sarah schien das Katharina gegenüber anders dargestellt zu haben, und damit dies nicht wieder passierte, wollte sie mit der Fitnesstrainerin reden. Sie wusste, dass Sarah um halb neun einen ihrer Kurse gab, und erkundigte sich am Empfang, wo sie Sarah Küsters finden konnte. Die sei im Umkleideraum, hieß es, und so machte sie sich auf den Weg dorthin. Vivien wusste von Sarah, dass die Day Night

Sports-Angestellten nicht den normalen großen Gemein-schaftsraum nutzten, sondern einen eigenen nur für das Per-sonal. Dort hatten sie auch ihre Spinde. Vivien trat, ohne zu klopfen, in den Umkleideraum, und was sie sah, ließ ihren Puls in die Höhe schnellen. Nachdem sie zunächst wie erstarrt auf das Bild schaute, das sich ihr bot, zog sie geis-tesgegenwärtig die Tür zu, stellte sich davor, damit niemand hinein oder hinaus konnte, holte hastig ihr Handy hervor und wählte Katharinas Nummer. Kaum hatte diese abge-nommen, sagte sie aufgeregt: »Katharina, ihr müsst sofort herkommen. Ich bin im Sportstudio. Beeilt euch!«

Der große Gott hadt ewiglich Sein stul bereidt im Him-
melreich.
   Er wird recht Richten Jederman, Wie ers hir mag vor-
deinet han!

(Inschrift am Lüneburger Rathaus,
Am Markt, Niedergericht a. d. 1567)

11. KAPITEL:

DIENSTAG, 26.01.2016

00.06 Uhr

Katharina fuhr sich mit den Händen durchs Gesicht. Ihre Kräfte schwanden, doch diese Nacht war noch lange nicht vorbei, und es gab einiges an Arbeit für sie – unglaublich, was in den vergangenen Stunden passiert war …

Als Viviens Anruf gekommen war, hatte Katharina keine Ahnung gehabt, dass dies der Schlüssel zu allem sein würde und dass sich Viviens Entdeckung mit ihrem eigenen Schluss, den sie kurz davor aus dem aufmerksamen Lesen von Maximilians kompletter Akte gezogen hatte, zu einem großen Ganzen fügen würde. Viviens Stimme hatte eilig geklungen, und ohne weiter nachzufragen, hatte Katharina reagiert. Nachdem sie aufgelegt hatte, hatte sie sofort Ben informiert, und so schnell es nur ging, waren sie ins Sportstudio geeilt. Vor lauter Hektik hatte sie keine Zeit mehr gehabt, Ben näher über ihren Verdacht zu informieren, und so war er mehr als irritiert gewesen, als er gesehen hatte, dass Vivien eine Frau festgesetzt und dieser sogar Handschellen angelegt hatte. Die junge Kommissarin hatte professionell gehandelt. Katharina war beeindruckt gewesen, wie souverän Vivien mit der Situation, in die sie so unerwartet hineingeraten war, umgegangen war. Den Anblick, der sich den beiden Kommissaren bei ihrem Eintreffen geboten hatte, würde Katharina vermutlich nie vergessen: Neben Sarah Küsters, die vor ihrem offenen Spind auf einer Bank gesessen und beharrlich geschwiegen hatte, hatte ein Foto gelegen. Es war der Auslöser für Viviens Reaktion gewesen. Es hatte sich dabei um ein Porträt von Katharina gehandelt. Nicht ganz aktuell, aber klar erkennbar. Noch eindeutiger war das schwarze Todeskreuz gewesen, das den Teil des Gesichtes überlagerte, wo die jüngst getöteten Frauen durch einen Messerschnitt gezeichnet worden waren. Darin war ein Datum zu erkennen gewesen: 30.01.2016. Katharina war für einen kurzen Moment das Herz stehen geblieben, als sie es sah, doch dann hatte dieser Schock eine Welle der Erleichterung und der Stärke in ihr ausgelöst – es war vorbei! Auch wenn Sarah Vivien gegenüber keinerlei Äußerung zu den Morden an den drei Frauen und dem Überfall auf Julie gemacht, sondern vehement gegen die Festnahme protestiert hatte, hatte dieses Foto vorerst genügt, um sie mit ins Kommissariat zu nehmen. Darüber hinaus hatte es einen weiteren Hinweis gegeben, dass Sarah Küsters in den Fall verstrickt war: In ihrem Spind hatte genau der gleiche Schal gelegen, den sie bei jedem einzelnen Opfer gefunden hatten.

Jetzt stand Katharina zusammen mit Ben und Vivien in dem kleinen Raum neben dem Verhörzimmer. Sie beobachteten Sarah Küsters, die stumm und überraschend selbstsicher an dem kleinen Tisch saß.

»Vivien, wie hat sie reagiert, als du sie festgenommen hast?«, wollte Ben wissen. »Hat sie überhaupt irgendetwas zugegeben?«

»Nein, ganz im Gegenteil«, erklärte die Kommissarin. »Sie sagte, das Foto würde nicht ihr gehören. Sie habe es irgendwo gefunden und extra mitgenommen, um es Katharina zu zeigen, wenn sie sie im Studio treffen würde.«

»Interessante Erklärung«, bemerkte der Hauptkommissar. »Und was ist mit dem Schal?«

»Da hatte ich noch viel weniger Handhabe. Sie hat gesagt, das sei ein Schal, der massenhaft verkauft wird, womit sie ja nicht unrecht hat, und das wäre reiner Zufall.«

Ben sah auf die Uhr, woraufhin Katharina sagte: »Allmählich müsste die KTU sich melden. Falls sie etwas Eindeutiges finden sollten, würde uns das in der Beweisführung enorm weiterbringen. Tobi ist gerade rüber zu den Kollegen, um nachzufragen.«

Während Vivien nach der Festnahme im Kommissariat geblieben war und Tobi ebenfalls dorthin zurückbeordert hatte, war Katharina gemeinsam mit Ben in die Wohnung von Sarah Küsters gefahren, um dort nach Beweisstücken zu suchen. Tatsächlich waren sie fündig geworden, doch sie hatten sich darauf geeinigt, dass Katharina erst mit dem Verhör beginnen sollte, wenn sie einmal alle bisherigen mit den neuen Fakten zusammengetragen hatten. Sie durften in diesem Fall keinen Fehler machen, das Verhör musste so gut vorbereitet sein, wie es nur ging, wenn sie die Frau in die Enge treiben und ihr ein Geständnis entlocken wollten. So in Gedanken versunken, spürte die Kommissarin plötzlich Bens Hand auf ihrer Schulter. Überrascht sah sie ihn an.

»Katharina, ich habe nachgedacht. Ich weiß nicht, ob es gut ist, wenn du das Verhör führst.«

»Was? Das kannst du nicht machen, Ben«, protestierte sie sofort. »Das lass ich mir nicht nehmen. Ich will alles wissen. Und du weißt genau, dass im Zweifel nur ich die richtigen Fragen stellen kann, um herauszufinden, in welcher Form Maximilian dahintersteckt.«

»Bist du sicher, dass du das packst?«, fragte Ben, immer noch nicht überzeugt.

»Ja, absolut. Du kannst gern dabei sein, kein Problem. Aber schließ mich nicht aus.«

Ben zögerte. »Okay. Aber wenn ich den Eindruck habe, dass es in eine falsche Richtung läuft …«

»… kannst du gern übernehmen«, fiel Katharina ihrem Chef ins Wort. »Aber das wird es nicht, glaub mir. Ich habe mir in den letzten Wochen mehr als genug den Kopf zerbrochen, und seit der Festnahme vorhin hatte ich ausreichend Zeit, mich gedanklich vorzubereiten. Sei dir sicher, ich weiß sehr genau, was ich fragen will.«

Ben setzte gerade zu einer Antwort an, als Tobi mit einer dicken Akte in den Raum platzte: »Hier ist alles drin, was ihr braucht – schwarz auf weiß!«

00.17 Uhr

Gemeinsam mit Ben betrat Katharina das Verhörzimmer, während Vivien und Tobias im Nebenraum blieben. Die Kommissarin setzte sich Sarah Küsters gegenüber an den Tisch, Ben lehnte sich an die Wand.

»Hallo, Katharina«, sagte Sarah mit fester Stimme. »Kann ich endlich gehen? Euch ist doch wohl klar, dass ihr einen Fehler gemacht habt. Das hat man nun davon, wenn man Freundschaft mit gleich drei Frauen von der Polizei schließt …« Sie lächelte ironisch. In ihrem Gesicht war keine Spur von Unsicherheit zu erkennen.

»Von Freundschaft kann keine Rede sein«, widersprach Katharina. »Aber ich gebe zu, das hast du nicht ungeschickt angestellt. Kein Wunder, als ausgebildete Psychologin.«

Katharina konnte ein winziges Zucken der Augen ausmachen, doch sofort hatte Sarah sich wieder unter Kontrolle und sagte: »Psychologin? Was soll der Unsinn? Du weißt am besten, was ich beruflich mache.«

»Und ich staune, wie gut du diesen … Nebenjob gemacht hast. Das hat dich ganz sicher nicht verraten. Ich vermute, du hast dich ziemlich lange auf diese Mission vorbereitet, oder?«, fragte Katharina und fuhr, ohne eine Antwort abzuwarten, fort: »Immerhin kennst du Maximilian schon seit über drei Jahren. Wann hat er dich dazu gebracht, für ihn die Marionette zu spielen, hm?«

Sarah sah sie erstaunt an, und wenn Katharina sich nicht so sicher gewesen wäre, hätte sie der Frau die Show vermutlich abgenommen. »Welcher Maximilian? Katharina, was willst du von mir? Glaub mir endlich, ihr irrt euch komplett. Ich will einen Anwalt sprechen, mir wird das zu blöd.«

»Den wirst du auch brauchen, aber zuerst werden wir uns ein bisschen unterhalten. Ich nehme unser Gespräch übrigens auf, okay?« Katharina lehnte sich zurück. »Das Spiel ist vorbei, Sarah.« Sie schlug die Akte auf, die sie vor sich auf dem Tisch platziert hatte, und warf einen Blick auf Tobis Notizen, obwohl sie alles, was dort stand, längst in ihrem Kopf verankert hatte. »Wir waren in deiner Wohnung, Sarah. Wir haben ein Sashimi-Messer in deiner Küche gefunden und lassen gerade prüfen, ob es das Messer ist, mit dem die Opfer verletzt worden sind. Aber das ist nicht alles: Wir haben auch dein kleines Schatzkästchen gefunden! So schwer war es gar nicht.« Diese kleine Schwindelei erlaubte Katharina sich, denn tatsächlich hatte es eine ganze Weile gedauert. In der Wohnung von Sarah hatte ein ziemliches Chaos geherrscht, was weder Katharina noch Ben erwartet hatten. Da sie obendrein vorsichtig sein mussten, um eventuelle Spuren nicht zu zerstören, hatten sie sich sehr behutsam durch das Durcheinander kämpfen müssen. Doch schließlich hatten sie in einem kleinen Koffer, der im Schrank gelegen hatte, das gesamte Beweismaterial gefunden. Im Gegensatz zum Rest der Wohnung war in dem Koffer alles fein säuberlich platziert gewesen: drei weitere Schals der Art, wie sie sie bei den Opfern gefunden hatten, ein Kamera-Chip, ein offensichtlich zweites Handy – eines hatten sie Sarah bereits bei der Verhaftung abgenommen – und Fotos von jedem der Opfer. Außerdem ein kleines Notizbuch, in dem Sarah ausführlich die Gewohnheiten ihrer Opfer notiert hatte. Sie musste jede der Frauen eine ganze Weile beobachtet haben, bevor sie begonnen hatte, die Mordpläne in die Tat umzusetzen. Hinzu kamen weitere Gegenstände wie ein besonderer Ring, deren Bedeutung nur Katharina hatte erkennen können, die das Puzzle jedoch vervollständigten.

»Und«, fragte Katharina, »willst du weiterhin leugnen?«

»Natürlich«, antwortete Sarah, doch sie begann, nervös an einer Haarsträhne zu zwirbeln. »Das muss mir jemand untergeschoben haben.«

»Dann frage ich mich, warum wir sowohl auf der Kamera, die du in der Eile in Julies Wohnung vergessen hast, als auch auf dem Notizbuch und dem Diamantring deine Fingerabdrücke gefunden haben«, erklärte Katharina mit fester Stimme. Tatsächlich hatte die KTU alles gegeben, um diesen Tatbestand bis zum Beginn des Verhörs noch belegen zu können, wofür Katharina in diesem Moment dankbar war. Sie ließ Sarah nicht aus den Augen und erkannte genau, dass die letzten Worte ausgereicht hatten, um die kühle und gefasste Fassade zum Einsturz zu bringen.

»Der Ring gehört mir«, entfuhr es der Frau auf der anderen Seite des Tisches, und Katharina jubelte innerlich. Genau diese Reaktion hatte sie sich erhofft – jetzt würde sie Sarah zum Reden bringen.

»Nein, Sarah, da muss ich dich enttäuschen. Mag sein, dass Maximilian ihn dir gegeben hat. Ursprünglich aber war er ein Geschenk an mich.«

Entgeistert starrte Sarah ihr entgegen.

»Du hast sicher die Gravur im Ring gesehen, oder nicht?«, fragte Katharina. »Dort steht: »30.01. – unser Tag«. Lass mich raten: Da genau dieses Datum auch auf dem Porträt-foto von mir vermerkt ist, mit dem Vivien dich erwischt hat, hat Maximilian diesen Tag als meinen Todestag festgelegt, richtig? Passt zu ihm, unseren Jahrestag dafür auszuwäh-len. Perfide und dennoch so simpel. Und dir hat er es ver-mutlich als euren Tag verkauft. Hattest du vor, den Ring ab diesem Tag zu tragen? Wolltest du ihn dir anstecken, sobald du mich für ihn getötet hast?«

Zornesröte überdeckte schlagartig das Gesicht von Sarah Küsters, und wie aus dem Nichts sprang sie von ihrem Stuhl auf und stützte sich mit ihren Armen auf dem Tisch ab. Katharina hatte mit einem derartigen Ausbruch zwar nicht gerechnet und war kurz erschrocken, doch die Genugtuung, die sie in diesem Moment empfand, verlieh ihr eine enorme Gelassenheit. Sie blieb ruhig sitzen und gab Ben und dem Wachmann, die beide an die Seite von Sarah gesprungen waren, ein Zeichen, sich zurückzuhalten.

»Du hast ihn kaputtgemacht!«, schrie Sarah und fun-kelte die Kommissarin mit unruhigen Augen an. Katha-rina erkannte die Frau kaum wieder, die ihr in den letzten Wochen bei den wenigen Begegnungen so freundlich und ausgeglichen erschienen war.

»Mein Gott, Sarah, was hat er mit dir gemacht? Ich weiß ja – besser als jeder andere vermutlich –, was für ein durch und durch verkommener Mensch Maximilian ist und wie manipulativ er handelt. Schließlich bin auch ich jahrelang auf ihn hereingefallen. Aber ich habe ihn damals als erfolgreichen, vermeintlich integren Staatsanwalt kennengelernt.« Sie lächelte. Die Provokation machte ihr Spaß, das konnte sie nicht leugnen. »Aber du, Sarah, du hast ihn doch erst kennengelernt, als er schon im Knast saß. Und zwar als seine Psychologin! Hättest gerade du es nicht besser wissen müssen?«

Sarah ließ sich auf den Stuhl zurücksinken. Ihre Selbstsicherheit schien wie weggeblasen zu sein. Katharina konnte förmlich sehen, wie es hinter der Stirn der attraktiven Frau zu rattern begann – noch wehrte sie sich gegen die Wahrheit.

»Nichts davon stimmt. Du bist schuld an allem. Du allein. Er gehört dort nicht hin, wo er jetzt ist«, schleuderte sie der Kommissarin entgegen.

»Da gebe ich dir sogar recht«, bestätigte Katharina. »Maximilian Furtner gehört in die geschlossene Psychiatrie. Aber nun zu dir«, fuhr sie in ruhigem Ton fort, denn es war an der Zeit, die letzten Puzzleteile zu finden, die ihnen zum kompletten Abschluss des Falls fehlten. »Ich gebe zu, der Plan war nicht schlecht. Eigentlich war er sogar ziemlich gut. Deine Rolle als Sportlerin habe ich dir absolut abgenommen. Aber als du Vivien erzählt hast, dass du aus München kommst, hast du einen ersten Fehler gemacht. Dabei hast du dich mir gegenüber so geschickt entwunden, als ich dich gefragt habe, woher du kommst, und dann sprichst du fast astreines Hochdeutsch. Respekt!«

Sarah Küsters sah stumpf auf den Tisch. Alle Spannung war aus ihrem Körper gewichen, doch der Trotz schien noch wach zu sein. »Es war alles durchdacht. Eigentlich hätte nichts schiefgehen können«, behauptete sie mit verkniffenem Mund.

»Das würde ich so nicht sagen. Zumindest Maximilian hätte bedenken müssen, dass ich nach den ersten Hinweisen auf die Verbindung zu ihm in seine Akte sehe. Und dort steht dein Name vermerkt, Sarah. Leider habe ich einen Fehler gemacht und mir zu Beginn nur die Fallakte von damals angesehen, sonst wären wir dir viel früher auf die Schliche gekommen. Gestern aber habe ich die gesamten Akten durchgeblättert und siehe da … Eigentlich war es sogar nur deine Unterschrift unter dem psychologischen Bericht. Dort hast du mit deinem ganzen Namen deutlich erkennbar unterschrieben, während ansonsten überall nur Psychologe: S. Küsters zu lesen war. Noch so ein dummer, dummer Fehler.«

Sarah begann zu zittern, doch eine Antwort schien sie zu diesem Punkt nicht zu haben.

»Was mich interessieren würde«, fuhr Katharina fort, »wer hat entschieden, wer zum Opfer wird? Du ganz allein?«

»Das war einfach«, erklärte Sarah, und fast schien es der Kommissarin, als wäre sie stolz darauf. »Ich weiß alles über dich. Alles. Erinnerst du dich an diese eine Nacht, als du durch die Straßen gelaufen bist? Da hast du dich ständig umgeblickt. War dir da mulmig zumute? Hattest du das Gefühl, jemand verfolgt dich? Dein Gefühl hat dich nicht getrogen. Das war ich!« Sarah lachte boshaft auf und fuhr fort: »Aber du wolltest wissen, wonach ich die anderen Frauen ausgesucht habe … Die Armen, sie haben einfach nur Pech gehabt, denn das Einzige, was Max wichtig war, waren die Verbindungen zu dir. Du solltest dich fürchten. Eine rothaarige Frau zu finden, war nicht schwer, so besonders ist das nicht. Die Anwältin war in einem meiner Selbstverteidigungskurse. Schon da war klar, dass sie mir nicht gewachsen sein würde. Eigentlich hätte sie schon beim ersten

Mal tot sein müssen, sie hat da einfach Glück gehabt. Beim zweiten Mal bin ich dann auf Nummer sicher gegangen.«

»Und Tanja Groß?«, fragte Katharina.

»… war eine Nutte. Der perfekte Einstieg. Ich wusste gleich, als sie im Studio aufgelaufen ist, dass sie eine ist. So was sieht man. In ihrem Fall war es nicht so leicht, Kontakt zu finden, sie hat sich echt gesperrt, aber irgendwann wird jeder weich, wenn man nett zu ihm ist – vor allem, wenn derjenige im Grunde seines Herzens einsam ist … Tja, und dann habe ich einen Stimmenmanipulator benutzt und sie zu dem Hotel bestellt. Ich wusste, dass es da schön einsam ist. Und als ihr vermeintlicher Freier natürlich nicht aufgekreuzt ist, bin ich mit meinem Auto – oh Zufall – vorgefahren und habe sie nach Hause gebracht.«

Sarah schien Katharina richtiggehend erleichtert, dass sie über ihre Taten sprechen konnte, und so sagte sie wie selbstverständlich: »Klar. Darum auch Hélène Lombard, richtig? Ein französisches Au-pair-Mädchen wird zwangsläufig viel alleine sein, noch dazu, wenn sie bei einem alten Herrn lebt, und sich über die Freundschaft zu einer netten Fitnesstrainerin freuen«, vermutete Katharina.

»Eben. Ich habe sie in einem Café in Lüneburg kennengelernt. Nachdem ich mit ihr Französisch gesprochen habe, war sie extrem zugänglich und hat mir alle Informationen gegeben, die ich brauchte«, gab Sarah zu. »Die meisten Frauen sind so dumm und leichtgläubig.«

Fast hätte Katharina gelacht. Die Frau, die da vor ihr saß, musste Maximilian komplett verfallen sein. Anders war es nicht zu erklären, dass eine studierte Psychologin derart unreflektierte Äußerungen von sich gab. Er hatte seine subtilen Fähigkeiten während der Zeit im Gefängnis offensichtlich nicht eingebüßt, sondern verfeinert.

»Warum hast du den Schal bei Hélène Lombard nicht wie bei den anderen Frauen am Hals gelassen, nachdem du sie erdrosselt hast, sondern ihn …«

»… ihr zwischen die Schenkel geschoben? Ja, das hat euch bestimmt beschäftigt, oder? Aber weißt du was? Es gab dafür keinen Grund. Ich habe es einfach nur gemacht, weil ich Lust dazu hatte«, grinste Sarah Küsters, und Katharina schauderte bei dem Gedanken daran, was sich im Kopf dieser Frau abspielte.

»Was hat Maximilian dir eigentlich versprochen?«, fragte die Kommissarin aus einem Impuls heraus. Katharina stellte diese Frage weniger aus ermittlungstechnischer Sicht, sondern weil es sie persönlich interessierte. Vielleicht auch, weil sie die Bestätigung aus dem Mund der Frau hören wollte.

»Er musste mir nichts versprechen«, erklärte Sarah und blitzte Katharina an. »Wir lieben uns. Das Einzige, was uns im Weg stand, warst du. Ich wusste, er würde erst frei sein, wenn es dich nicht mehr gibt. Wenn du für ihn nicht mehr erreichbar bist. Allein der Gedanke an dich hat ihn krank gemacht. Nach deinem Tod hätte er den Prozess gewonnen, und wenn er rausgekommen wäre, wäre er komplett frei gewesen.«

Katharina schüttelte ungläubig den Kopf. »Das ist krank. Absolut krank. Maximilian hat dich zerstört. Bei mir hat er es nicht ganz geschafft, aber dich hat er vollkommen instrumentalisiert. Siehst du das noch immer nicht?«

Sarah Küsters zögerte. »Er ist perfekt. Ich habe es verbockt.«

»Wie bitte?«, fragte Katharina ungläubig.

»Ich habe mich nicht genau an seine Anweisungen gehalten. Der Füller … der Füller war der eigentliche Fehler. Ich hätte ihn nicht in der Kanzlei hinterlassen dürfen. Dann wärst du nicht so schnell draufgekommen, worum es geht. Ich habe versagt. Ich habe ihn enttäuscht. Außerdem hätte ich das Ding mit deiner Freundin besser planen müssen, obwohl alles so gut gepasst hat. Ihre Tochter für ein paar Tage ganz sicher weg, sie beim Job und dann schön allein zu Hause … Es war auch total leicht, in die Wohnung zu kommen – einfach dicken Draht ins Schloss, fertig. Wie du dir denken kannst, kenne ich mich als Gefängnispsychologin da bestens aus. Wenn du wüsstest, was ich von meinen Patienten alles erfahren und gelernt habe … Du solltest deine Freundin als Polizistin echt mal in Sachen Einbruchschutz beraten. Die Wohnungstür war noch nicht einmal abgeschlossen. Es hat alles so gut gepasst, aber woher sollte ich denn wissen, dass sie kurz, nachdem ich sie so schön vorbereitet hatte, Besuch bekommen würde, und ausgerechnet von deinem Freund. Ich habe mich echt gewundert, als ich ihn durch das Küchenfenster unten habe stehen sehen. Erst habe ich gedacht, das seien Sie, aber um ehrlich zu sein, Sie sehen doch etwas spießiger aus als Ihr Bruder.« Sarah drehte sich kurz zu Ben um, fixierte dann jedoch wieder Katharina: »Wieso treffen die sich eigentlich? Haben die zwei ihre alte Liebe aufgefrischt? Ich würde an deiner Stelle besser aufpassen. Ich hätte ihn hochkommen lassen sollen und mit deiner Freundin weitermachen müssen, mit ihm als Zuschauer. Aber ich blöde Kuh habe nicht nachgedacht und bin raus aus der Wohnung und die Treppe hoch zu den Dachböden. Da hab ich dann gesessen, während ihr euch alle um deine Freundin gekümmert habt, und als die Luft rein war, bin ich verschwunden. War gar kein Problem, nur blöd, dass ich die Kamera habe stehen lassen. Ich habe geahnt, dass damit alles vorbei ist. Aber das ist nicht das Schlimmste. Ich habe Max enttäuscht. Ich …« Sarah brach mit einem Mal ab und machte erneut eine Wandlung durch: Sie schaukelte langsam vor und zurück und wiederholte wie ein Mantra die Worte: »Ich habe ihn enttäuscht«. Sie schien Katharina überhaupt nicht mehr wahrzunehmen. Die Kommissarin wechselte einen Blick mit Ben.

»Wir brechen ab«, entschied der Hauptkommissar. »Wir haben vorerst alles, was wir brauchen.« Katharina nickte und gab dem Wachmann ein Zeichen, der Sarah Küsters daraufhin abführte, um sie ins Untersuchungsgefängnis zu bringen. Die Mörderin schien fast weggetreten. Widerstandslos ließ sie sich die Handschellen anlegen und hinausführen.

»Gut gemacht«, sagte Ben und legte eine Hand an Katharinas Arm. »Bist du okay?«

»Mehr als das«, gab Katharina zu. »Ehrlich gesagt fühle ich mich befreit. Ich habe heute zum ersten Mal sicher gespürt, dass Maximilian keine Macht mehr über mich hat. Er kann mir keine Angst mehr machen.«

1548
Mit Gottes Hülfe*
ohn fremde Gunst*
durch Freundes Kunst*
und eigne Kraft*
hab ich's geschafft.
Carl August Meyer & Hedwig Meyer

(Hausinschrift Am Sande 1, Lüneburg)

EPILOG:

12.31 Uhr

Vor ihren Augen wischte die Landschaft dahin wie im Zeitraffer, und Katharina musste daran denken, dass ihr die letzten Wochen im Gegensatz dazu wie in Zeitlupe gedreht vorkamen. Hätte sie das letzte Mal, als sie im Zug gesessen hatte, gewusst, was auf sie zukommen würde, hätte sie ganz schnell die Notbremse gezogen und wäre ausgestiegen. Katharina musste über das Bild in ihrem Kopf schmunzeln und dachte im selben Augenblick, dass es gut war, dass sie nicht ausgestiegen war, denn jetzt war es ein für alle Mal vorbei. Sie hatte zwar ziemlich viele Federn gelassen, war aber dafür als Siegerin hervorgegangen.

Maximilians neu aufgerollter Prozess gehörte in der Zwischenzeit ebenfalls der Vergangenheit an. Er war zu Katharinas großer Erleichterung gescheitert, und er würde nun tatsächlich seine lebenslange Freiheitsstrafe absitzen müssen. Dazu würde er sich wegen seiner Rolle bei den Frauenmorden in Lüneburg verantworten müssen. Sarah Küsters war zwar die Hauptangeklagte, dennoch hatte Staatsanwalt Bent-Ove Friedberg sich ins Zeug gelegt, sodass auch Maximilian angeklagt worden war. Aktuell bombardierte ihr ehemaliger Lebensgefährte Katharina mit Briefen, die jedes Mal hasserfüllt begannen, ihr dann jedoch am Ende das Blaue vom Himmel versprachen, wenn sie ihn doch nur besuchen kommen würde. Einen Teufel würde sie tun. Wie hatte sie diesen Mann nur jemals anziehend finden können? Obwohl, Sarah Küsters, die seinerzeit als Psychologin mit etlichen Psychopathen, wie Maximilian es einer war, zu tun gehabt hatte, war auch auf ihn hereingefallen. Oder besser gesagt, sie war ihm verfallen. Nicht umsonst hatte er sie dermaßen manipulieren können, dass sie nicht nur alles für ihn aufgegeben, sondern auch seine Rache ausgeführt und für ihn gemordet hatte. Für Katharina hatten sich die beiden etwas »ganz Besonderes« ausgedacht, wie Sarah ihr mit einem eifersüchtigen Funkeln in den Augen in einem weiteren Verhör boshaft mitgeteilt hatte. Sarah hätte Katharina nicht betäubt, ihr dafür aber etwas gespritzt, das sie zwar bei vollem Bewusstsein hätte bleiben lassen, aber ihre Muskeln gelähmt hätte, sodass jegliche Gegenwehr ausgeschlossen gewesen wäre. Das entsprechende Nervengift hatten sie in Sarahs Badezimmerschrank gefunden, nachdem sie selbst den Hinweis darauf geliefert hatte. Während Sarah Katharina vergewaltigt hätte, wäre Maximilian per Computerliveschaltung direkt dabei gewesen. Maximilian hatte das alles perfekt durchdacht und arrangiert …

Katharina lehnte sich in ihrem Sitz zurück und schmiegte sich an ihren Sitznachbarn. Bene hatte die Augen geschlossen, seufzte aber zufrieden auf, als er den Kopf seiner Freundin an seiner Brust fühlte – wie glücklich sie doch mit Bene war. Irgendwie schien sich jetzt alles zu fügen. Auch ihre Mutter wälzte seit einigen Wochen die Zeitungen und hatte sich auf der Suche nach einer eigenen Wohnung auf diverse Maklerlisten setzen lassen. Somit konnte Katharina sich bald auf ihre Wohnung, die sie dann nur für sich haben würde, freuen. Das Einzige, was Katharina momentan unheimlich war, war die Tatsache, dass Bene ihr in letzter Zeit zu viele Bemerkungen in Richtung gemeinsames Kind machte. Neulich hatte er sie sogar gefragt, ob sie schwanger sei, weil sie in letzter Zeit so guten Appetit hatte. Darüber hatte sie nur herzlich lachen müssen und es verneint. Wenn sie eines sicher wusste, dann, dass sie nicht schwanger war. Im ersten Augenblick hatte er nicht gelacht, sondern sogar traurig gewirkt, dann hatte er jedoch zu ihrer Erleichterung mit eingestimmt.

Katharina schaute hinaus aus dem Fenster. Die unberührte Landschaft, die bis eben an ihr vorübergezogen war, wurde nun von Häusern abgelöst. Gleich würde der Zug in den Münchner Hauptbahnhof einfahren. Katharina fühlte eine freudige Erwartung in sich aufsteigen. Sie hatten heute Morgen extra den ersten Zug genommen, damit sie nicht erst am Abend in der bayerischen Hauptstadt ankommen würden, sondern etwas vom Tag hatten. Sie würden bis Sonntag bleiben. Für Bene waren diese Tage eine schöne Auszeit, die er mit seiner Freundin verbringen würde. Für Katharina war es ein Abschied. Ein Abschiednehmen von ihrer Vergangenheit, unter die sie nun endgültig einen dicken Strich setzen konnte.

Im ENDE wohnt stets ein ANFANG.

DANKSAGUNG

Natürlich, ohne Claudia wäre dieses Buch nicht entstanden, darum wie immer: Danke für diese weitere wunderbare, aufreibende, motivierende, schöpferische und freundschaftlich intensive Zeit, die du mir und unserem Buch gegeben hast. Ich finde, es hat sich gelohnt, und ich freue mich schon auf das, was kommen wird.

Obwohl die gemeinsam verbrachte Zeit deutlich weniger geworden ist und sogar die Telefonate kürzer, habe ich sie tatsächlich noch: wahre Freunde. Denn wahre Freunde sind die, mit denen man das Gespräch genau dort ansetzt, wo man das letzte Mal aufgehört hat, selbst wenn es über ein halbes Jahr her ist. Und es sind die, bei denen man Tag und Nacht unangemeldet auftauchen kann und die einen hereinlassen, auch wenn man sich vorher ein Jahr lang nicht hat blicken lassen. Ich denke, jeder weiß, was ich meine, und diejenigen, die ich meine, wissen das auch …

Wie für die meisten spielt auch für mich die Familie die größte Rolle im Leben und ist meine größte Liebe – ich kann gar nicht genug Danke für eure Unterstützung in unserem gemeinsamen Alltag sagen, vor allem zum Ende dieses Manuskriptes hin: Danke, danke, danke …

Kathrin Hanke

Mein Dank an erster Stelle gilt auch diesmal Kathrin, meiner großartigen Schreibpartnerin, für die vielen kreativen Diskussionen, die gemeinsamen Veranstaltungen, die persönlichen Gespräche und das Verständnis in allen Lebenslagen. Es ist ein großes Glück, eine solche Partnerin zu haben, und ich freue mich auf viele weitere gemeinsame Schreibprojekte und tolle gemeinsame Zeiten.

Mein besonderer Dank geht an meinen Mann, der mir Zuversicht, Geduld, kreative Ideen, Motivation und Rückhalt schenkt, wann immer es nötig scheint, und der mir jeden Tag aufs Neue beweist, wie schön dieses Leben ist, wenn man einen so wunderbaren Partner an seiner Seite hat.

Weiterhin danke ich meinen Eltern, meiner Familie und meinen Freunden für ihr Verständnis, die kritischen Anmerkungen, die Unterstützung und die Motivation in turbulenten Zeiten. Es ist schön, so tolle Menschen wie euch um sich zu haben!

Claudia Kröger

Es ist, wie es ist: Dieses Buch ist letzten Endes ein großes Gemeinschaftswerk, mal ganz abgesehen davon, dass wir sowieso zu zweit schreiben. So ist Ihre Treue und Lust am Lesen, liebe Leser, für uns die pure Motivation! Und auch ohne unseren Verlag, den Gmeiner-Verlag, gäbe es wohl kaum genau dieses Buch, denn daran haben viele helfende Hände und Köpfe mitgewirkt. Angefangen bei unserem Verleger Armin Gmeiner, über unsere unvorstellbar aktive Lektorin Claudia Senghaas, ihre Assistentin Julia Lenhardt und Petra Wendler (Presse- und Öffentlichkeitsarbeit) bis hin zu Christine Krause (Veranstaltungen) und Sabine Wößner-Glocker, die mit so viel Herzblut hinter unseren Titeln steht, und den vielen weiteren Gmeiner-Mitarbeitern möchten wir uns bei allen ganz herzlich bedanken. Genau so, wie bei den inzwischen zahlreichen Buchhandlungen, Vereinen und Organisationen, die für uns großartige Lesungen veranstalten. Und dann gibt es noch das wunderschöne Lüneburg selbst, das allein durch sein Stadtbild und die tollen Menschen, die darin leben, ausreichend Inspiration für uns bietet. Hier gilt unser besonderer Dank Judith Peters und Wenke Uhlendorf von der Lüneburg Marketing GmbH für ihre tolle Unterstützung. Bedanken möchten wir uns auch unbekannterweise bei Kurt Braun, Manfred Elvers und Horst-Axel Ahrens, die die von uns hier zitierten (und noch etliche mehr) Lüneburger Hausinschriften in einem kleinen Büchlein gesammelt und uns dadurch überhaupt erst darauf gebracht haben, einige ausgewählte den Kapiteln in »Heidezorn« voranzustellen. Wie immer seien an dieser Stelle Dr. Hartmut Niefer vom Sankt Elisabeth Krankenhaus Eutin und Hella Arnheim genannt, die für unsere Fachfragen immer eine Antwort parat haben, sowie die einmalige Christine Maria Priebe, deren Trailer zu unseren Büchern selbst uns jedes Mal gruseln.

Kathrin Hanke & Claudia Kröger

Kommissarin Katharina von Hagemann ermittelt:

1. Fall: Blutheide
ISBN 978-3-8392-1426-8

2. Fall: Heidegrab
ISBN 978-3-8392-1597-5

3. Fall: Eisheide
ISBN 978-3-8392-1740-5

4. Fall: Heideglut
ISBN 978-3-8392-1857-0

5. Fall: Heidezorn
ISBN 978-3-8392-2029-0

6. Fall: Mordheide
ISBN 978-3-8392-2235-5

7. Fall: Heidefluch
ISBN 978-3-8392-2383-3

8. Fall: Heideopfer
ISBN 978-3-8392-2829-6

9. Fall: Totenheide
ISBN 978-3-8392-0310-1

10. Fall: Heideangst
ISBN 978-3-8392-0355-2

11. Fall: Heidequal
ISBN 978-3-8392-0597-6

12. Fall: Heide-Novela
ISBN 978-3-8392-0785-7

weitere:
Wermutstropfen
ISBN 978-3-8392-1931-7

Mörderische Lüneburger Heide
ISBN 978-3-8392-2133-4

SPANNUNG

GMEINER

WWW.GMEINER-VERLAG.DE
Wir machen's spannend

Kathrin Hanke im Gmeiner-Verlag:

**Die Giftmörderin
Grete Beier**
ISBN 978-3-8392-2124-2

**Die Engelmacherin
von St. Pauli**
ISBN 978-3-8392-2300-0

Störtebekers Piratin
ISBN 978-3-8392-2486-1

Als die Flut kam
ISBN 978-3-8392-0001-8

**Ruth Blaue –
Die Axtmörderin mit
dem Madonnengesicht**
ISBN 978-3-8392-0725-3

- Bildbände -

Hamburgs dunkle Seiten
ISBN 978-3-8392-2487-8

Hamburg im Sturm
ISBN 978-3-8392-0031-5

- Kochbücher -

In der Heide brodelt es
ISBN 978-3-8392-2219-5

GMEINER SPANNUNG

WWW.GMEINER-VERLAG.DE
Wir machen's spannend